王海/著

新世界出版社
NEW WORLD PRESS

图书在版编目（ＣＩＰ）数据

浴血孤城 / 王海著. -- 北京：新世界出版社，
2015.11
ISBN 978-7-5104-5477-6

Ⅰ. ①浴… Ⅱ. ①王… Ⅲ. ①长篇小说－中国－当代
Ⅳ. ①I247.5

中国版本图书馆 CIP 数据核字(2015)第 276050 号

浴血孤城

作　　者：王海
责任编辑：黄倩
责任印制：李一鸣　　黄厚清
出版发行：新世界出版社
社　　址：北京西城区百万庄大街 24 号（100037）
发行部：(010) 6899 5968　　　(010) 6899 8733（传真）
总编室：(010) 6899 5424　　　(010) 6832 6679（传真）
http://www.nwp.cn
http://www.newworld-press.com
版权部：+8610 6899 6306
版权部电子信箱：frank@nwp.com.cn
印刷：北京天宇万达印刷有限公司
经销：新华书店
开本：710MM×1000MM　1/16
字数：300 千字　　印张：19
版次：2016 年 1 月第 1 版　　2016 年 1 月第 1 次印刷
书号：ISBN 978-7-5104-5477-6
定价：34.00 元

脉搏的每一次跳动——必胜的信念，
日光的每一次来临——不尽的奋争，
生命。
死亡吓不住我们——
每一个沉寂，
都萌发出生命的意志。
我们切齿痛恨虚伪、怯懦、半途而废。
我们真切地热爱人道、自由、光明。
这就是我们的生命。
父辈和大地的神圣遗产，
这个生命，人民和国家的造化。

——题记

摘自《拉贝日记》

目录 Contents

第 1 章　临危择将

　　1937 年的"七·七事变"拉开了日军全面侵略中国的序幕。同年 8 月 13 日至 11 月 12 日，历时三个月，中日两国军队在上海及其周边地区展开了一场规模浩大的淞沪会战。战役后期，日军于上海久攻不下，但日军进行了侧翼机动，于 11 月 5 日在杭州湾登陆，使中国军队陷入腹背受敌的险境，战局急转直下。11 月 8 日蒋介石见败局已定，遂下令国民革命军全线撤退。11 月 12 日上海沦陷，淞沪会战结束。

　　上海被日军占领后，日军趁势分三路向南京进犯。

　　南京作为中国的首都，它的存亡事关重大。几位国民党高层人士心里明白，南京这一仗势所难免。11 月 12 日下午，也即上海沦陷的当天，国民党军事委员会将军以上高级军官及政府各部门负责人统统召集到黄埔路官邸，召开了紧急军事会议。

　　今天的会议因为委员长临时有事不能到会，只好由国民党副总裁临时主持。

　　到会的有军政部长、总参谋长何应钦，副总参谋长白崇禧，军令部部长徐永昌，作战厅厅长刘斐等人。陈诚、顾祝同、张治中都是刚从上海前线撤下来的，接到通知也匆匆赶来开会。参加会议的还有唐生智，南京卫戍司令谷正伦，军令部副部长王俊等一众高层幕僚。

　　会议一开始，坐在上首的军委会副总裁望着一众高级将领，板着铁青的脸说："上海决定放弃，南京怎么办？到底守还是不守？如果守，谁来守？

你们说说吧。"一上来，这位副总裁就开门见山地将这个棘手的问题摆到了将领们面前。

会场上鸦雀无声，一片肃然。许多将领面面相觑，有的人大口大口地吸烟，有的人翻着白眼抬头望天，更多的人则低头沉默。

时间在一分一秒流逝，气氛显得相当压抑和紧张。

良久，副总裁突然开口问坐在右手边隔着两个座位的白崇禧："白副总长，你在军界被称为小诸葛，实战经验也多，你先打个头炮如何？"

胸有城府的白崇禧早有准备，他抬起头来不紧不慢地说："我的意见委座应该知道。现在南京面临的不是守与不守的问题，而是无法防守的问题。"这句力重千钧的话语甫一出口，立刻引来一阵不小的骚动。

白崇禧扫一眼左右同僚，不慌不忙地说："理由很简单，淞沪会战中，国军损失惨重，锐气尽失，武器所剩无几，向南京集结的部队也多是淞沪战场上撤退回来的溃军，士气和战斗力均已不济，部队建制也不健全，短时间内很难恢复元气，更谈不上打一场浩大艰苦的保卫战。反观日军，武器精良，携新胜之余威，且是海陆空三军立体进攻，在此情况下，明知是打不赢的仗嘛，干脆放弃掉算了。"

副总裁不置可否，沉吟片刻，转头又让陈诚说说自己的想法。

陈诚知道国民党高层在守与不守南京的问题上一直举棋不定，犹豫不决。现在既然点将点到自己头上，知道躲不过去，只好硬起头皮说："我的态度非常鲜明，我已经做好了杀身成仁的准备，领袖叫我守，我坚决打到底；领袖叫我撤，我决不在南京多待一分钟。"

这种拍胸脯充好汉式的空洞说法立刻引来一阵不满的议论。众将领脸上都露出鄙夷之色，有人还在小声地骂娘，一时间嗡嗡之声不绝于耳。

陈诚脸上红一阵白一阵，辩驳说："我这态度还不明确吗？不像有的人，开会半小时了，什么态度也没有，比起他们我可强多了。"

又传来几声咒骂："真是厚颜无耻。""只会空喊口号。""就会唱高调，放空炮。"

"你们不要吵了，"副总裁心烦意乱地大声制止道，"大敌当前，作战方案总是要讨论的嘛，不要再互相计较什么了，还是赶快想想办法吧。"

副总裁黑着脸，在大家身后来回踱步。最后，他抬起头来，刀子般的眼睛寒光闪闪，锐利如刃。视线扫了一圈又一圈，看见大家还是闷声不响，没有一个人有主动发言的意思。

又是一阵长时间的冷场。

突然，参谋总部作战组组长刘斐猛一下站了起来。刘斐作为分管作战事务的高级幕僚，对一线战局可谓洞若观火，见解独到。副总裁平时很重视他的意见。刘斐侃侃而言："要谈南京该不该守的问题，首先要谈谈上海会战。上海会战用四个字来概括，就是'虎头蛇尾'。会战后期，没有贯彻持久消耗敌人的战略精神，也没有适时调整战线，保存部队有生力量。在敌人陆海空军协同作战的长三角，我们胶着太久了，无谓地消耗了大量兵力，70万部队几乎打光了。我们想依靠《九国公约》，希望九国会议出面制裁日本，结束战争。可是九国各打各的算盘，只是通过了一则不痛不痒的敷衍文章。日本政府根本不把九国公约看在眼里，仍然我行我素，继续向我们进攻。外面议论纷纷，有人讲我们贻误了战机，政略影响了战略，战略作了政略的牺牲品，所以就陷入目前这样的背动局面……"

副总裁耐着性子听完刘斐的一番高论，心里顿时火冒三丈，这些议论明明是当面指责他指挥不当，战略有误。这位副总裁自命一贯正确，最容不得别人当面批评。而且，第一战区司令长官是他亲自兼任的，淞沪会战的战略战术都是根据他的命令决定的，怎么会有错?! 他一怒之下，挥手打断了刘斐的发言："九国没有出面制裁日本，这是有关各国只看到眼前利益，没有看到将来的关系，日本军国主义不会仅仅侵略中国一家，征服了中国以后，他一定进而征服全世界。今天一些国家为了私利隔岸观火，明天就会得到报应，他们是要自食恶果的。别人不义，我们不可不仁。我在庐山就讲过，在和平没有完全绝望之时，绝不可放弃和平。这有什么不对的呢，没有，完全没有。别听外边的人胡说八道，我们在战场上丧失了土地，但我们在政治上取得了胜利，全世界的舆论绝大多数都同情我们，支持我们，谴责日本，反对日本。作为一名高级将领，不要光着眼于军事，重要的是要有政治头脑、政治眼光。"

副总裁顿了顿，端起茶水抿了一口继续说道："南京守与不守，不是一般军事问题，而要从政治上、战略上考虑才行。政治上考虑是守，因为南京是首都，一旦为敌国占领，等于宣布中国失败，日本胜利，那这个国际影响可是太坏了。"

一席话铿锵有力，掷地有声。将领们无不意识到问题的严重性。

副总裁忽然想起几个月前的一件往事。有一天他曾为迁都一事曾征询过政府主席林森的意见。副总裁对林森说："林老啊，战火马上就要烧到南京，首都何去何从，要立马做出选择，我建议迁到四川重庆去，您的高见呢？"

林森捻着长长的白胡须说："迁都四川重庆我举双手赞成。因为南京的地形是三山一水，决定了南京是很难防守的。南京自古为兵家必争之地。建都于此的帝王无一不想依恃天险，长治久安，流传万世。但是说也奇怪，在这里建都的帝王们的梦想竟然一个也不曾实现，自从三国东吴定都于此，短短三百年间，更换了六个朝代，吴、东晋、宋、齐、梁、陈。加上五代的南唐共有七个朝代，都是短命的。他们无论把长江防线、南京城池布置经营得如何坚固，到头来都未能阻扼进犯之敌，南京城一次次被攻破，皇帝一个个被俘，被囚的被囚，被杀的被杀，哪一个也未能逃脱悲惨的结局。明成祖朱棣忌讳这个地方，篡夺政权后，抛舍下宏伟辉煌的宫殿，迁都北京了。"

林森的话这位副总裁是听进去了。他明白，"从战术上讲，南京是个盆地，北面是滚滚长江，另外三面是山地。如果守就是背水之战。守不了几天将全军覆灭，所以从战术上讲是不能守的。守等于浪费兵力、人力、时间，迟早要失败。"但是这番话不能明说，这是一个隐衷，特别是在这个临战择将的会议上更不能说。

这时，刘斐红着脸站起来再次说道："上海会战我只是多管闲事，多说了几句，请副总裁谅解。"

副总裁摆摆手道："没什么谅不谅解的，我只是临时代替委员长行事，我只想听你讲真话。"

"我认为我们要将政治与军事相结合。"

"什么意思？"

刘斐清了清喉咙道："从政治而言，作为中国首都一点儿不守，怎么向民众交待，那不就成了南唐的李煜了吗？所以，我以为不作一点儿抵抗就放弃是不行的。但从军事上说，我又不赞成用更多的部队与敌人硬拼，而应用一些少量部队与敌人拼一下，象征性地防守一下，让老百姓看到我们是尽了力的，输掉南京不是我们无能而是日本鬼子太强大了。"

副总裁顿时来了精神，"你有具体方案吗？"

"我主张兵力上使用 12 个团，顶多 18 个团 15 万人就足够了。"刘斐说罢，坐了下去。

"我非常赞成这个意见。"白崇禧首先表态。

坐在白旁边的何应钦不慌不忙地说："刘组长所言高见，我看具体方案要好好研究一下，兵力上可以考虑再多一些，既然打就要打出个样子来嘛。"

坐在会议桌对面的军令部长徐永昌看见大家的意见逐步明朗，而何应钦、白崇禧都表示拥护，他不能再回避了，遂说道："我想提醒大家不要偏题了，今天会议的实质不是'能不能守'和'守与不守'的问题，而是'必须守，由谁守'的问题。"

副总裁这时才后悔到自己提出的"南京怎么办"的提法有些过于宽泛了，以至于许多人在"守与不守"的问题上纠缠不休，大放厥词。其实一周以来围绕这个主题已经谈论得够多的了，多数人抱持的意见是"明知守不住，还不如不守"的观点。但副总裁心里明白，如果一枪不打就放弃南京的话，自己就会背负上"割土弃疆"的千古骂名。

这时会场又沉默了，会议再次陷入僵局，没有人继续发言。

"从短短十日的情况来看，守御南京，几乎就是一场毫无胜算的赌博。"不知是哪个大胆的人撂了这么一句。

副总裁用凌厉的目光搜索了一遍会场，他在等待有人站出来……

沉默……一阵令人压抑的沉默，一种台风袭来前的沉默，一种充满了不祥之兆的沉默。

实在等得不耐烦了，副总裁看着这班畏首畏尾的高级将领，恶向胆边生，火从心头起，一时激动撂了句狠话："那么好吧，既然你们这么畏战，那就由我亲自来守南京吧！！"

这句使千万英雄竟折寿的话，仿如一颗晴空霹雳在会场上空炸响。将领们觉得无地自容，个个胆颤心惊，愧色满面。

副总裁知道，撂这种狠话只能临时镇镇场子，真正找出解决问题之道才是会议的主题。他望向坐在桌子顶端的李宗仁说："宗仁兄，你的主张呢？说说吧，不要顾忌我的态度。"

李宗仁尴尬地笑笑，屁股抬了一半又坐了下去，"副总裁是在说气话呀，我们这些人从今后都改姓吴，名叫'吴能'、'吴胆'、'吴用'。可我这个'吴耻'的人脸皮厚过南京城墙，有时总要说些不合时宜的话，还请副总裁和各位仁兄包涵。其实明眼人都知道，南京是个绝地，光想守是守不住的。大家知道，历史上南京就没打过一次胜仗。不说远的，就说太平天国，可谓深沟高垒，城墙修得如钢铁般坚固，结果怎样？还不是被湘军攻破了吗？"他手指向东边的城墙道，"湘军就是从太平门进的城，那段被湘军炸毁的城墙如今还在，诸位有空步行三百米就能看到，所以，历史的经验是，南京不能死守。不过，刘组长的意见确有高明之处，所以我的意见是：要守一下，应该先守后弃。"

听了这话，许多将领频频颔首，暗暗表示认同。

这时，坐在条桌末端的一个人霍地站了起来，这人是军委会警卫执行部主任兼军法执行总监部总监唐生智。众人一愣，还没反应过来。只听得唐生智说道："诸位，你们可能忘记南京是个什么城市了，它不是一般性质的首都，它是孙总理第一次建都的地方，又是孙总理的陵墓所在地。作为民国的军人，什么都可以忘记，而国父的灵魂不可忘记，忘记了这个就意味着背叛。为了保卫首都，保卫国父陵墓，我认为必须誓死保卫南京！不是象征性地守，而是要固守，死守！"

"哗……"会场上响起了一阵潮水般的掌声。副总裁边鼓掌边赞叹道："说得好，唐将军，我同意你的话，死守南京，誓复国仇！"

大家的精神为之一振。

副总裁站起来，振振有词地说："现在问题基本明朗了，我们确立了一个原则，那就是南京必须派兵守卫。下面我们来讨论最为关键的问题，即由谁来防守南京？"

"我来！"唐生智再一次站起来，高高地举起双手，慷慨激昂地说，"军人以身许国，当此危难之际，何能畏难，以求苟安！在此，我想以先总理的一句话与大家共勉：'我死则国生，我生则国死，以吾人数十年必死之生命，树国家亿万年不死之根基，杀身成仁，舍生取义，精忠报国，扶大厦之将倾，挽狂澜于既倒。'正是这些话激励着我们于国破家亡之际，抱定破釜沉舟之决心，誓与南京共存亡。"

会场再次响起热烈的掌声。

李宗仁马上表态，"我同意让唐将军来守南京。"

何应钦点头赞许，"孟潇（字）兄愿意负责，那是最合适不过了。"

徐永昌说："孟潇兄是理想人选，我赞成由他挑大梁。"

其实，李宗仁等人心里明白，唐生智自1930年讨蒋失败后，一直没有兵权，现在担任了军委会警卫执行部主任只是个虚职。长期拥兵自重的人，一旦失去兵权，心情是非常痛苦的。此番唐生智自告奋勇来守南京，无非是想借此机会重掌军权，为尔后同蒋斗争创造条件。至于南京是否真能守住，一贯狡猾的唐生智自会有他的进退之道。

副总裁明白，此时接受唐生智的主动请缨，起码有两点好处：一是在国际舆论上留下了好口碑；二是由唐生智担任南京卫戍司令官，自己和其他高层就可以有理由尽早脱身，逃离这个危险之地。再说，一周后，西方国家将在布鲁塞尔按照《九国公约》条款举行会议，他们可能会对日本采取一些强硬的举动。这时候守一下南京大有必要，而且保卫南京的口号喊得响响的，把国人的信心鼓得足足的，对日本人也是一种威慑。

但副总裁还是有所顾忌，他别的不怕，就怕这是唐生智的一时冲动，空口说白话，紧忙追问一句："唐将军，你的决心我十分佩服，但保卫南京的决心好下，真正行动起来却困难重重，阻力不小，你对坚守南京有具体方案吗？"

"有！"唐生智胸有成竹地说，"副总裁，我已经考虑好防守计划，概括起来是四个字：焦土抗战！"

副总裁抬了抬手说："那你就具体谈谈你的焦土抗战吧。"

唐生智点点头道："第一，为了让部队有开阔的视野，必须先扫清视线障碍，这就要把南京城外的树木、房屋全部烧光；第二，为了不让敌人接近城墙，力争把敌人消灭在城外 10 公里处；第三，从现在起，对部队进行班防御、连防御的实战性训练。"

副总裁满意地点头道："我看可以，你们说呢？"

"赞成。""同意。""没意见。""这个办法妙。"众人发出不同的认可声音。

"有没有不同意的？"副总裁目光投向那些没表态的人。

何应钦和白崇禧互相对视一眼，双方点头认可。

副总裁见大家无异议，便说道："很好，就请孟潇兄负责，筹备南京防务，担任南京卫戍司令长官，另派罗卓英和刘兴为副司令长官，先行视事，正式命令等我请示过蒋委员长后再下达。"

副总裁喜出望外，激动万分地走到唐生智面前，紧紧握着唐的手说："路遥知马力，日久见人心。我现在才知道唐将军对党国的一片赤胆忠心，在民族存亡的危急关头，挺身而出，主动请缨，真是国之栋梁，堪当大任。你是我最知己的朋友，是党国和民族的希望。我马上请示一下委员长，把能留下的部队都留下，都给你指挥。"

唐生智立正敬礼道："谢谢副总裁的信任，在下誓与南京共存亡！"

次日，唐生智走马上任，南京卫戍司令部设在中山路铁道部，那是鼓楼百子亭附近的一栋两层楼房，那里对外叫唐生智公馆。11 月 17 日正式挂牌办公。

军委会保卫南京的部署完成后，下达了保卫首都的部队战斗序列，共计 7 个军、14 个师及配属单位总计约 15 万人。三天后，唐生智拟定的作战方案也上报副总裁和蒋介石批准，开始正式实施。

1937 年 12 月 2 日，上海的天气冷得出奇，铅灰色的天空飘着纷纷扬扬的雪花。

上午 10 时整，一架日本军用飞机缓缓降落在上海龙华机场上。

舱门打开，走出来一位留着小胡子的日军中将，他叫多田骏，是日军参谋次长。他面色凝重，行色匆匆，带着多名随从走下飞机，乘上早已等候在舷梯旁的轿车，一溜烟开进了静安寺旁边的日军司令部。

早已等候多时的松井石根大将迎上前来，紧紧握着多田骏的手说："欢迎次长阁下来到上海，您能代表天皇陛下来前线视察，我们深感荣幸。"

多田骏多肉的脸露出了笑容，"恭喜你呀，松井君，我给你带来了天皇的问候和意想不到的礼物。听说你的老毛病又复发了，我还带了些日本产的特效药来。"

松井和多田骏是多年的好友，彼此十分熟悉，常互相开玩笑。松井毫不客气地接过一大包药物，随手交给副官，又接过一个大文件袋，打开来，原来是一份任命书。

任命书上写着：任命松井石根大将为华中方面军司令官，下辖上海派遣军和第10军。待部队休整结束，华中方面军司令须与海军协同，攻占敌国首都南京。底下是天皇的签名，盖有国玺和各大臣的印章。

松井接过敕令，心中十分欣喜，领着多田骏进了大厅，二人寒暄一番后落了座。

松井感慨地说："我都六十岁了，在家休息了几年，没想到天皇还记着我，这次又给我这么重要的使命，真是感人至深啊。"

多田笑道："老骥伏枥，志在千里嘛。这次进攻上海，许多人不看好你，敌人兵力是你的八倍，有些人说你打不赢，我可是站在你这一边的，还和他们打了赌，最后你赢得战争，我赢得赌注。"

二人对视一眼，仰天大笑。

松井让副官通知旅团长以上的高级军官，马上到司令部来开进攻南京的作战会议。

不一会儿，十几位旅团长和师团长们都到了，师团长有柳川平助、牛岛贞雄、谷寿夫、中岛今朝吾、藤田进等。还有一位特殊人物，他是皇叔朝香宫鸠彦亲王。

朝香宫这年整五十岁，中将军衔，他有着杰出的军事才华，特别是战略战术的理论水平在日本军界是出了名的。日军占领上海后要向南京进攻，缺乏军一级的指挥官，天皇突然想起了他，因而被重新启用。朝香宫手下兵力雄厚，指挥着由6个师团、13个旅团组成的大军。

柳川平助师团长精于骑兵指挥，精于研究军事理论的进攻战略，被日本军界称为进攻战略家。他的部队比朝香宫少一半，只指挥着三个师团。部队虽然少，但战斗力却很强。

松井石根见人到齐了，便宣布开会，他首先说："这次大日本皇军攻占上海，战功赫赫，威名远扬，因此得到国人的喝彩和天皇的嘉奖。今天多田君又送来了大本营敕令，命令我们再接再厉，把兵锋瞄准下一个打击目标：南京。"

将领们都情绪亢奋，跃跃欲试。

"根据多次航空侦察汇总的情况，综合分析，表明中国军队在上海作战中损失巨大，战斗力已达到了消耗的极限，其二线、三线的防御部署实际上并未完成。上海后撤的部队，有的步行，有的乘船，由于道路狭窄，渡口容量小，形成无秩序的拥挤，已等同于溃兵。我们应趁其混乱之机，在国民党军守卫南京的部署尚未形成之前，迅速进军南京。"

与会的军官个个精神振奋，议论纷纷。

柳川平助狂傲地说："蒋介石模仿一次大战的兴登堡防线修筑的所谓国防工事，根本就是一堆残垣断壁，一团废铜烂铁，我只要一顿炮弹，就能让它灰飞烟灭。"

谷寿夫不可一世地说："上海战役我们打了三个月，70万大军都被灭了，这说明我大日本皇军是战无不胜的。这次南京战役，我看最多一个月就够了，我的战法仍旧是烧光、抢光、杀光的三光政策。"

松井石根摆了摆手说："本人愿为天皇而战，为天皇而死，可是，天皇得悉我过度劳累，感有风寒，今天来电，命令由朝香宫亲王接替我的工作，指挥部队进攻南京。"

朝香宫急忙摆摆手，谦虚地说："诸位，这不是接替，是协助松井君进行指挥。"

"亲王不必谦虚啦。"松井从皮包里拿出一张纸，对大家说，"这里有天皇的命令，亲王不是协助我，而是接替我，由他担任指挥南京作战的最高司令官。"

众将闻言，一起鼓掌。

松井又说："鉴于亲王对南京情况不太熟悉，暂时由我来进行战役部署。大家请看地图，古都南京位于长江拐弯处的南侧，长江水道先是向北，然后折向东流。我军只要从东南方向进行合围，就可以利用长江的天然屏障，完全包围南京，并切断中国军队撤退的后路。下面，我来部署各个师团的进攻方向和路线。"

接下来，确定了进军的方向和路线后，各个师团长领受了进军南京的命令。

1937 年 11 月下旬，日军兵分三路向南京进发。

到 12 月 5 日，南京被日军的飞机、坦克、舰艇和一层又一层的步兵重重包围了。

古城南京陷入魔爪已成定局。

第 2 章　首都保卫战

南京。鼓楼百子亭唐公馆。1937 年 12 月 5 日下午 3 时许。

宽畅明亮的作战指挥室里，正笼罩着"山雨欲来风满楼"的气息。

正中墙上，挂着一幅巨大的作战地图，上端写着"南京保卫战战略态势图"几个大字。图上画着粗大的红蓝箭头：蓝色箭头来势汹汹，直指古城南京，表示的是日军进攻和合围的方向；而红色箭头显得比较零乱，标示着中国军队阻击阵地、国防工事线和中国军队增援线。七八个参谋人员正忙碌着把各色小旗插在不同地标的位置上。

大厅中央摆着一个"南京城市"的巨型模型。卫戍司令长官唐生智正紧皱眉头俯瞰着模型，他时而俯身细察，时而抬头凝思，面上流露出焦灼不安的神色。

电报机的嘀嗒声、训斥声、军官对着电话机的吼叫声纷纷传来，室内呈现一派紧张、慌乱和压抑的气氛。

前线"隆隆"的枪炮声隐隐传来，顶棚不时有灰尘落下。一位机要室主任夹着文件夹匆匆而入，从占满整面墙的作战地图前兴奋地走过。

主任敬礼报告："报告唐长官，江阴前线来电。"

"念！"

主任朗声念电文："我部击沉日舰三艘，击伤两艘，请唐长官放心，江阴要塞固若金汤。要塞司令许康即日电。"

唐生智一听喜上眉梢，一把抓起电话："我是唐生智，给我接许康……

许司令吗？你们打了大胜仗，为中国人出了口气，我非常高兴，你们一定要戒骄戒躁，再接再厉，多打几个漂亮仗。"

电话筒里传来许司令的声音："请唐长官放心，我们已抱着与要塞共存亡的决心，要塞是我们的坟墓，也是敌人的坟墓，管叫鬼子有来无回。"

"很好！"唐生智欣慰地说，"委员长一再强调，江阴是长江的咽喉，城虽小，但战略地位十分重要，敌人从水路进犯南京，必经江阴。江阴是南京的东大门，你们是东大门的守卫神，你们要在这里为首都站好岗……"

突然，咔地一声，电话断了。

值班参谋过来说："电话线可能又被鬼子炸断了。"

唐生智在桌上怒击一掌，"还不快找人去修！"

"是！"

机要室助理快步来到唐面前，一个立正报告说："报告唐长官，发报机又坏了，电文发不出去！"

唐生智的脸一下拉长了："你们怎么搞的，不是电话坏就是电台坏，真是越忙越添乱。不是还有后备电台吗？"

"一台也没有了，新电台全被带到重庆去了。"

"他妈的……"唐生智想骂人，但话到嘴边又咽了回去。

刘副官上前道："唐长官，我看必须得派人去前线送达您的手令，不然就来不及了。"

唐生智紧锁双眉，沉吟半晌，正在一筹莫展之际，突然一名年轻军官的身影引起了他的注意。

这是一个战尘仆仆，高大威猛，长眉如剑，眼若寒星的上尉军官。他腰间挂一把驳壳枪，背上背一支德国狙击步枪，正大步流星地往门外走去。

"等一等，就是你！"唐生智用手指着那个军官，那名军官收住脚步，有些诧异地回望着叫他的长官。

钱秘书对他说："还不快敬礼，这是唐长官。"

年轻军官向唐生智立正敬礼。

唐生智问："你是哪个部队的？到这里来干啥？"

"报告长官，我叫马如龙，是教导总队狙击分队的射击教官，我是奉桂永清军长的命令，前来要炮弹的。"

"什么什么，你说什么？要炮弹？"唐生智以为自己听错了。

马如龙立正汇报："是的，我部奉您的命令坚守中山门，但我们的克虏伯榴弹炮现在配给的全是国产炮弹，一个也打不响，所以我们军长让我来要德国原产的炮弹。"

"简直瞎胡闹，一打仗都成了废物！"唐生智压不住心头的无名火，厉声道，"你现在被我征用了，当我的传令兵，骑马迅速赶去前线部队，传达我的手令，这是个紧急又危险的任务，你有把握完成吗？"

马如龙犹豫片刻，立正答道："有，长官，我保证完成任务！"

"钱秘书！"

"到"钱秘书应声来到。

唐生智下令："你把刚才准备发给23军军长潘文华、66军军长叶肇和74军51师师长王耀武的电令改成手令，让马教官立即送去前线。"

"是！"钱秘书对马如龙道，"马教官，请跟我来，我告诉你具体路线和方位。"

钱秘书领着马如龙来到侧室，把电文改写成手令，封装好，一边交代了三个部队所在位置。最后，钱秘书把三个牛皮纸文件袋郑重地交到马如龙手里，"你立刻出城，文件必须在48小时之内送达，三个部队相距380多公里，够你跑的，我这就跟守城门卫通电话，放你出城。完成任务后马上回来复命。"

"是！"马如龙敬礼，接过文件袋，转身跑去。

马如龙骑一匹快马，风驰电掣般沿着土路跑来。骑在马背上，他只觉得耳畔风声呼呼作响，此时虽是深冬天气，寒风凛冽，但汗珠却从他的额头上沁了出来。他知道军情已经十万火急，自己必须尽快赶到前线部队去。

骑行约五个小时后，前面有一个村庄，只见国军部队排成四路纵队正沿公路往前行军。马如龙估计到了21军军部所在地十字铺。

原来，川军21军、23军的5个师已经由南京移到芜湖，23军军长潘文华部队已到宣城十字铺，此时军部正在召开作战会议。

刘副官进门禀报:"报告军长,唐长官派人送来手令。"

马如龙上前向潘军长敬了个礼,双手将手令呈上。

打开文件袋,潘文华一目三行看完手令,对大家说:"这是南京大本营唐长官送来的敌情通报,其一,日军三个师团经过湖州,已到长兴,估计明天到泗安,后天到广德,要我们务必做好阻击战的准备。其二,日军三个师团此刻已经占领吴兴,正沿京杭公路向长兴疾进。苏州之敌,也已占据吴江,正搜夺民船,向太湖的洞庭山前进,有越湖向长兴包抄之势。让我们密切关注敌军动向。"

潘军长转头望着马如龙说:"谢谢你,请回报唐长官,我军一定遵命行事,定不辱使命。"

"是!"马如龙敬了个礼,转身迅速离开会场。

出了会场,他一步跳上马背,向另一个方向疾驰而去。

从淞沪战场上撤退下来的广东部队第66军,正行进在丹阳城边,部队列着六列纵队正向东迈进,路上黑压压一片钢盔。战车拉着重炮,还有许多骡马车夹杂其间,一辆辆从路上驶过。

因为路上太过拥挤,马如龙的战马只能从路边的稻田里跑过,他加了一鞭,让马跑得更快些。

前面出现一个院落,马如龙估计是军部,到院门口跳下马,门岗拦住了他,他自报家门,其中一人告诉他去找作战处的宋代汝处长。

军长叶肇正俯身在地图上,宋处长领着马如龙来到军长身边。

"报告军长,唐长官派人送来手令。"

叶军长接过文件袋,拿出手令,只见上面只有一行字:"令你军在5日拂晓5时前,尽快赶到汤山,防守汤山到淳化一线的正面。不得有误。此令。南京卫戍司令长官:唐生智。"

叶肇心情沉重地哼了一声:"知道了。"面色十分严峻,他转头向副官说,"让团以上军官到我这里开会。"

不一会儿,团以上军官都到齐了,叶肇扫一眼会场,面色凝重地说:"请诸位注意,刚刚南京卫戍司令部唐长官命令我们火速赶到汤山,阻击日本鬼子向南京进攻。汤山距此约100多里，我们要在两个小时内赶到那里，组织防御阵地。南京是我们中华民国首都，那里还有国父孙中山的陵墓，保卫首都是我们军人的神圣职责。我们的作战方式是运动防御，节节阻击，和日本鬼子纠缠扭打，既要迟滞敌人的进攻，又要拖住敌人，不让日本鬼子向首都逼近。"

他顿了顿，点燃一支烟，猛吸一口，"汤山阻击战是牵一发动全身、局部连着整体的重要一仗，我们要认真打好，千万不能让敌人从我们66军的阵地上找到攻击南京的突破口。我们要做到人在阵地在，誓死守住汤山，保卫大首都。"随即他向各师下达了阻击任务。

马如龙冒雨骑马，匆匆赶往下一站。这时，天空突然下起了大雨，凉风飕飕，寒彻肌肤，击打着被雨水淋透的军装。

淳化镇位于南京东南约30里处。此时大队人马款款而行，队伍中没人说话，只有运送炮弹的马匹踏着雨后的湿润地面富有弹性的小跑，发出"得得得"的马蹄声。

这是刚从炮火隆隆的淞沪战场上退下来的74军51师。

此时师长王耀武正俯身在地图上，边抽烟边查看着行军路线。在国民党军队中，王耀武素以善于用兵，勇于作战而著称，曾得到蒋介石多次褒奖。

陈副官进来："报告师座，唐长官手令到。"

"念！"

陈副官展开命令念道："着51师以主力担任方山至淳化镇之守备，以国防工事为主，构筑野战阵地，尽量联系加强之，以一部位于高桥门、河定桥之线，构筑预备阵地，于湖熟镇派出警戒部队，严密监视，左与66军，右与58师密切联系，共阻进犯之敌。"

王耀武正要说话，突然闯进来一个中校军官，匆匆向他报告："刚才纪鸿濡、李夫罗团长来电，说国防工事全部破烂不堪，有的被土理了，有的积满了水，还有的地方被老百姓占用着养猪养羊，有的被当作仓库，堆放着乱七八糟的东西。"

王耀武十分意外，国防工事不能用，这意味着什么，他嗫嚅道："这可怎么办，就要打仗了！"

王转身对马如龙说："你回去向唐长官复命时，请将这个情况向唐长官汇报一下。"

马如龙点点头，敬礼转身跑出门去。他跳上马，扬鞭打马，向着来路飞驰而去。

中华门城楼是明代开国皇帝朱元璋时建造的。它是南京城门中最大的一座，它气势恢宏，刚劲雄伟，南北长 128 米，东西宽 90 米，前后共有四重城门，筑有 23 个藏兵洞，号称可藏兵三千，堪称世界之最。门外的秦淮水，横贯城门前，更提高了它的军事价值。

88 师师长孙元良发现了来势汹汹的日军方队，便命令李士法团长率 500 余官兵组成敢死队出击。中国军队敢死队第一排有 15 人，全部端着机枪，后面全部端着刺刀，迎向敌人边走边开枪。日军拼刺刀时，一般不开枪，中国军队的猛烈火网，打得敌人猝不及防，前面的鬼子被击倒一大片。五分钟时间，一盘子弹打完了，敌人乘着国军装子弹之际，猛冲了过来。双方短兵相接，开始拼起了刺刀。一时间，刺刀的撞击声和双方的厮杀声惊天动地。

孙元良在望远镜中发现中国军队拼刺刀的技术不如对方，吃亏不少，往往三个士兵才能刺倒一个日本兵。国军损失不小，他急忙大吼一声："大刀队上！给我杀光小鬼子！"

这时，教导总队派来增援的一个营赶到了，马如龙教官向队员们挥了下手，队员们全都放下了狙击枪，拿起了银光闪闪的大刀，加入了 800 多人的大刀队行列。

88 师组建的大刀队始于淞沪战役，孙元良学习卢沟桥战斗中的 29 军，组织了一支 200 人参加的大刀队。这支大刀队屡建奇功，每到战斗的关键时刻，将士们全都挥舞着大刀，与敌人近身肉搏，将鬼子杀得尸横遍野，鬼哭狼嚎。

此时，马如龙已经回到了自己的部队，他带着狙击分队参加了这次战斗。

马如龙是练武出身，玩大刀自然十分老到。他把大刀舞得如狂风扫雪一般。他跟着 800 多人如猛虎下山一样，嗷嗷叫着扑向日军。阵地上刀光闪闪，鲜血飞溅，两军已分不出彼此，混战在一起。这时，全军同时唱起了《大刀进行曲》，歌声嘹亮，杀声震天，队员们挥舞着大刀向鬼子们的头上砍去。鬼子兵的刺刀枪在大刀面前使不上劲，纷纷被砍倒。马如龙带着的狙击队队员们左砍右杀，威振四野，马如龙杀得性起，一连砍倒了五个小鬼子。

800 多人才杀了半个小时，就砍光了两个方队的鬼子，有的鬼子魂飞魄散，跪地求饶，有的鬼子撒腿就跑，此情此景，在其他战场上实不多见。

日军师团长谷寿夫见部队连连后退，气得嗷嗷怪叫，他立即调来了 30 辆坦克，大刀队抵挡不住，只得退到了城楼上。

谷寿夫崇拜德国的克劳塞维茨，笃信用无限的暴力歼灭敌人的战斗力，他重新集结兵力，集中火器，连续用重炮轰击城墙半小时，将中华门附近的街道、小巷炸成一片火海。突然，城门在一阵密集的炮火下被炸开一个大缺口，谷寿夫立即命令三个步兵方阵冲进了城门。

军情万分危急，孙元良命令全师官兵进行围歼，先用一个营堵住城门，把马如龙的狙击分队调到高处，让狙击火力大量杀伤敌人，再用两个营与敌人拼刺刀。双方都踩着尸体拼杀，就连双方的伤员都躺在地上翻滚厮杀，他们用手互相撕扯着对方的伤口，用尽最后一点儿力气，在血地上扭打成一片。

危急关头大刀队又冲了上来，拼杀不到一小时，将突入的四五百敌人全部肃清，除战死者外，还俘虏了鬼子 15 人。

中华门前沿阵地，激战了整整八个小时，日军的飞机、大炮、坦克、步兵轮番上阵，始终无法前进一步，只在阵地前留下了上千具尸体。

天黑之后，所有进攻的日军停止了战斗。因为鬼子害怕夜战，谷寿夫担心伤亡太重，缩了回去，他计划天亮之后，才再次进攻。

南京下关港，1937 年 12 月 10 日，中午 1 时半。

岸边停泊着一艘美国战舰。舰艏一侧标有英文"帕奈"的字样。

"帕奈"号属于美国海军亚洲舰队的老式战舰，1928 年 9 月服役，全长约 63 米，宽约 9 米，排水量约 950 吨，可运载 20 辆公共汽车或 30 辆坦克。舰上配备 4 名军官和 40 名士兵，还有 3 名中国人，主要是做饭等方面的勤杂工。

根据美国与中国达成的协议，该舰一直以保护美国在华人员的生命和财产安全为由，在长江上巡逻。实际上，到 1937 年日军入侵中国内地，长江上各国战舰密布。"帕奈"号只是长江巡航舰队中的一艘。

南京开战以来，美国政府担心在南京的美国外交人员受到生命威胁，开始使用一切手段从南京撤运外交人员。10 日那天是个周日，"帕奈"号满载美国人，准备驶往上海。

中午时分，炮艇开始"周末大午餐"，水兵们尽情享受美味佳肴，丝毫没有临战的心态。水兵们觉得进了安全天堂，开始打牌休闲。有的水兵吃完饭，边听着收音机，边享受着啤酒的醇香。

"帕奈"号炮艇配有两门主炮和八挺机枪。反正今天就要驶去上海了，所以武器岗位没人战备值班，连火炮的护盖都没打开。饭后，艇长休斯少校开始像往常那样回到卧室休息，很快熟睡。

下午 1 时半，空中突然传来了重型飞机的轰鸣声，而且越来越近。

值班的副艇长安德斯上尉正在驾驶室里，他忽然发现远处飞来了 3 架日军 96 式双发轰炸机，它们以"V"字形编队向炮艇通近。

被轰鸣声惊醒的艇长休斯少校匆忙赶到前甲板，问举着望远镜观察的安德斯："怎么回事，老兄，哪儿来的飞机，难道它们要攻击我们？"

安德斯笑着说："是日军飞机，除非他们疯了，或是瞎了眼，看不见美国国旗。"

"是日军飞机吗？也许它们会攻击我们。"休斯少校有些担忧。

"艇长先生，您忘了，自从 9 月 27 日以来，日机曾多次从我舰上空飞过，可空袭的都是中国的目标。而且日本和我们美国还没有进入交战状态，所以我认为，日军不会袭击作为中立国美国的战舰的。"

"别大意，这可是战争期间，什么事都有可能发生啊，老兄。"

作为军人，休斯艇长还是下令战舰做好以防万一的准备，要求武器操作人员各就各位，关闭水密门和水密舱，全体官兵准备战斗。

安德斯跑步去传达艇长的命令。

1 时 38 分，日机飞临美舰上空，开始对美舰投放炸弹。长江顿时像开了锅一样，翻腾起巨大的浪涌，一时间火焰腾空，黑烟滚滚。

"轰隆，轰隆——"日本轰炸机先后投掷了 18 枚炸弹，猛烈的爆炸声把舰艇官兵们从沉睡中惊醒。此时的炮艇上中了几颗炸弹，艇身剧烈摇晃，上层甲板上到处是爆炸声，浓烟裹着火焰滚滚升腾。

安德斯急忙下令还击。然而，机枪安装在炮艇两边，全部对着两岸，无法对炮艇头顶目标进行射击。这时候炮艇已成为毫无防御的固定目标，日机可以放肆地轰炸。

随军记者马丁冲上前甲板，举着手中的 16 毫米的电影摄影机，对准天空进行拍摄。摄影机上标有派拉蒙的厂标以及一行英文：派拉蒙新闻。

飞机盘旋一圈，在天边掉了个头，"嗡"地一声，俯冲下来，机关枪子弹一阵狂扫。

从马丁摄影机的视角看去，三架标有鲜红膏药旗的日本 92 式飞机带有戏弄的轻佻，低低地掠过正在逃生的艇员们。

"马丁，危险！"休斯看见一架 92 式攻击机正在俯冲射击，扑了过来，用身体遮住了马丁，正好一串机枪子弹扫来，击中了休斯的背部。

日机轰炸完毕，在没有受到任何火力阻拦的情况下，扬长而去。

轰炸使"帕奈"号受到重创。安德斯查看后发现，驾驶室、无线电室、医务室和锅炉房均被炸坏，推进系统也被炸瘫痪，战舰难以行驶。二炮手麦克跑来向安德斯报告："一枚炸弹击中炮艇前部，76 毫米炮被炸坏。"

马丁搀扶着艇长休斯少校进了驾驶室，卫生兵过来给他包扎伤口。休斯少校伤势较重，流血很多，脸色苍白。马丁扶他躺在椅子上，还有几名水兵也受了伤。

安德斯关切地问："艇长伤势怎么样？"

卫生兵摇着头说："需要马上送院治疗，不然会有生命危险。"

休斯强撑着对安德斯说："老兄，你代替我指挥，实在不行就弃艇上岸。"

"是！"安德斯跑上甲板。

日本轰炸机离去了，大家总算松口气，以为灾难结束了，开始救治伤员，扑打燃烧的火势。

然而，空中很快又黑压压地飞来了一群战机。其中三架为单发俯冲轰炸机，专门进行俯冲轰炸；另外三架战斗机专门进行扫射。日军战机轮番攻击，多批次投弹。

安德斯跑上舰桥，下令艇员把机枪拆下来，所有武器对空开火。"哒哒哒哒！"突然，一块弹片飞来，正好击中安德斯的喉咙，他顿时无法开口说话。

炮艇已被炸得气息奄奄，冒着滚滚浓烟。操作员跑来报告："所有动力系统瘫痪，炮艇无法行驶。电力系统也被炸坏，作战系统难以操作。"

炮艇艇身被炸穿几个大窟窿，江水开始大量涌入，炮艇正渐渐下沉。

休斯艇长看到无力回天，悲痛不已，下令副艇长安德斯弃艇逃生。喉咙受伤的安德斯，不得不用血手在墙板上写下弃舰的命令。

水兵们展开了撤离行动。大副赫夫曼把漂浮装置扔到江里，为跳水者提供帮助。他把自己的救生衣送给随行记者马丁。美舰没有救生艇，人们只得依靠附近小舢板撤离。

撤离前水手们对炮艇无线电室的秘密文件进行了处理，防止它们落入日军之手。

附近的三艘美国油船赶了过来，协助人员撤离。但安德斯担心油船遭到日机轰炸，要求它们立即撤离。不久，两艘油船遭到日机轰炸，开始燃烧起来。

在这次空袭事件中，炮艇共有三名水兵阵亡，27人受伤。此外，附近还有几名平民死亡。

有40多名艇员和使馆官员蹚着没膝的江水，钻入密实的芦苇丛中。不少人已经负伤，个别人负了重伤，被人背着或抬着。

日机又飞了回来，向着水中的人们扫射。

一个中年男子大喊："快快快，举起美国国旗！让狗娘养的看清他们袭击的是美国人！"

摄影记者马丁大叫道："他们明明能看清美国国旗，可他们装作看不见，我看他们就是冲着美国来的！"

一个穿着陆军军装的武官用望远镜观察着飞机的动向，一脸的不可思议，"今天是不是一个将载入史册的日子？日本向美国宣战了？"

垂死的艇长满身是血，躺在救生圈里，救生圈上拴着一根绳索，一个胖子在前面拉，另一个年轻男子在后面推。

救生圈浮到一片开阔水面，飞机的轰鸣声再次接近，俯冲的强烈气流使芦苇大幅度摇晃，一个被摔开的文件箱里，飞出一页页纸张。

芦苇荡里，摄影机的马达飞速地旋转着，马丁手持摄影机对准上空拍摄。飞机飞得极低，似乎连飞行员的模样都能分辨。

一小时后，40多人撤到了江边，有14名伤员不得不依靠担架随行。由于正、副艇长受伤，使馆的武官罗伯茨上尉接替指挥。日机还在空中盘旋，河中还出现了日军炮艇。幸存者们不得不躲进高高的芦苇丛中。

鼓楼百子亭唐公馆。1937年12月10日凌晨4点。

唐生智忙于指挥，一直到凌晨4点，才身心疲惫地倒在了办公室的沙发上睡着了。他实在是太困了，呼噜声传了很远。

日军飞机大批飞临南京上空，奇怪的是这一次没扔炸弹，扔下的是如雪片般的传单：松井石根的劝降书。

值班参谋匆匆起来，把劝降书交到唐生智手中。

唐扫了眼传单内容，气得往地上一扔，一把抓起电话，发出了一番通令："各部队官兵，应抱与阵地共存亡的决心，尽力固守，不许轻弃寸土，动摇全军。若有不遵命令，擅自后退者，定遵委员长命令按连坐法从严惩办！"

另一部电话乍响，唐生智一把抓起话筒，里面传来夹杂着炮弹爆炸声的报告："唐长官，日军已经突破牛首山右翼板桥镇、左翼的方山，我们58师成了孤军，如不及时后撤，必将陷入鬼子的四面包围之中。

唐生智大声命令道："冯圣法，你立即后撤，向南京转移，加入首都保卫战。"

值班参谋放下另一部电话，对三位长官说："中华门告急。"

罗卓英说："日军大举进攻光华门、通济门，紫金山失败后，敌人会集中精锐部队对中华门发起猛烈攻击。"

刘兴指着地图说："中华门外有一座长竿桥，我们要力争将敌人堵在桥的南面，如果让敌人过了桥，中华门就麻烦了。"

唐生智说："守中华门的是88师和74军的51师，请刘副司令马上去向他们传达我的意图，要他们务必死守，决不能让敌人的目的得逞。"

刘兴道："好，我这就去！"

机要员小跑步从门口进来。他拿出一份电报，刚要放到唐的面前。

唐生智说："念吧。"

机要员道："是安全区拉贝先生打来的。司令官先生，我们非常遗憾地通知您，日本派遣军总部拒绝了国际委员会的请求，很快会发起对南京的最后总攻。"

唐生智一动不动，进入一种崩溃边缘的沉默。

第 3 章 敌后狙击战

夜已经很深了，黑色的天幕像口漆黑的大锅扣在整个大地上，看不到几颗星星。

日军进攻中华门的是第 6 师团和第 114 师团，第 6 师团为主攻，第 114 师团为辅攻。第 6 师团师团长是谷寿夫，在日军中以凶狠、残暴而著称。

远处的火光映照着巍然高耸的中华门城楼，日军的照明弹不时飞上天空，把城门一带映照得亮如白昼。

李士法团长在城墙上巡视着部队，一面清点伤员，一面让部队加固工事，做好天明后敌人大规模攻城的准备。

马如龙来到李团长背后，"团长……我……"

李团长掐灭烟头，收回了踏在城垛上的脚，看了他一眼，"有事？"

马如龙小声道："很遗憾，这场战斗我们狙击分队没派上大用场，不如让我们分头出击，杀到第 6 师团后方去，狠杀它一阵，发挥我们枪法准的长处。"

李团长沉吟片刻，点头道："你想学孙悟空钻进铁扇公主肚子里去，搅它个肠断肚烂，打它个措手不及。很好，捅它一家伙，不过要注意安全。马教官，你准备怎样分配你小队的兵力？"

马如龙道："我们分队一共 28 名狙击手，共分成 14 个小组，两人一组，潜入敌后，主要的任务是射杀敌方指挥官、机枪手、通讯兵这类有价值的目标，达到迷惑敌人，扰乱敌人战斗部署的目的。"

这时，14个小组的成员都汇聚到了李团长身边，李团长看着一个个生龙活虎、跃跃欲试的狙击健儿们，深为感慨地说："养兵千日，用兵一时，弟兄们，到了该发挥你们狙击长才的时候了，相信你们一定会为保卫大首都做出特殊贡献。听好喽，每一组都要消灭一百个鬼子，没完成任务别来见我！出发吧！"

马如龙向部下一挥手，14个小组同时潜入夜幕之中。

两个身影如鬼魅般一闪而过，马如龙带着他的助手罗勇一路向东，直插第6师团纵深。他们先涉过一条不太宽的小河，然后越过一道丘陵，前面就是日军控制区了。

又走了十多里，二人放轻了脚步，伏低身姿，越过一座小山包。山脚下有一条公路，公路上来来往往的车辆都是日军后勤部队的，车上蒙着厚厚的帆布。

作为专业狙击手，首先要选择合适的狙击阵地。他们发现，这里视野开阔，前面没有遮挡物，是最好的狙击位置。

马如龙的枪是一支德式K98狙击步枪，是当时世界的顶级枪。枪口径为7.92毫米，全长1250毫米，枪管长740毫米，全重3.9千克。枪上方标配有捷克产的6倍瞄准镜。对有经验的狙击手来说，用6倍瞄准镜可射杀1000米处的目标。

罗勇带的东西不少，除了一支日本产97式"有阪"狙击步枪，还带了三颗手雷，120发子弹，三天的干粮。

作为中央教导总队的狙击总教官，马如龙培养了包括罗勇在内的新一代狙击手。他们对马如龙都有着深深的尊敬和仰慕之情。因为桂永清的教导总队，是一支装备精良的部队，是由德国顾问团训练出来的精锐之师，素有蒋介石的铁卫队之称。他们除了清一色德式装备之外，还有优先选送人才去德国军事院校深造的权力。

1935年年初，马如龙和一批学习火炮、飞机和军舰的军官一同前往德国各军事院校深造一年，马如龙考进了位于柏林北郊的"图普塞塔尔艾普"狙击手学校，那里是德军最主要的狙击手训练基地。马如龙第二年以各门功课第一的成绩毕业，被教官赞誉为"中国狙击精英"。学校负责人兰姆斯基上校送给他一个响亮的荣誉称号。回到国内后，马如龙组建了中国第一支狙击部队，并从各部队选出一批神枪手，把他们培养成了出色的专业狙击手。

按照德军的体制，作为狙击手，马如龙负责狙击目标，而罗勇作为观察员，协助狙击手搜索目标，担任警戒任务，并记录和确认每次射击的结果。在危险的时候还起到保护作用。

两人隐蔽在草丛中，相距十米远，浑身上下都被巧妙地遮盖起来。

黎明和黄昏时分是狙击手活动的大好时机，而战场上的多数士兵在光线昏暗的条件下要想发现远处的目标非常困难，但利用光学瞄准镜就不一样了。物体在瞄准镜中被提高了亮度，透镜里景物像胶卷底片上的景物一样灰蒙蒙地浮现。

马如龙的双目如鹰隼般犀利，人如磐石一般沉稳，他的手指轻搭在扳机上，进入了人枪合一的境界，他在耐心地等待目标的出现。

公路上先后有几个车队来来去去，都不适合狙击，更没有落单的鬼子，马如龙没有动手。

天还没亮，灰蒙蒙的天空晨雾迷蒙，一阵冷风夹杂着冻雨阵阵袭来。

草丛之中，小罗只感觉浑身酸麻，寒彻入骨。因为趴的时间太久了，只觉得上下牙关在瑟瑟发抖。

小罗望着十几米开外的马如龙，只见他用几枝厚树枝盖住全身，只露出一根枪管，整个人藏在底下一点雨也淋不着。

冻雨渐渐大了，罗勇悄声道："马教官，马教官，我们换个地方躲躲雨吧？"

"别动！"马如龙果断地道，"要坚持住，这里是主要公路，一定会有鬼子出现，下雨的时候正好打狙击。"

过了不一会儿，只听到阵阵马蹄声从雨中传来。

罗勇心中暗喜，但转瞬间，就由喜悦变成了失望，因为马蹄声很密集，显然不是一两匹马。

果不其然，公路上出现了一队鬼子，罗勇数了数，一共是七匹马，七个鬼子，这些鬼子都是背着骑枪，头戴钢盔，以中高速向前方奔驰。

这是骑兵巡逻队。罗勇以为老马不会动手，但他看见马如龙向他发了个动手的暗号。

等他反应过来，马如龙的枪已经响了，子弹准确地命中了最后面一个鬼子骑兵，透过雨雾，罗看见头颅炸开的血雾漫天挥洒，鬼子一头栽到马下。因为马如龙的枪带有消音器，子弹出膛的声音被基本消除了。所以前面的鬼子没有觉察后面有什么动静。

小罗立刻明白了马如龙的战法：从后往前打。

罗勇也安装好消音器，瞄准倒数第二个鬼子的头部，果断地扣动了扳机。这颗子弹也结束了跑在最后的鬼子性命。

马如龙又向小罗打了个暗号。小罗明白他的意思，瞄准了第四名鬼子。这次两人几乎是同时开枪，两颗子弹瞬间钻进了鬼子的脑袋。两个鬼子同时栽下马来。这次，可能是动静较大，惊着了前面的鬼子，剩下的三个鬼子非常迅速地跳下马来，向路边的土丘后面跑去。

显然，鬼子知道遭遇了伏击，想找个隐蔽的地方进行反击。但马如龙并不给敌人任何喘息之机，他稍稍移动了一下枪口，"当！"第一枪响了，只见前面的日军少佐一弹爆头，颅骨炸裂，脑浆喷出，被死亡定格了。

马如龙拉机退壳，重新上弹，再次瞄准，不到一秒。

第二枪子弹咆哮出膛，一粒火花瞬间钻进日军军曹的天灵盖，只见人被冲力弹向空中，然后重重地向后栽倒。

小罗打响了最后一枪，子弹追上了想重新跳上马背的鬼子后心，那人立时毙命，但是那人的一只脚还挂在马镫上，被惊马倒拖着跑走了。

七个鬼子被干净利索地消灭，只剩下七匹马在雨中狂奔而去。

被马拖走的鬼子扔下了一支德式伯格曼冲锋枪，也就是中国人俗称的花机关枪。马如龙不慌不忙捡起那把枪，卸掉梭子看了看，满仓，他从容地把它背在自己肩上。

"我们走。"他居然不是朝城门方面，而是朝日军控制区深处走去。马如龙做出了一个大胆的选择，也是一个能更多杀伤敌人的选择。小罗紧紧跟了上去。

两人冒雨走了几里地，找了个草棚休息了一下。

第二天拂晓，风停了，雨也住了，但却纷纷扬扬飘起了雪花。淋了一夜冻雨，两人身上没有一处干的地方，这时要是能有一堆火烤烤那该多美呀。但是他们明白，身在虎穴，随时随地都可能遇到鬼子。

两人和公路保持着五十米距离，踏雪前行。小罗问道："马教官，如果我们搞两套鬼子军服穿上，是不是更方便行事？"

马如龙没说什么，只是笑了笑。他懂得，在敌人的心脏部位，要搞到鬼子服装倒也不难，难的是万一被鬼子发现，一个包围，跑都跑不了。

小罗也觉得自己的提法太幼稚，不再说什么。两人默默前行，因为刚开始下雪，地上积雪不厚，人走过留不下任何脚印，可以放胆前行。

这时天色渐渐放亮，远处的物体显现出淡青色的轮廓。

远处又传来汽车声，二人赶紧卧倒，隐蔽到草丛中，汽车全速驶过，没有发现什么。马如龙小声对小罗说："这次战斗鬼子是大兵团作战，所以在间歇期大部分鬼子都集中待在兵营里，一般很少外出，除了少数巡逻兵、宪兵队，落单的也很少，哨兵都在哨位上，而且一般都是两人一起执勤。"

小罗有点懵了，"那我们不是白来一趟，这不便宜了鬼子？"

"便宜？"马如龙裂嘴一笑，显然心中有数，"放心，决不会白来的，我们就守在公路边，总会有大餐自动上门的。"

小罗明白老马想打鬼子的汽车，点点头道："好，就这样干。"

又走了一会儿，二人欣喜地看见前方有个小山坡，二人很快爬了上去。放眼一看，刚才那条公路顺着山腰穿过，向前伸展。两人选择了一段长坡，一个急弯道，把狙击点定在小山头上，这样他们居高临下，视野开阔，能够及时发现两边开来的卡车。而且路陡弯急，卡车的速度不会太快，两人能够从容开枪。

两人开始耐心地等待着。

等啊，等啊，等了一个多钟头还不见汽车的影子，天色已经大亮了，远处的景物已经看得十分清楚，他们开始担心暴露自己。

小罗想说什么，但看见马教官沉着镇定的神态，把到了嘴边的话又咽了回去。

两人又等了一个小时，忽然马如龙敏感地说："来了，准备！"

"什么来了？"小罗一怔。

"敌人。"

小罗看了眼公路，公路上什么也没有，远处，倒是隐隐约约有汽车的声音。

小罗侧耳听了听，浑身剧烈地一振，"鬼子的汽车真的来了！"

"三辆车。"马如龙俯身地上说。

"你怎么知道是三辆车？"小罗奇怪地问。

马如龙的耳朵离开地面，"我是听出来的。这本事还要拜成吉思汗所赐。"马边开着玩笑，边把冲锋枪和自带的两颗手雷给了小罗。

"干它狗日的！"小罗接过冲锋枪，低吼了一声。一边把五颗手雷放在右手边，伯格曼冲锋枪打开保险，放在左手边，狙击步枪摆在正中，调了调瞄准镜，摆正了身体姿势。

马如龙没说什么，迅速把狙击枪摆正，架稳，把标尺定在三百米，腮部紧贴着枪身，眼睛向前瞄着，一边调整着狙击镜的焦距旋钮。

不一会儿，三辆卡车出现在马如龙的狙击镜中。第一辆车上有十几个鬼子，车驾驶室顶上架着一挺轻机枪，其余的鬼子都是步枪背在身上。后面两辆卡车却有篷布遮盖得严严实实，看不出来里面装的是什么。

小罗也看清了三辆车的情况，对老马说："我看前面是押车的，后面车上很可能是军用物资。"

老马点了点头，道："等一下我先打鬼子的司机，你扔手雷，一定要扔准。"马如龙是一个沉稳冷静的军中老手，做事情从来不冲动。本来一辆车上有十几个鬼子，自己只两个人，肯定不是对手。但鬼子在车上，如果自己一枪干掉鬼子司机，小罗再把手雷扔到卡车上，卡车就会被炸得七零八落，这样的突然袭击显然可行。

卡车下坡的速度放慢了许多。当第一辆卡车转弯的一瞬间，马如龙扣动了扳机，子弹打中了驾驶室里的鬼子司机，卡车一头撞到路边一棵树上。同时，小罗的两颗手雷不偏不倚地扔到卡车车箱里。

"轰隆！轰隆！"两声爆炸，几个鬼子从车上被炸翻了下来。转眼间，十几个鬼子只剩下四五个活的了。

马如龙立刻掉转枪口，打第二辆卡车。

其实，后面的两辆卡车已经停了下来，几个鬼子从驾驶室里正往外逃窜。

小罗手一扬，第三颗手雷向第二辆卡车飞去，轰隆一声爆炸，把第二辆车的车头炸飞了一大块。紧接着，小罗向第三辆卡车扔出第四和第五颗手雷。剧烈的爆炸掀起的泥土和硝烟遮避了第二和第三辆卡车。

这时，马如龙不慌不忙地开了一枪，把刚刚推开第二辆车的车门，还没有来得及跳下车的司机的天灵盖掀开了。

从最后一辆卡车上跳下的鬼子是个少佐，他匆忙拔出南部十四手枪，一边大呼小叫，一边藏到车轮后面，妄图找出狙击手的位置，以便组织反攻。

第一辆车上没炸死的那五个鬼子已经缓过劲来，挺着三八大盖，疯狂地向二人所在的小山包扑上来。

"小罗，你来对付冲上来的鬼子，我对付那个藏在车下的少佐。"马如龙轻声吩咐小罗。

"明白。"小罗拿起冲锋枪，对准五个冲上山坡的鬼子一阵猛扫。这次干掉了两个鬼子，还有三个家伙趴在山坡下向上回击。

马如龙换了个狙击位置，来到一个更有利的角度，但还是看不见那个躲藏在车下的少佐。只听见少佐在车下哇啦叫嚷，估计是在用步话机发警讯，以便召来同伙前来救命吧。

必须尽快干掉他，否则鬼子大队人马一来，我们连撤退都来不及。马如龙又换了个狙击位置，但还是看不见少佐的鬼影。怎么办？这个问题难不倒老马，该祭出杀招了。只见他打开背包，拿出两颗子弹，这种子弹比一般的子弹长些，也粗些，子弹底部用红漆漆了一道箍。老马先挑了一颗带尖头的穿甲弹压进枪膛，向着卡车的油箱瞄了瞄，扣动了扳机，"当"地一枪击中了油箱，在上面穿了个洞，汽油顿时流了一地。

这时，老马拉机退壳，把第二颗燃烧弹压进枪膛，再次瞄准了漏油的油箱。"啪"的一声脆响，子弹咆哮出膛，刚好击中了漏洞的部分，只听"轰"的一声，汽油燃烧起来。火焰借着风势，越烧越旺，不一会儿火苗趁着风威烧着了车帮，连帆布也着了火，紧接着车厢也烧了起来。整个车变成了一个巨型火炬。

这时藏在车底的少佐躲不住了，身上着了火，从车底下抱头鼠窜，妄图卧在一块石头后面进行反击。

老马的枪口一直跟着他，等他刚一转身，还没靠近石头，老马就扣动了扳机，一粒子弹咆哮出膛，瞬间打中少佐的前胸，飙血溅肉，他立时倒地，双腿不停地抽搐。

老马掉头一看，小罗这边已经用冲锋枪消灭了三个鬼子，还剩下最后两个鬼子，藏在一块大石头后面，负隅顽抗。三八大盖的子弹嗖嗖地从头上飞过。

小罗已更换了狙击地点，现在正埋伏在一棵小树后面。

隐隐约约传来一阵汽车引擎响。老马惊回首，发现远处公路上，气势汹汹开来了五辆大卡车，他知道这是鬼子的增援部队到了。

必须马上结束战斗，不然形势对他们非常不利。老马借着狙击镜寻找着鬼子的藏身之处，突然，看见一个钢盔露出一角，那儿显然躲藏着一个家伙。老马顺好枪口，拉机上弹，稳稳地扣动了扳机。

不远处小罗的枪同时响了，只见石头后面的冒出两篷血雾，最后两个鬼子也被死神带走了。

"快撤！"老马向小罗高喊一声，小罗从藏身的树后跃了出来。刚好山坡下有一大片树林，二人悄然隐入林中。公路上赶来支援的鬼子根本不知道这些是怎么消失的。他们望着满地的死尸和三辆汽车残骸，想哭都没有了眼泪。

鼓楼百子亭唐公馆。1937年12月8日晚11时。

城外炮声隆隆，在南京城中心的新街口已经能听得很清楚了。而且，敌人的照明弹已打到了城内，老百姓们正扶老携幼逃往中山路边的难民区。

拉贝坐在自己的轿车上，轿车沿中山路飞驰而来。路两旁都是国军的部队，看样子是在向城外调动。

拉贝的奔驰轿车发出一声锐叫，猛地刹住，唐生智公馆到了。

两个戴钢盔的国军士兵挡在车前，大门口拦着一道红白相间的道路闸。

车门打开，拉贝从后门下车，用生硬的中国话说："我马上要见你们的唐总司令。"

国军士兵漠然地说："唐总司令不在家。"

拉贝直往里冲，"没关系，我可以在他家等他回来。"

国军士兵厉声喝道："站住！再走我不客气了！"

拉贝坚持往里走，士兵不断后退，但仍坚持阻拦。

警卫排长闻声走来，上下打量了一下拉贝，又看看拉贝的纳粹卐字袖标，讥讽道："又是你，老头儿，我已经告诉你三遍了，唐总司令很忙，出去开会了，你不用等他了。别说他不在，就是在，这节骨眼上也没功夫见你，你还是识趣点，打道回府吧。"

"回府？"拉贝一见多次挡驾的排长就来气，气鼓鼓地说，"我今天必须见到他！"

警卫排长并不搭理他，转头对门岗下令："少跟他废话，拦住喽，他如果赖着不走，就让他在这儿干等吧。"排长吹着口哨走了。

"唉……"拉贝长长叹了口气，双手抱头蹲了下来。

约翰·拉贝是位德国商人，1882 年 11 月 23 日出生在德国汉堡。1908 年，拉贝受西门子中国公司之聘，开始在中国沈阳、北京、天津、上海、南京等地经商。1931 年至 1938 年前后，拉贝任德国纳粹党南京分部部长，目击了日本军队对南京的疯狂进攻和野蛮杀戮。拉贝和十几位外国传教士、金陵大学与金陵女子文理学院的教授、医生、商人出于人道主义，为保护平民免遭战火而共同发起和建立了"南京安全区"，并担任安全区国际委员会主席。安全区又叫难民区，由南京安全区国际委员会进行管理，共设 25 个难民收容所。

宁海路 5 号是南京安全区国际委员会的总部所在地。拉贝的家也安在总部里。

国际委员会划定的南京安全区以美国驻华大使馆所在地和金陵大学、金陵女子文理学院、金陵神学院、金陵中学、鼓楼医院等为中心，占地3.86平方公里，四面以马路为界：东面以中山路为界，从新街口至山西路交叉路口；北面从山西路交叉路口向西划线至西康路；西面从北界线向南至汉口路中段（呈拱形）再往东南划直线，直至上海路与汉中路交叉路口；界内分设交通部大厦、华侨招待所、金陵女子文理学院、最高法院、金陵大学等25处难民收容所。

这时，唐长官在副官、值班参谋和秘书们的陪同下从大门里匆匆走了出来，刚要拉开林肯牌轿车的车门，突然唐生智看见了蹲在地上的拉贝，他急忙走了过去。

"哟，这不是拉贝先生吗？"

拉贝抬头看看唐将军，疲惫地点点头，"是我，我已经在这儿等你两个多小时了，你的卫兵不让我进去。"

唐耸耸肩，抱歉地笑笑，"对不起，主席先生，让您久等了，走吧，咱们里面谈。"

"不了，"拉贝摆摆手，"您太忙，就在这儿说吧，就几句话。"

"您说，我洗耳恭听。"

"我的安全区已经正式运作。前天，日本公使冈崎胜雄来访，提请我们注意，虽然日本人没有承认我的安全区，但我们将受到的待遇就如同被他们承认了一般。唯一的条件是不能与日方必要的军事措施相冲突，言下之意很明确，就是不能跟中国军队有任何瓜葛。他还表示只要安全区没有中国军队驻扎，日军就不会攻击安全区。"

唐生智把手搭在拉贝肩上，宽慰道："我明白，拉贝先生，我已经向您承诺过，安全区是非军事区，我保证三天之内从安全区撤出全部军队。"

拉贝摇摇头，瞪着布满血丝的眼睛说："承诺没有用，必须下命令！下死命令！阁下知道吗？昨天，您的部队还在安全区内修筑街垒工事；还有，贵军的两个高炮阵地还在不停地向日军飞机开火射击。这像是一支要撤走的军队吗？"

"可命令已经下达了呀……也许他们正在做撤出的准备……您知道这是战争期间，一切都不像平时来得那样快。"

"哼，还有呢，您的部队不仅没有如您许诺的那样撤出，反而继续挖掘新的战壕并在安全区内架设军用电话线！"

"嗯，有这种事？"唐生智生气地回头对值班参谋道："去查查是哪支部队在安全区架设电话线的？查出来军法从事！"

"是。"值班参谋小跑着去了。

拉贝再次加重语气道："唐总司令，算我求您了，如果安全区内还有贵军的部队，日军就会对我们进行攻击，那反而成了不安全区，老百姓就要遭殃，是不是?!"

"是，是，我知道这里面的利害关系。"唐生智再次安慰道，"好啦，明天天一亮我就派出专人前去监督，让他们严肃执行撤出命令！您知道我急了是会杀人的。"

唐生智把拉贝送到轿车前，并亲自为他拉开车门，拉贝边上车边嘟哝道："但愿这次是真的。"

目送拉贝的奔驰车开走，唐生智才上了自己的林肯轿车。

从长江边到江边公路之间，有宽阔密实的芦苇荡，大片大片的苇荡一眼望不到头，阵阵寒风吹来，发白的芦絮被风摇弋着，发出悲鸣般的瑟瑟响声。

芦苇荡中有一片沙洲，一个渔民用苇杆搭成的庵棚立在沙洲上，庵棚前的空地上除了渔民晒的破渔网，还升起了三小堆篝火。四十多名"帕奈"号的船员和官员们正围坐在篝火四周烤火，火光映红了他们布满战尘的脸膛儿，火堆上的木棒上倒吊着一个钢盔，钢盔里面正煮着一锅鱼汤。

罗伯茨上尉一筹莫展地望着火堆发愣，红红的火光照亮了他阴郁的面庞。马丁走来，无言地在他身边坐下。罗伯茨是美国大使馆的武官，在正、副艇长受伤之后，主动承担起了这群败兵的领头人。

鱼汤熬好了，迈克尔端着钢盔问罗伯茨："头儿，这汤怎么分配？"

罗伯茨看了看大伙，说道："一人一口吧，剩下的都给艇长和副艇长端进去。"

大家过来喝汤，许多人还心有余悸，一口汤也喝不下。迈克端着剩下的汤进了阉棚。

过了一会儿，卫生兵从阉棚里走出来，丧气地对罗伯茨说："休斯艇长背部伤口发炎，一直高烧不退，还说胡话。副艇长安德斯喉咙肿大，不能进食，我带的盘尼西林已经用完，我怕他们熬不了几天了。"卫生兵把一个注射用的空瓶子随手一抛，颓丧地一屁股坐在罗伯茨旁边的沙地上。

络腮胡子大副，随军摄影记者马丁围了过来，听见了卫生兵的话，大家脸色更加凝重，谁都没有吭声。

罗伯茨举起望远镜向远处浓雾弥漫的江面扫了一圈，又看看望不到边的一片黄糊糊的芦苇荡，皱紧了眉头。

络腮胡子叹了口气道："胡金福走了快两天了，他说前面有个渔村，现在也应该回来了吧？"胡金福是炮艇上的厨师，家就在附近的渔村，从小在江边长大，对这一带很熟。

罗伯茨低头看了看手表："是啊，已经两天了，他怎么还不回来呢？"

大家伙焦急地望着随风摇摆的芦苇荡，失望和焦虑的情绪写在每个人脸上。

马丁收回失望的目光，对罗伯茨说道："我说头儿，我们不能再在这儿傻等了，再这样等下去，我们即使不被冻死，也得被饿死，要不然就得当日本人的俘虏，得尽快想想别的办法呀。"

罗伯茨苦笑一声，"马丁先生，一看你就没参加过战斗，哼，说得倒轻松，我们不在这儿等，我们能怎么办？前面是长江，后面是日本人，身边是芦苇荡，你说能怎么办？"

旁边一个水手插话道："我宁可淹死，也决不投降日本人。"

迈克尔说道："我同意马丁的意见，我们再待下去就是等死，罗伯茨先生，我们还是离开这儿吧。"

"头儿，我担心，"络腮胡子说，"万一胡金福被日本人抓了，他就不会带着营救人员回来，而会带着日本人回来抓我们。"

"你们不要吵了，好不好，"罗伯茨捂住发涨的脑袋，"越是在这种危急时刻，越是需要头脑冷静，不要被日本人吓破了胆，我坚信胡金福一定会回来救我们的！"

有不少水兵围了上来，叽叽喳喳、七嘴八舌地议论开了。有人主张离开，有人主张等待，有人主张向日本人投降，说什么的都有，场面一时混乱不堪。

马丁知道再说多少都是白费唇舌，他独自站了起来，一声不吭地拿起摄影包，甩在背上，扭头向苇荡深处走去。

众人眼看着马丁深一脚浅一脚地走过沙洲，走进芦苇荡，都觉得他是在干傻事，同时为他的安全捏了把汗。罗伯茨禁不住高喊："马丁，你要干什么？赶快回来！……你方向搞错了，那边是南京城，有小日本啊！"

马丁扭过头，寒风飘过来一句话："头儿，没错，我就是去南京的，因为我不想在这儿等死，我要去安全区，去找拉贝先生，他是个好心肠的德国人，我相信他会答应来救你们的。"

马丁走远了，罗伯茨失望地看着他的身影越来越小，越来越模糊，最后变成一个小黑点。

马丁不知道，就在离他不远的地方，有一条藏在芦苇荡中的小舢板，舢板上有一个渔民打扮的青年男子正死盯着他。那男子形容猥琐，头戴毡帽，穿一身灰布土棉袄，此刻正鬼鬼祟祟地趴在船上，一双奸诈的小眼怒光四射。青年男子顺着马丁行走的方向倒推回去，透过芦苇丛看见了远处的篝火和阁棚，还有不少美国水兵的身影。

这名鬼祟男子名叫丁魁，是日本先遣队密探组的成员。此君在鬼子没来南京之前是当地一流氓痞子，一直在黑市里混。后来经人介绍，参加了鬼子密探组，专门为鬼子飞机向天空打手电筒，指引鬼子飞机轰炸国军的军事目标，大挣昧心钱。这两天知道鬼子金主就要打进城来了，长江上急于逃亡的富人又多，这可是大发国难财的好机会呀。他就弄了条舢板等在江边，专做渡人过江的生意，渡一次收一根金条，这让他每天都能狂赚数十笔。刚才他偶然看见芦苇荡里冒起了黑烟，又有一名外国人从里面慌慌张张地出来，就划过来一探究竟，没想到让他发现一个惊天大秘密：江边芦苇荡里竟然藏着一大帮美国水兵，他估摸着这些人肯定是昨天被日军炸沉的炮艇上的官兵。原来他们没有死绝啊，都躲藏在这里啊?!

　　丁魁的白眼珠翻了几翻，使劲咽了口吐沫，仿佛看见一个大元宝正迎头砸下，这回自己又要立大功了，赏金决少不了，他决定立马去报告小野组长，于是他掉转船头，奋力向岸边划去。

第 4 章　撤退令

鼓楼百子亭唐公馆。1937 年 12 月 11 日下午 3 时。

唐生智正俯案研究地图，副司令刘兴黑着脸闯了进来。

一见刘副司令这副模样，唐生智有种不祥的预感，急忙问道："什么事如此惊慌？"

刘兴气喘吁吁地说："刚才接到桂永清的电话，说在麒麟门一带有三千多鬼子参加进攻紫金山第二峰的阵营，情况万分危急。88 师兵力伤亡过半，桂永清要求我们派一个炮兵团增援他们。

唐生智直摇头，摊开双手道："真是异想天开，这时候我手中哪还有机动炮兵呢？"

这时电话铃声又响了，刘兴拿起电话，听罢对唐生智说："是孙元良打来的，说雨花台失守了，中华门也告急，他们的弹药快用光了，请我们迅速派人送弹药过去。"

唐生智急得眼冒金星，团团乱转，"兵到用时方恨少啊。处处要弹药，处处要援兵，我又不是孙悟空会七十二变。"他突然打住话头，对刘兴道："你快打电话给孙元良，雨花台失守就算了，这中华门可千方百计要守住，没有弹药能不能请他们向右邻 74 军借一点儿？"

不一会儿，孙元良的电话又打来了。孙元良在电话中对唐生智说："我们没有弹药啦，我马上率两千人向下关方向移动。"

唐生智刚要讲话，对方电话挂断了，话筒中传来的是"嘟嘟嘟"的盲音。

刘兴一拍脑门，大叫一声："不好，他们要从下关过江撤退呀！"

唐生智急得大吼："关键时刻怎么能跑呢，这是临阵脱逃，抓住他军法从事！"

"娘的，我去拦住他们！"刘兴怒气冲冲，甩袖而去。

唐生智用一块毛巾揾在额头上，一把抓起一部白色电话，声嘶力竭地下达命令："88 师吗？让雨花台撤下来的部队，立刻进入城门内的工事，即便敌人进入了南京，我们也可以利用街巷跟他们抗争！"

唐生智猛一转身，发现身后站着三位军师将领，人人脸上写满悲壮，有人头上缠着染血的绷带，有人提着刺刀枪，有人柱着拐杖，个个都战尘仆仆。

唐生智镇定一下自己的情绪，扫视着众人的眼睛道："桂永清逃跑了，俞济时后撤了，你们说说吧，能不能挡住小鬼子，保住南京城?!"

一中将上前一步，神情凛然，发出铿锵誓言："何以对家国？何以对民族？宁作战死鬼，不作亡国奴！"

一上校上前一步，"我已号令全师，国难当头，吾辈抛头洒血，战死者荣，偷生者辱，荣辱系十一人者轻，而系于国家者重。"

一少将跨前一步，"岳武穆三十八岁壮烈殉国，我已过了二十八岁，当效法岳飞精忠报国，誓为抗日洒尽最后一滴血！"

唐生智豪情勃发，"好！拿纸笔来！"

值班参谋立即将一张白纸铺展在桌面，唐生智一挥而就，写诗一首。参谋将白纸悬起，众将军齐声念道："千万头颅共一心，岂肯苟全惜此身，人死留名豹留皮，断头不做降将军！"

三人同声发出誓言："誓与南京共存亡！"

唐生智眼含热泪向众将军敬了个崇高的军礼。

"再见啦，唐长官！"

宁海路 5 号。拉贝办公室。

震而欲聋的炮声时近时远，时疏时密，那些贴着米字纸条的窗玻璃被震得哗哗直响。东西南北似乎都在响枪。照明弹的闪光把办公室照得亮如白昼。

"啪"的一声，天花板上的吊灯落到地板上，粉碎了。

拉贝头也没抬，仍旧在电文稿上批改着："语气要再委婉一点……你知道，这是给德国元首的电报。"秘书有些不好意思地点点头。

助理过来说："拉贝先生，为安全区准备的米、面、盐、燃料、药品、煤油也都买好了，蜡烛也有了，还贮藏了能用一个月的煤。"

"很好，其他事情也要抓紧去办。"

"好的。"

门开了，爱玛风风火火地走了进来。爱玛是安全区妇女委员会的负责人，她一手从大衣兜里掏出几页纸："我们安全区的粮食库盘点出来了，一共有五百担大米，两百三十袋面粉。"

拉贝看了眼盘点账单说："这点粮食哪够，原来的几万人，还要加上刚增添的五万多人口。现在比我们当时最大预算还多出了五六万人。"

爱玛急切地说："今天，安全区又涌进大批难民，明后天可能还会新添人口。"

拉贝苦笑道："哦，我知道，明后天孩子们可能连楼梯都没得睡了。"

爱玛说："假如日方同意让中国军队全部撤离，再和平进入南京，安全区最多只需要维持一个星期，那么现有的粮食应该不成问题。"

拉贝用责备的目光瞟了她一眼，道："爱玛女士，这个提议已经被日本人否决过了，以后别再提了。"

爱玛拿出传单，在拉贝眼前晃了晃说："日军将保护无辜平民和文化遗址不受侵犯。"说完把那张纸拍在桌面上。

拉贝摇了摇头，做了个鬼脸说："德国人向来不以乐观著称。他们还说保证缴械官兵的人身安全呢，哼，让我们拭目以待吧。"

秘书拿着电报稿回来了，"拉贝先生，电报发不出去。"

三人同时沉默了。

良久，拉贝有些丧气地说："自从天皇让他姑父朝香宫接任松井石根，日方和我们的沟通就断了。我们发过去的电报都像投在石头墙上。"

爱玛鄙夷地说："本来日方就对我们这个国际委员会不买账，这位朝香宫中将仗着自己是天皇姑父，干脆当我们不存在。"

拉贝指了指自己袖子上的纳粹"卐"字袖标："好在他们还承认这个。等元首给我回了信，就有他们好看了。"

大家不置可否地互相看了看，谁都没有说话。

宁海路 5 号，拉贝的别墅。

深夜，拉贝疲惫万分地走进了卧室，他换了身亚麻布睡衣，坐到了桌子前面，拧亮台灯，拿出笔记本，开始记今天的日记：

一个人将来会变成什么样，有时是意想不到的。一年前在北戴河的一次茶会上，陶德曼大使和我打招呼：看，南京市长来了。我当时听了这玩笑还有些不高兴。可是现在，这句玩笑几乎要变成真的了。前一段时间，一直和我们合作的马市长离开了南京，于是委员会不得不开始在难民区处理应由市政府处理的市政管理工作和问题。这样，我真有点像一名执行市长了。拉贝呀拉贝，你得意忘形了。

现在看来中国人只有长江一条路能通往汉口，但是在撤退时，这条路会遭到日本的猛烈轰炸。我听说下关的人口已经开始疏散，成千上万的难民从四面八方涌进我们这个所谓的安全区，街道上比和平时期活跃了许多，看着那些一贫如洗的人们在街上漫无目标地流浪，真是催人泪下，那些还没有找到落脚处的人们，在寒冷的黑夜来临之际，一家老小就躺在房子的角落里睡觉，还有些人甚至就躺在露天大马路上。

军方还没有撤出安全区，而且看样子好像也不急于撤出。中国士兵把我们刚竖起不久的界旗拿走了不少。这样一来，我们原来的计划就会告吹。如果日本人听到了风声，就会毫不留情地对我们进行轰炸，那么安全区就变成了一个巨大的危险区。

有些个外国人认为，中国的所有抵抗都只是做做样子，他们只想打一场给别人看的战役，为的是不丢面子。但愿这种说法不是真的，可谁知道呢。

马吉担任了国际红十字会的主席。我们三个成员乘车前往外交部、军政部和铁道部的几所军医院。医护人员在猛烈交火的时候扔下无人照看的病人逃走了。我们迅速弄来了一面红十字旗挂在外交部的上空。外交部的进出口道路上横七竖八地躺着伤亡人员，院内和整个中山路满地抛撒着丢弃的武器装备。我们的车沿大街往前开，时刻都有碾过手榴弹而被炸飞的危险。车转弯进入上海路，街道上到处躺着死亡的平民，往前开碰上了推进的日本兵。日本人是经过新街口向北挺进，我们绕过日本人的部队，快速开过去了，沿途我们通过缴械救下了三个分队六百中国士兵。有些士兵不愿意执行放下武器的要求，但当他们看到不远处日本人已经逼近时，最终还是决定放下武器。不知从什么地方有人朝我们射击。只听得子弹呼啸而过。我们看见是一名中国军官骑马拿一枝卡宾枪四处扫射。如果在安全区边上发生巷战，逃跑的中国士兵无疑会撤进安全区，这样安全区就不是一个非军事区的区域，即使它不被摧毁，也会遭到日本人的猛烈射击。我们希望这些完全解除武装的中国士兵除了被日本人当作战俘之外，不会有其他危险。

如果放下武器，放弃对日本人的一切抵抗，他们可以期待得到日方的宽待。

回到总部后，大门口非常拥挤，涌来了一大批无法渡江撤退的中国士兵，他们都接受了我们缴械的要求，然后被安置到了安全区里。武器是否排放整齐，并清点数目，因为我们打算过后将武器移交给日本人。

几个日本兵来到我的私人住宅，我出现并向他们出示手臂上的国社党卐字袖章后，他们就撤走了。

美国国旗非常不受欢迎，索恩先生汽车上的美国国旗被抢走了。

安全区办公室，第二天上午九点整。

一位叫费穆的委员匆匆走了进来，后面跟着几位美国委员，费穆气喘吁吁地说："拉贝先生，一个不好的消息，美国一艘叫'帕奈'的炮艇被日军飞机炸沉了。"

"什么，炸沉了？真的炸沉了？这是什么时候的事？"拉贝震惊得合不拢嘴。拉贝想起昨天自己还在'帕奈'号上跟美国人联欢，欢送他们去上海，还和艇长及水兵们合过影，没想到今天就天人永隔了。

"就在昨天下午一点来钟。"费穆说道，"我是刚从一个渔民那里听到的消息。"

几个美国委员围了上来，人人义愤填膺，其中一个怒不可遏地说："小日本简直疯了，欺侮人欺侮到美国头上来了！简直他妈的找死！"

另一位美国委员说："日本人蓄意挑起事端，我们美国政府决不会坐视不理！"

又一位委员说："炸美国军舰就等于向美国宣战，我看他们的末日就要到了。"

拉贝向美国委员们摆摆手，安慰众人道："大家别急，别急嘛，半小时后，我会亲自到日军派遣军总部去，他们为什么炸美国军舰，总要给我个说法吧。我虽然不是美国人，但我是个正直的德国人，但愿他们会继续给希特勒面子。"

拉贝转过身，对司机兼保镖李师傅说："老李，请替我准备一套西装，当然还有一面纳粹旗子，另外还要给汽车加满油。"

鼓楼百子亭唐公馆。1937 年 12 月 12 日晚 10 时。

屋里屋外都是奔忙出入的官兵：有打包的，有运送箱子的，有烧毁文件的，有拆卸电台的，相互大声地给予指示或传递讯息。

红色电话急响，值班参谋抓起电话说："是，请顾长官稍等，唐长官正在跟前线通话……是，唐长官，顾长官电话，请您立即接听。"

唐生智拿掉捂在头上的毛巾，接过电话，听见顾祝同的声音："唐司令长官，委员长从武汉打电话来，下令所有南京守军立即撤退。你要带头撤，赶快到浦口来，胡宗南在浦口等你。"

十几天来，唐生智一直想着固守南京，与南京共存亡。蒋介石到武汉后，一直与他保持着联系，前两天还在电话中说，要把驻安徽的部队调到南京来增援，并告诉他一个好消息，现在部队正向南京增援，不几天即可到达。只要唐生智死守半个月，蒋介石会带着百万大军来解围的，那时里应外合，一星期便会全歼南京外围的敌人。今天突然听到蒋介石要他撤退的命令，他十分意外，愣了好一会儿神，听到顾祝同在那头"喂喂"地叫着，他才回过神来，对顾祝同说："现在南京每个城门的守军都与敌人交错在一起，绞杀在一起，根本难分敌我，这种状况无法撤退呀。如果突然撤退，敌人就会像洪水猛兽般跟着涌进南京城门。到那时候，守城部队一定会被日军追击得无处藏身，伤亡惨重，甚至可能全军覆没！"

顾祝同扯开了嗓门说："这是委员长的命令，你必须无条件坚决执行！你是老兵，是高级军官，你应该懂得什么叫无条件执行！"

此时唐生智心里就像打翻了五味瓶，酸甜苦辣，很不是滋味。但他坚持自己的想法，压着满肚子火说："顾长官啊，现在火烧眉毛，我有许多事要办，撤退前总要向各军各师说清楚吧。原来是一直要他们与南京共存亡的，现在突然叫他们撤退，他们思想上怎么转变，我怎么开这个口啊。"唐生智急得像热锅上的蚂蚁，在办公室里转了半天，仰天呼号道："我的天哪，丢下十多万人马，我这个光杆司令拍拍屁股走了，怎么向委员长交代，怎么向南京的老百姓解释？我独自一人走了，不成了千古罪人了吗？"

电话那头顾祝同很不耐烦地说："我提醒你一句，你留下一位参谋长收拾烂摊子，别的事你就别管了，赶快到浦口来，你今晚必须过江，鬼子已到六合了，只有一天时间，我不希望在俘虏名单上看到你的名字，你要知道，明天浦口就会成为鬼子的天下！"说罢，他"啪"地撂下了电话。

10 分钟后，通讯处长给唐生智送来了蒋介石的电报，电文上说：

唐司令长官：如情势不能持久时，可相机撤退，以图整理，日后反攻。

唐生智原先的想法是死守南京，战到最后一刻，战到一兵一卒、一枪一弹，现在接到了蒋介石的撤退电令，他虽然有些茫然，但军人以服从命令为天职，此时此刻，他十分为难，已经进退失据。这么多部队正在城墙上跟日本鬼子搏斗，撤退谈何容易？现在三面被围，撤向哪里呢？

唐生智一个人静静地站在巨大的南京地图前。目光焦点落在紫金山上，然后慢慢移向玄武湖……移向中山门……移向中华门……移向下关……移向长江……移向他将要弃在身后的古老都城……

唐生智目光悠远地茫视着，口中喃喃自语："都说要与南京共存亡的……可现在这个割疆弃土的千古罪名，却由我一个人来背……一个人……"

军人的天职在最后关头提醒了他，唐生智终于下定了决心，通过副官向全军下达了撤退的命令。悲剧就在这时开始了。军长师长们如得了大赦令，抢先出城，有的人干脆扔下部队，自己先逃了。

但十万官兵无论从哪个方向突围，都要冒生命危险，因为日军现在把南京城围了三四道包围圈，而且正在猛烈攻城。

十万得到撤退命令的部队沿着中山北路，经鼓楼、山西路和下关拼命逃去。在去下关必经的挹江门，城门口和大路边，情形狼狈异常。到处堆满了中国军队所抛弃的来福枪、子弹、皮带、军装、汽车、卡车等等。无数中弹的车辆燃烧着，形成一片片火场。

使尽浑身解数有幸逃到下关码头的官兵，还没来得及庆幸自己的命运，更为悲惨的局面摆到了他们面前。

留存在下关港的只有几艘拖轮、小艇、帆船和小舢板，大一点的船只全都烧光了，成千上万的人过江就靠这些东西，而且还是在夜间。

所有的客轮都超载，按规定一人只能带一件行李上船，多了要重罚。惊恐的人群一浪一浪地从入口处拥进来。难民们拖家带口、大呼小叫地登上一艘不堪重负的客轮。

山穷水尽时，官兵们为了活命，有的抱着一块木板跳下了长江，一个浪头打来，就被卷进了江底；有的军官用高价雇了一条船，还没等他离岸，几十个人蜂拥着爬了上去，木船被挤得水泄不通，还没到江心，船便沉入江心。

岸边更乱了，一群群撤退下来的军人抬着担架、扶着伤员，吵吵嚷嚷地从入口处拥进来。不久传来又一艘轮船启航的长鸣。

一阵救护车鸣着汽笛驶近了。本来就混乱的岸边更加骚动起来：两道雪亮的车灯在昏暗的人群中刺出一条道来。

一名身材矮壮，面色黝黑的中校军官跳上一辆卡车的踏板，向人群声嘶力竭地高喊："大家不要挤，让伤员先走！不要挤！不要挤！"

部队和老百姓挤在一处，道路完全被人流和车流堵死了。

这时，两辆摩托开道，后面跟着一辆黑色林肯牌轿车，从拥挤吵闹的人群里破路而来。

人群把码头入口处堵得严严实实的，摩托和轿车不断按着喇叭。

人群里有人大声说："好像是唐总司令的车！"

"现在还那么神气？"

"丢下我们南京老百姓不管了！"

轿车内，唐生智抬起手腕，看一眼夜光表：3点30分。

挂着纱帘的车窗可以显出公路上动乱人群的轮廓。

"砰"的一声，一块石头砸在车帮上。

"砰！砰！砰！"接二连三地，各种不明重物砸在轿车的各个部位。

司机担心地回头道："总司令，低下头！"

唐生智一动不动，大脑一片空白。

一块硬物砸在车窗上，窗玻璃出现网状裂纹。

摩托车和轿车被迫停了下来。这时，刚才那名中校军官举起一支冲锋枪，向天空打了一梭子子弹，"哒哒哒哒，哒哒哒哒……"人群被枪声震住了。不久，人们自动让开了一条路，唐生智的车队终于钻过人墙，来到江边。

黑沉沉的江面，一艘客轮亮着灯远远驶来。轮船在靠岸，船舷旁站着一排军人。

唐生智在副官的搀扶下走上舰桥，他回头问中校军官："你叫什么名字？"

中校敬礼回答："报告长官，我是教导总队的主任参谋廖耀湘。"

"廖耀湘？很好，你不跟我的船一起走吗？"

"不了，长官，我还要去救桂军长和其他长官。"

唐生智没说什么，点点头，回身上了客轮，客轮拉响汽笛，向江对岸驶去。

不久，客轮在江对岸的浦口码头靠拢，唐生智和几个副司令一行上了岸，匆匆上了一辆大卡车，夺路直奔武汉而去。

夜色如墨，阴风阵阵。山坡树林里，一个用松枝柏枝搭建的临时指挥棚里，站着一个脖子上挂望远镜的国军中校和几个勤务兵、警卫员等。

一个传令兵从山坡下匆匆上来，气喘吁吁地来到中校面前，敬了个军礼。

中校问："探听到什么情况没有？"

传令兵喘着粗气说："确实……撤了。"

中校问："什么撤了？"

传令兵道："唐总司令撤出南京了！两点钟的时候，有人在码头上看见他的轿车，窗子都给老百姓砸烂了。"

中校阴沉着脸，缄默不语。

中校沉吟道："不准跟任何人透露唐总司令撤退的消息，以免军心涣散。现在日本人把我们包围了，带领大部队撤退，目标太大，把警卫班集合起来，立刻跟我突围。我的东西都准备好了吗？"

勤务兵说："准备好了，长官。"

中校低头看了几口皮箱和一个巨大的铺盖圈。他开始脱军装，勤务兵一看就明白了，拿出一套长袍马褂伺候他换上。

勤务兵、警卫兵们都换成了便装。

警卫兵说："团长，我们打前站的先走一步了。"

中校挥挥手："走吧，走吧。"

"咣"的一声爆炸，贴着米字条的窗玻璃炸飞起来。又是一声爆炸，随着硝烟飞起的是闪亮的手术刀剪、钳子、腰形的治疗盘。满屋子都是硝烟，视野很差，只听人们的叫声和咳嗽声。

一个女护士和一个男护士冲入硝烟最浓的地方，扶起一个身影：全身被手术衣帽捂得严严实实，只露两只蓝灰色大眼睛的李察大夫。他胸前的胶皮手术围裙上沾满了血迹。

李察半俯卧地在地上摸索着什么。

男护士喊道："李察大夫，您怎么了？"

李察不理睬他们，一心一意地在地上摸索着。

女护士惊呼："李察大夫，您受伤了吗？"

李察幽默地说："伤到没受，不过残疾了，没有眼镜我等于是瞎子。"

男护士在地上摸起一副眼镜："在这里。"

李察慌忙把眼镜戴上，但一边只剩下空镜框了。

李察向护士们下令："接着缝合。"

两个小时过去了，李察医生慢慢解下做手术的胶皮围裙，一个男护士拿出一盒烟，抽出一根替他点上，李察医生深吸一口烟，然后悠悠地吐出一口烟雾。

门"砰"地一声被撞开，进来的是一张担架床。躺在上面的人面色如纸，气息奄奄。

女护士叫道："后面还有好几个重伤号。血库告急！"

李察惊呼："这不是美国使馆的沃特吗？"

女护士说："帕奈号被日本飞机炸沉了，还炸沉了美孚的一条油船。美国使馆官员有两人丧生，十多人受伤，还有很多人失踪。"

李察苦笑道："就在昨天公使还劝我上炮艇跟他们走呢。"

山坡战壕内。

一个头上受伤的士兵沿着战壕跑来，低声叫道："营长！……营长！"

一个躺在弹药箱上睡觉的人影跳起来，他就是二营营长。

士兵急切地报告："营长，不好了，团长不知去向，军装都扔下了，就留下这个。"

他把那条床单递给营长看。

营长看了看，突然醒悟道："龟儿子，他跑了！"

营长飞快地扒下军装，甩掉军帽，穿着衬衣把手枪塞在腰带上："走，我们也跑。"

士兵问："去哪里？"

营长慌张地说："先从小日本儿的包围圈突围出去再说！"

营长和士兵跳出战壕，二人的影子很快消失在树林深处。

一架超低空飞行的日本飞机从水塘上空掠过，水面映出一擦而过的庞然怪禽般的飞机腹部。

一架超低空飞行的飞机掠过难民们的头顶，稍顷，红红绿绿的传单从空中落下。

难民中胆大的人拾起传单，看见上面有英文、中文书写的文字：日军绝不伤害南京平民百姓。日军将会给友善的南京市民予友善的回报。

传单撒在荒凉的街道上。人们捡起传单，借着焚烧物的火光阅读着。

飞机再次飞来，飞得极低，红红绿绿的传单和饼干再次纷扬起来。

一个国军中尉抄起一把轻机枪，对着飞机的头顶扫出一梭子子弹，并大叫："弟兄们，跟我突围！"

第二天，12月13日，对南京人来说，是个灾难性的日子——惨绝人寰的血腥大屠杀开始了。这天，接到撤退命令的中国军队已放弃了抵抗，整团、整营的士兵向日军投了降，没投降的也已溃不成军。数万日军带着复仇的心理，带着爆炸的兽欲，等候在中华门、汉中门、水西门、涌济门、中山门等地，随着一颗红色信号弹升上天空，日军如饿狼猎食，如猛虎下山，疯狂地向城内冲去，他们已失去了人性，他们见房就烧，见人就杀，见女人就强奸。这一天，是中华民族历史上最黑暗、最血腥、最悲哀、最惨痛的一天。

第 5 章　避难栖霞寺

　　1937 年 12 月 13 日清晨，日军分六路攻入南京主城区。日本兵像一群野兽，疯狂地冲进民宅烧杀掳掠，老百姓们惊惶失措，在南京狭窄的街道上四处奔逃，尽可能地寻找一切可以藏身的地方。

　　可南京到处都是日本兵，到处可以见到土黄色的军服和白花花的刺刀。老百姓根本已无路可逃。老百姓刚逃到东面，东面一阵机枪子弹横扫过来，顿时死伤无数；老百姓刚逃到西边，西边又是一阵砍杀声传来，老百姓只好往城外跑。

　　城外也没有一处是安全的地方。大量难民纷纷逃往下关一带，下关是码头区，这里是日军杀人最多的地方之一。在江边的各个码头上，日军进行了血腥的大屠杀，死者的尸体都被扔进了长江里，江水都被染红了。这时，另一部分难民则沿着紫金山一带向东北方向逃去。两个联队的日军尾随逃难人群紧追不舍，很快就追到了栖霞寺外的进香河一带。在进香河，日军与设伏的中国军队展开了一场战斗。中国军队是国民党 88 师的两个团，约有一千多人还保持着成建制的队伍，在这里与日军展开了一场激战。

　　数万难民无路可逃，就涌向了矗立在栖霞山南面的栖霞寺。很快，进香河边的抵抗也告失败，其中大部分国军壮烈牺牲。没来得及逃脱的军人脱掉军装，加入了逃难的人群中。

　　寂然法师站在寺院门口，面对汹涌而来的难民潮无计可施。寂然法师是栖霞寺的当家大和尚，他早就听到南京城里震耳欲聋的枪炮声，知道难民迟早要跑到栖霞寺来避难，果不其然，难民们拖家带口，背着、扛着、担着家当，疯狂地涌入栖霞寺。

寺里的十几个小和尚们拼命想要堵住涌向寺庙的难民队伍，但无奈人太多，根本挡不住人潮往里涌。安静的栖霞寺一下子沸腾起来。

难民痛苦的求助声、孩子凄厉的哭声、伤兵的呻吟声，充斥在寺院里。寂然法师摆了摆手，算是接纳了所有难民。不多久，寺庙的前殿后厅挤满了饥寒交迫的难民们，为了避寒，寺里的和尚们拿出自己的棉被和棉袄分发给难民们。

这时一名叫传真的法师跑了过来，紧张地对寂然法师说："住持啊，难民人数太多，我大致数了一下，人数大约有两万人，我们寺院里的粮食可能不够了。"

寂然法师平静地说："我还有些存粮，大概有 1500 斤大米，埋在寺院后面的一个地窖里，我跟谁都没说，这批粮食就是为了防范饥荒的救命粮，没想到竟然派上了用场。"

"你们跟我来。"寂然法师带领传真法师和几个小和尚来到后院一株树卜，指着地下说，"就在这里，把地面挖开吧。"

传真法师让年轻和尚一起动手，把地面挖开了。挖了近五米深时，露出一块石板，几人把石板搬开，就露出一个个麻袋，最后他们齐心合力把这些麻袋全都搬了上来，一共有 15 袋之多。

寂然法师说："这些粮食要省着用，现在寺院里还有四百多斤面粉，可以做成馒头，每个难民每天可以分到一个馒头，或一碗稀饭。"

寂然法师规定，每个和尚每天只吃一顿饭，都是稀饭。寂然法师有时自己不吃饭，而是把馒头和稀饭留给难民们吃。

吃饭的问题解决了，但是，在栖霞寺避难的两万多难民中，有二百多人曾经是南京抗日军队中的军人，其中就有国民党第二旅中校参谋主任廖耀湘。南京失守后，廖耀湘跟随部队撤到江边，本来他完全可以先行过江的，但当他发现总司令的车子被困在了路上时，放弃了自己的逃生机会，主动出面帮助疏导车流，帮助唐生智总指挥安全地上了船。

后来，来不及撤退的他搭上一个农夫的马车躲过日军的搜捕，跟随前往栖霞寺避难的人群藏进了寺里，随行的还有五名国军士兵。

许多国军官兵为了自身的安全而换掉了自己的军服，只有少数几名官兵不愿意这么做，其中就有国军中校廖耀湘。

这时，一名看样子像是军官模样的中年人走到廖的面前，突然敬了个礼，弄得廖一愣，男子说："长官，我叫李卫国，是孙元良的部下，88师156团三营营长。我们在下关遇到日军，打了场遭遇战，伤亡惨重，全营四百多人打得只剩下二百人，都躲进了栖霞寺，但我命令他们都换上了便装，所以我斗胆请您也换上便装，这样更安全些。"

廖耀湘平板着脸，盯着李卫国的眼睛。他历来认为，是军人就不能怕死，而军人换上便装便是怕死的表现，军人如果怕死，谁来保卫国家和老百姓？但这只是他心里的想法，他并没有说出来，因为他也明白，现在是非常时期，说这样的话不合时宜。如果官兵们不换上便装，日本人一来，势必会被敌人俘虏，那样反而伤亡更大。

这时，寂然法师和传真法师等人走过来，传真法师说："二位长官，我叫传真，这位是寺院住持寂然法师。"

"哦，两位法师好，不好意思，打扰你们了。我叫廖耀湘。"廖耀湘客气地鞠了一躬。

寂然法师双手合十，鞠躬道："阿弥陀佛。二位长官，恕我直言，贵部二百多人进入我们寺院，日本兵很快会来搜查。如果他们发现难民中隐藏着国军将士，不仅对你们非常不利，而且对难民也会是一场灾难。你们看……"

廖耀湘和李卫国交换了一下眼光，他们明白法师的意思。但现在离开，谁都知道意味着什么。

廖耀湘对法师道："二位师傅，请您们先回避一下，让我和李营长商量商量。"

寂然法师和传真法师避开了，廖耀湘对李营长道："我看我们不能继续留在寺院里了，法师的意思已经很清楚，就是让我们主动离开。但现在外面非常凶险，到处都是日本兵，我们如果出去，只有一种下场，就是全军覆没。你说怎么办？”

李营长脸色凝重地说：“是啊，军人的职责是保护老百姓，而不是祸害老百姓，一旦日本人发现寺内有抗日官兵，所有避难民众与僧人都将性命难保。我们如果不走，日本兵一来，我们都会被他们抓走，下场可能更惨。”

廖耀湘道：“我也是这样想的，那我们只能离开了。弟兄们的武器都还在吗？”

李营长道：“有些人扔掉了枪，但有一部分还在。”

廖耀湘道：“好，我们走。你去组织有枪的弟兄们，等天一黑，我们就从后门离开，下山，向北方前进。那边也许有我们的大部队。”

“是！”李营长敬了个礼，迅速跑去组织人马。

寂然法师和传真法师走了过来，廖参谋把刚才的决定告诉了他们。

“住持，住持，”突然一个僧人匆匆进来禀报，“不好了，主持，外面有一队宪兵包围了寺院，叫我们交出李卫国营长。”

“什么？交出李卫国？”寂然和李卫国相视一眼，寂然把李卫国挡在身后说：“你先藏好，让你的士兵千万不要出来。”

李卫国迅速跑去通知部下。

寂然法师转身对廖参谋说：“你跟我来。”

廖耀湘跟着寂然法师来到后院，这里的几栋阁楼阒迹无人，寂然法师说：“快，你先躲进藏经楼里，我不叫你，你千万不要出来。”

寂然打开藏经楼的大门，廖参谋藏了进去。

寂然这才跟着僧人向前院走去。

寂然刚到前院，几十名日本宪兵冲上来就要抓他，寂然急忙摆手道：“这里是佛门净土，你们不能随便抓人。”

一名留着小胡子、长着三角眼的日军中佐走上前来，厉声喝问：“我是宪兵队的水泽，你就是栖霞寺的主持寂然吗？”

“我是寂然，请问太君有何事啊？”

“何事？我们在找抗日军人李卫国和他的部下。”

“找谁？李卫国？”寂然摇着头说，“不认识这人，请太君到别处去找吧。”

"哼哼，"水泽中佐冷笑道，"说谎地不好，一小时前他刚刚被我击溃，我的士兵看见他带着残部混进难民群里，一起躲进了这里，不要再抵赖了，你要立刻把他交出来！"

寂然冷冷言道："对不起，太君，这里没有这个人，不信你们可以搜查。"

"搜查？你以为他们混在难民堆里我搜不到吗？"水泽横眉立目地警告道，"我老实告诉你，在南京，我们想去哪里抓人就去哪里抓人，这是占领军司令部的命令！你要敢抗命，我们就把你也抓起来。"水泽背着手，气吼吼地说，"你今天不把姓李的和他的残部交出来，我就一把火烧掉你的寺院！"

寂然板起面孔毫不相让，冷冷说道："你烧了也没有。"

水泽一看威胁没有作用，挥手下令道："给我搜！"

"是！"宪兵小队的几十名端着刺刀枪、戴着钢盔、全副武装的宪兵冲了进来，满寺院开始搜查。

一队日本兵端着刺刀枪在拥挤成堆的中国老百姓里行进。

一个四五岁的孩子躺在地铺上，军靴直接从他身上跨过，踩碎了一个竹编的玩具。孩子哇地一声号哭起来，年轻的母亲赶紧捂住他的嘴。

一个日本军曹拉起一个二十多岁的男人，把他的线帽摘掉，又摘下自己的手套，伸出手指触摸他的额头。

军人浑身发抖，一声不敢出，翻着眼睛，汗马上流了下来。

军曹厉声道："带走！"

士兵把刺刀对谁男人，男人被押了出去。

有难民在人群中挤过来，一面叫喊道："他不是军人。"

军曹狞笑道："现在不是了，把他带走。"

寺院里敬香的香客和游客一看来了日本兵，都纷纷躲避。宪兵们气势汹汹地在寺院里前后左右、上上下下翻了个遍，连茅房、仓库都搜了，结果什么也没搜到。

小队长过来向中佐报告："没有找到李卫国。"

一队士兵押着十几个年轻男子走了过来，军曹向中佐报告道："长官，这些人看起来不像是平民百姓，像是军人，我就把他们抓了起来。"

水泽看着被捆住手的年青男子，狡黠的三角眼眨了眨道："李卫国地没有？不可能没有。我的士兵看得很清楚，他就在这里藏着，哼！"

水泽转到寂然前面，声色俱厉地威胁道："你个刁老头子，敢跟皇军玩躲猫猫啊，我看你是活腻歪啦！你今天不交人，我就烧死你。"

"阿弥陀佛，这里是佛门重地，请您不要胡来。"寂然并不示弱，并警告水泽。

水泽已经失去耐心了，大吼道："来呀，把火堆架起来！"

一声令下，宪兵们立刻在前院堆起了一个火堆，一支火把点燃了火堆，顿时火焰窜得老高。

"你烧死我，没有还是没有。"寂然气定神闲地说。

水泽气得一把拔出战刀，架在寂然脖子上，威胁道："你再说一遍，交不交人？"

"没有拿什么交？"

水泽忍无可忍地大吼道："烧死他。"

几个宪兵冲上前来，架起寂然来到火堆旁。

这时，一直躲在房檐上隐秘处的李卫国再也沉不住气了，他知道，自己再不现身，寂然主持真的会被这伙丧尽天良的日本兵活活烧死。

李卫国急切地思索着应对之策，但时间不等人，大火已经烧了起来，寂然师傅已经命悬一线，不能再犹豫了，他一把掀开草席，大吼一声，"慢着，我在这里！"

水泽闻声一愣，急忙回头，只见李卫国从正殿中大踏步走了出来。

李卫国沉着镇定地走到水泽面前，一脸轻蔑地说道："叫你的人放开寂然主持，这件事与他无关。我就是你们要找的国军营长李卫国，我一人做事一人当。"

水泽挥了下手，士兵放开寂然。

寂然一看坏啦，李卫国怎么自己出来了。他急切地说："李营长，你……你怎么出来了？"

李卫国瞟了一眼中佐，笑道："没关系，中佐先生，我跟你们走可以，但不许你们再来骚扰寺院。"

水泽想说什么，但突然寺院内院起了一阵骚动。

一名密探挤进人群，上前指着李卫国的鼻子道："没错，就是他，国军营长李卫国。"

"李卫国，我奉命逮捕你，带走！"水泽一声令下，一伙宪兵扑了上来，铐起了李卫国，连推带搡把他带出了寺院。

第 6 章　虎口余生

碧空远影，群鸥翱翔，轻舟逐浪，水波荡漾……我在哪里？马如龙仿佛躺在一叶轻舟上，只觉阳光耀目，神魂飘逸。

他奋力睁开了眼睛，最先映入眼帘的是苍白的太阳和弥漫飘忽的黑烟，向下一看，才发现自己的头靠在一具尸体上，整个人浮在水中，那具尸体是一名日本士兵。

马如龙使劲摇了摇头，想挣脱某种羁绊，努力回想着到底发生了什么？我在战斗吗？这里是战场吗？好一会儿才想起自己正在城楼上与一群鬼子进行肉搏，飙血溅肉，鬼哭狼嚎，一个日本军官拉开炸药包上的导火索扔了过来，自己飞身从城楼上一跃而下，然后就失去了知觉。

我还活着吗？……我还活着。

马如龙动了动右手，发现右手还紧握着一把大刀，左手搂着一根圆木，整个身子漂浮着，已经被冻得四肢麻木，双腿竟然失去了知觉。他打量了一下四周，看见了不远处高大的城墙，自己应该是在护城河之中。可能从城楼上跃下之后，本能地抓住了一个日本兵的尸体，昏迷之中被水流冲走了一段距离。

此时，天已大亮，城中到处是断断续续的枪声。一颗炮弹带着令人心悸的尖啸声，迎头飞来，剧烈的爆炸声强烈地摇撼着大地。两对中日士兵在城墙上迎头相撞，很快绞杀在一起，喊杀声、惨号声、枪械撞击声响成一片，杀得天愁地惨，日月无光。

突然，一切都消失了，陷入了一阵令人胆颤的寂静。

浓烈的血腥味飘进鼻腔，刺激着神经，把马如龙拉回到现实中来。

日本人攻进城了吗？马如龙心中一凛，慌忙挣扎到河边，好不容易才爬上了岸，浑身冻得一个劲儿地直打哆嗦。他以为自己负伤了，可上下检查了一遍全身，并没有发现伤口。这是值得庆幸的。

他抬头远望，发现距离中华门已有几百米的距离，而前面就是已经被日军攻破的城墙缺口，城墙下是成堆成堆的中国士兵遗体，足有上千具层层累累地叠摞在一起。

再往上看，城门箭楼上，正飘扬着一面日本国旗。他扭头看了看远处，有一支日军机械化部队正往城门口开进。

难道南京沦陷了？真的沦陷了吗？错愕之间马如龙不禁热泪盈眶，多少条生命的代价也换不回国都的安宁了，多少句铿锵的誓言，已变成亡国灭种的现实。成千上万的士兵白白牺牲了生命，危急关头却等不到唐长官一句撤退的命令。他唯一能看到的是南京城头高高飘扬的日本国旗，那是耻辱，是幻灭，是梦魇，是灾难。

教导总队的弟兄们呢？南京城里的老百姓呢？难道都死了？那我该怎么办？

马如龙想了想，一咬牙，无论如何，我必须坚持下去，战斗到底！是的，你们的战争打完了，可我的战争却刚刚开始，是的，这是我一个人的战争。我必须把发过千遍的铁血誓言变成行动，跟鬼子搏杀，永不投降，永远战斗，战斗到最后一颗子弹，战斗到最后一次心跳。他知道，要战斗就必须先活下来，他翻开一个死去的战友的背包，在里面发现了一个粮袋，从袋里倒出几把干涩的炒米，没有水就这样生吞下去。

吃了东西以后，身上暖和了一点儿，似乎有某种灵光瞬间回到了身上。他顺着地面爬行，一具鬼子的尸体挡住了去路，他把尸体翻过来，扒下那身土黄色的军服，套在自己身上。军装的衣领上别着上尉衔，上面没有枪眼，也没有大块的血迹，这才像回事嘛。

前面有一条战壕，他一个翻滚跌了进去，里面显然被日本士兵清理过，能用的枪支没有，子弹也没有，也不见一个士兵的尸体。而现在日军忙着进城，应该不会顾及城外的阵地。

就在他准备跃出战壕的一瞬间，他忽然想起自己的狙击枪没了，那支和自己朝夕相伴、血肉相连的枪丢了，丢在了哪里？他怎么也想不起来了。

一个战士，什么都可以失去，就是不能失去杀敌的武器。他决定无论如何也要找到那把在德国的军校用出色成绩赢来的狙击步枪。

最后一次用枪是在什么时候？……对，敢死队，他忽然想起李团长叫大家拿起大刀，准备跟鬼子拼命的时候……他顺手把枪放在一个箭垛下面……对，箭垛，可那个箭垛在哪儿？在哪儿……城门楼上那么多箭垛，到底哪一个才是？

他琢磨着，必须登上城楼，找到那个箭垛，就一定能找到狙击枪。可现在是白天，城楼上还有鬼子巡逻，悄悄摸上去只能等到晚上。对，就这么办。

这是一个漫长的白天，城里不时响起枪炮声和爆炸声，声如炸雷，就仿佛在马如龙的心里爆炸一般，连同五脏六腑被炸得生痛。我一定要到城头去看看狙击分队牺牲的弟兄们，一定要找到杀敌的武器。

他迷迷糊糊地睡着了。终于熬到了天黑时分，城门口有十几个鬼子把守着，从城门自然无法进去，但是城门两侧的城墙都被日军炮火轰炸得破烂不堪，要爬上去并不难，更何况城楼上并没有哨兵。

马如龙找到一个城墙豁口，下面是一大堆死尸，他小心翼翼地爬过尸堆，徒手攀上了城楼。城楼上到处是武器、石块、沙袋和弹药箱，还有大堆大堆分不出国别的士兵尸体。他顺着箭垛一个个找过去，终于在一个箭垛下，发现了一支步枪的枪柄。他按捺不住狂喜的心情，迅速扒开尸体，猛地一拉，那支狙击枪像通灵似的跃回了他的怀抱。

"我的个乖乖，你在这儿呢，可想死我了。"他哆嗦的双手抚摸着钢蓝色的枪体，挚爱的眼光把枪身摩挲了个遍。枪身完好如初，瞄准镜也完好无缺，最让他惊喜的是与狙击枪配套的德式野战背囊也在。打开来看，里面的备件一个不少：上面一层装的是小包炸药、地图、毛巾、擦枪通条、剪铁丝钳、净水丸、止血剂、强力手电筒。隔层里装的是80发子弹的弹袋，其中有15发穿甲弹和15发燃烧弹，弹壳底部被红漆涂成一圈红色。还有20发达姆弹，弹体有姆指般粗，弹头是平的那种。另外，还有 10 发曳光弹，这种弹是用来测量风向、测试步枪射程时候用的子弹。还有 10 发观测弹，这种子弹在击中目标时会爆出很小的火花，可以帮助射手辨认是否击中了目标。除此之外，里面还有一副德国折叠潜望镜，可以有效保护观察者的生命安全。另外还有一把附带小起子、调观测镜度数的瑞士军刀，一个带吸管的水袋，一支笔和几个火柴匣。

这个德式野战背囊是一个临别纪念，让他睹物思人，思念起德国教官兰姆斯基上校对他信任的、充满暖意的目光。几年前那些难忘的学习生涯，由陌生到熟悉，由怀疑到信任，他和上校之间结下了深深的异国情谊。想起上校第一次考他的情景，他总会会心一笑。图普塞塔尔艾普狙击手学校是德国最难考的军事学校，马如龙在实弹射击、军事理论、战争常识等课程都考得满分后，来到兰姆斯基上校面前。上校用怀疑甚至有几分鄙夷的眼光盯着他，"中国人？你也要来上军校？你要知道，年轻人，我们这里只训练一流狙击手。我们训练出的狙击手都能弹无虚发，百步穿杨，都是百分之百能命中目标的人，不是百分之九十九点九，而是百分之百。但是，天下有哪间学校训练出的枪手不是百分之百命中目标的呢？没有，都是百分之百！这也就意味着你的战场对手是一个'百分之百先生'。而你或许也是一个'百分之百先生'，对不对？想想吧，这样的一对对手用枪互狙，巅峰对决，是个什么情况？胜负决于瞬间，这一来你生存的几率是多少？几乎为零，对吗？或者说一定是零。所以我们常说，当一名狙击手，就是和死神签定了协议，因为没有一个真正的狙击手能够活着走下战场，没有，一个也没有。这就是当一名狙击手最终的归宿。知道是这样一个命运或结局，你，年轻人，还愿意来考狙击手吗？"

兰姆斯基上校用狮子惊退麋鹿一样得意的眼神望着他，等待着他说出放弃的话，然后结束考试，回去喝他的蓝山咖啡。可是，马如龙沉思片刻，却说："作为一名狙击手，就像在天堂和地狱之间走钢丝，生死胜负只在一念之间或一步之遥，所以一般人都会心生畏惧，可战争规律之一是：越胆小的人死得越快，所以我不怕，我的信条是：我不害怕死神，死神就害怕我。很多人把狙击科目当作一种尖端技术，可我把它当作一种指尖上的艺术，我不想当一名中规中矩的狙击匠，而我立志当一名让子弹随意念跳舞的狙击艺术家。这就是我的狙击哲学，尊敬的先生，我代表全体中国官兵请求您，收下我吧。"

听了只有狂徒或哲学家才会说的话，上校备感吃惊，犹豫了片刻之后，兰姆上校收下了这名狙击狂徒……

不知哪里传来一声剧烈的爆炸声，把马如龙的回忆打断。他一个激灵，赶紧向远处望去。城里的一栋高层建筑被炸塌了，正燃烧着熊熊火光。

该进城了。马如龙从城墙上的一个缺口爬了下来。他小心翼翼看了看四周，确信没有一个日本兵，他才直起腰来走路。对这一带的地形他很熟，因为他当兵就在南京，对中华门一带也不陌生。前面有大片火光映红了天空，那里一定是日本兵集中活动的地方。

马如龙在黑暗的巷道之中走过，周围听不到人的声音，只能看到一片片废墟，和横七竖八的尸体。

前面是一个明清式样的院落，大门开着，院子旁边是一条大路，大路上忽然有电光闪动，然后是一阵沉重的皮靴踏地的声音，那是鬼子的脚步声。

马如龙悄无声息地闪进院子，爬到围墙上往下一看，四五个日本兵晃动着手电筒，人摇人摆地走来，显然是些巡逻兵。这些巡逻兵边走边谈笑风生，说的是日语，马如龙当然听不懂，不过他看到有一个日本兵落后了前面一伙十几米距离，这伙家伙背着步枪，一边走一边低头系皮带。

必须干掉这个鬼子。马如龙豪气顿生，等最后这个鬼子刚过大门，他已经从围墙上轻轻跃下，几步就赶到鬼子身后，左手捂住鬼子嘴巴，右手胳膊如铁箍一般箍住了鬼子脖子，往院子之中退去。这鬼子陡然间被人控制住，拼命挣扎，但哪里能挣扎得动，而且根本无法呼吸，马如龙把鬼子兵拖进院子，腾出左手，用力一扭，鬼子的脖子"喀嚓"一声响，再也不能动弹了。

马如老检查了一下鬼子身上，有一个工具包，工具包里有急救药品和生活用品，这些东西以后或许用得着，就背在了身上，其他没用的都扔了。

马如龙拿起鬼子的手电筒，翻上了一个墙头，向下照了照院子，几具百姓的尸体躺在角落里，浑身都是血迹，显然是被鬼子枪杀的。

这时，有五六个中国士兵的形象映入马的眼帘，但他们都举着双手，手中并没有武器，后面有两个鬼子押解着，从院子深处向大门口走来。

马如龙想解救他们，纵身一跃，但是他的脚刚落地，就听到两声枪响，紧接着两名中国士兵就倒在血泊中。剩下三个没死的士兵见状向门口逃去，鬼子的响声又响了，三名士兵全都被击中倒地。

马如龙快气疯了，从后面冲上去，用狙击步枪的托砸在后面一个鬼子头上，这一下力道够猛，鬼子的脑袋立刻开了瓢。马如龙一个箭步冲上去，此刻距离前面那个鬼子只有几步之遥，那个鬼子面目狰狞，却没有丝毫恐惧之色，他以为马如龙会动用手中的枪，但马如龙没有动枪，只是冷冷地盯着他。

日本兵慢慢转过身来，眼神如恶狼一般凶狠，"你地，什么人地干活？"

"老子是中国军人！"马如龙一字一顿地喝道，眼中喷着怒火。

"中国地已经灭亡，你要快快地投降，日本军人保证不杀俘虏！"那个日本兵用生硬的中国话说道。

"杀我？你放屁！"马如龙枪口一顺，摆在腰间，扣动了扳机，砰！子弹从日本士兵身边穿过，那个日本兵本能地跳了一下，才发现子弹并没有打在他身上。日本兵反应过来，他枪上有刺刀，就"嗷"地一声怪叫，一个突刺刀杀奔而来。

"等一下！"一声怒吼吓得日本兵脖子向后一缩，定在了原地。

马如龙不慌不忙地勾起脚下死去士兵的步枪，把步枪一斜，轻蔑地拉开枪栓，退出子弹，子弹落在脚下石板上当当直响。

"来，小鬼子，老子今天要看看你的武士道还灵不灵！"马如龙晃了晃刺刀枪。那个小鬼子终于明白了马的意思，眼神之中立刻有了钦佩之色，"中国军人，大大地勇敢，可大日本皇军的武士道是战无不胜的！"

"少废话！老子今天一定宰了你个狗日的！"马如龙摆了个等待搏斗的姿势。

日本士兵一声吼，猛然冲了上来，一刀扎来，动作标准，勇猛有力。马如龙等刺刀扎到自己身前半尺，猛地一挥自己的刺刀，横扫开日本兵的刺刀，人突然跨前一步，已经和日本兵撞在一起。刺刀都已经错过了两人的身体，两人都想用枪身压住对方。

马如龙突发神威，一声怒吼枪身砸在鬼子身上，这小子比马如龙矮了很多，力气也比不上马，被他大力一碰，立足不稳，连连向路边的墙壁上退去。

马如龙如影随形，刺刀腾出来往前一送，一刀洞穿了鬼子肚子，并顺势推着鬼子的身体撞到墙上。

"咚"，刺刀穿透了鬼子身体，扎进墙上，墙壁上的泥灰簌簌往下滚落。

被钉在墙上的鬼子眼睛一瞪，挣扎了两下倒地。

"狗日的小鬼子，下地狱去吧你!"马如龙恨恨地出了口恶气，扭头离开现场。

没走多久，马如龙就听得到一阵尖锐的哨子声，是部队的传令号，混杂着听不懂的喊叫声。他知道是刚才的枪声引起了另外一支巡逻队的注意，他们赶到现场发现了几个同伴的尸体，才召集了更多的士兵赶来增援。

很快，四面八方都传来了喊叫声和大头皮鞋踩在石板路上的笨重响声，几束手电光交叉闪过。

马如龙甩掉了这股敌人，不过他发现，沿中华路一直往北走，敌人越来越多，他无论从哪边巷子出去，都能遭遇鬼子。按理说，城中心显然是敌人屯兵重心，所以，他应该尽量避开中心地带。因此，应该改变一下行进路线。这一带大多是民房，也有少量高层建筑，但都被鬼子血洗过，杀戮过，到处不见一个活人。

马如龙爬上一处屋顶，躺在屋顶瓦沟之间，他想在这里暂时避避风头，喘息一下。他抬头望天，天空依然是灰蒙蒙一片，一切都变得虚无飘渺起来。往西看，老城区有三分之一的房屋正在起火，浓烟翻滚，半个天空都被映红。倒是有丝丝寒风吹来，但是他感觉不到寒冷，他心中的热血在燃烧，仇恨在聚集，内心只有一个念头：杀!

他穿房越脊，一直往西北方向运动。忽听得一阵密集的脚步声响，他抬头向下张望，看见50米开外有一片黑压压的人头，这批人里有的穿着国军军装，也有穿老百姓衣服的人，但人人都被捆着手，并被绳子串在一起，排成两路纵队踉跄地走着。马如龙猜测这是国军被俘的弟兄们。但日本人把他们押到这里想干什么？

　　几名鬼子兵用刺刀把这些俘虏押到一堵高墙下，横向站成几排，几个举着火把的鬼子围在四周看热闹，两名军官也上前观看，这时，一名日军少佐走到俘虏前面，屋里哇啦大声地训话，俘虏们都转过身来，面色严峻地看着少佐。这时，三面架起了机枪，一股杀气顿时笼罩了现场。

　　"不好，鬼子要杀俘虏！"马如龙暗自叫苦。他迅速架好了狙击枪，从狙击镜中看见少佐抽出指挥刀，刀尖向上，做劈砍状，说时迟，那时快，马如龙泼辣的食指迅疾扣动了扳机，一粒子弹咆哮出膛，火花瞬间钻进少佐拿刀的手腕，一股鲜血飙出，把刀也带得飞了起来，少佐痛得捂着手大叫。时间仅相隔一秒，马如龙第二发子弹已经出膛，这次子弹敲开了挥刀少佐的天灵盖。

　　十几名鬼子官兵全傻了眼，还没反应过来，就在这一瞬间，马如龙的第三发子弹已经上膛，他稍稍掉转枪口，瞄准了枪架在矮墙上的那名机枪手，"砰！"一颗愤怒的子弹击中了机枪手的眉心，一篷血雾溅起，机枪手顿时血流满面，腿抽搐了两下不动了。

　　另外两名机枪手知道出了意外，迅速调转枪口，四下里寻找袭击者。

　　"巴嘎牙鲁地！杀……"日军军官气得直跳脚，没等他拔出指挥刀，一枪打来，正中脑门儿，飙血溅肉，军官一命呜呼。

　　就在鬼子愣神的当口，房顶上的马如龙已换到了新的狙击位置，他调顺了枪口，瞄准趴在树后的另一名机枪手。这次他没有立即开枪，原因是他刚才忘了安消音器，巨大的枪声惊动了敌人。这回他不慌不忙，从野战背囊里取出消音器，迅速安装到枪口上，这才扣动了扳机，只听"噗"地一声轻响，机枪手的钢盔上就多出了一个血窟窿。

　　这时第三名机枪手发现了房顶上的马如龙，调过机枪就来了一梭子，"哒哒哒哒……"

　　举火把的鬼子们同时端起三八大盖，一起瞄准房顶开枪，"啪啪，啪啪，砰砰，砰砰……"

　　飞弹如蝗，瓦片乱飞，马如龙纵身一跃，避过密集的火力，跳到一堵矮墙上，顺着墙头绕到另一边屋檐下，从一个窝棚的空隙处伸出枪管，食指一扣，第三名机枪手也见了阎王。

这时俘虏群中产生了一阵骚动，马如龙拢起双手大喊："还愣着干吗，快跑啊！"

"轰"地一声炸了营，几十名俘虏们互相解脱了捆手的绳子，一起涌向院门，几个胆大的向身边的小鬼子反扑上去，去夺鬼子手里的枪。

马如龙迅速换了弹匣，连连扣动扳机，一口气干掉四五个和俘虏们纠缠搏斗的日军士兵。国军俘虏们借机冲出院门，像决堤的洪水般冲到了大街上。几名抢到了枪的俘虏回手干掉了最后几个残敌，这才掩护战友们一起撤退。

马如龙看见不远处有大群鬼子起来增援，就向远处的俘虏们高喊："大家分开跑！分开跑，快快快！快躲进小巷里去！"

俘虏们好像才灵醒过来，这群本是训练有素的国军士兵们分散钻进了小巷，迅速消失在夜色之中。

看着院中一地死尸，马如龙长啸一声："嗨！这一阵杀得痛快，真他妈过瘾！"他敏捷地从墙上跳进另一所院子，听见一阵杂沓的脚步声由远及近，知道大队鬼子赶来了。

他连续翻过几个院墙，脚下生风，渐渐地把鬼子甩远了。

第 7 章　魔鬼枪手

新街口位于南京的正中心，是南京城交通、金融和商业中心。中山路、中山东路、中正路、汉中路四条干道汇聚于此，这里终日车水马龙，熙来攘往。围绕着街心广场，有交通银行、中国国货银行、大陆银行、浙江兴业银行以及聚兴诚银行等，构成了一个银行区，使这里成为中国的"华尔街"。

各种高档宾馆、酒楼四处林立，大型商场、饭馆、报社、戏院等环伺周边，显示了中国首善之区的繁华面貌。

紧邻街心广场的西南方有一座哥特式建筑，这就是中国最大的国有银行之一——交通银行大楼。银行楼高六层，建筑在宽阔平坦的台基上，由岩石、砖、玻璃和钢材建成，极其富丽堂皇。门口有两个巨大的石狮子，十二根圆形的大理石柱组成了环绕银行的正面长廊，底层大厅的外立面用洁白的大理石嵌成，远看非常壮观，带有强烈的英国维多利亚时期的豪华风格。

四楼的一间豪华办公室内，中央摆着一张特大的红木办公桌，前面摆着一圈欧式布艺沙发，右墙立着一只高大的金属保险柜，左墙是一排琳琅满目的西式酒柜。

四楼高大的落地窗前，站着一个身姿挺拔、面目清秀、佩戴大佐军衔的中年军官，他手端着一杯红酒，含笑注目着下面的马路。

此君名叫松本武夫，是日军大陆先遣队队长。先遣队是日本陆军组建的一支十分神秘的部队，归在土肥原麾下指挥。这支部队每个成员都可以讲流利的中文，熟悉中国军队的口令和指挥模式，经常穿插到中国阵地的后方，执行袭击、暗杀、侦察、爆破、搜集情报等特种任务。他们在中方腹地活动时通常穿着中国军装，使用中国军队的武器，令人真假难辨。松本武夫毕业于陆军士官学校，后以优异成绩考入了陆军大学，毕业后被土肥原选中，送进了日本间谍培训机构中野学校深造。中野学校的学员，大多有较高的教育基础，一入学就被灌输了狂热的军国主义思想，并有针对性地模仿对手国家军人或平民的生活，学习期间不能说日语，只能说所模仿国家的语言。培训出来的特工人员，化装成商人、教师、记者、家庭妇女，或是外交官，潜入世界各国，在那里工作和居住几年、十几年或几十年，成为日本国的战略情报人员。

松本武夫率领的大陆先遣队，在进攻上海的战役中发挥了特殊作用，刺探军情，暗杀爆破，策反颠覆，立下了卓越功勋，深得松井石根的赏识。松井石根知道进攻南京是一场艰苦的战斗，他即向土肥原请求把先遣队借他一用，土肥原和松井本来就是好朋友，既然朋友开了口，土肥原没有拒绝的理由，便爽快地答应了。

松本武夫的先遣队跟着大部队，今天下午就攻进了南京，战事进展得十分顺利，让他喜不自胜，此刻，他正用欣赏动人心弦的舞剧一样观赏着士兵们对南京城的屠戮。

马路上到处都是日军的汽车，南来北往，呼啸驶过。汽车上站满了手持三八大盖的日本士兵，士兵们高唱着胜利的凯歌，歌声在四处燃烧的大火中显得更加雄浑响亮。

许多士兵持枪押解着中国战俘从街上走过，战俘们被捆着手排成四路纵队，队伍很长很长，长得望不到边。

马路两边的人行道上堆有横七竖八的尸体，大都是中国老百姓的，也有的是那些顽强抵抗的中国士兵的。

松本欣赏着酒杯折射出的斑斓色彩，在心中对自己说："这些中国人哪，真让人费解，前几天还拼命抵抗，死缠烂打的，可今天却瞬间瓦解，一败涂地，望风而逃。是啊，你们缴械了，投降了，以为我们会遵守诺言，不杀俘虏。哼哼，你们恰恰想错了，你们的命运从一开始就注定了，就像你们的口号喊的那样：'与南京共存亡'。既然你们的首都都亡了，你们还有什么存在的理由呢？"

大佐幽默地用右手拇指划过自己的咽喉，咧嘴一笑，低头看着桌面上的南京地图。他好整以暇地在几个地方圈点着：紫金山、雨花台、幕府山、下关、草鞋峡、燕子矶、八卦洲……笔尖在幕府山一带停住，敲了几敲，强调地画了个更大的圈，写下几个单词：土层？土质？战俘行刑人数？埋葬人数？燃料？土坑？池塘？下水道？安全区？

笔尖停在那里，敲打着图纸。

松本抬起汗毛浓重的手腕，看了一眼手表：1点15分。

电话铃乍响，松本一把抓起桌上电话，从话筒里传来松井石根的声音，松本一个立正："报告司令官阁下，在下正是松本武夫。长官有何指示？"

是松井的声音："听说各师团进展顺利，中国守军已经完全崩溃、缴械投降，我们已经全部占领了南京。如果顺利的话，我明天中午抵达，我的司令部准备得怎样了？"

松本立正回答："报告阁下，占领军司令部就设在新街口的交通银行好了，这里是南京的正中心，交通四通八达，地理位置十分优越，便于控制整个南京。我已经把这里的一切都安排妥了，您明天看了会满意的。您将住在国民党一位部长的别墅里，就在银行后面，我已经派人打扫过了，厨师、勤务兵和哨兵都就位了，包您满意。"

"哟西，松本君，"话筒里传来松井满意的笑声，"听说你们先遣队是第一批攻进城的，你们的情报很准确，唐生智果然是昨晚上才过的江，听说连撤退命令都没来得及下。哈哈哈哈，哟西哟西，说明我没看错你，当然更要感谢土肥原君的慷慨援助，让你来帮助我，你的效率真是蛮高的嘛。另外，据各师团报告，国民党军的俘虏太多，有近十万人，而且还在不断增加，所以必须考虑一个稳妥的方案，让我们尽快消化掉这些人。亲王的命令你是知道的，所有俘虏一个不留，全部杀掉，还要保密，不要让外界听到一丝一毫的风声。所以尸体的处理和掩埋是个大麻烦，你要尽早选好地点，准备好燃料。你有困难就跟我直说。"

松本武夫道："请司令官阁下放心，这个我已经着手准备了，保证误不了事。长官啊，现在已是凌晨了，您也早点休息吧，明天还要舟车劳顿呢。"

"哈哈哈哈，哟西，你也不要熬得太晚了。"那边放下了电话。

松本武夫一仰脖，喝干了杯里的红酒，一下子仰倒在沙发上，长吁了一口气。

突然，有人敲门。

巴嘎，这么晚了，会是谁呢。松本不耐烦地说："进来吧。"

进来的是行动组的组长小野，小野后面跟着宪兵队的中村少佐。

中村上前一个敬礼道："对不起了，松本君，有一件事我不得不连夜向你汇报。"

松本硬撑着从沙发上站起来，揉着满是血丝的眼睛，"汇报谈不上，我又不是你的上司，有事你就说吧。"

中村诡秘地一笑，从口袋里掏出一件东西摊在桌上。

桌上摊着一条白手绢，上面放着十几颗弹头，小小的铜质弹头在台灯下闪闪发光，细看上面还有没有擦净的点点血迹。

"这是什么，子弹头？你什么意思？"松本感到莫名其妙。

"不错，"中村道："这是 12 粒弹头，很平常，是不是？可是我要是告诉你这些弹头都是出于同一支枪膛，你就会感到费解了，是不是？"

"嗯？"松本一下警觉起来，急忙拿起一粒铜质弹头，翻转着看了半天，又拿起另一粒看着，问道："你怎么知道是出于同一支枪膛？"

"嘿嘿，"中村干笑了两声，"这事儿说来荒唐。就在一小时前，攻进中山门的片冈联队遭到了一点小小的袭击，死了十几个官兵，一开始他们以为遇到了个别中国军人从背后打黑枪，无非是些散兵游勇复仇之举，没当回事。可后来又发现事有蹊跷，死去官兵的中枪部位都在头部，不是眉心就是太阳穴，要不就是洞穿脑门，就觉得这里面大有名堂。这个黑枪打得有些太古怪了吧，就来通报我们前去调查。本来这事不归宪兵队管，但我还是亲自去了现场，我命令技术员把这些弹头从死者颅内挖出来，拿回去鉴定，刚好我们随军带着整套鉴识设备，检验员通过弹道测试和弹痕比对，发现这些是德式 K98 狙击步枪的子弹，子弹型号相同，枪口径为 7.92 毫米，而且更加离奇的是，这 12 发子弹竟出自同一支狙击步枪的枪膛，这又说明什么？"

"那还用说，"松本断然道："就是同一人所为。"松本皱紧眉头，歪着头思索着，手下意识地从烟盒里掏出一支樱花牌叼在嘴角，中村忙为他点上了烟。中村将那个打黑枪的枪手从房顶偷袭机枪手的经过详述了一遍。

松本吐出一口浓烟，说："很明显，这是一个狙击高手。而且他每颗子弹的发射间隔短得出奇，从击毙皇军少佐到击毙机枪手，他平均每一秒钟杀一个人，弹弹爆头，枪枪毙命，弹无虚发，这样一个魔鬼枪手，究竟什么人？难道中国军队里真有这样的魔鬼？"

"所以才来找你啊。"中村吁了口长气，像卸掉了千斤重担一样轻松。

"你刚才说那个枪手还解救了一些俘虏，到底有多少？"

中村挠挠头道："这个嘛，大概有七八十人吧。"

松本沉吟片刻，苦笑道："看样子这场战争并没有结束，我们今后都要捂着屁股走路了。"

中村冷笑道："我们明天会对全城进行一次大搜捕，不信抓不住他！"

"对付这样的魔鬼枪手，搜捕作用不大，这倒让我想到了一个人，"松本诡秘一笑，"全世界唯一的一个人，就是土肥原先生手下第一狙击高手菊池俊彦。"松本对中村道："你可以回去了，剩下的事交给我来办。"

中村客气地鞠了一躬，满意地离开了。

松本当即就给在上海的土肥原通了电话，把中村遇见魔鬼枪手的事细述了一遍，土肥原爽快地答应了他的要求，同意让菊池俊彦尽快从上海赶来南京增援。

这时电灯闪了几下，自动熄灭了，松本知道这是电厂被炸的结果。

松本感觉又累又困，一下平躺到沙发上，盖上大衣进入了梦乡。他这一觉睡得很深、很沉，呼噜打得震天响。

凌晨七点，一阵急促的敲门声把他惊醒，他起身看看窗外，东方正露出一线晨晖。

松本不耐烦地说："谁呀，八嘎牙鲁。"

门开了，小野领着丁魁慌慌张张走了进来。小野立正敬礼："报告大佐，刚才丁魁来报，说在下关江边发现一群美国官兵，大约四十来人，都躲在芦苇荡里。"

松本还没完全清醒，"什么……美国人？"

小野道："就是我们的飞机炸沉的美国炮艇上的官兵，劫后余生，都躲在下关港口东边的青泥潭渔村附近的芦苇荡里。"

松本这下听清了，揉着惺忪的眼睛，转身问丁魁道："你地，亲眼看见？真的是美国人吗？"

丁魁哈着腰诿笑道："嘿嘿，太君，错不了，真是小的我亲眼所见，全是美国大兵，人人都是一副饿死鬼相，因为我有监视外围动向的重任在身，所以赶来向您报告。"

小野怯怯地问："大佐，您看，要不要把他们全抓起来？或者全部杀掉？"

美国人？芦苇荡？怪事情！此事完全出乎松本所料，他一时还拿不定主意到底是杀是留。他背着手，在屋里来回踱步。他为自己倒了杯红酒。前天的军报上倒是有篇报道，空军炸沉了一艘美国炮艇和一只赶来救援的美国油船……如果自己不管不问，这批美国人怎么办？他们肯定会落到别的部队手里，到那时，上面一旦追查起来，自己就会很被动……如果把这批人杀掉呢，也不是不可以，但，万一美国大使馆向我们要人，那就有些棘手了，还可能引发一场外交纠纷。而且，人杀了，这批人就失去了利用价值，不行，不能杀，留着，干脆把他们全抓起来，说不定将来会派上大用场。

松本左思右想，前后掂量，最后拿定了主意，对小野正色道："小野君，你去找宪兵队的中村，向他借一支骑兵，你带队去把这批美国佬全部抓起来。记住，行动一定要迅速，一定要保密，人抓回来以后秘密关押，我们不是还有几间地下室吗，就关在那儿，对外不许走露一丝一毫的风声！明白了吗？"

"哈依！"小野一个立正，向丁魁摆了下头，二人匆匆离去。

第 8 章 安 全 区

青灰色的晨光里，地上的万物仿佛在波浪中浮动一样，时而清晰，时而模糊。远处的长江像一条白色的飘带，虚虚幻幻，逶迤蜿蜒，一路向东流去。

美国水手们都熟睡了，为了抵御寒冷，人人互相搂抱着躺在湿漉漉的沙地上。只有罗伯茨一人在值班，每隔几分钟，他都要拿起望远镜向远处观望一阵子。

数不清是多少次观望了，但这一次他没有失望，透过望远镜看见远处出现了一条小船，小船慢慢向沙洲靠近，一个穿蓑衣、戴斗笠的身影在船上蠕动。

小船一点点靠近，他认出那船上的身影正是胡金福本人。此刻胡金福也看见了罗伯茨，拼命向他挥手。

近岸时船搁浅了，胡金福跳下水，在枯萎的芦苇荡里蹚着水向岸边靠拢。

"头儿，我回来了。"胡金福终于跌跌撞撞上了岸，一把抱住罗伯茨，罗伯茨激动地拍着胡的后背，两人顿时泣不成声。

好半天，胡金福才擦干眼泪，愧色满面地说："对不起，头儿，我回来晚了。其实我昨天就找到了小渔村，但渔船都被国民党兵烧光了，我只好去了下一个较远的村子，这才租到一条小船。咳，还好，来的时候没碰上鬼子巡逻艇，你们快跟我上船走吧！"

这时，水手们被惊动了，几十人呼啦啦一下子围了上来。

"渔村那边还安全吧？""有吃的吗，我快饿死啦。""前面没有日本兵吧？"人们七嘴八舌地问这问那。

"安全，没有日本人，"胡金福擦着额头上的汗，很肯定地说，"我们可以上岸后再往前走，大概走50公里左右，就有一个小镇，到那里就有电话了。"

"可只有一条船啊，我们四十多人，怎么装得下？"络腮胡子大副不满地说。

罗伯茨瞥了大家一眼，果断地说："让重伤员先走，然后是轻伤员，其他人再等下一班。"

"好吧，我去抬艇长和副艇长。"迈克尔说罢，卫生兵跟着他向阉棚跑去。

胡金福帮着把四副担架先抬上船，船上还有空余地方，又有十几名轻伤员也上了船。

罗伯茨站在远处说："尽量多装人，能上的都上，其他人再等下一班。"

最后，小小的渔船挤上了22个人，船被挤得满满的。罗伯茨摆了摆手说："行了，先走吧。路上一定要注意安全。"胡金福忙用竹杆将船撑离岸边，小船缓缓向芦苇荡深处驶去。

半小时后，小野和中村带着一队日本骑兵来到芦苇荡的沙洲上，地上的三堆篝火余烬未熄，但周围一个人影也没有。

骑在最后一匹马上的丁魁狡诈的小眼睛四下趸摸着，最后盯紧了阉棚，他朝小野扬了扬下巴。

小野明白了他的意思，向几个骑兵挥了下手。骑兵们跳下马来，端着枪向棚子逼近。所有的日本兵悄无声息的包围了阉棚，并做好了偷袭准备。

头一个日本骑兵把刺刀突然捅进棚内，同时大喊："出来！"

其余日本骑兵用刺刀挑开棚顶，发现棚内空无如也。

丁魁抬头四望，突然看见芦苇荡里出现一道人跑过而造成的晃动。他大喊："往那边跑了，追！"

十几个日本兵拉开一条搜索线，用刺刀在芦苇丛里扫过来、扫过去。

小野走了过来，和中村小声嘀咕一阵，两人都笑了。小野掏出一盒卷烟，抽出一根点燃，随手把烟散给旁边的日本兵。骑兵们在互相对火。最后一个日本骑兵用火柴点着了一根枯干的芦絮。

芦絮引燃了火苗，火苗引起了大火，火势越烧越旺，骑兵们都快乐地笑了，纷纷用打火机开始点火。一阵风吹来，大火轰地一声猛烧起来，浓烟呛得他们自己也咳嗽起来。

整个芦苇荡都燃烧起来，不一会儿，江边的芦苇荡已成了一片火海，火苗在风中发出"呼呼呼"的声响，风卷着浓烟四下翻滚。

小野得意地看看手表，"再烧十分钟，哼哼，美国人要么统统被烧死，要么就乖乖滚出来投降。"

前面的芦苇荡中，终于出现了几个身影，其中一人发出剧烈的咳嗽声，接着浑身着火的罗伯茨举着手走了出来，"不要烧了，我们投降。"他一边说，一边拍打着身上乱窜的火苗。

紧接着，十几名美国人从芦苇丛中站了起来，人人脸上写满了惊恐和无奈。日本骑兵冲上去，用刺刀枪把他们逼到一块空上，其他士兵把美国人团团围在中间。

小野和中村走了过来，看着这群破衣烂衫、狼狈万状的美国人，二人不禁仰天大笑。小野挥手下令："把他们统统带走！"

日本骑兵押解着二十名美国俘虏，来到岸边，那里有一辆大卡车等在路边，一个士兵用刺刀指了指卡车，罗伯茨先上了车，其他人跟着他上了车。

小野跳上驾驶楼，对中村挥了挥手，"谢谢啦，中村君，我把人带走了。"

引擎发动了，大卡车载着二十名俘虏向南京城驶去。

"咔，咔，咔，咔……"一双军靴踏在青石板路面上，发出机械而沉重的脚步声。原来这是一名日军少佐，正沿着主干道中正路独自走来。

少佐中等身材，腰板挺拔，脚步沉稳，处处透着一股军人特有的刚毅和威严。一张方脸，肤色白皙，两条乌黑的剑眉下有一双深邃明亮的眼睛。在棱角分明的嘴唇上，留着短短的小胡子。

迎面走来一队戴红袖标的宪兵巡逻队，少佐目不斜视，根本不予理会，径直前行。宪兵巡逻队停了下来，一名宪兵跨前一步，向少佐敬了个礼，嘴里叽里呱啦说了一通日语。

少佐知道他们要干什么，微微一笑，从上衣兜里掏出一个红皮的军官证，不屑一顾地递了过去。

日本宪兵接过证件，对照着上面的照片，再看看少佐的脸，点点头，放行了。又有一队鬼子兵手举着燃烧棒，大呼小叫地从少佐身边跑过。

少佐目无表情地看了看，向前走了不远，从中正路向左一拐，拐进一条叫富民坊的小巷。小巷中有一半的民居正在燃烧，一根烧透的房梁从屋顶上垮塌下来，激起了更大的热浪和火星。

路上到处是沙袋街垒。无数具老百姓的尸体和砸碎的家具横陈街头。不远处，有两名日本兵正追逐着一名披头散发的中年妇女，妇女尖叫着躲进一个院子。日本兵紧追不舍。很快，院子里传来妇女的惨号声和鬼子放肆的淫笑声。

少佐停下脚步，似乎在思考什么。他的手慢慢接近枪套，手握住了腰间的南部十四手枪，但枪抽到一半时，手却停住了。少佐的目光冷硬中透着灼热，眉头拧成了疙瘩，胸部剧烈起伏着，但过了一会儿，脸色慢慢平静下来，身上恢复了镇静威慑的气质。

少佐继续往前走，穿过两个街区，再穿过一个石牌坊，来到一个倒塌的二层小楼前面。少佐回头向来路看了看，整条巷中没有一个人影。少佐紧跑两步，钻进了一个斜撑的楼板下面。

少佐挪开一块朽木，露出一个黑黑的洞口。少佐钻了进去，回身再把朽木板盖上。

"小曾，你可回来了，你没事吧？"说话的是一个年轻妇女。

"大嫂，我没事。"少佐摘下日军呢子军帽，拿下上唇粘贴的小胡子说，"今天我去了中华门附近，正赶上鬼子大部队进城，街上到处都是日军的军车和炮车。看样子南京彻底沦陷了。许多国民党兵都缴械投降了，武器弹药扔得满街都是，但鬼子却大开杀戒，拼命屠杀国民党兵，我真替他们感到难过。"他顿了顿，又说，"外面满地都是死尸，许多民居被焚，妇女被强奸，我看我们是出不去了。"

这里是个小型防空洞，深入地下三米多，顶棚盖了几张竹席，根本不能防炸弹。里面总共才有五六平方米大小，一看就是这户居民为防止日军空袭而临时挖的避弹之地。里面没有照明，连根蜡烛都没有，非常潮湿阴森，四面土墙黑黢黢的。

借着顶篷缝里透进的微光，可以看出男子的实际年龄不过二十五六岁。他打开一个布包，对大嫂说："这是我在一间被炸毁的餐厅里找到的东西，一点儿食物也没找着，也没找到水，就这两个咸菜疙瘩，你将就着吃点吧，啊，大嫂。"

大嫂接过咸菜疙瘩，死命咽了咽早就咽干了的吐沫，刚张开满是血泡的嘴，眼泪却流了下来，"哎，小曾，都是我拖累了你，我这有孕的身子不争气，简直是个大累赘，大麻烦，我快恨死自己了。"女人狠揪着自己的头发，呜呜地哭了起来。

青年男子想安慰两句，但不知如何启齿。男子叫曾沧海，是新四军第二支队的侦察连长。他奉命护送首长（副司令员）的妻子沈玉珍离开南京，前往江北游击区。正赶上日军大规模进攻南京城，所以被迫滞留在此。他几天前第一次在福民医院妇产科见到沈玉珍，就知道这次任务根本无法完成了。沈大嫂已怀孕九个月，大腹便便，眼看就要临盆，但肚子始终没有动静，他不得不把沈大嫂接出医院，因为鬼子轰炸了市内所有的公共建筑，包括医院、学校和民居，病人、学生和平民死伤惨重。

"大嫂，你别哭了，怀孕临产这事儿怨不得谁，都是赶巧了，如果不是小鬼子来得太快，哪里会是这样的处境。对不对？来吧，先吃点，你已经两天粒米未进了。"小曾一个劲儿地安慰大嫂，"你不考虑自己，也得为肚子里的孩子着想啊。"

可劝归劝，沈大嫂只是一个劲儿地哭，一口也不吃。

小曾忽然觉得胃里阵阵绞痛，还有些头晕，也许这是饿的了。这两天他不仅粒米未进，还在外面东奔西跑的，在日本人眼皮子底下找食物、找水、找蜡烛，可什么都找不到。这座城市已经被日本人烧毁了、砸烂了、劫空了。但他知道，自己明天无论如何都得找点水回来，不然，大嫂的身子可能会出大麻烦。其实他今天发现了几处水井，但都被鬼子扔进了平民的尸体，水根本不能喝。路边的池塘里的水都是血红色的。而自来水管已经不通水，可能是水厂被鬼子炸坏了的缘故。到哪里能找水呀?! 他陷入了深深的困惑之中。

炮火轰击的声音更近了。烟雾渐渐淡去，挂在绳子上的白底红十字的小旗子浮出烟尘，在气流中狂抖不止。

这里是宁海路5号，是安全区总部管理的最大一个难民区。

老老小小的难民们背着、扛着、担着家当，疯狂地拥入安全区界线以内。

拉贝左臂上戴着安全区标志，后面跟着五六个带着红十字会袖标的干事们，他们来到人流前面维持秩序，拉贝拿出一个大喇叭，站在一个木桶上向人群呼喊着。

因为震耳欲聋的炮声，他的喊话在难民们的呼号中近乎无声。

安全区里面，人群更加拥挤，每个人都拿着碗，盯着锅，拎着饭盒，排成几列纵队，眼巴巴地盯着一口大锅。

爱玛和一个系着白围裙的中年妇女正在给人们发放午餐粥。又有一大群难民拥了过来，美国委员费穆手拉着一个难民模样的青年男子走到拉贝面前。

"拉贝先生，这个人找你有急事。我先出去一会儿，等下回来。"费穆说完就离开了。

青年男子脱下中式棉袄，摘下毡帽，露出一张西方人的面孔。原来他是随军记者马丁。

"拉贝先生，我可找到你了，我有一个重要情况要跟您说。"

拉贝上下打量了一下马丁，"你叫什么名字？噢，别急，到我的办公室来谈。"马丁跟着拉贝进了办公室，拉贝随手关上了门。

马丁先介绍了自己的随军记者身份，后又将日军飞机炸沉美国炮艇的事情详述了一遍。

拉贝忽地一下把礼帽甩在桌上，愤然道："这些丧心病狂的日本人，简直是一群疯狗,他们不顾国际法,竟然攻击还是中立国的美国军舰,这是公然的挑衅,是血腥的屠杀,是对正义和公理的践踏!全世界的正义力量一定会声讨日本军国主义的!"

马丁急切地说:"拉贝先生,有四十多名美国官兵还困在江边的芦苇荡里,而且还有几名重伤员,你可要想办法救救他们呀!"

拉贝紧皱双眉,思索片刻道:"马丁先生,您别急啊,我也想救他们,可是我们安全区的范围仅限于这 3.86 平方公里,管辖着 25 个难民收容所,其他城区都是日占区,中国人叫沦陷区。我们安全区只是个不被承认的民间组织,我这个主席其实只是个义工。我即使出面向日本占领军交涉这种事,我也是名不正、言不顺的,日本人根本不会理会我。"

他还想说什么,突然间,费穆匆匆走了进来。

"拉贝先生,马丁先生,告诉你们一个坏消息,日本人抓走了躲藏在芦苇荡里的二十名美国水兵,这是刚才一个逃进难民收容所的渔民告诉我的。"

"什么?! 小鬼子竟然……"马丁义愤填膺,一时找不到形容词,但他突然意识到有些不对劲,"为什么是二十名水兵,我走的时候,他们还是四十五个人呀?"他踱了几步,突然灵光一现,"我明白啦,肯定是厨师胡金福用船接走了二十多名重伤员,只有这样,剩下的人才会被日本人抓走。"

拉贝和费穆交换了一下眼光,三人都沉默了。

良久,拉贝说道:"这样吧,我只能给德国大使陶德曼先生发个电报,把这事通报给他,让他通知美国大使馆,然后由美国政府出面和日本政府交涉这件事,这样日本人就无法干涉我了,你们说呢?"

费穆和马丁点头赞同。拉贝立即叫来了电讯员,亲笔起草了电文,电报很快发了出去。

三人怀着焦急和紧张的心情等待了大约 40 分钟,德国大使陶德曼终于从武汉打来了电话。他在电话里告诉拉贝,那位叫胡金福的厨师带着一船美国伤兵从江北的一个小码头上了岸,他们跑了大约 15 公里路,找到了一个渔村,那里是中国军队控制区。当晚,艇长和副艇长二人因伤重不治而死亡。后来他们在一个小镇上通过电话与武汉的美国大使馆取得了联系,报告了战舰被炸沉的经过。很快,美国国务卿科德尔向日本政府提出了强烈抗议。日本人给出的解释是误炸，并表示了道歉。昨天上午，美国和英国派出战舰前往南京附近江面展开救援行动。最后，炮艇幸存者全部登上了美军战舰，安全地撤离到上海。不幸的是，又有三名伤员在途中不治身亡。

拉贝听完电话后，又将日本人抓走了二十名美国水兵的事告知了陶德曼，陶德曼大使表示他会通过正规渠道向日本方面了解情况。

最后拉贝转头对马丁说："看样子你是离不开南京了，你准备今后怎么办？"

马丁满怀激情地说："我是派拉蒙公司派驻美军战舰的战地记者，我的使命是拍摄战争场面和战地人物，所以我要用摄影机做武器，和万恶的日本鬼子继续战斗。我要拍摄日本人烧、杀、抢掠、奸淫的场面，让全世界的人民都能看到日本人的罪恶行径和血腥手段。"

拉贝不无担忧地盯着他的眼睛，劝说道："马丁先生，我很认同你的使命和主张，但是我不同意你做出任何冒险的举动。千万别在鬼子面前摆弄摄影机，那样就等于找死。要知道，日本人已经丧失了理性和最起码的人类良知，疯狂杀戮，血腥屠城，烧杀奸淫，无恶不做，许多行为已经没有了底线，所以为了你的安全起见，我同意你住在我的家里，但不允许外出拍摄。"

马丁今天亲眼见识了一个正直、勇敢的德国人是如何申张正义，扶危济困，为保护难民和美国官兵的所作所为。他从心眼里感激拉贝先生。他想起自己如何混在难民堆里，几次都差点被日本人发现的险情，不免有些后怕。现在自己能在安全区里落脚，这是不幸中的万幸，他必须遵从拉贝先生的规定，然后再慢慢寻找机会。他相信，对于一个有心人来说，机会总是会有的。

安全区办公室里，拉贝正在煤油灯下阅读一份电报。秘书站在旁边等待着。

拉贝猛然抬头，用手拍着电文愤慨道："日本人强词夺理，说什么中国老百姓不给他们粮食，所以他们才抢劫，在抢劫中失控，所以才开枪，这是什么逻辑？简直是强盗逻辑！我忍不住要骂人了！"

从他身旁的窗口看出去，惨白的月光照着院子里密集的难民，有的披着被子，有的垫着棉衣，有坐的有站的，更多的是躺在地上。一个母亲抱着啼哭的孩子在使劲摇晃。

金陵医学院的美国医生李察走了进来，寒冬里只穿着一件布衬衫，袖子还高高卷起，"我刚做了一个手术，伤员告诉我，日本人用中国人的尸体填平战壕，好让他们的车辆通过，尸体不够，他们就把临时抓到的中国人打死，填到壕沟里。这个伤员命真大，中了一枪，日本兵把他扔到一边，这才被红十字会救回来。"

拉贝愤慨道："这些日本人是来自我认识的日本民族吗？我必须马上给希特勒元首发电报，请他出面干涉日本军方。简直让人无法相信，这是人类文明史上最大的悲剧！"说完，拉贝走进院子，他想去周边查看一下，以防日本人再来捣乱。

突然，一个穿工作服的年轻男子扶着一个眼睛上包着绷带的中年男子走来。中年男子头发凌乱，衣服前襟上都是血迹。

拉贝看见他们大吃一惊，站住了。

年轻男子急切地说："拉贝先生，您的司机李师傅的眼睛被炸弹炸坏了，卡车也坏了，车上的粮食没法运进来，只好扔在城外了。"

拉贝宽慰道："人回来就好。眼睛怎么样？"

年轻男子说："李察大夫刚给他做过手术，打了止疼的吗啡。"

李师傅手捂着眼部伤口，歉然道："对不起，拉贝先生，都怪我自己不小心。"

拉贝笑了笑道："没关系，李师傅，你是英雄，是好汉，你要好好养伤。这几天我先找一个临时司机，先顶替一段时间。"

李师傅急了："那，粮食怎么办？"

拉贝道："你放心，我们再想法子去运。这五百袋大米是日本人答应给的，还有日本公使冈崎胜雄的亲笔签字，想赖是赖不掉的。"

爱玛领着一男一女两个难民匆匆走了过来，"拉贝先生，这儿有一名孕妇，可能快生产了，找我们寻求帮助。"

拉贝闻讯走了过来，抬头看看二人。只见二人身穿破棉袄，那位大腹便便的孕妇脸上抹着厚厚的锅灰，脸色惨白，气息奄奄。原来，这二人不是别人，正是曾沧海和沈玉珍。他们二人混在难民群中，趁着天黑，在人流的裹挟下挤进了安全区的院子。

曾沧海说："拉贝先生，我叫曾沧海，这位女子是我的嫂子沈玉珍。她已经怀孕九个月了，原来住在鼓楼医院妇产科，准备生产，日本人进攻南京时，医院遭到日军炮击，我只得把她接出医院。但我们已出不了南京城，躲在一个防空洞里，没有粮食和水，空腹熬了三天，今天实在熬不下去了，我又怕嫂子出事，只能来安全区投奔您。"

拉贝立刻对秘书说："快去把李察医生找来。"又对爱玛说："你去盛两碗粥来。"

秘书和爱玛出去了，拉贝扶着沈玉珍躺到长椅上，"沈女士，你先躺在这儿休息。"

不久，李察在秘书带领下走了进来，李很快为沈玉珍做了全面检查。李察回身把拉贝拉到窗前，小声道："这名产妇情况不太好，全身浮肿，伴有轻度脱水，肚子里的羊水随时会破，幸亏她来得及时，不然要出人命，她必须马上住院治疗。"

拉贝回过头，担忧地望着沈说："要是蓝道曼医生在就好了，他可是一流的产科大夫啊，可惜现在人在上海。嗯，那个，李察，你接生没问题吧？"

李察苦笑道："我是干外科的，从来没有接过生，好在蓝道曼大夫临走留下了几本产科书籍，我这几天抓紧时间研究一下，学学如何接生。"

"我相信你会成功的。不过，医院还有床位吗？"

"床位早就没了，每个病室都挤满了难民，不过我会想办法的。"李察对小曾说，"来，你帮一下手，我们带他去隔壁医院。"

小曾感激地扶起沈嫂，在李察医生的搀扶下，走出门去。

安顿好了沈嫂，小曾回到宁海路5号拉贝的办公室。

拉贝好像一直在等他，手里拿着一个米袋子。

拉贝盯着小曾的眼睛，郑重其事地说："曾先生，你刚才并没介绍你自己是干什么工作的，我也不想打听你的真实身份。你要知道，现在我的安全区已经很不安全了。这几天日本人借口有十万中国军人化装成难民，躲藏在安全区里，就天天来安全区骚扰和抓人，凡是年轻一点儿的男人全都给抓走并枪毙了。这些灭绝人性的残暴行径，凭我一己之力，再加上二十多个委员的微薄之力根本阻挡不住。所以，我劝你尽早离开，我不能留你，留下你，等于害了你。"

"可是我无家可归，根本没地方可去呀。"

拉贝带着惋惜的神情道："我知道，每一个逃进安全区的人都是无家可归的。但是，不管怎么说，躲在外面，总比被日本人抓走枪毙要好吧？你不是说过曾在防空洞里躲藏过吗，你可以再回到那里去躲藏，避过这批屠杀潮，形势慢慢会好起来的。我听日本公使说过，日本人很快就要进行人口登记了，到时候，城市的正常秩序就会恢复，人身安全也会得到保障。"

听了这些话，小曾知道拉贝不是在跟他开玩笑。小曾说："尊敬的拉贝先生，您能为我嫂子提供医疗救治，我已感激不尽，我不想再为难你，我这就离开，等我嫂子平安生产后，我再回来接她。"

说罢小曾就要走，拉贝忙说："等等，这是五斤大米，你带上，先解解燃眉之急，以后再慢慢想办法。"

小曾眼含热泪，接过米袋子，向拉贝深深鞠了一躬，毅然转身走出门去。

第9章 复仇

清晨是掩盖夜的罪迹的最后机会，浓洌的硝烟味和呛鼻的血腥味昭示着昨夜的暴行。雪花还在飘舞，落在房屋的骨灰和人的骨灰上，模糊了人和物的区别，使其行状更加诡异古怪。

马如龙身穿那件日军上尉军装，背着狙击步枪，煞有介事地行走在中山路上。几路鬼子巡逻队与他擦身而过，都没理会他。他用眼睛的余光警觉地斜觑着鬼子的一举一动。

街上有许多单独行动的鬼子，一个家伙身上背着从民居里抢劫来的东西，大摇大摆地走着。另一个鬼子手拿酒瓶，边走边喝，喝醉了就倒在雪地上，四仰八叉地躺着，并没人理睬他。有一个鬼子是个伤兵，脚上缠着绷带，架着双拐一瘸一拐地挪行。

马如龙昨晚是藏在一辆被炸毁的卡车的驾驶楼里渡过的，他今天给自己两个任务，一是找到食物和水，二是要去舅舅家看一看。他模仿着单独行动的鬼子的表情和动作，继续伪装前行。但他知道这样做是很冒险的，因为他并没有军官证，万一碰上宪兵队检查证件，就一定是一场你死我活的短兵相接。

他不愿意多想，放胆前行。过了两条马路，来到新街口，他要找的那条街就在东面。向东拐过塘坊桥，就是青石街，舅舅家的门牌号码是386号，那是一个民居大院，里面住着十几口人家。

但愿舅舅一家人去了安全区，家人都平安，马如龙在心中祈祷着，小心翼翼地走进大门。迎面有几具百姓的尸体躺在地上，显然是被鬼子枪杀的。里面一间卧室的门大开，他一脚踏入，顿时全身一颤，看见舅舅仰卧在房间正中，胸口一个血窟窿，身下一个血塘。卧室里有一张床，床上并排躺着三个女人，都赤身裸体，一个被割去了两个乳房，一个被刺刀戳得面目全非，还有一个肚子以下部位已经血肉模糊。

这场面仿如一个晴天霹雳迎头轰下，马如龙愣在当场，热血顿时涌上胸膛，眼睛里冒出一片熊熊怒火，"狗日的小鬼子，老子非杀光你们不可！"

热血在燃烧，仇恨在聚集，他内心只有一个念头：杀！

马如龙一甩胳膊，拿枪在手，拉开枪栓，转身就要出门。突然，他听见一阵杂沓的脚步声由远及近，迅速隐身于门后，从门缝中看见三个小鬼子闯了进来，一边大呼小叫，一边用枪托砸开柜子和箱子，搜索里面值钱的东西。

马如龙调顺枪口，抬手一枪，轰开了其中一个鬼子的脑袋，剩下两个鬼子吓掉了魂，转身就要往外逃。这时马如龙第二枪又响了，又一个鬼子后背中弹，一头栽倒在地。第三个鬼子醒过神来，看见马如龙只是一个人，就"嗷"地一声扑了过来，挺枪就刺。

马如龙一边后退，一边拉机上弹，用腰枪的姿势开了枪，鬼子的刺刀还没扎到眼前，子弹已经喂进了他的前胸。

这场短兵相接，用时不到五秒钟，三个鬼子就见了阎王。

马如龙捡起第一个鬼子背的美式汤姆森冲锋枪，拉开弹仓，看见里面压满了子弹，非常高兴。又将鬼子身上的军用水壶和四颗香瓜手雷捡起，揣在身上。他走进里间，撕开一条白床单，从抽屉里找出笔墨和毛笔，写下一行大字：中国神枪，杀光日寇！

马如龙把布幅卷成一卷，塞进怀里，大踏步走出屋子。

他健步如飞，来到不远处一个被炸开半边墙的四层楼下，他抬头看了看上面，又警觉地观察一下四周，见没有鬼子，顺着楼梯上了顶楼，把那个布幅挂在窗框上。

布幅垂下，"中国神枪，杀光日寇"八个大字非常醒目，布幅随风飘舞着，立刻吸引了远远近近鬼子的目光。

尖锐刺耳的哨声立刻响彻大街小巷，一队队鬼子兵开始向这里集结，一个少佐军官拔出战刀，指向布幅，嘴里叽里呱啦叫着，鬼子兵们端着枪气势汹汹地向楼房冲来。

马如龙把汤姆森架在窗台上，稳稳地瞄着下面的街道。上百个鬼子快要冲到楼下了，马如龙凶狠地扣动了扳机：哒哒哒哒……哒哒哒哒……子弹如飞蝗，枪焰频闪，马如龙一口气打光了一梭子子弹，二十多名鬼子死的死，伤的伤，登时躺倒了一大片。

"八嘎牙鲁！"鬼子少佐用刀指向楼顶的窗户，没死的鬼子向着窗口一阵猛射。

"砰砰砰砰！""啪啪啪啪！"如雨的弹幕撕裂了窗台。此时马如龙早就改换了狙击位置，腾身一跃，藏身到另一扇窗户后面。

打散的鬼子重新集结，少佐从一处街垒后面探出半个头颅，向鬼子兵们挥了下手。

马如龙的狙击镜早就圈住了少佐的脑袋，"下地狱去吧！"一声爆响划破街面的平静，狙击枪那尖锐而细长的弹头穿过膛线在北风中呼啸着直射过去，瞬间钻进了少佐的左半边头颅，一阵飙血溅肉，少佐一命呜呼。

舒服，马如龙在心里高呼，几个点射过去，子弹从枪口里钻出来如霹雳般打进后面两个军曹的身体上，看着鬼子人仰马翻的姿势，马的心里舒服极了。

这时，几十名鬼子正悄悄地从楼梯口顺着楼梯向上摸来，几秒钟后，马如龙瞅准时机，扔出第一颗手雷，"轰"的一声巨响，手雷爆炸的热浪炸翻了上楼的鬼子。底下传来一阵鬼哭狼嚎，几秒钟后，马扔出第二颗手雷，又是一片惨叫声，还伴有阵阵撕心裂肺的哭喊。

"舅舅，舅妈，表姐表妹们，我已经替你们报仇了，你们一路走好。"马如龙收回冲锋枪，用袖口擦了擦布满汗珠的脸，一个转身，从二楼阳台跳到隔壁院子的平房屋顶上，又从屋顶沿着矮墙下了平地。

马如龙蹲在墙跟，拿出刚才缴获的军用水壶，打开盖子美美地灌了一大口，顿觉神清气爽，百脉俱通，他实在太渴了，一口气喝干了壶里的水，长吁一声，才半蹲着向一条小巷深处跑去。跑了没多远，他突然觉得天旋地转，头晕目旋，差点儿跌倒。他立住脚，定了定神，知道这是饥饿的肚子在提抗议。他必须找点食物来充饥。

他继续向前走去。小巷深处，有一条青石板路，沿路走了不远，发现几具国军战士的尸体靠墙根躺着。他走上前去，看见了一具尸体上背着条粮袋。他警觉地四下扫视一眼，用最快的动作把粮袋解了下来，然后背在自己背上。

这下好了，既有水又有粮，基本问题解决了，剩下最后一个任务是为今晚找个睡觉的好地方。等养足了精神，明天好继续杀鬼子。

突然，他的目光被迎面走过来的三个人所吸引。等人走近了他才看清，原来是两名日本兵押解着一个国民党军的少校军官，少校高举双手，满面恓惶，日本兵挺着刺刀枪凶神恶煞地跟在后面。

马如龙装作没看见，吹着口哨迎面走去。等三人和自己相错的时候，马如龙迅速转到身后，突然发力，用枪托狠狠砸在一个鬼子的钢盔上，鬼子口喷鲜血，一头栽倒。另一个鬼子一看遭到袭击，刚想调转枪口，马如龙哪容他有还手之机，一把抓住他的枪身，顺手一带，鬼子立脚不稳，被拽倒在地。马如龙顺势一拉，三八大盖到了他的手里，他一甩腕调过枪刺，"噗哧"一声扎进鬼子胸膛。

这一系列动作干脆利索，瞬间完成，那位国军少校一下愣住了，停步转身，用怀疑的目光紧盯着马如龙的脸和身上的军装。

"看什么看，我是中国军人，还不快跑！"马如龙抓住国军少校的手，撒腿就跑。

刚跑了没几步，马如龙突然停住脚步，对少校说："快快快，把日本人的军服换上。"

少校明白了马的意思，回身跑到日本兵身旁，迅速扒下军装，麻利地套在自己身上。二人跑过小巷，来到大路上。二人恢复了正常神态，开始并肩前行。

少校转头小声问道："兄弟，谢谢你的救命之恩，请问尊姓大名？"

"马如龙，教导总队狙击分队教官。你呢？"

"崔际胜，军需总署粮秣三科科长。"

两人这才扭头互相看了对方一眼。崔际胜身材颀长，举止潇洒，年龄大约二十七八岁，白皙的国字形面孔上一脸的书卷气。

"哦，崔科长，丢不丢人，一个大活人，竟然被日本人俘虏了？"马如龙问话时脸仍旧朝向前方。

"咳，也是凑巧了，我本来在地下室里躲得好好的，就是渴得很，出来找水，没想到被刚巧路过的俩小鬼子盯上了，一路在后面追我，我跑不赢他们，就被抓了。"

"一看你就没有战斗经验，都这时候了，还穿着一身国军军装，不是等着被抓吗？"马如龙鄙夷地瞟了他一眼："幸好遇到我，算你命大，凡是被抓的国军官兵，都被鬼子枪毙了，有的做了刺刀靶，有的被活埋了，知道嘛？"

崔际胜苦笑了一下，摇摇头，没吭气。

二人继续盲目地往前走。走着，走着，崔际胜忽然停住了脚步，转过头来问道："老马，我们这是去哪儿？"

"去哪儿？不知道，找个睡觉的地方呗，总不能睡在大街上吧。"

崔际胜说道："咳，原来你没地方呀，来来来，跟我来，我有地方。"

马如龙看着崔的脸，不知他是不是开玩笑，"你有地方？不是猪圈里吧？"

崔际胜"扑哧"一声笑了出来，"是国际五星级大酒店。"

马如龙调侃道："你还不如说是占领军司令部呢。"

两人都笑了。老崔得意地说："跟我走吧，包你满意。"

崔际胜领着马如龙穿过几条僻静的小巷，来到被炸毁的交通部大楼前，门前是个大停车场，场地上卧着几辆被炸得七扭八歪的轿车，满地是瓦砾、碎砖块和玻璃碴子，崔小声道："跟紧我。"

只见老崔钻过首层快要倒塌的大门，穿过几个斜撑的水泥板，二人来到大楼后面，这里有条通向地下室的楼梯，里面堆满了废旧家具和铁皮柜子。

老崔先搬开旧家具，再挪开一个铁皮柜子和纸皮箱子，结果露出了一扇小门。老崔诡秘地一笑，轻轻推开小门，"请进吧，我的私家别墅。"

马如龙小心翼翼地走进一个黑洞洞的所在，一股刺鼻的霉味迎面扑来。

马如龙的眼前一片漆黑。

一根火柴被划着，火柴点着一根灯捻，室内立刻被一盏马灯照亮了。

原来这是一间地下室，大约有四五十平方米大小，里面堆着一些文件柜、木箱子、麻袋和乱七八糟的杂物。

马如龙惊讶地看着眼前的一切，在室内转了两圈，高举双手赞叹道："真有你的，老崔，你这地方不赖嘛！"

"嘿嘿，"老崔眉飞色舞道，"不是吹的，老马，我这里是全南京最安全的地方。"老崔指着一把破藤椅说，"请座吧，阁下要不要先吃点东西？"

马如龙这才感觉到饿了，拿出粮袋，正要解开袋子，老崔递给他一个瓶子，"你那个先放一放，先吃这个，牛肉罐头，美国货。"

"啊，你还有这个吃？"马如龙更加惊讶了。

"你忘了，我是干什么的。"老崔麻利地用开罐起子打开瓶盖，递给马如龙，"一个干军需的，手中什么货没有？这是上个月才从美国进口的，本来是准备发给前线部队88师和94军的，让我扣留了几箱。嘿嘿，看什么看，吃呀。"

马如龙也觉得自己的眼光不太礼貌，顾不了别的了，用手抓出牛肉，大口大口地吃起来。不久，一罐牛肉就下肚了。"嗯，好吃，好吃，真他妈好吃。"

老崔一屁股坐到马如龙对面一个纸箱上，随手拿出一个牛皮纸包，打开来问道："要不要再来点压缩饼干？"

马如龙的眼睛都直了，瞪着老崔和老崔手里的压缩饼干。

"我这儿还有巧克力和蓝山咖啡，可惜没开水沏。哎哎哎，你别老用那种眼光看我嘛，"老崔递给马一包巧克力，挤了挤左眼，幽默地说，"好啦，老马，填饱肚子，闭紧嘴巴，这是搞军需的人的生存秘诀。"老崔边说边扔了几块夹心饼干进嘴巴。

马如龙还是带着怀疑的眼光盯着崔际胜，崔际胜"扑哧"一下乐了，豪爽地说："看来我不交代是过不去了，那就实话实说吧。和平年代，哪个官员没有利用手中的权柄倒腾点儿东西？收受点儿贿赂？哪个军长、师长没有利用手中职权克扣点儿军饷，霸占点田产？战争时期，哪个军官没在地底下窝藏点儿东西？勾兑点儿物资？那些党、政、军大员哪个不中饱私囊，化公为私？谁敢保证委员长的屁股就是干净的？是不是？其实这都是公开的秘密，皇帝的新衣，伙计，只是你在下面待得时间长，不知道而已。"

马如龙犹如大梦初醒，长长地叹了口气，"哎，中国就是让这些人给糟蹋了，祸害了，哼，好话说尽，坏事做绝！人前是人，人后是鬼！哼，以为没看透，算啦算啦，"然后把水壶盖拧开，递给老崔，"这是我从鬼子身上缴获的，你先喝吧。"

老崔接过水壶，不客气地咕咚咕咚地猛喝几大口，道："他走阳关道，我过独木桥，这就是我的生存之道。"又抹了抹嘴说道："我这里什么都有，就是没水。咳，水也许是我俩的缘分吧。"

"是啊，水是个大问题，现在全城都停水了。"马如龙接过水壶说。

"估计水厂、电厂都被鬼子炸坏了，他妈了个巴子，小鬼子正在大规模屠城，连缴械投降的人都不放过，简直丧尽天良！"老崔愤慨地说。

"咱们吃饱喝足，再睡个好觉，明天继续杀鬼子！"

"杀！杀！杀！鬼子是该杀！该宰！奶奶的！"老崔骂骂咧咧打开一个木箱子，从里面拿出一床新军被，铺在靠墙的水泥地上说："这是您老的沙发床。"他转头说道，"不瞒你说，嘿嘿，我这个人没打过仗，连真枪都没放过几回。我是走后门当的兵，一入伍就干无线电，咳，清水衙门。后来被我叔叔调来干军需，粮秣科油水大呀。我这人还有个毛病，一听枪响就想尿尿。"

老马被逗乐了，"哎，老崔，瞧瞧你那熊样，怪不得会被日本人抓住。"

"抓住怕个屌，鄙人是吉人自有天相！"老崔从木箱子里掏摸了一会，掏出一条骆驼牌香烟，抽出几包扔给马如龙，"抽吧，一看你的牙，就知道你是抽烟人。"

马如龙点着烟，吸着，边端详着巧克力的包装。

"哎，老马，你说怎么那么巧，我被小鬼子押解的时候，你是从哪儿冒出来的？"

"咳，说来话长。"马如龙使劲儿喷出一口浓烟，回忆道，"我们教导总队是守中华门的，跟鬼子拼杀了三天三夜，他娘的，弹尽粮绝，那叫一个惨。后来我掉进了护城河摔晕了，还好命大没给摔死，昨天晚上趁乱混进了城，在一个汽车驾驶楼里过的夜。我今天去我舅舅家，我还以为他们逃进了安全区呢，可没想到舅舅一家五口全被小鬼子杀光了，舅妈和两个表姐妹被鬼子施暴后杀死了……"说着，马如龙哽咽了。

"狗日的小鬼子，一帮狗操的杂种！你们不得好死！"老崔骂骂咧咧的，一脚踢翻飞了几个空纸箱，一把从枪套里拔出手枪，瞄着虚空，恨声道，"明天你去杀鬼子，把我带上，让我也杀他几个过过瘾！妈了个巴子的！"

马如龙抹干眼泪，拿过狙击步枪，捡起一块破布开始擦枪，"杀鬼子可是个高难度的技术活儿，你干不了，我一个人去就行了。你的任务就是找水，做饭，找煤油，管家，这样我们在南京城才能坚持战斗下去。"

"行啊，你尽管去杀，我当你的后勤部长。"

"哎，老崔，"马如龙打趣道，"你是少校军衔吧，我只是个小上尉，不过从今天起，小上尉要来领导大少校哟。"

"行啊，我都听你的。"二人互相指着鼻子仰天大笑……

日军先遣队办公室。这里曾经是中国政府高级官员的办公室。墙壁没来得及粉刷，留着一块块方形的白色，应该是奖旗、委任状相框之类的东西留下的印痕。

办公家具颜色沉闷，三个深棕色的皮沙发厚重矜持地卧在窗下，长方形的玻璃茶几上放着玲珑剔透的日本插花，主要由梅花和竹枝插成。

室内烟雾腾腾，松本正在研究南京地图，小野领着一个日军上尉走了进来。

上尉跨步上前，敬了个标准的军礼，"报告松本大佐阁下，菊池俊彦前来报道。"

"啊，老朋友，我可把你盼来了！"松本上前与菊池一个熊抱。

拥抱完，松本上下打量着菊池。只见菊池戎装笔挺，挂少佐军衔，面目清秀端正，长着一双眼角上翘的狐狸眼，身上有一种狐狸般狡诈，狼一般残忍的气质，从他英俊的外貌中流露出来。

松本和菊池又一番热情的寒暄后落了座。

"我在上海就听说了，"菊池开门见山地说，"这儿出现了一名支那狙击手，枪法神准，杀人如麻，给你们造成了很大的麻烦？"

"是的，"松本忧心忡忡地说，"这名魔鬼枪手已经两次袭击了我方部队，打死了四十七名官兵，其中一个受伤致死的也没有，这说明什么，说明他是枪枪毙命，弹无虚发。这给我们心理打击很大，许多官兵谈虎色变，夜不安枕，以至于不敢单独外出，害怕遭到背后袭击。所以我向土肥原先生请求，特地调你过来，专门对付他。"

菊池满面鄙夷地说："你们不用怕，有我在，他掀不起什么大浪来。而且我还带来了大批助手，相信他的末日就要到了。"

松本见菊池信誓旦旦的样子，心里非常高兴。他知道这次选对人了。"我要让你看样东西。"松本拿出一块白布，摊开，露出上面八个毛笔大字：中国神枪，杀光日寇。

"哟西，狂妄的家伙，简直不知天高地厚！"菊池一拳击在桌面的布幅上，咬牙切齿地说，"阁下请放心，我们一定会消灭他！"菊池转头问道，"可以让我看看他用过的弹头吗？"

"知道你会问这个，"松本把一个纸包放在桌面上，"请你过目。"

纸包打开，露出了三四十枚黄澄澄的铜质弹头。

菊池拿起一枚弹头，仔细地观察一番，然后，又从自己上衣口袋里掏出又一枚弹头，两相比对着仔细观察起来。

"菊池君，你这是干什么？"

菊池诡秘一笑，举着后拿出的弹头说道："我怀疑此君的来历，是否和我一样，毕业于德国图普塞塔尔艾普狙击手学校，松本君，请让人拿去鉴定一下，看看这两颗弹头是否出自同一支枪管。"

"来人。"小野应声而入，松本道，"小野君，去鉴识室把这两颗弹头检验一下。"

小野领命，把两颗弹头拿了出去。

松本回头问道："菊池君，据说方面军原来成立了一支狙击部队，你还是总教官，但后来为什么突然裁撤了？"

菊池摇摇头道："咳，搞不成，据说上面分歧很大。不错，去年年底，支那方面军司令部是组建了一支由我担任队长的狙击分队，共有 34 名队员。他们是从各部队的神枪手中精选出来的，我作为队长，带着这支队伍，先进行了三个月的封闭训练，接着，我们就上了华东前线，在第 9 师团、第 6 师团、第 22 师团所属各部队进行实战锻炼。后来我带着这些狙击手上了淞沪前线。你猜怎么着，在不到一个月的时间里，我们击毙了 3800 多名国军士兵，等于一个月消灭了 38 个连哪，这让高层人士看到了狙击战的强大威力。但突然间接到了一个命令，狙击分队被就地解散，到底什么原因，始终没有搞清。"

"噢，不管它了。菊池君，这次你带了多少优秀狙击手来？"

"带来 12 名，都是我的学生，他们经过正规培训和实战锻炼，都是一等一的狙击高手，我相信，那名魔鬼枪手活不了多久了。"

很快，小野兴冲冲地回来了，"报告大佐，根据弹道比对和弹痕测试，证实这两枚弹头的确出自同一支枪膛。"

菊池会意地一笑，接过那颗弹头，"哈哈，这下我的怀疑得到了证实，这名支那狙击手，就是我的学长、中国军官马如龙。"

"你怎么知道他叫马如龙？"松本问。

"哼，1935 年年底，当我进入图普塞塔尔艾普狙击手学校的时候，马如龙刚刚毕业，我没见过他。据说他回国以后进了中国国民党军的教导总队，当了狙击教官。这些是从我的校长兰姆斯基口中得知的，在我临毕业回国时，兰姆斯基校长把这颗弹头赠给我作为分别留念，他说这颗弹头是马如龙临毕业送给他的毕业纪念，他转赠给了我。"

松本转着弹头，困惑不解地问："仅凭这粒弹头，怎么就能证明是马如龙打的？"

菊池冷笑道："枪啊，枪能证明。大佐，你要知道，每粒弹头都有特定轨迹和划痕，不同的狙击枪制造不同的划痕，只有同一支枪，才能制造同一种弹痕。马如龙毕业时，得到学校赠予的一支狙击步枪，就是他在校学习期间一直在使用的那支枪。他同时还获得了一个荣誉称号：'百分之百先生'。所以，刚才鉴识结果表明，这两枚弹头出自同一支枪膛，那使用这支枪的肯定就是'百分之百先生'马如龙。"

"哟西，我明白啦。这个魔鬼枪手就是'百分之百先生'马如龙啊。"

"对，就是他。"

"这也许就叫冤家路窄吧。"松本笑道，"一个学弟，干掉自己的学长，也是很有成就感的一件事嘛。"

菊池并没有笑，只是拿出自己的"春田"狙击步枪，拉开枪栓，看了看里面满仓的子弹，合上枪栓，面色凝重地说："现在还不敢夸海口，也许是他干掉我，也许是我干掉他，总之我们两人必须死一个。"菊池点着根烟夹在指头上说道，"其实形势对他很不利，他在暗处，我们在明处，他只有一个人，而我们却有12个，不，加上我就是13名狙击精英，还有整个先遣队三百来号特工健将，天时、地利、人和都在我们一方，他想不死都难。"

松本对小野下令道："去，把菊池君带来的狙击手全都叫来，我们一起开个会，研究一下行动方案。"

不久，12名狙击手都来到办公室。这些都是风华正茂的年轻军人，人人脸上写满跃跃欲试的神情，手里都拿着锃亮的狙击步枪，这些枪大都是日本97式"有阪"狙击步枪，还有几支德式、英制和美制狙击步枪。

松本扫了众人一眼说道："诸位，从今天起，你们就是皇军先遣队的一员了，你们要同心协力，完成好这个艰巨而光荣的任务。下面，请菊池君来布置一下这次的清剿战。"

菊池指着南京地图说："诸位，我们的对手，是一名叫马如龙的中国军官，此君是一个狙击高手，短短几天，他已经采用恐怖袭击的方式干掉了我军47名官兵，真是可恶之极。虽然47这个数字微不足道，但打黑枪造成的心理负面影响是巨大的，如果坐视不理，就会动摇军心，造成恐慌，所以我们必须尽快清除掉这个心腹之患。"

菊池走到地图前，用指挥棒指着地图说："我们12人分成四个小组，分别由岗村、高桥、黑岩和大岛担任小组长，每个组负责一个片区。再来看南京地图，南京城是以中山路为界，划分为东西两个半区，城西北角是国际安全区，可以不予理会，城东北角由黑岩小组长带领两名狙击手和八名特工，组成一个小组。从中山北路至挹江门到下关港这一带是一个片区，由高桥带领两名狙击手和八名特工，组成一个小组。城东南部由岗村带领两名狙击手和八名特工，组成一个小组。城西南角由大岛带领两名狙击手和八名特工，组成一个小组。你们要化装成平民百姓，在这些区域暗中活动，除了必要的武器之外，必须携带一支信号枪，一旦发现马如龙，就打信号枪，其他几个片区就要闻风而动，尽快向出事区域包抄合拢，以求一举歼灭这个枪手。"

"你们都听明白了吗?"松本厉声问道。

"明白了。"12 名狙击手同声回答。

第 10 章　绝处逢生

中华路是城南主干道，白天人流量很大。但人流里很少有老百姓，老百姓大都逃进安全区了，所以街上都是日军的部队在调动、换防和巡逻。

从中华路向东拐就是建康路，马如龙今天在建康路一带"打猎"。这一带民居密集，而且深街小巷，密如蛛网，便于在狙击得手后迅速隐蔽和撤离。

一个上午过去了，他的"狩猎"很成功。马如龙仍旧穿着一身日军上尉制服，由西向东缓步前行，一路都在心里责备自己。他今天只带了四个弹匣，一共20发子弹，当打完19发子弹，干掉了19个鬼子兵后才发现，自己今天少带了子弹，他不得不提早"收工"。

他走着走着，忽然感觉后背的神经被一束目光灼得生痛，他敏感地回过头去，却什么也没发现。他以为这是自己的主观错觉，但当他转身再往前走的时候，这种感觉又出现了，直觉告诉他，自己被人跟踪了。

马如龙逐渐加快了脚步，进入了一条叫大功坊的街道，在街角处，他猛地一回头，看见一个身穿蓝棉袄、留着小平头的男子也猛然停住脚步，迅速隐身在一处屋檐下躲避。很显然，这是一个日本密探，也许是日军特工，他难道发现了什么？马如龙决定甩掉这条"尾巴"。

马如龙脚步飞快地越过文德桥，进入乌衣巷，从烟盒里拿出一根烟，装做点烟的样子，迅速回头一望，不望还好，这一望让他大吃一惊，盯梢的人从一个变成了四个，此刻四人正在交头接耳，不时向他这边探头探脑地窥望。

马如龙开始小跑，跑着跑着，他看见路边倒伏着一辆自行车，他迅速扶起车子，跳上去脚下发力，一阵猛蹬，自行车像风一般向前飙去。

"啪啪！啪啪！"鬼子密探开枪了，子弹带着尖锐的嘶鸣从他头顶和耳边擦过，后面的特工已经增加到了八个，而且全都骑上了自行车，沿路紧紧追来。

"砰！"一颗信号弹飞上了天空，这是敌人向其他几处布控点发出的召集信号。

马如龙回头看了眼信号弹，知道更多的敌人会包围过来。他不顾一切地拼命踩车，车子一路风驰电掣，前面不远处，出现了一片废旧厂房。一条土路和柏油路相连，马如龙一个侧骑，单车拐了个大弯，骑上了土路，窜进了旧厂区。

这是一个废旧冶炼厂，显然废弃已久，里面荒草及膝，一个人影也没有。

冶炼厂的大铁门依旧关着，门上一把大锁已经锈迹斑斑。马如龙扔下单车，捡了块石头，很轻易地就把大门锁砸开了。他推开了大门，他跑进厂区，只见里面是个很宽敞的大院子。场地里堆放着一些原料和煤炭。有些冶炼用的废渣堆在那里，另一边还有一大堆的煤块。院子的地上已经长满了杂草，从那些废铁架的缝隙中钻出来。

正面就是冶炼厂房，有三层楼高的小高炉，右边是员工生活区，都是些平房。马如龙跑进厂房里，想找个藏身之地，他知道日本人很快就会追过来。只见到处是废弃的冶炼设备，后面还有个大炉子以及熔炼池。

马如龙边跑边拉开枪栓，查了下弹仓，见里面只剩一发子弹了，可敌人有八个，他预感到自己今天凶多吉少。

他穿过一个厂房，看了看四周的情况，员工的生活区正背对着他，那是一排三层的平房，由于外面有围墙挡着，只能看到二楼和三楼的部分。

他继续往厂房纵深跑去，里面没有什么动静，视力所及，都是一些弃置的废旧冶炼设备。藏在这种地方，就像鱼入了大海一样，让特务们折腾去吧。

一阵"嘎嘎嘎"的响声从大门口方向传来，他知道日本特务们全部进了厂区大院。

他潜伏在三楼一个巨大的铁架上面，一动不动，右手握着左轮手枪，眼睛却是一眨不眨地盯着冶炼厂里面。从这个位置可以偷窥到整个厂区，不论是院子，还是小型库房和道路，都尽收眼底，而日本特务却很难发现他。

不久，他就透过两块钢板的缝隙看见了岗村，手握一把手枪，弯着腰，鬼鬼祟祟地搜索前进，后面跟着三个特务，都握着枪，四下窥视。

怎么只有四个家伙，还有四个呢？噢，他们一定是兵分两路，另外四个家伙肯定在另一面进行搜索和包抄。

马如龙冷笑了一下，一动不动地潜伏着。又等了大约10分钟，突然，他听见一阵轻微的隆隆声，好像有人在登楼梯，他估计有人正向上面摸来，他探出头，发现有个特务举着手枪，悄悄向他藏身的地方摸过来。

"不好，可能被发现了。"马如龙心里"咯噔"一下，紧了紧手里的狙击步枪，瞄准前面戴墨镜的特务的头。这可是最后一颗子弹了，他必须做到一枪毙命。

那个墨镜仔离他越来越近了，看样子他是藏不住了，得早点出手，不然，叫他发现就晚了。马如龙不再犹豫了，对准墨镜仔扣了一下扳机，"当"的一声轻响，子弹带着强大的动能穿过了墨镜仔的头颅，墨镜仔的手枪顺着地面滑了过来。

马如龙一个鱼跃翻滚，一把抄起手枪，身形暴起，藏身到另一个立柱后面。

"砰！砰砰！砰砰！"后面两个家伙一见墨镜仔中枪，急忙开枪，子弹击起火花四溅，打在马如龙藏身的钢板上，发出叮叮当当的响声。

马如龙闪避着袭来的子弹，一个闪身，窜进了对面的一个房间。这个房间堆着许多床架和大量废弃的生活用品，他估计这里是员工宿舍。外面还有一个阳台，阳台上有一个连廊，通向前面的几间房间，嗯，很好，这里可攻可守，实在不行，就从这里撤。他探头看了看外面，见没有什么动静。又侧耳听了听楼梯，也没有声音。

敌人还没有那么快上来。他举起捡来的手枪仔细端详一番，原来这是一把日本军方的制式手枪南部十四。这枪暴露了这些家伙的身份，他们一定是日军特工无疑。马如龙对这种枪并不陌生，该枪俗称"王八盒子"，装备于日军将校级军官。这种枪的优点是精度很高，子弹伤害力极大，基本与达姆弹相同，中枪者通常非死即残。但这种枪有个致命缺陷，它的子弹穿透力很弱，用五层棉被就能挡住。此外该枪卡壳频繁，甚至连自杀也无法保证（美国大兵语）。由于结构原因，该枪容易走火，所以国军中没人愿意用它，即使八路军也不愿使用这种垃圾货。这实在是二战中最差的手枪。

他退出弹夹看了看，里面还有四发子弹，可还有七个敌人，得省着点用了，射击的节奏一定要把握好，不然，他的麻烦就大了。

楼梯方向又有了动静，他那一枪显然已经惊动了敌人，也告诉了敌人他所在的位置，敌人都是经过特殊训练的特务，可能正在采取某种包围的方法，想堵住他，并困住他。

突然，"当啷"一声，一个空罐头盒子扔了过来，掉在他前面不远的地上。

敌人太狡猾了，想引他开枪，进一步暴露自己的位置，他才不上当呢。

"喂，小子，你跑不了啦，出来投降吧，皇军优待俘虏！"一句生硬的中国话从那边墙后传来，声音听上去离得很近。

马如龙没理会，以不变应万变，看看他们还有什么花招。

又过了一会儿，一个声音又响起来："喂，小子，我们队长说了，你是个好样的，你的枪法很准，你已经干掉了我们一个高手了，值得敬佩。但我们还有七个人，七个日本精英，都是经过忍者训练的神枪手，你不可能把我们全干掉。你缴获的那支枪里面最多还剩四发子弹，你想想顽抗到底是什么下场？你现在出来投降还来得及，我们保证不杀你。"

马如龙不吭气，沉着冷静地卧着，他突然看见一个黑影一闪，好像是一个人闪进了对面的房间。他刚要调转枪口瞄向那个方向，突然，又一个黑影出面在另一个方向，显然敌人已经包围住了他。

马如龙以卧姿匍匐前进，悄悄靠近一个大箱子，那后面藏着一个家伙，一个危险的隐患。突然，他脑后风声响起，马如龙紧接着一连串的翻滚，在翻滚中瞅准一个黑影扣动了扳机，"当"的一声，一个沉重的黑影倒下了。

妈的，又干掉了一个。门外射进来一阵雨点般的子弹，"乒乒乓乓"地打在钢板上，发出阵阵的回响。

"啪啪，啪啪，啪啪！"六个敌人从不同方向一起开火了，马如龙一跃而起，一个纵身翻上阳台，顺着阳台，爬过了两个房间，从另一个房间翻进了屋里。他发现这是一间仓库，里面放着大大小小的机器零件和各种设备。

他藏身在一个车床后面，机警地握着手里的枪。现在只剩下三发子弹了，他有点后悔刚才离开那个房间，如果冲上去，捡起那个死者的枪，他就又有了至少五六发子弹，他就不会如此被动了。

时间又过去了十多分钟，双方都没有再开枪，也许都在窥伺对方，寻找射击良机。马如龙第一次有了陷入绝境的感觉。自打他当狙击手起，他就没有为子弹发过愁，当然那时候条件不同，处境也不同，今天要不是少带了子弹，他根本不会陷入这种绝境。

作为一个狙击高手，他知道绝境意味着什么：三发子弹，六个敌人，这种情况翻盘的可能性不大。这是一个死局，自己能活着出去已完全没有可能了。

"喂，小子，你听着，我们知道你是谁了，你就是教导总队那个'百分之百先生'马如龙，对吗？哈哈，皇军已经掌握了你的情况，如果你主动投降，我们保证不杀你。"

马如龙听了这话，心里猛地一沉，敌人怎么会知道我的姓名呢？我暴露了吗？怎么暴露的？他觉得对面这伙敌人很不简单，不仅会说中国话，而且情报又快又准，这么快就知道了我的名字，这是怎么搞的？他脑子高速旋转着，对面不远处，那个声音又响起来："喂，马先生，你快没子弹了，你不可能战胜我们，我们还有六个人，我们准备再牺牲三个，剩下三个，就是收拾你的人。你要是聪明，现在投降还来得及。中国有句俗话，识时务者为俊杰，你要是再打，就是傻瓜。即使你是'百分之百先生'，你也不能把三颗子弹变成六颗子弹。"

马如龙气不打一处来，他很想大声告诉敌人：他正是百分之百先生，有胆就放马过来。但他不能说，也不能动，因为双方距离非常的近，稍有动静，对方就会发现他的藏身之处，他就有可能变成对方的猎物。

马如龙又在原地趴了十几分钟，心想不能这么僵持下去了，必须想办法打破困境，如果再待在原地不动，无疑就是等死。

马如龙匍匐爬行，动作轻得像个狸猫，附近应该没人，他立起身来，侧耳听了听门外，刚挪了下脚，一下踩在了一块废铁片上，把它踩断了，发出了"咔嚓"一声，声音太响了，自己也暗吃了一惊，立刻停下脚步，过了一会儿，见四周毫无动静，这才继续往前走，他慢慢拐过那个走廊拐角。

但他心想如果别的房间里藏得有人，刚才的声音一定已经听见，那应该有所反应的。想到这里，他紧紧贴着墙壁一动不动。

有一阵极其轻微的脚步声正往这边走来，听得出是皮靴的声音，但对方在极力控制脚下的力度，近了，更近了，他已经能听到人的呼吸声了，是那种紧张的喘息声，马如龙一不做，二不休，从拐角处突然一个倒地现身，上半身探了出来，在身体腾空之际打出了一枪，"当！"那个距他只有五米的特务的天灵盖被打飞了，红白之物溅了他一脸一身。

又干掉了一个，赶紧转移阵地，但要先把特务身上的枪拿过来。他钻进了一个房间，躲在一台机器后面，在门边靠墙卧着，伸出头往外看了看，但只看到了那具尸体的脚。

身后突然"砰"的一声，幸亏他只是试探性地伸出半个头，迅即退了回去，那窗户上的玻璃已经很老旧了，经过子弹的冲击，碎成好几块掉下来，一块玻璃片刚好砸在他的脑袋上。

他等了一会儿见没有动静，他刚想爬过去，捡那把尸体上的枪，但又听见"砰"的一声，震耳欲聋，一颗子弹从他对面的房间打在他藏身的机器上，发出一阵火花。他一缩头，连忙躲到墙边，然后移到下一个门口，他伸出头看了看子弹射来的方向，然后迅速移到另一边，用这样的方式接近刚才开枪的那个家伙所在的房间。

他看到有人在走廊上朝着有尸体的房间这边跑过来，动作极其敏捷，像个幽灵一闪即逝，显然是个久经沙场的老将。但他视线是斜着的，只能看到人影一闪，却万万打不到，于是他向右边移动了一段距离，正对着一个房间的门，就在那里守着，想等那人的身影一出现，立刻就开枪。

等了大概有五分钟，那人待不住了，突然跃起，想冲进房间来。马如龙一扬手，"当!"的一枪，从眼睛看到、手指反应到扣动扳机，都在瞬间完成，那个特工一个狗吃屎栽倒了，一动不动，头上一个血窟窿。痛快，又干掉了一个。

好，机会来了，他立刻跳起身，几步冲下楼梯，脚踩在那钢铁楼梯上发出"噔噔噔噔"的响声。他冲到了二楼，他不知道敌人藏在哪个地方，也不知道在哪个房间，因此他先看了看第一个房间，然后迅速跑到门的另一边，查看第二个房间。

他一闪身进了这间房间，立刻弓着身子紧贴在墙上。

"啪"的一枪打来，把墙皮打掉像碗口大的一块，他头一缩，砖渣子溅了他一脸一身。马如龙心想，如果下一步冲到一楼，就有机会逃出去了，可现在，他不能动，也许敌人正在暗处等着他犯错误。

他的枪里只剩最后一发子弹了，怎么办？是留给自己，还是喂给敌人？可敌人还有四个，他们也许已经堵住了去一楼的通道？

他发现有一根粗管子从二楼一个楼板的空档处直通一楼，嗯，这个地方也许可以滑下去？

他从门后探出头四下窥视一遍，没有发现可疑之处，他一不做，二不休，立刻跳了起来，飞身抓住管子，顺着管了"呲"地下，从二楼滑了下去。"咚"的一声，他的脚触地了，一个屁股墩坐到一楼的地板上。这下好了，终于可以逃生了。他拍了下身上的土，站了起来。

当他转过身来的时候，一下愣住了，眼前站着四个日本特务，人人手里举着一支手枪，凶神恶煞地对准了他的胸膛。

马如龙一看不好，立即举枪对准了四个日本特务。

双方怒目而视，眼中都有怒火在闪动。

时间刹那静止，五个举枪对峙的人一动不动地死盯着对方。

"砰"的一声，马如龙的枪先响了，一粒火花瞬间钻进一个日本特务的前额，那人向后飞起的同时一篷血雾溅得老高。

岗村撇了撇嘴，狞厉一笑，用生硬的中国话说道："嗯，五比零，不错的战绩。怎么样，'百分之百先生'，你地，还要再打吗？你开枪呀，怎么不开枪啦？啊？哈哈哈哈！你睁开眼睛看看吧，你已身陷必死之阵。你那支百发百中的枪现在只是废铁一堆，而我的枪只要一响，就等于给你在阎王薄上签了字、画了押。你地，能够一次性杀死我的五个属下，在中国也是绝无仅有的。他们都是大日本帝国特工中的精英，经过忍者训练的高手，英勇果敢，枪法精准，居然被你一个人干掉了，这不能不说是个奇迹。哼哼，可下一个奇迹就轮到我来创造了，能够亲手杀死'百分之百先生'，是一个多么伟大的奇迹呀！"

马如龙面露机警，左手张开举着，右手平端着手枪，半蹲着，身体像张弓，眼睛犀利地盯着对方。但此刻他不准备再做反抗了，形势明摆着，最后胜利的天平已倒向日本特务一方，他随即放松下来，直起了腰，脸色淡定从容，露出一派大义凛然、欣然就戮的神态，唇边绽露一丝轻蔑的微笑。

岗村料定没有危险了，直起腰身，得意地说："你不用指望还有别的什么奇迹会发生了，不会有人在最后一秒种出现了，不会有人在枪口下来救你了，那种绝路逢生的事情只能发生在电影里。而在现实中，在我的枪口之下，永远不会发生！现在我们三比一，很快就是三比零了，这难道不是一个奇迹吗？哈哈哈哈！"三个日本特工的脸上露出了胜利的笑容。

"放下枪！"一个炸雷般的声音突然在空中炸响，"中国的土地上，绝不允许强盗横行，魔鬼撒野！"

马如龙惊异万分，循声望去，只见二楼栏杆上，站立着一位日军少佐，横眉立目，威风凛凛，手里平端着一支美式"汤姆森"冲锋枪，枪口指向岗村及其手下两个特务。

马如龙张开的嘴怎么也合不拢了。他是谁？他为什么要救我？

"先生们，久候了，我很遗憾地通知你们，你们的末日到了！"少佐的声音像晴空炸响的霹雳。

岗村和两个手下彻底慌了，个个脸色煞白，双腿发抖，三把手枪掉在了地上。

少佐的语气更加森严："你们这群日本狗强盗，还我山河来！还我同胞来！！你们去死吧！不服气吗，到地狱里讲理去吧！！"

少佐铁青着脸扣响了扳机，冲锋枪暴跳着，愤怒的弹雨带着民族仇恨的怒火扑向了三个日本特务，顿时把他们打得飞了起来，身上像蚂蜂窝一样遍体血窟窿。

枪声骤停，地上又增加了三具血肉模糊的尸体。

"你是谁，为什么要救我？"此话刚一出口，马如龙的脑海中电光石火般闪过一个身影，一个十分熟悉又十分陌生的身影，但他怎么也想不起来这人到底是谁。

"我是谁并不重要，重要的是赶紧离开这儿，日本特务队马上就会包围这里！"

"好，我们走！"马如龙走了两步，转过头问，"你没地方去吧？走吧，跟我走。"

少佐没说什么，紧紧跟着马如龙往外走。

二人出了厂区，很快来到了马路上。两人大胆地并肩而行，因为他们身上都穿着日军军服。宪兵队和几支日军小队匆匆从身边跑过，远处传来一阵紧似一阵的尖利哨声。

马如龙用余光觑着少佐，少佐平板着脸，一言不发。

走过两个街区，拐过几条马路，又穿过几条僻静的小巷，二人来到那座被炸毁的大楼前，门前是个停车场，马如龙小声道，"跟紧我。"

只见马如龙钻过首层快要倒塌的大门，穿过儿个斜撑的水泥板，二人来到地下室外面楼梯口，马挪开废旧家具和木板，露出一个隐蔽的小门。马如龙迅速打开门，"快进来。"

少佐跟着马如龙进了地下室。马警惕地关严了门。

老崔不在，马如龙点燃了马灯，光亮瞬间照亮了室内。

"介绍一下吧，我叫马如龙，教导总队总教官，你呢？"

"啊，久仰，久仰。"少佐意味深长在盯了马一眼，轻声道，"鄙人是新四军第二支队侦察连长曾沧海。"

"曾什么？"马如龙大惊失色，失口叫道，"曾沧海？你就是曾沧海？"

少佐脸色平静地说："对，我就是曾沧海。"

马如龙咬牙切齿地问："你就是那个外号叫'江南枪神'的曾沧海？"

"没错，正是在下。"曾沧海波澜不惊望着他。

以前，只有从狙击镜中才能看见的那张面孔，此刻却活生生地出现在面前，马如龙的眼里几乎冒出火来，也许这就叫仇人相见，分外眼红吧。马如龙咬牙切齿地挤出几个冰冷的字："原来你就是那个发誓要把我送下地狱的江南枪神？"

曾沧海抬了抬眼皮，脸色十分平静，冷冷言道："没错，百分之百先生，你不是还发过誓说和我不共戴天吗？还说过'你的枪就是我的坟墓'吗？"

"你说的不错，我是说过这话。我问你，刚才你为什么要开枪救我，谁让你插手了？想充英雄好汉是吗?!"后半句话提高了一个八度，语气中充满了火药味。

"我不是插手，是解救。我不开枪，你就会死在日本人的枪下。"

"我死不死的那是我自个的造化，关你屁事呀！啊?!"马如龙气得在地下室来回踱步，"你以为救了我我就会感谢你，原谅你，放过你，痴心妄想吧你！"马如龙一把抄起狙击枪，瞄着曾的脸说道："曾沧海，你是共产党，老子是国民党，你我永远是宿敌，是死敌，过去是，现在是，永远都是！姓曾的，你给我记住，我迟早有一天会嘣了你！"

曾沧海注视着呲牙咧嘴的马如龙，瞥一眼黑洞洞的枪口，知道两人在国共战场上结下的仇恨并没有一丝一毫的化解。一年前，二人曾打过一场狙击战。那次战斗，是地狱边缘的一次生死对决，是狙击艺术的终极较量，对二人来说都是刻骨铭心的。

曾沧海是 1936 年年初参加革命的，他所在的部队是浙江平阳游击队，直接领导是刘英同志。那时候新四军还没有成立，当时的平阳游击队只有 600 来号人，200 余枝枪，力量十分弱小。他们活跃在浙江南部和长江两岸，主要的作战对象是当地土匪武装、民团和国民党第三战区第 19 集团军薛岳所部。虽然面对的是武器装备精良的中央军，但游击队机动灵活地打击敌人，采用破袭战、地雷战、狙击战、心理战等战法，袭扰敌军后方，消灭小股敌军，炸毁敌人军火库，埋伏敌人运输车队等，声势闹得越来越大。这期间，平阳游击队涌现了几名优秀神射手，这里面就有曾沧海。曾沧海曾在一次战斗中射杀敌人一名将官、三名校官、五名尉官、47 名士兵，从而一战成名。曾沧海一杆狙击枪铿锵铮鸣，声威远播，威震敌胆，一时间声名大噪，后来民间热心人士就给他起了个"江南枪神"的雅号。

为了对付游击队神出鬼没的狙击战，薛岳请求桂永清的教导总队给予支援，教导总队派出了以马如龙教官为首的一支狙击分队前来助战。这支用德式装备和德国战法武装起来的狙击分队共有 12 名成员，都是一等一的狙击高手，还有这位声威赫赫的'百分之百先生'。但还是打不过那些土包子枪手，被游击队先后干掉了十个人，最后一战，马如龙亲自登场，要与曾沧海来一场巅峰对决。

那场战斗二人都志在必得，发誓一定要消灭对方。二人的阵地相隔五百米，在两个山头上，他们互相瞄准了对方。二人几乎同时扣动了扳机，两颗子弹同时击中了对方，曾沧海被击中了喉结附近的颈部大血管，顿时血流不止，通过抢救而活了下来。而马如龙被一颗子弹穿过狙击镜，击中了眉骨，从而留下了一道疤痕。这场终极较量最后以平局收场。

这时，地下室的小门轻轻一响，开了条缝，老崔钻了进来。老崔手里拿着一个大包袱，里面装了不少纸包、食物还有水。

看见马如龙剑拔弩张地架式，老崔一下愣在了当场。

"你们这是？"

"老崔，你闪开，今天我们是冤家路窄，我碰见了死对头曾沧海。"

曾沧海向老崔点了下头，转头对马如龙说："马教官，请暂息雷霆，放下枪，听我说一句。过去我们在战场上互为敌手，都想致对方于死地，现在看来多么荒唐可笑。其实我们个人之间并没有仇恨，都是党派之争使然，对不对？现在我们面对着一个共同的敌人，就是日本鬼子。我们应该摒弃前嫌，调转枪口，把仇恨和怒火发泄在日本鬼子身上，你说对吗？"

"你少跟我上政治课，老子不吃你那一套！"又是一吼，马如龙仍旧不依不饶。

"你叫曾……什么？"老崔看看面色冷峻的曾沧海，眼光把他全身上下扫了一遍。完了回头道，"我说老马呀，你这是干什么？人家手里又没拿家伙什，你这是想决斗，还是想咋地？"老崔操着浓浓的东北腔说。

马如龙也觉得自己有点过分，慢慢放下枪，把老崔叫过一边，把今天遇险被救的事情细述了一遍。

老崔听后明白了，搬了把破藤椅给曾沧海，"来来来，这位老弟，救命恩人，坐下歇会儿，别理他，他这人就这拗脾气，来，吃瓶牛肉罐头再说。"

小曾不客气地接过罐头，打开大口大口地吃起来。

"马老弟，不是崔少校我批评你，这就是你的不对了，人家冒着生命危险救了你，你不谢恩不说，反而刀枪相向，赶尽杀绝，纠缠于过去的恩怨情仇死不放手，也太小家子气了吧？"老崔故作严肃状地说。

马如龙低着头，嘴里嘟嘟囔囔的，显然还是不服气。

"还有这位曾老弟，"老崔转头对曾沧海道，"不瞒你说，过去我对新四军没任何好感，你们全是些流寇草匪，正经事儿不干，就会偷鸡摸狗跟国军捣乱。但今天你这一枪打得好，打出了民族气节，打出了中国人的威风，狠煞了小鬼子的气焰。而最难得的是，你救了一个过去的死敌，这说明什么，说明你不计前嫌，宽宏大度，这是值得我们二人学习的。"

老崔回手递给曾沧海一根老刀牌香烟，道："曾沧海先生，我知道你没地方去了，是吧？是的，好，留下，我叫崔际胜，少校科长，是干军需的，我们这儿什么都不缺，有吃有喝有睡觉的地方，就缺一条心哪！你一定要留下，和我们一起杀鬼子！"

小曾瞥了眼马如龙，冲老崔点点头，"谢谢老崔大哥收留我，也谢谢老马大哥。其实，马教官是留德的高才生，又有个响亮的名号，对于'百分之百先生'小弟仰慕已久啊，而且枪比我打得准多了。我呢，嘿嘿，不过是个溜山沟的土豹子，以后还望马先生不吝赐教啊。"

其实，要真论起来，小曾的枪法并不在马如龙之下，但为了缓和关系，小曾就故作谦虚地恭维了老马几句。

但老马并不买账，"啧，别介，少跟我戴高帽，我可不吃这一套。"马如龙点上根烟，猛抽一口道，"现在我不跟你计较，等赶走了小日本，我们再来一枪定胜负吧。"

得，碰上一倔头，看样子上次那一枪，马如龙真跟他记仇了，小曾只好不说话了。一旁的老崔不瞒地瞪了马如龙一眼。

第 11 章　人口登记

　　菊池亲手收敛了岗村及其他三名弟子的尸体，尸体焚化后，他抱着骨灰罐，怀着悲痛万分的心情，来到了灵堂。他看见松本满面哀伤，正在神位前磕头。

　　菊池把牌位摆在桌上，岗村的牌位上写着：岗村角荣神位几个楷体字，旁边放着骨灰罐，燃着几柱高香，点着荧荧的蜡烛。

　　菊池碗了下来，燃着一柱香，磕了几个头，抬起泪眼，从怀中掏出两张黑白小照片，把照片放在牌位前，对着牌位说道："岗村君，有件事情我一直没有告诉你，实在对不起啦，你的两个弟弟在你之前就去了天国，他们是在进攻上海的战役中捐躯的，今天我把你们都放到一起了，我相信在天国，你们应该团聚了吧。入伍的时候我们就宣过誓，为天皇而战，为帝国而战，我会为这个誓言战斗到底。你们是天皇的骄傲，是大日本帝国的骄傲，也是我的骄傲。你在那边不要为我担心，等着我，我很快就来了。来，我敬你们一杯，这是家乡的清酒，喝了它就回家了。"

　　菊池和松本饮尽了杯中的清酒。松本拿来另外四名特务的牌位，与四名狙击手的牌位放在一起。

　　祭奠完亡灵，松本和菊池回到先遣队办公室。

　　菊池还没有从哀伤的情绪中恢复过来，他努力平复一下情绪，擦干眼泪，望着松本那张布满阴云的脸。

　　松本道："首战失利，我们一下子失去了八名精英，简直是莫大的耻辱。我就不相信，这个魔鬼枪手这么难对付？"

菊池道："松本君，我一直都在思考，是不是我们的部署有问题，或者是我们的轻敌而导致了失败，答案是否定的。我认为，我们的布控没有漏洞，增援也很及时，后续人马在半小时赶到了出事现场，但为什么敌人还是杀完人顺利逃脱了呢，我估计现场一定出现了意外情况。"

松本点点头道："意外，是的，这里面不排除偶然性，但我们如果不找出必然性，我们的计划就无法实现。"

"松本君，"菊池的眼中闪过一道锐利的芒刺，"从尸检中发现，有五名特工死于南部十四手枪子弹，而有三名特工死于汤姆森冲锋枪的子弹，从岗村等三人倒毙的位置来看，他们是一次性被射杀，每人身中六到八枪，射击点位于右倾高处，这说明枪手不是一个人在单独战斗，而是还有一个帮手，这就出乎我们的预料，我们以前对付一个枪手的部署就要做出调整，你看呢？"

"我完全同意，必须做出调整。"松本歪着脑袋想了想，诡诈地眨一眨眼说，"本来我想在适当的时候实施一项计划的，现在看来必须提前实施了。"

"什么计划？"

"大量招聘支那人密探，让这些人渗透进城市的每个角落，变成我们的神经末梢，这样我们就可以实现大面积、全方位、多层次、全天候的严密布控。"

菊池沉默片刻道："这个方法很好。但是，在大量难民躲在安全区避难的情况下，城里的平民百姓越来越少，而且难民潮还在继续，你上哪儿去招人呢？"

"噢……这个嘛……"松本陷入了沉默。

松本明白，皇军占领南京已经一个星期了，但并没有停止疯狂的杀戮，每天都有大量强奸和抢劫发生，而且，整个城市有三分之一的民居被焚毁，这样一种情况下，平民怎么能够返回自己的家园？城市怎么能够恢复以往的正常生活秩序？

"看样子，要招到人，首先得让难民返回自己的家园……"

突然，电话铃响了，松本拿起电话，"我是松本，哈依，司令官阁下。"

松本放下电话，对菊池道："我接到命令，让我去见松井石根长官。你先制订新的计划吧，我去去就来。"

松本说完下了楼，乘上轿车赶往新街口的占领军司令部。

不久，松本匆匆赶到了司令部，一走进会议室，看见在座的有二三十人，都是旅团长以上的军官。

松井石根正在讲话，见松本进来，微微点了下头，松本在一个角落里坐了下来。

松井石根对一名中将军官说："朝香宫阁下阅读了你的报告，特意要我转达他对你办事效率的赞赏。"

中将起身鞠躬道："愿为天皇陛下效劳。"

松井摆了摆手，中将坐下了。松井继续道："朝香宫阁下准备在12月底组织日本国内的各界人士到南京参观，庆祝新年和远东派遣军对于中国首都的胜利占领。在国内观光团到来之前，阁下要我敦促你们尽快处理所有中国战俘和南京市民的尸体，并且尽量努力恢复南京的市容市貌，并恢复南京正常的生活秩序。"

松井扫了一眼与会者们，又说："谁能够告诉我，到今天为止，已经处理了多少具尸体，还有多少具尸体等待处理？"

一位中将站起来道："报告阁下，已经处理了八万具尸体，还有二十五万具尸体陈放在城市的七八处地方，都堆放在露天，等待处理。"

松井的眉头皱了起来，厉声问道："这么多尸体，你们怎么还没处理掉，假如这些尸体处理得不彻底，将来会成为日本的污点，天皇陛下的污点。而且，放在露天的尸体会诱发大面积瘟疫。谁在全面负责尸体掩埋和处理工作？"

没人回答，与会者面面相觑，紧张的气氛顿时笼罩了全场。

松井道："怪不得尸体处理得这么缓慢，原来是没人总体负责啊。这不行，我看就由我的副官水泽来负责吧。"

水泽拿着一个硬皮文件夹，站起来道："诸位，这二十多万具尸体，数量太庞大了，南京附近找不到这么大的坑来掩埋，谁有更好办法可以提出来供我们参考。"

一名少将说："我认为火化的办法最好，我们的盟友希特勒元首就是采用这种办法对待犹太人的。"

另一位中将道："火化当然是最快也是最不留痕迹的办法，但唯有一点不好，火化的目标很大，而且气味难以掩盖，到处都臭哄哄的，观光团来了一定会发现，我们不好交代呀。我看还是集体埋葬比较好。"

一位旅团长反对道："集体埋葬需要挖掘十几个数十米的深坑，以目前的工具条件来看，很难完成。即使挖了坑，也要消耗巨大的人工，这些人只能从难民营里找，雇用那些中国人来当收尸队员，可又有一个问题是，中国收尸队在保密问题上就很难有保障。"

松井道："所以要加强对中国收尸队员的监视。"

松本举了下手说："我认为掩埋还有一个弱点，很难做到销声匿迹，将来只要中国收尸队员指认集体坟坑的地址，被处决的中国战俘人数就会被公开。那时候，对于日本的名誉，天皇陛下的荣誉都是灾难性的玷污。"

松井问道："那沉尸于长江呢？"

一位少将说道："长江只是有限的排污渠道，不可能排出如此巨大数量的尸体。但根据我的计算，在尸体被集体掩埋之前，如果能够提供给我50吨硫酸，这些战俘和市民的尸体可以在半年之后彻底被腐蚀。"

松井苦笑道："硫酸？我们上哪儿去找硫酸呀，难道要千里迢迢从日本国内运来？"

一位少将说："硫酸的运输比较困难，从上海到南京的水上运输虽然已经被我军控制，但中国人的小股抵抗力量时常在江面上活动，昨天夜里就烧毁了两艘日军供给船只。"

松井转头问松本道："松本君，你不是一直在研究掩埋地点和掩埋方案吗？有什么进展吗？"

松本拿出一张地图，在桌面摊开道："诸位，我已经选出以下几个地点：紫金山、雨花台、幕府山、下关上元门、草鞋峡、燕子矶、八卦洲、汉西门、汉中门、鱼雷营、三叉河边……等十几处。"他用红笔强调地画了几个圈，"这几个地方的土质比较松软，便于挖掘作业，如果我们把尸体分开处理的话，这些地方应该足够了。"

柳川平助将军道："另外，我还从上海方面军调来五吨汽油，用以就地销毁尸体。尸体销毁后，可以就地将骨灰倾倒入城市的排污系统。我认为，这将是加强保密和提高效率的最佳方案。"

"很好，"松井望着下面的军官说道，"我们来做下分工，柳川平助师团负责枪毙所有战俘，并将尸体就地掩埋；牛岛贞雄师团负责把五万具尸体扔进长江，并注意疏浚航道；谷寿夫师团负责用汽油烧毁尸体，并将骨灰倾倒入城市的排污系统；中岛今朝吾师团负责清理城市街道上的尸体，并择地埋葬；藤田进师团负责迅速恢复和重建焚毁的古建筑和重新规划南京市容。"

"大家听明白了吗？"

"明白！"众人齐声道。

"好，分头行动！"松井石根厉声下令。

"哈依！"

每天从早到晚，安全区的门前的街道总是挤得水泄不通，数万人闲站着，来回溜达着，有的为买卖讨价还价，街道两旁被流动小贩占据了，他们兜售的大多是食品、香烟和旧衣物，所有人都戴着日本臂章或拿着日本小旗子。

傍晚，在安全区南侧，两辆军用卡车驶来，陆续停在马路边，从蒙着帆布的车厢里迅速跳下一个小队的日本兵。一个小队长从前一辆卡车的驾驶室跳下。

日本兵们已经站好队形，听候小队长下达指令。

小队长扫了眼士兵们，压低声音说："你们，从这里进去，直奔金陵女子学院。你们，跟我从西侧进去，抓捕十个以上中国男人。注意，最好是国际委员会雇用的中国人，比如厨师、秘书，把他们带往西侧大门。这样，国际委员会的人就会被引到西面去救援，等你们把女子学院的女学生抓过来，装进车厢，我们西侧就可以结束行动。这就叫声东击西，明白吗？"

日本兵们："明白。"

小队长挥手道："分头出发。"

日本兵分成两部分，向安全区的东西两面冲去。很快，一阵女人的呼救声从不远处传来。院子里的人群开始骚动起来，大人喊叫，小孩哭喊，乱成一团。

几名日本士兵正拉着四五名妇女往外拖，妇女们死活不肯，日本兵用枪托凶狠地砸在妇女的头上和身上。

突然，拉贝闻声跑来，看见日本士兵正在施暴，拉贝怒不可遏，上前就与士兵抢夺妇女。

一个日本士兵用刺刀对准了拉贝，眼看就要刺中拉贝了，秘书上前介绍道："这是拉贝先生，是国际安全区的主席。"

日本兵看了一眼拉贝的纳粹卐字袖标，刀子缩回了一些。

旁边一个日本兵打了个手势说："走开！"

拉贝不理睬他，反而扶起妇女，把她挡在身后，双眼死盯着日本士兵。

日本士兵被他盯得不好意思，也觉得再僵持下去没什么意思，拍拍屁股走了。

他们向着院子里面走来，突然，门楼那边传来惊呼声，一个二十来岁的年轻女子被三个日本兵抬起，向门楼的廊厅走去，边抬边撕扯女子的棉袍。女子反抗着，又撕又咬，拳打脚踢，每一个对抗动作都招致一刀。日本兵们一边用刀在女子身上、脸上、头上划着，一面发出恶棍作恶时的淫笑声。

已经血头血脸的女子陷入了昏迷。

几个日本兵把女子平放在地上，一个家伙嘻嘻哈哈地开始宽衣解带，众人在一旁起哄围观。

拉贝和秘书及时赶到了。拉贝忍住愤怒，尽量用和缓的声音招呼日本兵，"先生们，这么晚了你们要干什么？"

已经脱去了衣服的日本兵回过头，诧异地看见站在两米之外的拉贝。

拉贝反而向前跨了一步说："我说先生们，当着众人的面就干这个，你们不难为情吗？"

一个日本兵跳过来，把刺刀对准拉贝，吼道："滚开，不关你的事！"

"她已经中刀啦，你们不要再伤害她啦。"拉贝边喊边冲上去抢夺那女子。日本兵一枪托砸来，拉贝手一挡，枪托刚好砸在左手臂上。拉贝毕竟年龄大了，吃不住力倒在了地上。

这时，从后面上来一个青年男子，一把扶起倒地的拉贝，说道："你闪开，我来对付他们。"

这位男子中等身材，寸头，方脸，一身的阳刚之气。他一把脱掉外衣搭在胳膊上，侧身站立，左虚右实，等待着日本兵的刺刀。

一个日本兵挥刀做劈砍状，舞着刺刀"嗷"地一声扑了上来。青年男子让过刀锋，一侧身，飞起右脚踹在小鬼子腰眼上，小鬼子站立不稳，一个狗吃屎栽倒在地上，半天爬不起来。

另一个鬼子紧跟着扑上来，青年男子身形一矬，一个扫堂腿凌空横扫过去，小鬼子还没反应过来，身子就飞上了半空，重重地摔在地上。

第三名鬼子见状，挺着刺刀枪就刺了过来，青年男子并不退让，一个飞鹰展翅，跃上半空，兜头一甩衣服，鬼子急忙用手遮挡，男子落地后，双手顺势一带，鬼子立脚不稳，扑通一声来了个嘴啃泥。

不到一分钟，三个鬼子全被打翻在地，三个人狼狈地爬了起来，正要再次进攻，后面大批难民围了上来，很多人举着铁锹和木棍，口中喊着："打！打！打！打！打！"

鬼子见人多势众，不敢恋战，急忙捡起丢在地上的皮带，狼狈地向门口逃去。远处围观的日本兵扫兴地拿起各自的衣服一哄而散。

拉贝脱下大衣，盖在赤身裸体并满身是血的女子身上。

拉贝愤怒地说："日本兵每天干相同的坏事，只不过肇事者和受害者的面孔不同而已。"

秘书将女子抱起，向附近的鼓楼医院跑去。

拉贝对青年男子说："你很勇敢啊，小伙子，你叫什么名字，我以前怎么没见过你？"

青年男子道："我叫潘序东，我是13号躲进的安全区，日本人几次来抓当兵的，都让我瞒过去了，其实我是一名卡车司机，以前是开货车的。"

青年男子像变魔术一样，把一个假头套和假胡须戴在头上和嘴唇上，转眼间变成了一位五十多岁的老人，拉贝很感兴趣地盯着他看，"哦，潘，你是个司机，很好，我以前的司机受伤了，正缺司机呢，怎么样，小伙子，你来给我当司机吧?"

男子笑道:"拉贝先生,能为您开车我深感荣幸。不光当司机,我还可以给您当保镖呢。"

"一看你就会中国功夫,身手不赖呀。"拉贝拍着潘的肩膀,把他领到自己的奔驰轿车前,"就是这辆车,你先熟悉一下吧。不过,现在南京局势很乱,要时刻保持警惕。"拉贝把车钥匙交到潘序东手里。

拉贝回到自己的办公室,他刚坐下,端起咖啡杯,秘书领着一位日本人走了进来。

秘书道:"拉贝先生,日本公使冈崎胜雄先生来访。"

"啊,冈崎先生,什么风把您吹来了?"拉贝满面春风地迎了上去。

"你好啊,拉贝先生。"冈崎扶了扶眼镜,小胡子撅了撅,说,"昨天和今天上午给你打电话,秘书都说你在安全区各处巡视,我对您的敬业精神表示由衷的钦佩呀。"

拉贝耸耸肩道:"有什么办法呢,现在 25 个难民区一共挤进了二十多万难民,这些人的吃、喝、拉、撒、睡都得照顾,我们就二十多个委员,根本忙不过来呀。"

"你这个代理市长做得很称职嘛。"冈崎阴阳怪气地说。

"您真会开玩笑,什么代理市长,我就是个义工,是为难民提供无偿服务的人。我深感能力有限,如果可能的话,我想辞去国际委员会主席的职务。"拉贝沮丧地说。

"哪里,哪里,"冈崎摆摆手说,"都说拉贝先生是难民们的大救星,是仅次于上帝的人,如果没有你和你领导的团队的卓越贡献,安全区是不可想象的。松井司令官对您的工作是认可的,满意的。"

"哦,对了,我差点忘了,"拉贝从抽屉里拿出一张纸说,"冈崎先生,这是我们对南京城里的德国侨民的住宅做出的统计:有 14 所房子完好无损;24 所房子轻度遭劫,少量物品被盗;15 所房屋遭到严重抢劫,大量生活用品遭劫;有 4 所房屋被烧毁;13 辆汽车被盗。"拉贝把统计表递给冈崎,并严厉地盯着冈崎。

冈崎看了看表格,郑重其事地说:"这个我回去交给宪兵队,让他们进行详细的调查和统计，如果确有抢劫，像贵重家具、电器和汽车什么的，我会让他们如数归还；如果房屋有所损坏，我会派专人前去维修，一直修到您满意为止，怎么样？"

"很好，"拉贝露出一丝笑意，"毕竟我们两国还是盟友嘛。"

"我今天来，还有一事相求，你先看看这个。"冈崎将一张布告递给拉贝。

布告：

本司令官由十二月二十四日起，允许难民及一般老百姓回归到自己的家园，城市将回归正常的生活秩序，皇军不日即向回到家园的百姓颁发安民护照，故人民等各自向日本军发给所报到，领收护照为要。

另外，皇军要对南京的街道、民居、古建筑进行重建和修整，需要招聘大量的临时工、勤杂工、泥水匠、安装工、殡葬工、管家、厨师、车夫、司机、会计、翻译、服务员、社会治安员，凡为我大日本皇军服务之人员，均能得到相应的报酬和粮食，希望以上人员持原工作证件前往指定地报到，切切特示。

右谕通知

昭和十二年十二月二十二日
大日本军南京警备司令官

拉贝把布告还给冈崎，"恕我直言，冈崎先生，就目前的情况下，还不断有难民涌入难民区，难民连自身的生存都不能得到保证，怎么会有人出来应聘呢？"

冈崎道："松井石根司令长官已经发布了命令，停止对南京市民进行杀戮，并派出了宪兵队，严查强奸妇女的行为，烧毁建筑物的行为也将得到制止。所以说，几天以后，南京城的秩序就能得到恢复。"

"这是真的吗？"拉贝有些不敢相信自己的耳朵，"公使先生，我真心地希望这不是又一场空欢喜。"

冈崎笑道："我什么时候骗过你？我可以负责任地说，不仅松井石根将军说了这样的话，就连朝香宫亲王也说了类似的话，要停止杀戮、强奸、抢劫和偷窃，让南京像上海一样恢复秩序，让市民尽快恢复人身自由，过上安居乐业的正常生活，实现天皇提倡的东亚共荣和王道乐土。"

"好吧，我相信你，"拉贝坦然地说，"我应该怎么做？"

冈崎指了指布告道："这个东西贴出来后，你要亲口告诉难民们，劝他们返回自己的家园，那些有工作能力的男人们，要自食其力，前来应聘，来帮助皇军，其实也是帮助他们自己，皇军保证每个人都有工作，保证每份工作都能挣到钱，皇军决不食言。"

说完，冈崎与拉贝并肩走出办公室，拉贝一直把他送上轿车。

当日本司机把布告贴到安全区大门上的时候，许多难民都上来围观。其中有一个识字的人，当众把布告念了出来。大家交头接耳，议论纷纷。

冈崎满意地看着这个场面，刚要上车，又想起了什么，转头小声对拉贝说："我可以告诉你一个秘密，圣诞节后，各西方诸国的使节和商务代表们都会回到南京，他们将会看到一个和平、安宁的城市，闻不到一丝战争的硝烟，看不到一丝杀人的血迹，这一切，都要靠你我共同的努力。再见。"

冈崎握了下拉贝的手，钻进轿车后座，轿车很快驶走了。

鼓楼医院手术室。两辆推车飞速地沿着走廊被推过来。被拉贝救下的女子脸上、身上缠满绷带，人事不省地躺在床上。李察医生在两个护士的辅助下迅速穿上手术衣，带上帽子和口罩。

手术室的对开门从外面被推开，推进来一辆车。

李察下令："上一号手术台。立刻止血，输血。"

护士甲说："是。"

李察说："麻醉准备。"

麻醉师说："准备好了。"

第二辆推车也接着推了进来。

李察下令："这个上二号手术台，强心针、氧气。"

护士乙说："是。"

另一间手术室是蓝道曼大夫在主刀，经过三个半小时抢救，两名病人的手术获得了成功。这时，蓝道曼医生和美国记者马丁围坐在病床旁。

李察摘下口罩慨叹道："天哪，十四处刀伤，简直是惨绝人寰，我现在信服了，天下是有这种以残害别人取乐的人。"

美国记者马丁对准伤员按下照相机的快门。

李察边摘下手套边问道："马丁，听说你今天要离开南京？"

马丁沮丧地说："我早就应该离开南京了，可惜我出不去呀。"

李察拿出一个胶卷，塞在马丁手里说："如果有那一天，你能出去，请你把这个胶卷也带出去，拍的是前天送来的一个女受害者……可惜我没能救活她。"

蓝道曼医生拍拍马丁的肩膀说："拜托你了，把这些照片公布出去，让世界尽快了解我们每天面对的现状。"

马丁郑重地说："放心吧，总有一天，我一定会把这些胶卷带出去的。"

第 12 章　狙击比赛

"吱"的一声，地下室的小木门打开一条缝，一个人影侧身闪了进来。

是老崔。他回身关严了门，拍拍身上的冻雨，用干毛巾擦了把脸，又掸掸身上的雨水。

地下室里，马灯亮着昏黄的灯光，老崔看见马如龙正在闷头擦枪，曾沧海正低头沉思，没人说话，空气显得有些沉闷。

老崔拿出一份报纸，展开，就着马灯的光，轻声读了出来。一串古怪的语言从老崔的口里流了出来，马和曾好奇地抬起头，用陌生的眼光注视着老崔。

"说什么狗屁鸟语呢？"马如龙放下枪道。

"嘿嘿，听不懂了吧？我说的是世界上最下贱、最蠢笨的语言：日语。"老崔清了清喉咙，"这是日本人的军报，听我翻译啊：东京日日新闻 12 月 12 日电，日军上尉向井敏明和野田毅在紫金山麓进行了一场'百人斩'杀人比赛。是日，日军松田大队的大光中队和野冈中队，同时从水西门杀进南京城。向井敏明和野田毅瞪着血红的眼睛，挥舞着大刀，一路寻找着目标。二人相约进行了一场史无前例的杀人比赛。他们不是用枪，而是用军刀杀人，谁先杀满一百人，谁就是杀人冠军。二人一路上见一个杀一个，不论男女老少，一概全杀。

"狗日的小鬼子，杂种！牲口！灭绝人性的畜生！"马如龙扔下报纸破口大骂。

"混蛋！魔鬼！狗娘养的！你们不得好死！"曾沧海也无比愤慨地骂出了声。

"我说二位大侠，你们难道不想做点什么吗？"老崔举着报纸道，"日本人能进行杀人比赛，我们为什么不能？我们干脆也来个杀人比赛，怎么样？"

曾沧海愤慨道："我昨天出去，看见日本人在大街上强奸妇女，那是光天化日之下啊，简直无耻之极，我要杀光这些强奸者！"

马如龙第一次从曾沧海话里感受到一股浓重的、裹挟着血腥味的杀气，他接着道："好啊，我们今天专宰强奸的鬼子！"

曾沧海拿出一个布包，打开来里面是一个长形木盒子，木盒子里面装着一些零部件，把这些部件一件件组装起来，一支崭新的狙击步枪很快就组装好了。

"乖乖，苏联的莫辛·纳甘哪?！"马如龙从曾沧海手里拿过那支枪，翻来覆去地欣赏着，抚摸着，赞叹着。

莫辛·纳甘 1891 式狙击步枪，口径是 7.62MM，弹仓容量 5 发，战斗射速 20 发/分钟，标尺射程为 2000 米，这种枪设计新颖，结构可靠，配装着 4×PEM 光学瞄准镜。

马如龙把那把枪递还给曾沧海，羡慕地说："这种苏联货比我的 K98 准头还要高，是世界顶级枪。哎，你怎么会有这种枪的?"

"这是我的苏联射击教练临别时留给我的纪念。"曾沧海说。

"哦，苏联教练？我说嘛，怪不得你的枪打得那么准，原来是名师出高徒啊。"

"哪里话，马大哥打得比我准多了。"

老崔乐呵呵地看着老马听了夸奖后露出的一脸得意的、虚荣的笑，说道："哎，这就对啦，你俩要互相褒奖，互相欣赏。老话说惺惺相惜，不要老想以前是对手的事，你们现在可是一个战壕里的战友啦。"

"对的嘛。哎，我说，"马如龙道，"我们今天的杀鬼子比赛，从上午 10 点开始，至下午 5 点结束，谁杀得多谁得冠军，怎么样？"

"可以，冠军肯定是你的，我奉陪到底。不过，既然是比赛，就要有裁判，让老崔大哥当裁判吧。"小曾说道。

马如龙表示赞同道："对，老崔当裁判兼记录员，不许耍赖，也不许让，谁打中了就要记录下来，到晚上汇总，统一评比。"

"好，老子来当记录兼裁判。冠军奖赏两瓶牛肉罐头！"老崔一拍胸脯，大手一挥，"世界历史上首次杀鬼子大赛正式开始……"老崔还要接着吹，马如龙从背囊里拿出一个德式微型望远镜递给他，"呶，用这个可以看清远处被击中的目标。"

老崔接过望远镜，向远处瞄了瞄，兴奋地说："开始行动吧。"

这里是城南主干道，三人信步走来，都穿着整洁的日军军装，几支巡逻队从他们身边走过，并没有引起注意。

三人继续往前走，曾小声对马、崔二人道："这一片是民居比较集中的地方，昨天发生数十起强奸案，我们就在这里开打吧？"

"好，我看可以，"马如龙说道。此时，前面不远处突然传来女人的惨叫声，"我们去看看。"

三人拐进一条小街，往喊叫声密集的方向走了几十米，看见一个小学的操场，操场上挤满了日军士兵，并围成一个大圈，只见几十名女学生被押了进来，日军像野兽一样围着猎物，但并不急于施暴，而是嘻嘻哈哈地开始了戏耍。

女学生吓得连哭带喊，向四面夺路跑去，但日本人又把她们赶了回来。有几次女生几乎挣脱了包围，但无奈，日本人围了好几层，她们根本无法逃脱。

马、曾、崔三人悄悄爬上了远处的一栋四层小楼，在楼顶平台上找到了一个制高点，从这一个点望出去，目标物大概有三百多米远，人的形像用肉眼只能看见一个模糊模糊的小黑影。

马如龙在一个防水檐上找到一个支点，迅速架好了狙击枪，装上消音器，从野战背囊里摸出五颗达姆弹，压进弹匣，把弹匣插进枪膛，拉了下枪栓，做好了击发的准备。

达姆弹在民间俗称"炸子儿"或"开花弹"，是各类枪弹中名气最为响亮的一种。由于达姆弹极高的致死率和对伤员造成的巨大痛苦，使得达姆弹成为一种十分不人道的武器。1899年国际海牙公约的第三项声明中，已经明文禁止在战争中使用这种子弹。可内行的人都知道，在国与国的战争中，真正遵守禁用规则的人几乎没有。

五米开外，小曾看见马如龙装填达姆弹的动作，会心一笑。马如龙回头看了小曾一眼，彼此心照不宣。小曾也拿出五发莫辛·纳甘专用的达姆弹，压进了枪膛。他把眼睛稍微再用力眯紧一点，狙击镜圈住了当面之敌，心神交融，人枪合一，光学狙击镜分划线上的交叉处，又一名暴徒已被死神锁定。

一名日军军曹和一名上尉从队列里拉出两名身穿红色和白色衣服的女学生，上去狠抽了她们几个耳光，然后扒下她们的衣服和裤子，又解开自己的裤子，趴上去就要施暴。

说时迟，那时快，马如龙凶猛地扣动了扳机，一粒炸子儿咆哮出膛，子弹不偏不倚正好打中军曹的肥屁股。只听"啪"的一声脆响，屁股上炸开一篷血花，白肉成了血棉絮。

马如龙边打边激动地高喊："兽性大发，屁股开花！！"

只见军曹捂住屁股，一蹦一蹦地乱窜，嘴里发出杀猪般的惨嚎。

"强奸施暴，地狱报到！"小曾边念着顺口溜，猛地一扣扳机，又一粒炸子儿呼啸出膛，瞬间钻进另一个正趴在女学生身上的上尉的屁股上，子弹的冲击力把上尉打得飞了起来，屁股给炸得稀烂。

老崔在边上看得过瘾，连呼："痛快，真痛快，好一个屁股开花，好一个地狱报到，一人一个记录在案啦！"

因为马、曾二人都用了消音器，围观的鬼子根本没听见枪声，所以还不知道发生了什么事。围观的鬼子仍旧发出阵阵哄闹声和淫笑声。

马如龙拉机退壳，重新上弹，再次瞄准，不到一秒。"啪！"的一声轻响，只见站在队伍前方的一名日军少佐一弹爆头，颅骨炸裂，脑浆喷出，被死亡定格了。这一枪把敌人打得炸开了窝。鬼子们跳了起来，纷纷抓起身边的武器，大呼小叫，四下里寻找着子弹的来源地。

曾沧海不失时机，拉机退壳，重新上弹，再次瞄准，"砰！"第二枪，一粒火花瞬间钻进一名挥舞着手枪的日军上尉的天灵盖，只见血雾飞溅，人被冲力弹向空中，重重地栽倒毙命。

这时，女学生们拼命挣开鬼子的捆绑，逃出了鬼子的包围圈，披头散发地向操场外冲去。

鬼子们醒悟过来，快步追了上去，重新抓住了女学生们，又把她们按倒在地上。

马如龙和曾沧海第三次瞄准，拉机退壳，重新上弹，各自圈住一个正准备施暴的鬼子兵，几乎同时扣动了扳机，"砰！"两粒炸子儿瞬间钻进鬼子屁股，弹头在鬼子体内翻搅着、乱钻着，最后把屁股蛋子炸得飙血溅肉，裤子成了血棉絮。

"哈哈，兽性大发，屁股开花！"老崔高兴得几乎蹦起来。

鬼子发现了马和曾的射击位置，调转过枪口，一阵猛射。

子弹带着尖锐的嘶鸣从三人头顶上呼呼飞过，三人俯低姿势，避过弹雨，并调整了枪口位置。

马如龙从狙击镜里看见，十几名鬼子向这边冲过来，边跑边开枪，嘴里叽里呱啦乱叫着。

"畜牲，下地狱去报到去吧！"马这一枪打中一个鬼子的右眼，小鬼子狂嚎一声，倒地挣扎两下，腿一蹬不动了。

"砰！"小曾的枪响了，又一名少佐一弹穿心，当胸血雾喷出，一个狗吃屎栽倒不动了。

马和曾的第五发子弹又各自击毙中一名跑在最前面的鬼子，其他鬼子急忙卧倒，盲目在向这边乱射一气。

马如龙和曾沧海一口气打光了弹仓里的子弹，交换一下目光，二人这才收起狙击步枪，从四层小楼上跑了下来。老崔背着野战背囊，藏起望远镜，在后面紧跟着二人，来到大街上。

大街上仍旧是车水马龙，一片繁忙景象。许多日本兵排着队走过，根本没人觉察到刚刚发生的一场特殊的战斗。

三人有说有笑，旁若无人地走过几条街道，马、曾二人边走边若无其事地把子弹压进新的弹匣，做好了再次打击的准备。

他们来到一个街心广场，看见许多日本兵用汽车拉来十几名妇女，正准备在大街上肆无忌惮地施暴。他们决定给鬼子们一些"甜头"尝尝。他们悄悄钻进一片被炸毁的高楼上，居高临下，故伎重施，将十几名鬼子的屁股打得稀烂才罢手离开。

就这样一条街道一条街道走下去，走一路，杀一路，见到鬼子施暴，不由分说就打一场"屁股开花，地狱报到"的国际大赛，真是打得痛快淋漓，杀得酣畅过瘾，直杀得鬼子血飙肉溅，鬼哭狼嚎，捂着屁股狂吼乱窜。

他们这种打一枪换一个地方的战术十分成功，鬼子始终没弄清他们开枪的位置，更无从追击，只能自认倒霉。

直到天快黑了，他们才决定收工"回府"。

回到地下室，三人都十分得意，老崔拿出记录本，统计了一下上面的数据：老马击毙了 115 名鬼子，包括 2 名少佐，5 名军曹，其中有 102 名是屁股开花；小曾击毙了 112 名鬼子，包括 3 名少佐，8 名军曹，有 98 名嘴腔中弹，今天的狙击战大获成功。晚餐自然是老崔请客，除了牛肉罐头招待之外，老崔又像变戏法似的拿出三瓶桔子罐头，外加两瓶法国勃艮第葡萄酒，这一顿胡吃海喝，十分尽兴。这一天，成了他们自打南京沦陷以来最高兴的一天。

日军先遣队办公室。

今天早晨一上班，松本武夫就接到了司令官松井石根一通电话。电话里，松井对昨天损失了二百多官兵一事大发雷霆，暴跳如雷，把全日本最脏的话都骂了出来。松本流着冷汗听完了司令官的训斥，放下电话，就接到了鉴识室送来的枪弹检验报告。

这时菊池推开门走了进来，松本发现他脸色铁青，双眼布满血丝，手中拿着一份报告。

"这是昨天的被击毙人员名单，请您过目。"菊池把那份名单递给松本，松本看完了长长的名单，又递回给菊池，什么也没说，只是紧锁眉头大口大口地吸烟。

松本沮丧地说："真没想到，这个魔鬼枪手不仅没被打死，更没有收敛，反而越打越顺，越杀越狂，而且从一个枪手变成了两个枪手，巴嘎牙鲁，简直匪夷所思！"

松本把"子弹鉴识单"递给菊池，菊池看了看，放下，又拿起旁边的一粒铜质弹头道："这是苏联的莫辛·纳甘狙击步枪的子弹，看样子，这名新的枪手不是国民党军队中的人，他可能来自民间，也许来自其他抗日组织。总之，这是一个高手，又一个可怕的对手。"

沉默，一阵令人压抑的沉默。

菊池点了根烟抽了起来。

"你说，我们为什么处处挨打，首尾难顾？"松本问道。

"原因其实很简单，因为我们在明处，敌人在暗处，这才让他们屡屡得手。"

"难道我们就找不出什么办法，把这个枪手，不，把这两个枪手挖出来？"

"挖出来？"菊池摇头苦笑道，"这么大一座城市，有上百条大街小巷，有成千上万栋房屋，我看一时半会还很难把他们挖出来。"菊池走到窗前，失神地望着下面的街道，"上次我们一次性损失了四名狙击手，这样下去，我们的队伍只能越打越少，看样子，原来制定的'鸣枪报警、分区包围'的策略是需要重新检讨一番了。"

松本道："我上次说过，要大量招聘支那人密探，让这些人渗透进城市的每个角落，变成我们的神经末梢，这样我们就可以实现大面积、全方位、多层次、全天候的严密布控。"

菊池道："不要叫密探，那太刺耳，而应该叫'城市安全员'或者叫'社会治安员'，这样不会带来市民的抵触情绪。"

"嗯，很好。"松本点头赞同，"就叫社会治安员吧，其实就是密探，我们有了这些渗透进城市肌理中的神经末梢，就不怕这两个枪手来捣乱了。"

"对，这是唯一可行的办法。"

"我现在手中已经有了三名非常优秀的密探，他们是丁魁、董彪和唐飞，都是南京通，原来是黑社会干将，当我们的飞机轰炸南京的初期，他们都在地面用手电筒发出闪光信号，在我们轰炸党政机关和重要军事目标时立了大功。"

"哦，很好啊，我们的密探队伍要尽量扩大呀。"菊池问道，"招聘什么时候开始？"

"明天。除了社会治安员，还要招聘殡葬工、勤杂工、泥水匠、安装工、管家、厨师、车夫、司机、会计、翻译、服务员等等。"松本对菊池说。

安全区的入口处，一个临时摆置的办公桌前面，中国人排着长不见尾的队伍。

桌子后面坐着一名日军文官，一名翻译官，桌面上摊开一本厚厚的登记薄。近旁站着一小队端着刺刀枪、牵着狼狗的日本兵。

离这张桌子不远处，摆着另一张桌子，是张招聘台，墙上挂着大幅的招聘启示。也有两名军官坐在那里。按规定，人口登记完成以后，愿意参与招聘的可以在这里进行应聘面试。

一家家难民们踏着污黑泥泞的残雪向前移动。男女老少排着长队，队伍里不断传出老人的咳嗽，孩子的哭喊和母亲们的呼唤。

一名翻译官拿着铁皮喇叭，站在一个木箱子上高喊着："……个人的生日，属相，在哪里出生，家住哪里，都要讲清楚。但凡冒充的，一经发现，统统作为隐藏的中国军人处理。因为皇军根据可靠情报推算，安全区里至少还藏有两万多中国军人，这批藏下来的军人会危害皇军正在建立的社会秩序。"

拉贝和爱玛从人群后面走来，有几个难民从队列里走出来，上前询问着什么，拉贝耐心地解释着，并鼓励他们登记完后都去应聘，从而找一份有收入的工作。这样可以减轻安全区粮食日益减少带来的压力。

翻译官继续喊话："凡不配合皇军登记的，就以抗日嫌疑分子论处。因为皇军进行人口登记的目的，就是为了及时肃清潜伏在安全区里的中国军人。"

队列里走来两个五十多岁的老汉，一个是老姜，一个是钱旺。

老姜问钱旺："老哥，登记完后你准备应聘什么工作？"

钱旺说："我听说社会治安员每天能分到六两大米，我想应聘这个。"

老姜拉拉他的袖子，神秘地说："咳，老哥，那可不能干，什么狗屁治安员，你知道吗，那其实就是日本人的密探，是给日本人当走狗的。"

"啊，怎么会？"钱旺的嘴张得很大。

老姜小声道："我准备去做殡葬工，每天有五两大米，这个也不错呀，不如你和我一起吧。"

钱旺想了想，点头答应了。这时他才注意到身后有一个戴毡帽的男子挤了过来，那人双手插在袖筒里，缩着脖子，躲躲藏藏的，低着头不敢看人。

老姜和钱旺觉得挺奇怪，回身看看男子的脸，那男子故意在脸上抹了厚厚的锅灰，让人分不清他的实际年龄。但他的眼睛是蓝色的，鼻子是隆起的，眼窝是深陷的，这暴露了他的外国人身份。

此人不是别人，正是美国摄影师马丁。马丁在安全区待了十来天了，平时根本不能外出，害怕被日本人抓走。但不能外出对于一个战地记者来说，比杀了他还难受。他知道，如果再不寻找机会外出，就拍不到更多日本人屠杀中国人的珍贵镜头，他向全世界人民揭露日军血腥暴行的愿望就会落空。但是要外出，还要在日本人眼皮下拍摄到屠杀的场面，就必须利用某种合法的身份，比如这次日本人招聘殡葬工就是一个机会。

马丁不吭不哈地往前挤着，老姜和钱旺觉得这个欧洲人真是有点冒险，这样前去登记无疑等于自投罗网，等于自杀，日本人决不会傻到认不出他是外国人的。

老姜真心想要劝阻马丁不要冒险，但一时想不出更好的办法。恰逢拉贝走了过来，老姜灵机一动，急忙上前对拉贝耳语一阵，拉贝这才看见了排在队伍中的马丁。

拉贝愣怔片刻，立即反应过来，上前一把拉住马丁的手，硬把他拉出了队伍，"马丁先生，你这是干什么，你不要命了是吗？啊？你忘了我是怎么跟你说的？"

马丁本来是背着拉贝先生来应聘的，没想到一下被拉贝抓个正着，顿时觉得无地自容，惭愧地说："对不起，拉贝先生，我知道错了，我保证老老实实呆在安全区里，再不乱跑乱动了。"

拉贝正色道："你知道最近三个月以来，日本军方砸坏了多少照相机和摄影机吗？恐怕数以百计，光我亲眼所见就不下十起，包括我自己的照相机，都给砸了。你还嫌你的美国人身份不够敏感吗？你的二十名美国同胞还关在日本人的秘密监狱里，我还在千方百计地想办法与日方交涉，让他们获得释放。可日本人压根儿就不承认有这批人存在，所以说，在这个敏感时期，你不要再惹事生非了，好不好？"

"好的，好的，"马丁羞愧地说，"我保证不离开安全区半步。"

"哼，保证……"拉贝搂着马丁，越过日军警戒线，回到安全区院内。

有如黑棉絮一般的乌云背后，银钩一样锋利的弯月正在悄悄地潜行，时不时利用乌云之间的缝隙向万籁俱寂的大地投下阴冷而带着怨毒的寒光。

江边滩涂上，开来两辆日军卡车，从第一辆卡车上跳下荷枪实弹的日本兵，第二辆卡车上载的是一群中国人，全都穿了统一的马甲，背后一个大字：殓。

一个日本军曹在指挥中国收尸队进行工作。收尸体队员们从卡车上卸下独轮车、铁锹和刨子以及镢头、扁担、箩筐等工具。这群殡葬工在士兵的看押下排着整齐的队伍，围着一个大坑在填土。坑里堆着刚才扔进去的几千具中国士兵的尸体。

几个日本士兵用刺刀向中国战俘的尸体刺去。一把刺刀插入一具尸体，拔出来，又向另一具尸体插进去。

一名翻译官站在坑边的土坡上，对殡葬工们下达命令："明天天亮前，所有尸体必须掩埋完毕。都要灭迹，这是皇军的命令。天亮前，皇军的长官要看到这里恢复成荒滩野地的样子，一滴血迹都不能看见。假如发现还有活着的，马上把他交给皇军。如果你们谁胆敢私自把他放走，皇军不会跟你们客气的。"

两个推独轮车的人走在夜色里，他们穿着一模一样的马甲，背上都有一个白色的圆形，中间有个"殓"字。

推车的一个是老姜，一个是钱旺。独轮车的轮子发出轻微的吱扭声，但走在深夜的荒滩上，声音仍然显得太响，响得惊心动魄。

每个独轮车上运一到两具尸体，一具具尸体被抛进大坑里。这时，一个自制的独轮车停在土坑边上，一个男人走过来，他的背上有个"殓"字，手里像举着什么东西对准大坑。老姜从后面走来，看见那名男子手中的东西晃来晃去，原来他是马丁，正对准大坑里的尸体进行拍摄。

老姜上前问道："怎么又是你，你不怕叫日本人看见吗？"

"没关系，我伪装得很好，"马丁用手压低毡帽，用生硬的中国话说，"这下面埋的都是什么人啊？"

老姜说："都是抗日军人，当然还有平民百姓。"

钱旺过来说："不少是马路上打死的人，男女老少都有，小日本就把他们用卡车装来，填到坑里。"

马丁慢慢脱下帽子，满面肃然地说："一定要把这块地方做个记号，将来日本人要是不认账，凭着记号，他们是赖不掉的。"

中国殡葬工都看着这位古怪的美国人。

老姜说："我要是活下来，我会记得住，南京城里哪里少了一座楼，哪里少了一个塘，哪里又多出一座山包，我都不会忘掉。"

钱旺对马丁说："我说你还是快走吧，一会儿日本监工就来了。"

马丁收起摄影机，用麻布包好，一步一回头地离开了这片滩涂。

第 13 章　深入虎穴

"吱"的一声，地下室的小木门打开一条缝，两个人影闪了进来。

"老崔、老马，你们回来了。"小曾说道，顺手把马灯的捻子拧高一些，室内亮堂了许多。

"回来了，"老崔道："你上午去安全区了吗？你嫂子病情如何？"

小曾皱着眉头道："身上浮肿已经消了，但就是不生，咳，急死我了。"

"咳，天要下雨，娘要嫁人，女人要生孩子，这三件事只能由老天爷说了算。"马如龙打趣道，随手摘下军帽，拚在墙上，然后一屁股坐在破藤椅上，点上一根抽了起来。

"鬼子开始搞人口登记了，还在大量招聘各种劳工。"小曾告诉二人。

"我知道，我们在街上看见了，以后的日子更难过了。"老崔说道。

"是啊，"马如龙吐出一口烟道，"老曾，这几天我一直在思考一个问题，刚才走在路上还与老崔商量呢，我们不能总是躲躲藏藏的，也不能总是小打小闹，搞点偷袭，吃点小菜什么的，我想请鬼子吃个大火锅，来顿大餐，比如说炸掉鬼子的军火库，捣毁鬼子军营，再不就炸它一辆火车和军舰什么的。"

曾沧海会心一笑，"不瞒你说，老马，这正是我一直在思考的问题。我们虽然躲在暗处，想打谁打谁，想怎么打就怎么打，好像主动权在我们手里，其实不然。面对十万日军我们只是九牛一毛，而且只能小打小闹，不是长久之计。现在鬼子实行人口登记，我们的生存空间被压缩得越来越小，鬼子这次还要招什么社会治安员，我看就是密探，是钉子，是耳目。如果城市到处都是日本人的坐探和眼线，我们迟早有一天会暴露。"

"真是英雄所见略同啊。"马如龙赞道，同时瞥了一眼正在低头吸烟的老崔，"为了摆脱不利局面，我们只有一个办法，就是派人打入日军的心脏，从内部掌握敌人的动向，这样我们才能变被动为主动，从中找到更好的机会，给日军以致命的打击。"

"可我们就这两个半人，怎么才能打入日军内部呢？"小曾担忧地问。

"这个人必须精通日语，我们三人当中，只有老崔符合这个条件。"马如龙意味深长地盯着老崔。

崔际胜沉默了很久，最后吐出一口浓烟，向二人娓娓道出了自己的家世渊源。

崔际胜出生于东北长春的一个富商家庭，父亲从20世纪20年代起就从事中日贸易，从生丝和猪鬃起步，最后做到矿业和有色金属业，生意做得很大。父亲在多年在跨国贸易中，逐渐积累了丰厚的人脉，认识了很多日本商人和中国当地的高官。当1931年伪满洲国成立的时候，日本人加大了对满洲的奴化教育，日本政府批准东北地区的大批留学生进入日本各大高校学习。崔际胜在1933年通过父亲的关系得到日本文部省的许可，拿到了一个官派名额，并最终考入了名古屋大学学习无线电技术专业。

在日本学习期间，崔由于思想进步，又受到世界正义力量的感召，他参加了一个进步学生组织'重庆侧谋略团'（国民党军统领导），这个组织与另一个由共产党领导的'铁血青年团'一起，发起了针对日本军国主义的反抗斗争。他们的抗日工作延伸到日本京都大学、日本大学、东京工业大学、东京高等师范学校、法政大学、名古屋医科大学、北海道大学等的满洲国留学生中，产生了积极、正面的影响。

崔的组织以制作和散发宣传品为主要斗争手段，多次制作反满抗日贺年卡，大量制作抗日传单。他们还计划暗杀包括广田弘毅、坂垣征四郎、荒木贞夫、米内光政等日本军政要人，也包括在日本的伪满要员。

崔际胜作为学生中的积极分子，参加了无线电班，主要致力于情报用无线电设备的制作，其设计的长短波无线电接收机、广播用高性能电台都是堪称优秀的通信装置。用这些设备，他在领导人商林森领导下不但和重庆建立了情报通道，接收重庆方面的各种指令，而且巧妙地建立了针对在日华人和满洲国人的地下电台，向他们传播抗日思想。

1935 年年底，崔际胜学成归国，因其参加了重庆侧谋略团的经历，得已进入国民党军队中的无线电系统服役。一年后，他叔叔将他调入军需署粮秣科，因其学历较高，精通日语，表现优异，一年后升任科长。

马如龙的意思是让崔际胜利用这次日本人招聘的机会，打入社会治安队中，刺探日本人的动向和内部情报，为更多、更有效地打击敌人创造条件。

今天他们一路上都在探讨这种可能性，好在崔际胜在军统的无线电系统呆过一年，对派遣特务打入敌人内部的做法并不陌生。他懂得这种打入需要具备四个条件：一、有经得住考查的假身份；二、有刺探情报的能力；三、有送出情报的管道和办法；四、有应付险恶环境和突发事变的能力。崔际胜自认还有这种能力，在日本留学期间，他有过和各种各样日本人打交道的经验基础，知道如何进行地下斗争，如何应对危险局面，这些倒不是问题，问题是这种欺骗行为有着相当高的风险度，一旦被日本人识破，就意味着牺牲。

叫有时候，做好了牺牲准备，并不一定会牺牲，这需要靠审时度势，随机应变的智慧和头脑，往往是置于死地而后生。

看看当今的时局，血染南京，天愁地惨，日本鬼子在肆意践踏这片土地，中华大地到处都在燃烧，在流血，在哭泣，在痛恨，在抗争，中国的前途在哪里？中国的明天在哪里？如果我此刻退缩，就不配当一名爱国军人，自己就没有尽到保家卫国的责任和义务，自己也无法面对子孙后代指穿脊梁骨的终极审判。

崔际胜想了很多，想了很久，最后，在马、曾二人期待的目光中抬起了头，勇敢地说："我想好了，我干！在祖国和人民最需要我的时候，我没有当懦夫和逃兵的选择，必须挺身而出！不然，我就不配当一名合格的中国军人。"

"好，你是我们的好大哥，好榜样。"马如龙和小曾激动地和老崔来了个熊抱。

接下来的几小时，崔、马、曾三人详细讨论了如何骗过敌人的考核，如何获得情报，如何安全稳妥地传递情报做了周密详尽的部署，直到一切细节都没有漏洞了，才合衣躺在铺位上休息。

他们都知道，明天，真正的考验才刚刚开始。

日军先遣队办公室。

今天是招聘的第二天，前来应聘社会治安员的人还真不少，各个年龄段的人都有，不过全是男子，从二十多岁，到五十多岁不等，人人都板着脸，从不互相交谈。崔际胜排在队伍中间，队伍长得望不到尽头。他心算了一下，应聘者足足有四五百人之多。

两个小时以后，崔际胜已经过了三关，第一关是日语笔试，第二关是口试，第三关是面试。这三关他都顺利通过，心下暗暗松了口气。这时他被一个上尉领到另一支队伍中排队，并发给了一个号，他被告之等一会长官要单独接见他。

他的号码是85号，这意味着他要等很久。他不知道，单独接见是因为他受到重视，还是受到怀疑。

终于轮到他了，接见他的是一名中佐军官，军官面容严肃，眼光十分锐利，上上下下仔细打量了他一阵，问道："崔际胜，长春人？"

"不，我是满洲人。"崔际胜用标准的日语回答。

"嗯，你是哪一年去日本留学的？"

"昭和8年，即公元1933年。"

"哦？"中佐翻看着崔的报名表："你上的是名古屋大学，对不起，我忘了你们学校的地址了？"

"爱知县名古屋市千种区不老町。"

"哦，对，你是中国官派留学生吧，你的介绍人是谁？"

"金井章次先生，他是满铁地方部卫生课长、满洲青年联盟理事长。"

中佐的眼睛亮了一下，"哟西，他可是大名鼎鼎的人物啊。你是怎么认识他的？"

"金井先生是家父的朋友。家父是协和商会的会长。"

"噢，朋友？会长？"中佐在一张纸上作了记录，然后又问道，"满洲人，能谈谈满洲的国家格言吗？"

"满洲国的国家格言是五族协和的王道乐土。"

"对五族协和你做何理解？"

崔际胜略作沉吟，随即侃侃而言："1932 年 3 月 9 日，日本关东军扶持清朝末任皇帝溥仪在长春建立了满洲国，年号'大同'，提出了'王道乐土'和'五族协和'的思想，把代表汉、满、蒙、朝、日五个民族的五色旗定为国旗。在满洲国，五族就是日本人、汉人、蒙古人、朝鲜人、满洲人。1932 年 7 月，脱胎于满洲协和党的满洲国协和会成立，通过向在满洲的中国民众宣扬王道政治、民族协和的指导理念，把被统治民族统一于满洲国的思想感化团体，其纲领是以'实践王道为目的'，提倡'乐天知命、注重礼教'等进步理念。我虽然是支那人，但我不否认支那的国民性已经彻底堕落了，成了一个老废的民族。而日本人人种天生高贵、优越，不愧为'天孙人种'，是世界上最优秀的民族，所以理应为'满洲国构成的中核分子'、'五族的先达者'、'国民中最有为的种族'，所以说，中国要想进步，满洲要想发展，必须依靠日本的帮助和提携。"

"嗯，很好，"中佐满意地点头说道，"崔桑，你可以回去了，后天上午九时，请来领取通知书。"

最后，经过一连串严格的政治审查和家庭背景考查，又通过满洲国民政部门的身份核实，以及在大学的表现电话调查，证实崔际胜的历史没有污点，最后被社会治安队录取。

第一天上班，崔际胜准 8 点来到先遣队队部报到。他被告知去一大队上班，当他走进一大队会议室的时候，会议已经开始了，他只好找了个角落坐了下来。

抬眼望去，大约有一百来个队员在座，都穿着平民服装，队长丁魁正在训话。

丁魁穿一身中式蓝布棉袄，留着中分头，一双三角眼放着寒光，说："今天，我们治安队迎来了五十名新成员，我代表第一大队欢迎你们。从今后新成员要虚心向老队员学习，大家要精诚团结，把皇军交给我们的艰巨任务完成好。其实，我们治安队的任务非常明确，就是维护南京城的治安。现在，对皇军威胁最大的就是隐藏在难民中的抗日官兵，我们一大队分包的片区是紫金山、栖霞山和下关三处。这一带是国民党军人隐藏最多的地区，据说有几名国军的中级军官就隐藏在栖霞山的寺庙里，我们不能放过他们，我已经派密探打进寺庙里，相信不久就会有消息。"

丁魁用刀子般的眼光扫视一遍会场，强调道："凡抓住抗日官兵者有赏，抓住一个当兵的，赏 100 个大洋，抓住一个当官的，赏 300 个大洋，抓得越多，赏得越多。但是，放跑一名中国军人，就按通敌罪论处，绝不姑息。凡有窝藏、偷渡中国军人的，就地正法。"

"放你妈的狗臭屁吧……你他妈的偷渡的最多……"崔际胜听见邻座一男子在嘀嘀咕咕地小声咒骂着。

丁魁指着刚才偷偷骂人的男子说："这位叫董彪，是我们小队的副队长，大家认识一下吧。"董彪有些不情愿地站了起来，哼哈了一声又坐下了。

丁魁问道："董副队长，你们在栖霞寺进展如何？"

董彪大嘴一咧道："真是贵人多忘事啊，队长大人，我负责的是江南水泥厂，栖霞寺不归我管呀。"

丁魁眼睛立刻瞪圆了，"不是叫你们……噢，对了，栖霞寺是唐飞负责。那，唐飞呢？"

"唐飞？谁他妈知道死哪儿去了，几天都没见人了。"董彪很不耐烦地说。

"过期不汇报？找死啊！"丁魁显然很生气，"看我怎么收拾他。我奉劝各位，要认真工作，不要拿自己的脑袋跟皇军的战刀开玩笑。"

丁魁问道："现在，安全区问题很大，里面窝藏着近两万中国军人，谁愿意去安全区渗透侦察？"

众人面面相觑，都大眼瞪小眼的，没人说话。

"你，你叫什么，"丁魁指着崔际胜道，"我看你可以。"

"报告队长，我叫崔际胜，新来的。"崔际胜起立敬礼，态度毕恭毕敬。

"很好，以后你就负责安全区的工作，要化装潜入，一旦发现可疑的抗日官兵，立即通知副队长或我，我们再上报宪兵队，让他们去执行逮捕。明白了吗？"

"明白。"崔际胜说完就坐了下来。

宁海路5号，南京安全区国际委员会的总部。

不久，丁魁开着一辆吉普车来到安全区总部大门口，崔际胜坐在副驾驶的位置上，吉普车远远的停在路边，他们躲在一棵树后面偷窥着。见许多难民袖着双手站在院子里聊天。虽然进行了人口登记，许多难民已经返回了自己的家园，但还是剩下许多无家可归者聚集在这里，因为这里每天还能分到一碗稀粥。

不一会儿，有一名中年僧人走进了安全区的大门，丁魁用下颌指了指，咧嘴狞笑着对崔际胜说："这人是栖霞寺监院的传真法师，我认识他，他一定是来找拉贝帮忙的，据说他们栖霞寺里窝藏着不少中国军人，我们在这里等他，说不定就能顺藤摸瓜，挖出黑手了。"

崔际胜装傻说："队长，你怎么知道他一定是来找拉贝的？"

"哼哼，直觉，"丁魁獠笑一声，"我的直觉一直有着惊人的准确性，等他看吧，就要有好戏了，我们要……"丁魁的声音越来越低。

传真法师被秘书领进拉贝的办公室。拉贝热情地接待了传真法师。

果不其然，传真法师是受栖霞寺住持寂然法师的委托，前来寻求拉贝先生帮助的。传真法师讲述了栖霞寺被日本兵洗劫的经过。

1937年12月13日清晨，日军分六路攻入南京主城区。日本兵冲进民宅烧杀掳掠，老百姓惊慌失措，在南京狭窄的街道上四处奔逃，尽可能地寻找一切可以藏身的地方。

为了避难，大量难民纷纷逃往下关一带，在江边遭到日军的大肆屠杀；另一部分难民则沿着紫金山一带向东北方向逃去。日军尾随逃难人群紧追不舍，很快就追到了栖霞寺外的进香河一带。在那里，日军与设伏的中国军队展开了激战，难民无路可逃，就涌向了矗立在栖霞山南面的栖霞寺。很快，进香河边的抵抗也告失败，没来得及逃脱的军人脱掉军装，加入了逃难的人群中。

栖霞寺的当家和尚寂然法师早就听到南京城里震耳欲聋的枪炮声，寺里的小和尚也在藏经楼看到了涌向寺庙的难民队伍。安静的栖霞寺一下子沸腾起来，寺门外，难民痛苦的求助声、孩子凄厉的哭声、伤兵的呻吟声，充斥在寺院。于是，寺庙的前殿后厅挤满了饥寒交迫的难民，为了躲避寒冷，有的难民甚至躲进了寺庙千佛岩的洞窟里。

面对这么多的难民，寂然法师没有一句怨言，一个个地将他们收留下来，而且把寺里所有的粮食都拿出来给难民吃。难民最多的时候，连千佛岩上的石窟、佛龛里也都住满了人，大家都是一人一个铺盖卷，最多时寺里足有2万多人。

在栖霞寺避难的两万多难民中，有二百多人曾经是南京抗日军队的军人，其中官职最高的是国民党第二旅中校参谋主任廖耀湘。南京失守后，来不及撤退的他搭上一个农夫的马车躲过日军搜捕，跟随前往栖霞寺避难的人群藏进了寺里。随行的还有五名军人。

廖耀湘的到来给原本就不平静的栖霞寺带来了更大的危险。当时收留廖耀湘一行人，寺里也存在着争议。寂然法师知道两万多名难民已经让栖霞寺承受了巨大的压力，而收留抗日官兵，无疑增添了更多风险。一旦日本人发现寺内有抗日官兵，所有避难民众与僧人都将性命难保。

寂然法师把廖耀湘等人藏到了藏经楼里，不让他们出来，每天亲自给他们送饭。但是，寂然法师和廖耀湘都明白，待在栖霞寺不是长久之计。要想栖霞寺的难民们彻底安全，廖耀湘等军人必须离开。

日本兵对寺院的骚扰一天比一天严重。他们经常结队来到寺里，以寺院里藏有军人为名四处搜寻，他们将自己选中的中国妇女强行带到正殿，当着众人的面进行轮奸。有一次，被轮奸的妇女是一个怀中抱着孩子的母亲。她的丈夫和寺院的和尚一起下山挑水，当他走到寺院门口的时候，孩子的啼哭声、妻子撕心裂肺的号叫令这个丈夫失去了理智，他愤怒地冲向正在奸淫自己妻子的日本兵。然而，手无寸铁的老百姓根本不是丧心病狂的日本兵的对手，丈夫被枪托打倒在血泊之中，很快就气绝身亡。气得脸色煞白的寂然法师，强忍着愤怒将尸体抬进斋房。

目前，两万多难民使粮食储备本就不多的栖霞寺面临着断粮的危险。不仅如此，被日军打伤的难民需要医药救治，这一切急坏了寂然法师和其他僧人。

面对着可能发生的粮荒，寂然法师减少了每个僧人的口粮，保证给难民供应一天两餐的稀粥。他让家人们采来草药给伤者疗伤，很多僧人因为采药献出了生命。当时寺里有一千多亩良田，寂然法师把寺里所有的粮食都拿出来，可两万多人吃饭还是个大问题，月基法师带着弟子进城，在静海寺一带千方百计从日本人手里拿到一点粮食和药品。靠着一口流利的京都口音的日语，月基法师成了难民营的外交官。但这个工作的危险性相当大，有一次月基法师带着四个弟子出去搞药材，结果只回来了两个人。

传真法师讲到这里，停住不讲了，原来他已经泪流满面，泣不成声了。

拉贝同情地说："传真法师，我明白了，你们缺医少药，面临断粮，急需我们支援，还有就是躲藏的抗日军人问题，也需要当机立断，立即解决。"

传真法师这时从怀里掏出一封信交给拉贝说："这是我寺住持寂然法师写的万民书，也请您过目。"

拉贝双手接过信，打开来，只见是一张黄裱纸，上面写满了字：

以人类的名义
致所有与此有关的人

尊敬的位贝先生：

值此，我们向您简要汇报该地的情况及本寺庙所遇到的骚扰。

南京沦陷以来，每天都有数百人逃至我寺庙寻求保护，要求安置。我写此信的时候，寺庙里已聚集2.4万人，大部分为妇女和儿童，男人们几乎都被枪杀或被掳去为日本士兵当苦力了。

下面，我们扼要地列出日本士兵自今年1月4日以来所犯下的罪行：

12月19日……

1月4日……

1月8日……

1月19日……

　　大约在 1 月 20 日，开来了一支新的队伍，换下栖霞山火车站的岗哨。新来的部队的指挥官是个少尉，他心地较好，形势明显好转。他在寺庙内设了一个岗，哨兵努力把专来捣乱、偷窥和抢女人的士兵拒之于寺庙之外。因此，我们害怕，一旦这位少尉撤离此地被派往别处，原来可怕的情景会重新出现。所以，我们请求你们，不管是谁，只要能帮助我们阻止重现这种惨无人道的残暴行径即可。安置在我们这儿的难民百分之八十已失去了一切，他们的房屋被毁，牲口被杀，钱财被抢。此外，许多妇女失去了丈夫，孩子没有了父亲，大部分年轻男子遭到日本士兵的杀害，另一部分则伤的伤，病的病，躺在这里缺医少药，谁也不敢上街，害怕被杀害，而我们还只剩下少量的粮食储备。我们的农民既无水牛又无稻种，怎么能春耕播种呢？

　　在此，我们所有签名者都再次恳请您的帮助。

栖霞山寺庙

1938 年 1 月 25 日

（以下是一万多个签名，略）

　　拉贝看完了信，低头沉吟半晌，最后抬起头对传真法师说："这封信我收下了，我会尽一切力量帮助你们。我决定把信寄到上海去，争取在文汇报或申报上发表，让更多的人知道你们的处境，号召更多的人来声援你们，号召全社会来支援你们的救死扶伤的人道主义行为。"

　　拉贝说完把信交给秘书，让他尽快寄出。

　　拉贝又叫过司机潘序东说："下午请你用我的车带李察医生和爱玛女士去栖霞寺一趟，一方面带去 500 袋大米，让孙师傅开上卡车和你一起去，另一方面检查一下伤病员，轻伤现场救治，重伤员就随车带回来治疗。"

　　拉贝转头对爱玛女士说："我因为东区发生了数起强奸案，要与日本占领军交涉，去不了栖霞寺，你代表我去。见了寂然法师就转告他，一定要尽快想办法将抗日军人转移出寺院，因为日本人已经盯上了寺院，可能很快就会再次大规模搜查寺院，所以要快点将人转移走，以策安全。"

　　传真法师见拉贝将事情件件安排妥当，心中十分高兴和感动，合掌作揖，口中连呼阿弥陀佛。

这时，两位司机准备好了车，拉贝把传真法师送上轿车，轿车驶出安全区大门。后面的卡车装了五百袋大米，车厢蒙着帆布，车子随后驶出大门。

这时，车上露出一个男人的脑袋，正在东张西望。这人不是别人，正是马丁。马丁把他心爱的摄影机对准了车外，车外的景物在飞速掠过。

在去往栖霞山的路上，他见到一幅幅凄惨的画面：沿太平门至龙潭的公路干线，在10英里和12英里距离之间，约有80%的农民的房屋被烧毁，逃到乡间的城市妇女被强奸致死，许多人就赤身露体躺在路边。还有许多反绑的中国士兵被日本兵处决后扔进了水塘，尸体已经腐烂发臭了。他将这一切都摄入了镜头。

躲在安全区外监视的丁魁对崔际胜说：“看见了吧，传真带走了两辆车，他一定是赶回寺院的，我们跟上去吧。”丁魁说完，发动引擎，把车开上公路。

很快，吉普车来到了栖霞寺。

丁魁并没有马上进去，而是将车停在路旁。崔际胜不知道他想搞什么鬼名堂，又不便多问，就掏出一根烟点上，边抽边等。

过了大约半个小时，两辆车开出了寺院，车上拉的是重伤员和重病号，爱玛和李察医生也随车离开了。

丁魁吐掉嘴里的烟头，狞笑一声：“好了，该我们上场了，老崔，你就跟着看好戏吧。”说罢，丁魁领着崔际胜进了寺院。

寺院里挤满了难民，大人哭，小孩闹，场面十分混乱，凡是能站人的地方都站着人，人人脸上都挂着恐怖的表情。

丁魁来到大殿，寂然住持和传真法师迎了上来。

寂然拱手说道：“不知二位先生有何贵干哪？”

丁魁笑道：“您是寂然法师吧，我是拉贝先生派来的，我叫沈宝山，刚才爱玛女士来过了，带走了许多伤病员，我是来接抗日军人的。”

寂然一开始还担心是日本人派来试探他的，有些警惕，但后来听说是拉贝先生派来的人，又见他们说的有鼻子有眼，就深信不疑，把二人客气地让进了方丈室。

小和尚端上了茶，"请喝茶。"传真法师有些疑惑地问道："刚才我在安全区，怎么没见过你们二位？"

丁魁假装笑道："噢，我们去了江边，用船送了一批抗日将士过江，这几天江上查得不严，我的船次次成功，这不刚赶回来，拉贝先生得知你们寺院里有五名抗日军人，就叫我们来接应他们过江。"

寂然法师和传真法师对了下眼神，心里说人数是相符的。

寂然法师和传真法师小声核计了一番，对丁魁道："既然是拉贝先生派来的人，我们相信，你们等一下，我派人去叫他们。"

寂然和传真一起出了方丈室，只留下丁魁和崔际胜在室内喝茶。

丁魁见四下无人，把吉普车的钥匙交给他，悄悄对崔说："你立即开车回去，叫副队长董彪带几个人到下关小码头来，我把这帮军人骗到码头上，咱们来它个一网打尽。"

崔际胜离开了。这时，摄影师马丁提着摄影机走了进来，一见丁魁，愣了一下。

丁魁刚才看见此人坐在从安全区出来的卡车车厢里，又见他是蓝眼睛、高鼻子的外国人，就猜到了七八分，遂招呼道："这位先生是？"

马丁没想到在这里会遇到什么歹人，大大咧咧地说："我叫马丁，本来是派拉蒙公司的随军记者，是帕奈号上的幸存者，这段时间一直躲在安全区里，刚才过来拍摄一些珍贵镜头，请问你们是？"

丁魁笑道："我们是拉贝先生派来接抗日军人的，刚好，我有船，你和我们一起过江吧？"

马丁想了想道："一起过江？可以呀，如果有机会离开南京，当然求之不得，因为我拍摄了大量屠城的镜头，可惜无法面世，我正准备去上海呢。"

丁魁心中暗笑：没想到这里还有一个漏网之鱼呢。

这时，寂然法师领着廖耀湘走了进来，廖已经换了一身老百姓的蓝布棉袄，双手插在袖筒里，显得灰头土脸的。

寂然法师介绍道："这位是拉贝先生派来接应你们过江的沈宝山先生，这位是廖参谋，你们谈吧。"

丁魁热情地握着廖耀湘的手说："哎呀，廖参谋，我们找你找得好苦啊，一直听说你藏在附近，就是不知道你躲在寺院里，这下好了，我们终于见面了。"

廖耀湘听说是拉贝先生派来的人，像见了救星似的说："见到你真是太好啦，沈先生。12月13号的时候，我的部队打散了，我们最后赶到下关，但没船过江，就只好躲上山了。"

丁魁道："你们一共有几个人啊？"

廖耀湘说："还有另外几个士兵，一共五个人。"

丁魁用手比划道："我的船不大，带个七八人应该没有问题。你现在就跟我走吧，以免夜长梦多，鬼子很快就会来搜查的。"

廖耀湘问："江面上有日本人的巡逻艇吗？"

丁魁道："有，但我认识巡逻队的小野队长，嘿嘿，早就买通了，而且我有通行证，手续合法，保证把你们平安送过江北去。"

廖耀湘还有些犹豫，但丁魁知道不能拖延，时间一长就会引起他的怀疑，就一个劲地催促道："廖参谋，今天你们一定要走，不然，我的船明天还有别的任务，就不能接载你们了。啊，走吧，走吧。"

廖耀湘想了想，还想说什么，丁魁有些不悦地说："哎呀，廖参谋，不要犹豫了，好不容易有这个机会，正所谓千载难逢，你们可千万不能错过。"

廖耀湘最后下决心说："那好吧，我去叫人，你等我。"

丁魁眼看着大鱼就要上钩，别提心里多高兴了，嘴咧得合不拢。

不久，廖耀湘带着四个平民打扮的男子走了进来。其中一个男子刚进门，就返了回去。

过了一会儿，那名男子拿来两支步枪、两个子弹袋和四颗手榴弹。

丁魁假装生气地说："你怎么搞得嘛，这些东西怎么能带？你还嫌日本人不认识你呀？"

廖耀湘也觉得带枪不妥，对士兵道："去，把这些东西埋起来，等将来胜利了，我们再来把它们挖出来嘛。"

士兵急忙出门，去藏匿枪支、弹药了。不久，就返了回来。

丁魁领着五个人来到寺外，走向停在路边的吉普车。

丁魁指着挂在车头两边的一面红十字会会旗和一面纳粹字卐字旗道：

"我们的车都挂着这两种旗子，日本人一般不拦，但也不排除例外的情况，如果碰上日本兵查车，你们不要说话，一切由我来应付，明白了吗？"

廖耀湘与几个士兵交换了一下目光，大家都点点头，上了车。

丁魁看了下手表，已经 3 点 45 分了，崔际胜回去叫人，应该也差不多了，等车到了码头，他们也该到了，他可不想等得太久。

丁魁发动了引擎，吉普车快速上了山道，七拐八弯地下了山，大约十几分钟后，走上江边公路。

前面就是下关小码头了，突然，路边几个日本士兵挥动小旗子，路中间摆着铁马路障，丁魁刹住了车。上来一名日本兵，叽里呱啦说了一通日语，丁魁递上了一个红皮证件。

日本兵翻看了一下证件，又把每个人的脸都仔细地辨认了一番，挥挥手放行了。

车子重新上路，坐在副驾驶位的廖耀湘和后座的军人们抽紧的心总算放下了，脸部表情也轻松了。

车沿长江边的公路行驶了约 15 分钟，来到一个小小的渡口。这是一个民用码头，码头显得荒凉和寒碜，没什么人搭船，江上只停着几艘破烂的渔船和舢板。

廖参谋和士兵们下了车，四下里看看，附近没有日本兵巡逻，江面上也显得空旷而平静。

丁魁停好了车，走了过来。从衣兜里掏出一包烟，顺手递给廖参谋一根，并为他点上火。

廖参谋深吸一口，喷出烟雾，问丁魁道："沈先生，我们的船呢？"

丁魁领他们来到江边，指着一条小木船道："呶，就是它，不过还得等一阵，船老大还没来呢。"

他们来到那条船边，船舷系着一条缆绳，又看看船舱，见里面放着一张破渔网，船身的木头都快要朽烂了，有几处还有些小洞。

"这种船能过得了长江吗？"廖显然不相信这种小船能渡得过宽阔的长江。

"咳，没问题。"丁魁拍了拍胸脯。

廖透过缭绕的烟雾盯着丁魁的脸看，觉得这事有些可疑。

丁魁的手一直插在口袋里，他为即将到来的战斗做好了准备。

这时，远远地驶来一辆吉普车，车上坐着崔际胜，车了开到十几米处停了下来，崔际胜从副驾驶位置上走下来，对丁魁道："老沈，船老大来了。"

丁魁刚咧开大嘴要笑，突然脸上的笑容凝固了，从后车门下来两名日军军官，军官脸色紧绷，手里都拿着南部十四手枪。

丁魁在心里埋怨崔际胜，心想叫你去带治安队的人来抓人，你却带来了日军军官，真他妈的不会办事。不过丁魁在这种关头不便发火，双脚并拢，向着军官鞠了一躬，道："太君，我是治安一队的队长丁魁，请协助我们抓捕抗日军人。"

"谁是抗日军人？"那名日军少佐居然用纯熟的中文问道。

"他……他们都是。"丁魁慌了，用手乱指着廖和他的士兵说，"他叫廖耀湘，职务是……是国民党军中校主任参谋，原属南……京桂永清的教导总队，那几个是他的勤务兵。"

"噢，原来是廖长官，"马如龙向廖敬了个标准的军礼，"我是教导总队狙击分队的总教官马如龙。"

这个敬礼动作一时把廖耀湘搞糊涂了，一个日军军官怎么会向自己敬礼呢？

还没等廖反应过来，另一名"日军"军官用手枪点着丁魁的鼻子道："你就是那个给日本人当密探的丁魁呀，哼哼，作恶多端，用心险恶！你是活得不耐烦了吧？"

丁魁一见大事不妙，立刻给两名"日军"军官下了跪，磕头如捣蒜，口里叫道："国军饶命，国军饶命，我是被迫干的，我是不情愿给日本人当汉奸的。饶命……饶命啊……"

崔际胜从后面走上前来，道："决不能饶了他，这小子早就出卖了灵魂，甘心为鬼子卖命，他妈的一肚子蛇蝎心肠。"

"去你妈的吧，"马如龙挥手就是一枪，"当！"丁魁前胸挨了一枪，登时毙命。

直到此时，廖耀湘才反应过来，上前紧紧握住马如龙的手道："谢谢你们救了我们！真没想到，大家竟然还是一个部队的。"

"是啊，是啊，廖长官，"马如龙摘下日军军帽，指着老崔道，"这一切都靠他，他叫崔际胜，是军需署粮秣科的科长，幸亏他打入了治安队，得到内部情报，及时叫来了我们，才能既拯救了你们，又干掉了汉奸哪。"

廖耀湘又握着崔际胜和曾沧海的手，感激之情溢于言表。

远处有些人影似乎在呼喝、奔跑，马如龙警觉地看着远处，对大家说："我们还是尽快离开此地吧，刚才的枪声可能会引来日本人。"

"对，你们上我的车。"崔际胜这才想到这么多人，车子根本坐不下，转头对马如龙等人说道，"老马，车子坐不下，只好委屈你们步行回城，我们先去安全区。"

"好的，"马如龙和小曾对视一眼道，"不过老崔，丁魁的尸体你要处理好，以免引起治安队其他人的怀疑。"

"这个我早已想好了托辞，"崔际胜走过去，把丁魁的尸体拖到舢板上，并盖上破渔网，又做了些手脚。

廖耀湘上了车，四个士兵挤上了吉普车后座，崔际胜发动了引擎，把车开上了公路。一路顺利，车子只在进下关城门时遇到了检查，崔际胜晃了下治安队的红皮证件，守城日军就放行了。

不久，车子到了安全区总部。

拉贝先生亲自接待了他们，崔际胜向拉贝先生介绍了廖耀湘等抗日军人险被欺骗的经过，不禁为他们捏了把汗。

拉贝这才知道崔际胜的真实身份。拉贝告诉他们，日本人隔三差五就会来搜查，如果发现年青人，都会立即带走并且枪毙，所以，他们每个留下来的人都必须化装成老年人。

拉贝让司机带他们去化装，最后拉贝紧紧拉着崔际胜的手说："崔先生，你现在打入了日本人内部，有社会治安队这块招牌做掩护身份，那是再好不过了。但是，你应当知道，现在他们待在安全区，只是权宜之计。你应当利用这种身份，尽快想办法让廖参谋他们早日安全离开南京城。"

崔际胜点点头道："我知道他们待在安全区是有相当大的风险的，我会想尽一切办法寻找机会，一旦有机会，我就会安排廖参谋他们离开。"

拉贝说："你刚才说还有两位抗日军人是吗？他们叫什么名字，藏在哪里，躲藏的地方安不安全？"

崔际胜道："他们两个，一个名叫马如龙，一个名叫曾沧海，请放心，他们躲藏在一个地下室里，那里非常安全，也不缺吃喝。"

"哦，曾沧海，这名字很熟啊。"拉贝说，"他是不是有个嫂子在鼓楼医院里等待生产？"

"对，就是他。这么说您认识他？"崔际胜问道。

"是的，我们见过一面。"拉贝紧皱眉头道，"前段时间，是不是这两个人多次狙击了日本鬼子，神出鬼没地，消灭了好几百人，可把鬼子打惨了，日本人怕他们都怕到骨髓里去了。据说日本人发誓一定要消灭他们，是不是其中有个人的雅号叫百分之百先生？"

"对，那就是马如龙。"

"请你转告他们，一定要注意自身安全。他们不在安全区里，我无法为他们提供保护。"

崔笑了笑道："我一定转告，那我走了，拉贝先生，廖参谋他们就拜托您了。"

拉贝一直把崔送到安全区门外，看着他驾车离开。

不久，崔际胜回到了治安队一大队办公室，迎面遇见了副队长董彪。

董彪虎着脸，用怀疑的眼光盯着崔问道："喂，老崔，你不是一直和丁队长在一起吗？"

"没有啊。"崔平板着脸说。

"没有？"董彪问道，"我看见你们俩在安全区大门口来着。"

"哦，你说的是安全区总部呀，"崔际胜道，"是啊，一开始我是在安全区大门口来着，可后来丁队长说他有要事，要去长江边的下关码头等几个人。他让我一个人进了安全区，结果我们就分手了。"

"哦，这样啊。"董彪想了想，看了看手表又道，"这么久了，去下关也早应该回来了呀？"

"要不这样吧，刚好我有车，我们去下关码头找他吧？"崔际胜说。

"嗯，好吧，我们去找他吧，我还有急事向他汇报呢。"董彪走出办公室，上了崔际胜的车子，车子朝下关码头方向开去。

不久，吉普车来到下关小码头，二人下了车，见四处没有一个人影，董彪来到江边，看见了那艘熟悉的舢板。

"那不是丁队长的舢板吗？"

二人来到舢板旁边，董彪见舢板上堆着一堆渔网，顺手拉了一下，突然，一个死尸的脸露了出来，把董彪吓了一跳，等他定睛一看，原来是丁魁的尸体，尸体前胸上的血迹已经干硬变黑，还发出阵阵臭味。

崔际胜暗中观察着董彪的反应，只见董彪的脸色瞬间变了几变，由红变白，又由白变紫，额头上渗出大量的冷汗。

"他妈的，死了？是谁干的？"董彪像是在问别人，又像是在问自己。

崔际胜知道丁魁和董彪是死对头，两人都恨不得对方早点死，这下子丁魁果真死了，董彪还能不高兴？他一定在心里狂笑呢，因为他的机会就要来了，队长的宝座非他莫属。

可董彪装得很像，从他脸上一点儿也看不出他的高兴劲。他故意板起了脸，上了舢板，打开后座下的舱板，开始翻看里面的破烂东西。

突然，一件衣服吸引了他的视线。这是什么，是一件国民党军人的上衣？还有一对少校军衔？其实这些东西是崔际胜提前放进去的，为的就是要给丁魁栽赃。

"啊，原来如此啊，"董彪眼里放出光来，"怪不得这家伙会吃黑枪，原来是拉私活，偷渡抗日军人过江，结果把小命鼓捣丢了。"

他翻了翻破军装的口袋，从口袋里拿出一张小纸条，打开来一看，原来纸条上写着一行小字："丁先生，我们三点到江边，谢谢你渡我们过江，定有重谢。李参谋。"

面对这些物证，董彪再也掩饰不住满脸的笑容，欣喜地对崔际胜说："老崔，你都看见了，丁魁这小子勾结不法分子，私渡抗日军人过江，结果被人打死了。铁证如山，他真是活该，我们回去吧。"

董彪上了吉普车的副驾驶位，崔际胜发动了引擎，把车子驶离江边。

第 14 章　唇枪舌剑

晚上七时，日本大使馆内，一场盛大的酒会即将开始。

日式灯笼挂满通道和大厅，通道上摆着许多盆栽植物和一盆盆的鲜花。蒙着白布的长条桌上摆着刺身、寿司以及各色酒浆，各国美酒琳琅满目。

十来个日本侍应生穿着笔挺的制服，无声无息地排成两列进入大厅。大厅里一张张餐桌，铺着洁白的台布，餐桌上摆着精美的日本料理。

穿着和服的招待女郎静静地穿梭而过，男侍应生在忙碌地上菜。

许多人端着酒杯在站着交谈。不远处有一圈长长的吧台，旁边坐着一群议论纷纷的西方人。

一位中年美国人说："这是我们所认识的日本人吗？"

一位英国人说："也许地球上有两个日本，一个是属于人的日本，另一个是属于动物界的日本。"

"形容得妙啊，"一位法国青年从后面走上前来，"从地理分布来看，岛国民族较一般内陆民族都过分地心理压抑，当他们来到别人的领土上时，就会不受控制地发泄内心深处的兽性。"

一位美国老头表示赞许地笑了，眼光锐利地说："是啊，他们可不是第一次发泄这种野性了。1894年甲午战争后，他们占领旅顺，那座城市有六万人，包括老人和孩子，男人和女人，无一幸免地都被屠杀殆尽。"

人们沉默了，这沉默具有一种默哀般沉痛的力量。

这时，大厅里奏响了静谧而又优雅的日本音乐。这音乐来得太不是时候了，它的优雅的格调和平和的性质与人们此时此刻内心的画面发生着尖锐的对立。虽然这种对立是无形的。

电灯熄灭了，每一盏壁灯的位置都摆置了蜡台，燃着蜡烛。

日本大使馆的官员们与客人们低声交谈着。

新近赴任的美国大使霍夫曼先生和英国大使史密斯先生在侍应生的带领下走了进来，后面跟着法国大使莫里斯。

日本公使冈崎胜雄满面春风地迎了上来，热情地与三国大使握手，一面用英语说道："欢迎，欢迎，三位大使先生肯赏光出席酒会，不禁使本馆蓬荜生辉啊。"

冈崎先问美国大使："霍夫曼先生，您是第一次来南京吗？"

"是的，第一次，"霍夫曼含讥带讽道，"我原来听说南京已经在贵国的打造下变成了第二座圆明园了，我想来看看这个辉煌的工程。"

"呃……这个嘛，嘿嘿，霍夫曼先生真会开玩笑啊。"冈崎尴尬地笑着。

"开什么玩笑，我是认真的，"霍夫曼平板着脸说，"我前天刚踏上这块土地时，我还以为到了十字军东征的战场了呢。"

"十字军？不会吧？"冈崎尴尬地笑道，"嘿嘿，要知道这是战争期间，而战争总是具有一定破坏力的，不是吗？"

法国大使接着说："冈崎先生的意思是，南京变成一片废墟，不是因为人为因素，而是客观因素造成的？"

"嘿嘿，这个嘛……"冈崎顿感语塞，支支吾吾半天答不上来。

这时，一名年轻的日本随员走到公使旁边，把他拉到一边，轻声请示道："公使先生，是不是可以宣布酒会开始？"

日本公使频频向入口张望，尽量不引人注目地看一眼手表，似乎进来的都不是他要等的客人。

冈崎小声问随员："拉贝先生今天怎么迟到了？他可是德国人里的德国人，从来都很守时的。"

随员不解地问："一定要等拉贝吗？"

日本公使道："拉贝在南京是德国的象征，也是国际委员会的主席，有人叫他代理市长，可见他在这座城市中的地位。他不到场，会引起各国人士猜测的，认为德国对日本的作为不认同。这些眼尖嘴快的记者肯定会利用这点大做文章，我们不得不防啊。要知道，目前舆论已经对日本非常不利了。"

在他身后，穿和服的松本在和另外一个日本男子低声交谈着。

冈崎对松本道："松本君，朝香宫阁下阅读了你处理尸体的报告，特意要我转达他对你办事效率的赞赏。"

松本鞠躬、立正道："愿为天皇陛下效劳。"

冈崎拉着松本的手，走到一个角落，小声道："朝香宫阁下准备在十二月底组织日本国内的各界人士到南京来参观，当然主要是为了庆祝新年和远东派遣军对于中国首都的胜利占领。在些之前，阁下要我敦促你尽快处理所有的尸体，并尽快恢复南京的市容市貌。"

"我一定会尽快的。"松本道，"尸体已经处理得差不多了，只是市容市貌刚开始恢复建设，要达到一定的规模和程度，还需要一个月的时间。"

冈崎提醒道："你要知道，这些尸体处理得不彻底，不隐蔽，将会成为日本的污点，也会成为天皇陛下的污点。"

松本点头道："火化当然是最快也是最不留痕迹的办法，唯一的缺点是气味难以掩盖。所以我们主要采取的是集体埋葬的办法，雇用了许多中国殡葬工进行作业。"

"要加强对那些收尸队员的监视，以免事后有人乱讲乱说。"

松本阴险地笑了笑："冈崎君是不是在提醒我，不要留下活口？"

冈崎道："对，正是这个意思。要知道，掩埋有一个弱点，很难做到销声匿迹，将来只要中国收尸队员指认集体坟坑的地址，中国战俘的人数就会被公布于众。到那时候，对于日本的名誉，对于天皇陛下的荣誉都是灾难性的。"

冈崎道："我现在最担心的还不是掩埋尸体的问题，我担心，日军的高级军官目前严重欠缺娱乐，造成他们精神萎靡，思乡心情蔓延，就怕发展下去会变成厌战情绪。"

松本淫笑道："这个你不必担心，司令官已经在筹备建立慰安所了。有大批女子报国队的少女已经到了南京，米充当第一批慰安妇，当然这里还包括许多韩国人和满洲人。"

冈崎听了，会心一笑。

突然，玻璃门那边出现了争持，大家都向那里张望。原来是几个不同国家的记者围着一个官员在争论着什么。

冈崎刚走过去，一名美国记者愤怒地说："我亲眼目睹的，就有二十多个中国妇女的尸体，都是被轮奸后被折磨致死的。"

冈崎伸出手挡在脸前道："息怒，息怒，先生，为此我代表日本政府表示歉意，并且也在力促军方迅速调遣宪兵部队来维持军队的纪律。"

法国记者怒道："请问日本军方秘密处决中国战俘的事情，日本政府和天皇是否知晓？"

冈崎辩解道："这纯粹是一派谣言，请问你有什么证据表明日本军队秘密处决了中国战俘？"

英国记者道："放心，证据很快就会被昭示全世界。"

冈崎道："在战争期间，任何军队都不能保证不出现失控行为。"

"哼，失控？"这时，拉贝突然现身，怒道，"你们要失控多久？要失控到什么程度？失控到武装进入国际安全区绑架中国女人吗？"

冈崎涨红着脸说："这是诽谤，诽谤！"他顿了顿，努力恢复一下情绪，道，"当然，拉贝先生，本人对于一切诽谤都抱理解的态度。"

松本插话道："胜利者永远不缺乏妒忌的对立面。"

冈崎道："诸位先生们，你们都是男人，是男人就难免有性冲动，不是吗？你看，没有女性的滋养，男人的野性就会膨胀，尤其是我们日本的血性男儿，尤其在打胜了一场胜仗之后。"

"这是谬论，是狡辩！"

"无耻之极，卑鄙之极！"

一群记者围着冈崎愤怒地议论着、痛骂着。

冈崎看见拉贝已经来了，就对众人道："好啦，大家不要吵了，现在我宣布，宴会正式开始。"他向拉贝做了个高雅的邀请姿势。

留声机里立刻播放出轻盈、优雅的西方古典音乐。

冈崎向松本道："来，给你介绍一个人。"

两人走到正在侃侃而谈的拉贝身边，只听拉贝对一官员怒道："假如你们布置军警和宪兵的岗哨在安全区周围，就会发现每天有多少日本兵够格送上你们的军事法庭。他们随时随地跑进安全区，抢劫、强奸、偷窃，干尽了坏事。我们这二十二个国际委员到现在为止，保障了二十五万难民的衣食住行，还有医疗卫生，难道日本政府不能保障他们的生命和财产安全吗？这点请求不过分吧？"

拉贝一转头，看见了冈崎，冈崎马上凑上来说："我一定立刻向派遣军总部转达拉贝先生的意见，加紧宪兵和军警对军队的纪律管束和惩罚力度。这下总可以了吧？"

拉贝气得一时说不出话来。

冈崎道："拉贝先生，允许我向您介绍一下，这是松本大佐，这位是我们盟国的最享盛誉的公司——在西门子公司的总代表约翰·拉贝先生。"

两人有些尴尬，不冷不热地握了下手。

松本不阴不阳地说："久仰拉贝先生的大名啊。"

冈崎假惺惺地说："拉贝先生是一位圣贤啊，有人管他叫荣誉市长，为了南京百姓的安全，他牺牲了自己的安全和舒适。本来他应该搭乘南京陷落前最后一艘德国轮船离开南京的，可是他在最危急的关头，突然改变了初衷，留在了南京，组织了安全区，并担任了安全区委员会的主席。"

拉贝苦笑着打断冈崎说："我可不是什么圣贤，也不是什么鬼市长，不过是个自发的民间组织的负责人而已，何况我们还不被日方所认可。"

松本假装同情地说："是啊，战事纷乱，生死叵测，像拉贝先生这样成功的生意人，应该离开这纠纷之地呀。而您不顾个人生命安危，向日军不断提出抗议和请愿，与您有何利益呀？"

拉贝鄙夷地瞥了松本一眼，用叹息的口吻说："我在中国住了三十多年了，我的孩子，甚至孙辈都是出生在中国，可以说这里是我的第二故乡。我在这里生活得一直很快乐，中国百姓总是对我那么友好。我怎么能够在这艰难时刻抛下他们不管呢？"说完，拉贝转身向大门口走去。

松本目送这个桀骜不驯的背景，无奈地耸了耸肩膀。

美国大使愤怒的声音传得很远，吸引了许多人的视线。

松本走到美国大使面前，微微一鞠躬道："霍夫曼先生，西方的战争，难道不牵扯到滥杀无辜和奸淫妇女吗？士兵在任何国家，在任何战争中，在任何年代，行为都是大同小异的。十字军难道不这样滥杀？亚历山大的征伐难道不如此残暴？成吉思汗的骑兵在每攻下一座城池时不也是进行了屠城？你们西方人总喜欢对发生在东方人之间的冲突感到震惊，这难道是正常的吗？"

霍夫曼厌恶地说道："这跟东方人、西方人毫不相干。这是最基本的善与恶的底线。日本军队已经大大超过了底线，没有了底线。"

松本嘲笑地说："谁画的底线？"

霍夫曼忍住了火说："战争总是会带出人性中残酷和野性的一面，这是难免的，但凡事都有个度，让我震惊的是日本军队的残忍和野蛮，似乎无法度量。"

松本辩解道："您所指控的那些事物，是个别日本士兵的个体行为，不能代表日军大部分官兵。"

霍夫曼怒道："据我所知，恰恰相反，这几天不作恶的日本士兵，才是例外的个别。"

几个记者走近前来，围住了冈崎公使。

法国记者说："我们希望得到公使先生的准确答复，日军是否在设法处理那些成批枪杀的中国战俘的尸体？"

"成批？"冈崎故做惊讶道，"假如你说的是真的，内阁会跟我一样感到意外的，但我认为成批枪杀战俘纯粹是一种误传，根本没有那么回事。"

德国记者上前道："公使先生，日本内阁和天皇陛下对日本远东派遣军违背日内瓦战俘条例的行为怎么看？"

冈崎诡辩道："我们日本是不承认什么日内瓦战俘条例的，所以不存在违反的问题。"

英国记者问道："公使先生，据说有人曾偷偷拍摄行刑和焚烧尸体的照片？"

冈崎茫然地说："这个我还真不清楚。"

另一个角落，几个人围着拉贝在议论纷纷。

美国记者对拉贝说："情况不是像我们原先估计的那样好转，而且还在恶化，我劝您还是离开南京的好。"

拉贝耸了耸肩道："我怎么能走呢，那几千个藏在我们安全区里的女人怎么办？万一糟糕的事发生，总得有人出面与那些强盗进行斗争啊。"

美国大使说："那么帕奈号呢，全世界都知道日本飞机是冲着谁去的，他们就是抵赖到底，谁能拿他们怎样？"

拉贝四顾一番，从口袋掏出几个胶卷，塞给美国大使说："拜托你把这些胶卷带到上海去。然后把洗出的相片散发给所有的媒体人士，中国的，西方的，包括日本的。"

美国大使说："太谢谢啦，我会尽力的。不过我要下周才去上海。现在我们离开南京都要得到占领军的同意。"

不远处，冈崎用几乎是愤慨的声调对一名日本官员说："把电报直接发给外交大臣，如实报告他们军方在南京的行为和西方人对他们的恶感。他们军方的所做所为让我们所有的外交手段都丧失了效力。一定要向外务大臣强调，我们日本国的体面在这几天内已经被军方丧尽，假如不制止他们的行径，特别是强奸行为，日本在全世界人的眼里，将是野蛮嗜血的民族。世界将会遣责我们，在几天之内，就把人类文明拖回到中世纪了。"

日本官员点点头，迅速离开会场。

日本公使冈崎转过身来，向大家挥了挥手道："请大家不要老是站着交谈了，舞会现在开始，请大家跟随动人的音乐翩翩起舞吧。"

大家好像并没有听见冈崎的话，大多数人仍旧站着交谈，只有少数几个日本军官拥着女伴进入了舞池。

拉贝和美国大使霍夫曼来到冈崎和松本身边，二人都严肃地盯着冈崎和松本。

霍夫曼对冈崎道："大使先生，我得到一些内部消息，被日军炸沉的美国军舰帕奈号上有些人幸免于难，其中有二十名船员被你们的军队逮捕了，现在他们就关押在一个秘密监狱里，我想请你们占领军当局释放这些美国人。"

"什么，有这种事，我怎么不知道？"冈崎露出震惊的表情，他扭头望着松本，问道，"大佐先生，你知道这回事吗？"

"不知道，这根本就是谣传。"松本装作无辜地摇摇头。

霍夫曼严厉地说："不，这不是谣传，是事实。难道你不承认帕奈号是你们的飞机炸沉的吗？"

"哦，我给你说过多少遍了，那是误炸，误炸，完全是一场误会。你说是吧？"冈崎转头问松本。

"对，那完全是场误会，"松本厚着脸皮道，"要知道，战争总会难免伤及无辜的，而且总会谣言满天飞的。"

拉贝愤怒地说："你们再不承认，我就会给我们的元首写信控告你们。"

松本鄙夷地瞥了他一眼，"随你的便，我等着贵国元首的电话。"

"哼，我们走着瞧！"霍夫曼和拉贝气愤地转身离去。

冈崎望着二人离去的背影说："看见了吧，松本君，假如日军的行为得不到改善，他就会持续给希特勒写信告状。而且那批美国人到底在不在你手里？请你老实告诉我。"

"在我手里，但我会让他们尽快消失的。"

"这么说，美国人的消息真的很灵通啊，你可万万不可掉以轻心哪。"

"放心，我会让他们尽快从人间蒸发的。"

冈崎皱着眉头道："这个德国人不太好办哪，简直是个大麻烦。"

松本道："要是好办，早就办了。我们通过总领馆的官员给他发过最后通牒，而且不止一次，请他不要再搅和在日军和中国人的事物里，否则他的敌对面将是天皇的整个部队。可他都当作耳旁风。"

"我看应该请他吃一粒定心丸。"冈崎恨声道。

"哼哼，这个我来安排。"松本阴阴地笑了。

冈崎板着脸问："市容市貌的恢复工作进展顺利吗？"

松本道："谈不上顺利，但一切都在如期进展中，只是劳工不够，我已经从上海到南京沿线的村庄里抓了一些苦力来。"

冈崎紧张了，脸色不那么温和了，"修复是必须的！知道吗？而且必须要快，否则观光团把观感带回国内，很可能招致国内文官们的指责，也会引起国内媒体的负面舆论。还有，在码头上的欢迎仪式的那些挥舞小旗和欢呼的人群你准备得怎么样了？"

松本不以为然地说:"我以为有钱总是可以买通没有脊梁骨的人的。当什么都不奏效的时候,就该武器开口了。我准备从南京以南、以东的乡村抓一些农民,用卡车运到下关码头来组成欢迎队伍。"

"很好,"冈崎忽然想起一件事,说道,"对了,忘了通知你,军官庆功晚会我准备提前一天举行。不要让那些好事的记者们知道。这个晚会也是庆贺我们最早一批慰安所的开张。有了慰安所,小伙子们体内的阴阳会得到平衡的,过剩的野性很快就会被驯服,纪律也会很快会回来。"

"哈哈……"两人淫荡地哈哈大笑。

雨中的劫后之城显得更加荒凉鬼戾。

一辆奔驰轿车开过来,急速滚过的轮辐溅起地上的泥水。

轿车开得飞快,驾驶人是拉贝先生。轿车的后座上坐着马丁,马丁怀抱着他那心爱的摄影机,缩在车座的一角,耷拉着脸子,一副受尽委屈的样子,显然刚才被拉贝先生狠狠地训斥过。

原来,三天前,马丁悄悄跟着爱玛和李察医生的车子去了栖霞寺,他并没有担任送粮食和救治伤病员的工作,而是偷偷拍摄了许多难民们的珍贵镜头。今天上午当拉贝先生得知马丁私自去了栖霞寺的时候,他就亲自驾车去了栖霞寺,把马丁接了出来,因为马丁单身一人根本进不了城,更回不了安全区。

在车上,拉贝先生毫不客气地批评了马丁一顿,说安全区二十二个委员都为了他的安全捏了把汗,几天都没有吃好饭,睡好觉。马丁装成一个受气包的样子,表面上接受了批评,实际上他心里知道,该怎么干他仍旧会怎么干。

靠着车头挂着的纳粹卐字旗,车子进了挹江门,正行驶在宽阔的中山北路上,两个披着雨衣的日本宪兵突然从路边跳出来,上着刺刀的枪口对着奔驰轿车。

"他妈的,小日本,搞什么鬼名堂?"拉贝嘴里骂了一句,心一横,猛踩一脚油门,车子利箭般向前冲去。

两个日本兵一边跳开,一边赶紧抄起枪,乒乒乓乓地开枪射击。

奔驰轿车飞快地向前驶去，把骂声和枪声扔在后面。

马丁透过车窗望着两旁的街道，沿路的景象真是令人触目惊心，惨不忍睹。

摄影机的取景框随着车子行驶平行移动着，依次出现被烧毁的楼房，被烧成半截的路灯柱子，被烧死的树和成堆成堆的尸体。突然，他的取景框里出现一群中国男人和一队押解他们的日本士兵。中国男人们都被绳索栓成一串。

车往前驶，路边出现了几辆日军军用卡车，车上堆放着一具具尸体。卡车停下来，尸体被扔成一堆，一桶桶汽油浇上去，一个个火把点燃，大火烧来了，很快烧成一座火山。

拉贝有意放慢了车速，想看看鬼子们到底在干嘛。只见一个个下水道的井盖被揭开，一筐筐带火星的骨灰被倾倒进去。

几乎不可视的城市下水道系统如同暗河一样昏沉沉地流淌着，载着垃圾和不可告人的秘密。带着火星的骨灰落在垃圾上，像是火山流出的岩浆，哗哗啦啦地向前流淌，支流汇成主流，由于涵洞的共鸣，哗啦啦的流淌声被多倍夸张成一种奔腾呼啸声。

前面出现一点亮光，下水道的出口越来越近了，骨灰浮头的火星早已熄灭，只是暗河的水更黑、更臭、更稠浊。黑暗、恶臭而稠浊的暗河哗地一下冲出地面，见了天日，但它藏污纳垢的内容已经无法分辨。

拉贝启动了引擎，轿车重新上路了，这次他开得很慢很慢，马丁从后座上注意到，拉贝的双肩在不停地抽动。

马丁把刚才看到了一切都摄入了镜头之中，他相信，总有一天，这桩灭绝人性的罪行一定会公之于众的。

日军先遣队办公室。

松本大佐背着手，望着窗外的街道，肃然而立，一言不发。沙发旁的茶几上，扔着几件国民党军的军服，还有那张字条。董彪和崔际胜并排坐在沙发上，紧张地观望着松本长官的表情。

良久，松本转过身，剜了二人一眼，恨恨地说："这条喂不熟的狗，居然敢私通抗日军人，偷渡长江，从中谋利，用你们中国人的话说，真是知人知面不知心哪。"

董彪说道："松本长官，我早就跟你说过，这小子久在南京的黑道上混，从来都是吃里扒外，坑蒙拐骗，无恶不作的呀。凡是认识他的，没一个说他好的，都指穿了他的脊梁骨啊。"

松本道："我也不喜欢他，一脸的奸相，可他几次抓住过偷渡长江的抗日军人，于大日本帝国是有功的，还有就是躲藏在芦苇荡里的美舰官兵也是他报的案，所以就让他试用一下，没想到出了这么大的纰漏。"

董彪一看时机到了，趁机递话道："还好他暴露得早，不然，皇军的利益就要遭受重大损失了呀。"

"是啊，是啊，"松本连连点头称是，转过身来，郑重说道，"董彪，你的，大大地能干，发现了这个内奸，还有崔，你们都是有功之臣，我看这样吧，一大队队长就由董彪来当，崔际胜配合董队长，要把你手下的上百人管理好，城市的治安工作要搞好，千万不能麻痹大意啊。"

董彪终于等到了出头之日，当上了梦寐以求的队长，内心大喜过望，急忙起身，连连鞠躬道："谢谢大佐提拔，我一定效忠天皇，紧密配合皇军，为大日本帝国再立新功。"

崔际胜看见自己的计策成功了，不但干掉了狡猾奸诈的丁魁，还为董彪的升迁提供了人证和物证，他知道董彪内心一定是非常感激自己的，这正是他的目的。他下一步棋该怎么走他已经想好了，那就是进一步拉拢董队长，投其所好，溜须拍马，然后一步步地往上爬，最好能在短期内钻进领导层，这样才能获得更多核心机密情报。

董彪看见今天的目的已经达到，心满意足地站起来，敬了个礼准备离开。

突然，松本的助理领着一个中年男子走了进来，后面站着四名士兵。

那名男子个头中等，留着平头，穿一身西装，戴着银边眼镜，像一个工程技术人员的模样。

松本握住那个男子的手，转头对崔际胜说："这位是派遣军总部电力总工程师，叫原田方雄。他今天要去安全区总部，寻找原电厂的电力工程师和技术人员，崔，既然你是负责安全区的情报的，你就领他去见拉贝吧。"

崔际胜有些犹豫地说："我去，能行吗？那个拉贝根本不买我的账啊。"

松本狞笑道："你可以告诉他，如果他不配合，不交出原电厂的工程师和技术人员，我们就会封掉安全区，解散他们的狗屁国际委员会，让他们和难民们一起去喝西北风。要知道，现在电力供应对我们在南京的一切工作都非常非常地重要。"

董彪对崔说："你去吧，相信凭你的本事，一定能够说服拉贝的。"

崔际胜耸耸肩膀道："是，队长，我一定尽力争取。那，原田君，我们走吧。"

他领着电力工程师原田和四个日本兵走出办公室。

他们乘坐一辆卡车很快来到了宁海路 5 号安全区总部，下了车就直接进了办公室。

总工程师和崔际胜带着四个日本兵走上二楼楼梯，途中碰上正下楼去的爱玛女士。

崔际胜见过爱玛女士，上前问道："这位女士，请问，拉贝先生在哪里？"

爱玛愣了一下问道："请问，你们找他有什么事？"

日本军官原田说道："我是派遣军总部的电力总工程师，我叫原田方雄，我找拉贝先生谈一谈电力供应的事。"

爱玛听不懂日语，崔际胜用英语翻译了一遍，她听明白了。

爱玛说："那，请跟我来吧。"

他们一行人走进一间较大的办公室，爱玛对坐在大班台后面的中年男子说："拉贝先生，日军派遣军总部来人要跟你谈电力供应的事。"

拉贝站起来，迎上前来，与众人一一握手，客气地说："请坐吧。"

原田说道："拉贝先生，您知道，电力对一座城市来说，就跟命脉一样重要，没有电，我们的许多工作都不能开展，老百姓的生活也不能走上正常轨道，对不对？所以我们来找你，知道你一定有办法恢复城市的电力供应。"

他说的是日语，崔际胜把他的话用英语翻译了一遍。

拉贝听了苦笑道："我这里不是电厂，你找我恐怕找错了地方。"

原田假惺惺地笑着说："是这样的，我叫原田，我就是一名电力总工程师，曾在满洲最大的电厂工作过，这次上面派我来，就是帮助恢复南京电厂的供电的。但我不能单打独斗，必须要有原电厂的工程师、技术员、工段长来配合我，组成一个技术团队，才能使电厂正常运作起来。而我们听说工段长和不少技术员就在安全区避难的难民里，而且你们知道他们住在哪里。"

崔际胜把这段话翻译给了拉贝和爱玛女士。

拉贝和爱玛女士交换了一下眼光，二人又小声交谈了一阵，拉贝问道："你怎么知道工段长和技术人员在难民里？"

原田的三角眼眨了眨，狡黠地一笑，"我们当然有自己的消息渠道，这就不必要告诉你们了，总之，他们一定在安全区里。"

拉贝耸耸肩道："你们这么急吗，停电都停了一个多月了，日子还不是照样过。"

原田听了崔际胜的翻译，不高兴地摇摇头道："不不不，假如能把工段长、技术员和熟练工人找到，今天晚上就可以供电。我们的士兵里也有曾经在电厂、电站工作的人，可以征集几个人来帮忙。"

爱玛问道："一定要今天晚上吗？"

原田道："是的。"

拉贝问："为什么呢？"

原田说："这是上级给我的命令，我必须执行。"

爱玛说："我想，是跟你们的国内观光团到来很有关系，对吧？"

原田说："也许有关系，也许没关系。"

拉贝面色凝重，声音变得很沉重："其实这很荒诞。当时电厂有 54 个人留在南京，没有跟着政府和部队撤退，一直在坚持供电。结果城破之后你们日军指控他们是国民党政府的雇佣人员，所以必须给予他们敌对国政府官员的待遇。"

原田诧异地问："什么待遇？"

爱玛说："枪毙。"

"什么，枪毙？"日本总工程师大吃一惊。

"对，枪毙！"爱玛冷冷地说，"全部拉到江边枪毙了，现在 54 个人只剩下了 12 个人，那 12 个人当时是半夜轮班，在家休息没去上班，无意中捡了一条命。"

原田激动地站起身、挥着两手说："不会是这样，决不会这样！我们的派遣军不至于傻到这种地步。"

"可的确是这样。"爱玛脸色平静地说，"后来，根据你们军队这些天在南京的表现，我们才明白，你们的军人们就是存心毁灭这些工人，他们希望南京永远陷入黑暗，陷入混乱，陷入瘫痪。"

原田眼里杀机隐伏，"你是在污蔑我们帝国的军队吗？"

爱玛笑道："哪里哪里，我哪儿敢污蔑你们的军队呀，我恭维还来不及呢，呃，问一句，你是昨天刚来南京的吗？

原田稍稍平静了一点儿，"不，我来了一个多礼拜了。"

爱玛说道："你显然是个不爱上街的人。"

原田问："这话怎讲？"

爱玛说："因为你只要出门，就不可能不看见被杀死的青年、军人、老人、孩子、妇女，可怜那些妇女们，尸体都是赤裸的，真是惨无人道，灭绝人性的杀戮啊。"

原田霍地站起来，暴怒地瞪着爱玛，"你竟敢对天皇陛下的军人如此诽谤。"

后面站着的四个日本兵们一个个都用枪对准了拉贝和爱玛。

拉贝指着自己的臂章道："你们想在我的办公室里施暴吗？隔壁就有见证人，来自五个国家的 22 名见证人！你要清楚，没有我的帮助，你在你的上级那里是交不了差的，不信吗？"

崔际胜把这段话委婉地翻译给了原田，这位日军总工程师才略微压抑了一点儿自己的怒气。

拉贝说道："我之所以把 40 个电厂工人被残害的背景告诉你，是因为我希望你明白，剩下的 12 个人为什么躲藏得那么隐秘，同时，也提醒你需要的帮助是多么地难以获得。就是我帮你去寻找他们，我也不可能强迫他们站出来，跟你们走，回到电厂去上班，为了杀害他们同事的占领军的需求去服务。这是中国人的南京，我是个德国人，对他们只有慈善的义务，没有行政权力，明白了吗?"

原田总工程师看着拉贝和爱玛，看不出是同意还是反对。他想说什么，可话到嘴边又咽了回去。

场面登时陷入僵局。

良久，崔际胜出来打圆场道，用英语道："是这样的，拉贝先生，原田先生并不想强迫你们服从，他只是对恢复供电过于急切罢了，没什么坏心。而且，恢复供电，并不只对日军有利，其实对大家都有利，特别是对那些已经回到家里的老百姓的生活更有利，那种黑暗的日子把我们大家都害苦了，不是吗? 请您们认真想想吧。"

拉贝转过头来，对爱玛说了几句什么，爱玛显然是支持他的意见的。

最后，拉贝转过头来，说道："那么好吧，我们就召集难民们开个会，看看能不能找到愿意去电厂上班的人。"

崔际胜把这句话翻译给原田听，原田大喜过望，连连点头。

他们一行人来到安全区的操场上，这里聚集了大群的难民们。

时近黄昏，操场上黑压压的一片全是人，还有几片拥挤的帐篷区。

"集合，开会!"拉贝站上一个高台，拉开喉咙大声对大家喊道。

人群聚集过来，围着高台，日军总工程师原田、崔际胜和爱玛站在他的身边。来了一小队日本兵，把难民们驱赶到一片狭窄的中心空地上。

原田登上高台，手持铁皮喇叭大声说道："老乡们，我现在在寻找发电厂的工人，假如你们知道他们住在哪里，请告诉我，每一个向我报告的人，都能得到优厚的犒赏。"

没有人应答，所有人都眼瞪瞪地看着他。

原田感到了来自人群的仇恨的目光，但他不得不厚起脸皮说道："老乡们，我们的城市生活需要电力，我们的道路交通需要照明，你们的家庭生活必需品需要电力来生产和制造，一切的一切都需要电力。可我们都知道，南京的电厂已经停止供电了，这是一个大家都不愿意看到的现实。但这是战争造成的，并不是我们哪个人的责任，对不对? 难道你们愿意这种黑暗的生活持续下去吗，我想答案是否定的，对不对? 我知道，大家有怨气，有不满，甚至有仇恨，这都可以理解。在这里，我代表占领军当局向大家道歉，真诚地道歉。我今天来，是想找到原电厂的工程技术人员，我本人就是一个电力工程师，我可以协助这些技术人员，大家共同努力，把电厂办起来，发出电来，让大家都过上光明的日子，好不好啊？"

崔际胜对难民们说道："请大家原谅，我日语不太好，他们非要逼我来，我只能勉强把意思翻译一下。"接着，他把原田的一番话翻译了出来。最后，崔际胜又说道，"他还问你们，谁知道电厂工人的下落，告诉他们，他们赏钱。"

台下，一个五十岁左右的男人开口了："赏多少钱？"

翻译问日军总工程师一句，得到答复后，他转向那个男人，"他说五块大洋。"

五十多岁的男人嘲讽地笑笑，"我还当五百块呢。"

众人哄堂大笑，有些人还用日本人听不懂的中国话骂了起来。

崔际胜说："这句话我就不翻了。"他转向日军总工程师，"他说他不知道。"

原田仍旧不死心地说："大家知道，恢复供电，是恢复你们老百姓正常生活的第一步。可以提供生活方便，减少犯罪，很快我们还要恢复自来水的供应。"

崔际胜又把日军总工程师的意思简单翻译了一遍。

又是一阵静场。

原田扫视着众人呆板的表情，不禁恼火地说："假如你们不提供电厂工人的信息，我们就要从你们这些人里带走 20 个男人，作为你们不合作的惩罚。"

崔际胜觉得这句话威胁的意味太浓，就没有翻译。

可底下难民里有人懂日语，他大声向众人说："狗日的要抓人，要抓我们 20 个人走，惩罚我们。"

难民们顿时乱了套，有人往人群外挤去，另外许多人在起哄。

一个日本兵看见几个男人开始往远处跑，跟同伴低声咕噜一句。

四五个日本兵追上去，把逃跑的难民抓住，押到日军总工程师原田面前，开始往他们手上拴绳子。

原田向众人道："大家看见了吧？这就是他们不合作的结果。"

崔际胜把日军总工程师的意思简单翻出来，同时又补充了自己的几句话，意思是希望大家配合。20个男人被抓出来，并被捆住了手。

"拖出去枪毙！"原田发出严厉的指令。

这时，那个五十岁左右的男人慢慢走出人群，挥手说："慢！我是电厂的工段长，把他们都放了吧。"

原田瞪着那个老男人，崔际胜立刻翻译了男人的话："他说他就是你们要找的电厂工段长。"

日军总工程师的眼睛亮了起来，"你的，工段长地干活？"

工段长波澜不惊地说："对，我是工段长，可我一个人没用，没有技术员和熟练工人的合作，电厂照样发不出电来。所以，你们要带我去其他安全区，把那还活着的11个人找到，才能开工。"

崔际胜立刻把他的话翻译给了原田听。原田大喜过望，向士兵们挥挥手，士兵们把刚才抓起来的20个男人都放开了绳索。

原田按捺不住激动的心情说："哟西，什么条件都可以，只要你能按时发出电来，你开什么条件我都答应。"

这时，拉贝先生领着原田去了另外几个安全区，最终找到了那11名电厂工人，并说服他们回电厂上班，原田又从上海的电厂找来几个技术员，大家一起合作，终于成功发出电来。

因为日军进攻南京时，并没有炸毁电厂，所以，机器设备都是完好无损的，只要有了懂操作的专业人士，很快就正式发出电来了。

通了电的南京市一片光明，虽然还有许多地方处在黑暗之中，那是楼房倒塌、电杆损毁的结果。日军派出多路架线部队，日夜赶工，全力以赴，争取早日恢复全市的电力供应。

第 15 章　危急关头

董彪开着一辆吉普车路过夫子庙一带，副驾驶位上坐着崔际胜。

夫子庙一带是南京最富盛名的老街，附近主要的商业街区有太平路、中山东路、国府路、珠海路。这些道路都被进攻南京的日军掠夺一空，并纵火焚尽。现在还能闻到阵阵刺鼻的焦糊味。

崔际胜估计，全城约有百分之五十至六十的房屋被烧毁了。

车子进入太平路。太平路从前是主要的商业街道，是南京人的骄傲，这条街夜晚霓虹灯可以与上海的南京路相媲美，如今它已经变成一片废墟，一切都烧光了，街两旁没有一所完好的房屋，左右全是瓦砾场。以前娱乐业旺盛的夫子庙连同其茶馆和大市场，被完全毁坏了。

恢复南京城市容貌和功能的施工正在展开。运送水泥的卡车一辆接一辆开在满目疮痍，随处可见尸体的街道上。

日本兵们押解着中国劳工将一袋袋水泥搬下卡车。一袋袋水泥被倒入搅拌机。

一行中国劳工在组成一个长长的担土队伍，把担来的土逐一倒在地面上。

崔际胜坐在车里，看着一伙中国劳工抬着水泥桶，行走在乱七八糟的木头和竹竿搭起的脚手架上，修补一家三层楼的百货商店。脚手架下面，晃悠着两个持枪的日本兵。

董彪吐掉嘴里的烟头说："看见了吗，这条路是参访团从码头到市区的必经之路，现在正在全力修复。离他们登陆南京还有 20 天，抢修啊，每一秒钟都不能耽误。"

崔际胜说："我们找一家日本餐馆吧。"

车子沿着被匆匆修复的沿街店铺往前开，一个个店门口都挂着日本商店的招牌，偶然也能看见几个中国店家的招牌。

一个日本餐馆招牌下，挂着日本式灯笼。董彪在这家叫"京都料理店"的门口刹住车，二人从车上下来，走进店里。

店子不大，但里面很整洁干净，日式草席上摆着日本矮桌。

董、崔二人在矮桌前面对面坐下来，一个日本女招待恭敬地向他们鞠了一躬，急忙给他们布置开胃小菜，一个个精致的小碟子里只有一两块食物，显得很雅致。

女招待跪下来，用一块小毛巾端起酒壶，为两人斟上清酒。

这时，一位身穿和服、肤色白净、脸上有两个大大酒窝的女老板走了出来，亲切地招呼二人道："哟，稀客，稀客，二位老板吃点什么？"

女人竟然说出一口纯粹的中国话，董彪瞟了她一眼，好奇地问："你是老板娘吗，是日本人还是中国人？"

女老板笑道："我当然是日本人喽，我叫星野洋子，只不过在中国的东北待的时间长，学会了中国话，最近军方让我们来南京开店，还给大大的优惠，我们就来了。"

董彪侧过头，向老崔挤挤眼睛，小声说道："还不是为了日本人的什么狗屁参访团要来，火急火燎地把这条巷子打扮起来，假装太平盛世。再移民过来开店，装得跟真的一样。"

星野听见了他们小声说的话，假装正经道："不是强迫我们来开的铺子，我们是自愿来的哟。南京是中国的首都嘛，以后生意一定会旺起来的。"

董彪咧嘴笑道："哈哈，你这个老板娘嘛，耳朵还挺尖的。旁边那几家中国餐馆什么时候开张呀？"

"明天，"星野道，"明天要开十几家呢，后天还要开张几十家，这些餐馆都收到了鼓励金呢。"

"哦，鼓励金，这么好，干脆我改行开餐馆得啦。"董彪有些眼红了。

"我估计参访团到来之前，整条街的餐馆、商店都会开张的。"崔际胜道。

"是啊，老板娘，上菜吧。"

"吃什么？生鱼片吗？"星野问道。

"别是死鱼片吧，哈哈……"董、崔二人仰天大笑。

"嘻嘻，两位老板真会开玩笑，"星野对女招待说，"好啦，上菜啦，把最好的生鱼片端上来。"

很快，几大盘生菜都端了上来，摆了满满一桌。

"开吃！"董彪抄起筷子，就着清酒，大口大口地吃起来。

过了一会儿，星野从屋里拿出一个瓶子，举着问董彪："老板，我这里有古董，你要不要？"

"什么，什么，古董，你还懂什么是古董？"董彪的眼睛瞪圆了。

"咳，你不知道啊，这条巷子的日本店家都在走私中国古董。在黑市上，用古董可以换粮食啊，什么都能换的。"星野认真地说。

"啊，黑市？"董彪和崔际胜交换了一个眼光，董彪问道，"有美国香烟吗？"

"当然，我这里就有，美国骆驼牌香烟，还有英国的三五牌香烟，还有我们日本的樱花牌，可吃香了呢。"

"樱花牌儿有股子尿骚味，估计只有日本人能受得了。"董彪把几块鱼肉扔进嘴里，"各来两条骆驼牌儿和三五牌儿的吧。"

"好嘞。"老板娘很快从屋里拿出四条进口香烟，递给董彪，董彪用日本的军票付了钱，老板娘也没说什么。

崔际胜笑道："看不出来，老板娘还挺懂黑市的？"

"那是当然啦，"星野的嘴撇了撇，双手往腰上一插，"黑市是我们的进货渠道嘛，你们知道吗，水西门那边有一个黑市，日本大兵偷来抢来的东西都拿到那里去卖，以物易物，什么都能换到，有时候还能换到粮食呢。日本大兵顶喜欢的东西是酒，第二喜欢的是香烟，一瓶酒先换成香烟，再换成粮食，比直接换粮食划得来。"

董彪边嚼边问："盛世藏古董，乱世买黄金。老板娘，你现在大做古董生意，是什么道理呢？"

"哎，你不知道啊，现在最好换的是古董，真假古董都容易出手。"星野兴奋地说，"前天，我还用一个宋代的花瓶换了两袋面粉呢。"

星野又说："水西门的酒值钱，我就把酒换成烟，到了玄武门，黑市香烟就值钱了，我再用换来的香烟换成大米。大米在仪凤门黑市比玄武门黑市要贵得多，那我再到仪凤门黑市，把大米换成面粉。嘿嘿嘿嘿……"

"哎，你那么精通黑市，有一样东西你有没有？"董彪斜觑着她问。

"什么东西？"

"鸦片。"

"啊，那个呀，没有没有！"星野顿时吓得花容失色，四下里扫视一眼，用一根手指竖在嘴前面，"嘘，那个算毒品，抓住要杀头的。"

"杀什么头……胆小鬼……哎哟……"董彪哈欠连连，鼻涕眼泪一下就流了出来，他伸出双臂伸了个懒腰，连连呼道，"不行了，不行了，烟瘾犯了……"

崔际胜吓了一跳，不知道董彪这是怎么了。

"快快快，弄点鸦片来，老子不……不行了！"董彪说着就躺倒在席子上，眼泪鼻涕流了一大摊。

崔际胜知道他的阿芙蓉癖不浅，顿时急了，连忙问星野道："你这里有烟土吗？"

"没有，没有……"老板娘急得直摆手。

"那怎么办，我的天哪！"崔际胜急得抓耳挠腮，东张西望，不知所措。

忽然，他想到了一个人，这个人是个神秘黑道人物，也许整个南京城，只有他一个人可以帮助找到鸦片。但是在这个非常时期，这个人肯定早就藏匿起来了，要找到他，决非易事。

崔际胜知道有一种药物可以止瘾，这种药物叫"杜冷丁"，但这种药属于禁药，就是在一般的大医院里，也不容易弄到它。

怎么办？要不要救他？

看着董彪烟瘾越发越大，躺在席地上口吐白沫，白眼直翻，双手死死揪住衣领，要生要死的模样。崔际胜在脑海里盘算了又盘算，觉得如果帮助董彪渡过了这一难关，就能够收买到他的心，得到他的信任和重用，以后无论说话、办事都会顺利得多，说不定还有往上爬的机会。

对，就这么办，去找老鬼吧，看来只有老鬼有办法搞到鸦片。

老鬼这个人是个江湖大佬，黑道枭雄，在南京黑道上真是大名鼎鼎。其真名叫张秉贵，江湖人尊称为"贵哥"，熟人之间都谑称他为"老鬼"。老鬼其实原来并不在南京道上称王称霸，而是在上海滩上混，是青帮中排末位的一位大佬。

20世纪二三十年代，在青帮的二十四辈中，最后几辈是"大"、"通"、"悟"、"学"，当时青帮中辈分最高的便是"大"字辈，像黄金荣就是大字辈的大佬，那时的上海滩大字辈的人物已所剩无几，张秉贵是"悟"字辈中最末的几位之一。那时青帮的势力盖过了洪帮。张秉贵主要从事的是土行（贩卖鸦片的商行）、燕子窝（吸食鸦片的烟馆）、赌台和花烟间。他亲自主持了上海滩的梅花堂，该团伙以来自浦东地区的地痞、盗匪、盐枭为骨干，保持一支武装，专门从事暗杀、绑票、种荷花等险恶勾当。上海滩给他的绰号叫"狮子张"。

狮子张横行没几年，上海滩的风水就变向了。30年代中期，随着城市的发展，民国法制的加强，租界警方力量的扩大，各派黑帮势力越来越站不住脚，地盘不断缩小，人员不断流失，狮子张不得不转型，干起了跨国走私的行当。

他开了一间国际贸易公司，表面上经营进口美食、女人用品、高级皮草和欧美顶级化装品。私底下从事的却是鸦片和军械武器。其走私线路有四条：上海滩、日本、台湾、香港。

后来手下人因为抢"土"而得罪了青帮大佬杜月笙，狮子张不得不离开上海滩，来到了南京另辟蹊径。在南京，他仍旧用原来的国际贸易公司作为掩护身份，利用地方帮派的力量，拉拢富豪，广交朋友，打通关节，广布眼线，平时出手阔绰，为人豪爽仗义，江湖中人大多都信任他，还给起了个讽刺加调侃的谑称"老鬼"。

找谁已经不是问题了，但最难的是如何才能找到老鬼。时下的南京不同以往，青一色太阳旗的天下。以往横行不法的黑道众生，早已销声匿迹，陷入地下。老鬼是何等样精明之人，肯定深藏不露，隐于无形，在这种国亡城破的时刻，要是随便什么人一下子就能找着他，他就不是老鬼了。

崔际胜是一年前才认识老鬼的，说来也是一次机缘凑巧。原来那时的崔际胜刚调职进入军需署粮秣科，才是小小的科员一个。有一次，对他一向关照的顶头上司孙处长跟他挑明，要将一批长期锁在库房里的枪械卖到黑市，大赚一笔，获了利两人对半分。这批枪械全是三年前从德国和美国进口的，但放在仓库里一直没人过问，孙处长就找到了管库房钥匙的科员崔际胜，鼓捣着要把它卖掉。崔际胜虽然刚刚来，但他胆子不小，很爽快地拿出了钥匙，参与了这笔交易。这批枪械一共是五大箱，其中一箱是毛瑟手枪，八路管叫它"驳克枪"，还有两箱是德式冲锋枪，即伯格曼冲锋枪，也就是红军俗称的"花机关枪"，还有两箱美式手雷，俗称"香瓜"手雷。

崔际胜以前接触过黑市，但都是小打小闹，捣腾点烟啊，酒啊，米啊，面啊，油啊的。这下子猛地玩了票大的，他还真有些拿捏不准呢。对方自称是上海滩上的三十六股党，想搞一批军火，和老对手青帮做一番生死较量。这种江湖火并的事听起来也没有什么不正常的，孙处长遂同意与对方交易。孙处长的开价是五百根金条，对方很爽快就答应了。

交易的地点是秦淮河边的一个茶馆里，双方定好一手交钱，一手交货，这看起来也没有什么风险。当晚八点，到了交易时间，二人身穿便衣，开了一辆卡车拉上"货"来到了茶馆，对方的人马也到齐了，但没想到正在一手交货的时候，突然，一大批警察从天而降，把现场围了个水泄不通，两班人马全都束手就擒。刹那间天地变色，把孙处长和崔际胜惊了个目瞪口呆。原来不知从哪儿走漏了消息，叫人家来了个一网打尽。这下麻烦可大了，警察局蔡副局长正急于立功，急于升官，这下机会来了，决不肯轻易放过他们。孙处长一看，知道大事不妙，赶紧亮明了身份，并把崔际胜一同保了出来。

人虽然出来了，但枪械却被没收了，黄金也打了水漂。孙处长知道自己是军官，这种事不能闹，也不敢闹，越闹乌纱帽掉得越快，弄不好还会军法从事，只好打落牙齿和血吞，彻底认栽。但崔际胜却不愿意认输，他有股子死不甘心的劲头，于是他上下疏通，左右奔忙，找了许多黑道中的人来帮忙说情，但都没什么用。

这时一个曾经受过他帮助的人提点了他一下，说让他去找找贵哥，说不定还能起点作用。贵哥就是黑道大佬张秉贵，就是江湖人称的"老鬼"。但让崔际胜苦恼的是，他根本不认识贵哥，怎么找又怎么说呢？他思考了几天，最后还是厚着脸皮登了老鬼家的门。让他没想到的是，老鬼听说过他，而且知道他虽然是个军官，但在江湖中也是个为朋友两肋插刀的汉子，老鬼说让他回去等消息，他也没抱什么希望就回去了。

左等右等，等到15天之后，突然接到老鬼的一个电话，让他到"福泰兴"茶楼去见他，他就去了。他进了二楼的密室，看见老鬼笑咪咪地坐在黄花梨茶几边喝茶，茶几上摆着金灿灿的五百根金条，他像傻子一样看着，以为自己是在做梦。

老鬼哈哈一笑，让他坐下来，这才娓娓道来。老鬼告诉他，他和蔡副局长本来就是好朋友，他的许多盘生意，都有蔡局的股份在内。但这不是最重要的，最重要的是，前段时间发生的一起交通银行百万美元大劫案，作案的是另一伙黑道上的团伙，老鬼将他们全都供了出来。蔡局立刻带着人马将那伙劫匪全部抓获，这下让蔡副局长立了大功，在国府大员面前出尽了风头。直到此时，老鬼才提出自己的交换条件：即将这批缴获的黑市枪械全部奖励给他。蔡局权衡利弊之后，答应了老鬼的要求。老鬼得到了这批枪械之后，一转手卖给了香港的一位大军火商，一下子赚了个盆满钵满。老鬼说这五百根金条，只是这批暴利中的一小部分，让崔际胜照单全收。就这样，老鬼波澜不惊地处理了这个棘手的问题，让三方都满意，都获利，更让崔际胜认识了什么叫黑白同道，什么是黑白通吃。

崔际胜当然感恩不尽，自认欠了老鬼一笔人情账，以后总要找机会报答他。他从此便和老鬼结下了很深的特殊友情。他千恩万谢地拿着五百根金条回去，把其中四百根交给了孙处长。这让孙处长大喜过望，并对他刮目相看。半年之后，他就当上了副科长，又过了三个月，原来的科长高升了，他就顺势坐上了正科长之位。

老鬼呀老鬼，你这个老滑头，咱俩咫尺天涯，你现在究竟藏在哪儿呢？

崔际胜开上吉普车，先去了震旦大学附近的碑亭巷，那里是张秉贵的贸易公司所在地，但公司大门紧紧锁着，里面鸦雀无声，见不到一个鬼影。他只好又去了静海路的别墅区。但到那儿一看，整个别墅区全都被炸毁了，没有一栋别墅是完好无损的，老鬼家的别墅已变成一片残垣断壁。他知道在这里根本找不到老鬼，只好开上车去了最后一个地方。

他去了莫愁路的国际礼拜堂。远远就能望见那栋巍峨的教堂钟楼，但被炸弹炸掉了一个角，烧毁的屋顶上一根根房梁像是巨大的鱼骨，从骨架的缝隙中，透出冬天淡蓝的天空。

他下了车，走到铁门前，看到倒塌的卷花铁门上有一块残存的木牌，油漆已经剥落，上面写有英文、中文、日文的三种文字：美国地产，不得逾越。

走进教堂，大厅显得非常空旷、昏暗，管风琴的椅子倒了，琴盖开着。完整的长椅被排放在大厅靠前的部位。从里面看上去，那根倾斜的柱子更加倾斜，却是斜而不倒。

圣母和圣婴塑像前的两只蜡烛似乎是新插的，火苗蹿得很高，但不太稳定。电唱机上转动着巴赫的《圣母颂》。这里肯定有人，他正这样想着，只见一位胖胖的神父穿一身黑色长袍，一脸肃穆地迎上前来。

"彼得神父，你好啊，好久不见了。"崔际胜招呼道。

"啊，你是……崔科长啊？"神父好像有点不敢相信自己的眼睛，怔忡地瞪着他看了半天，才用生硬的汉语说，"怎么……你没有离开南京啊？"

崔际胜哈哈笑道："是的，我还活着，我们在跟日本鬼子做最后的较量！"

"啊？较量？"神父摇着头叹息道，"不可思议，真的不可思议。"

崔际胜挤挤眼睛道："怎么，不招待老朋友喝点什么吗？"

神父有些歉然道："哦，我倒忘了，快快快，快请上楼吧。"

神父领着崔顺着楼梯上了二楼，走进一间卧室。

这是一间很大的卧室，壁炉上端的墙上挂着一幅圣母抱着圣婴被七个圣人环绕的油画；另一面墙上，挂着圣母搂抱着耶稣尸体凝视苍天的油画。所有家具都庞大沉重，并且中西合璧，十分古旧。

彼得从酒柜里拿出一袋咖啡，往杯子里倒了一些，又用开水冲了一下，一杯冒着热气的咖啡就沏好了。

"来，没有红酒了，只好用这个招待你。"

崔际胜接过咖啡，呷了一口，小声道："这里有没有龙虾吃？"

彼得神父吃了一惊，这句暗语只有在紧急关头，或者黑道要员遇险时，才会说的话，怎么突然从崔科长的嘴里冒了出来？难道崔科长是来找老鬼的？因为只有老鬼最亲密的朋友才知道这句暗语。

彼得缄默了，他仔细地打量着崔际胜，从崔际胜的眼中，他读不出任何信息。他不知道此刻应不应该对上暗语。

崔际胜盯着彼得的眼睛，想读出里面的真实信息，而彼得却躲闪着他的目光，虽然他知道标准暗语应答——鲸鱼不吃猫肉，但他吃不准要不要回应对方。

崔际胜露出诡谲的笑容，其实神父忽略了一点，如果张秉贵不在这里，他会立刻给予否定的回答，但他的沉默恰恰告诉了对方，贵哥就在这间教堂里藏着。

"鲈鱼四鳃，独霸松江。"崔际胜说出另一句更加高级别的暗语。

"螃蟹八爪，横行天下。"这次神父不再犹豫，对上了暗语。

崔际胜笑道："神父，我你还信不过吗，大家都是自己人，我找老鬼确有急事啊。"

好半天，神父警惕的神情才松弛下来，对崔际胜说："不错，老鬼的确在我这里藏着，不过他交代过，任何人来都不要说出他的影踪。"

"我遇到了一个难关，必须找到老鬼，我相信他会同意见我的。"

"好吧，好吧，我知道你俩关系绝不一般，我这就带你去见他，你要跟紧我。"神父说着，领着崔走进后厅，那儿有一道长长的走廊，顺着走廊拐过几个弯，来到楼梯旁，楼梯旁有一个玄关台，台上放着一盏煤油灯，神父点燃灯，随手掀开地面一块木板，露出一个黑黑的洞口，一股浓浓的酒香飘了出来。

"是酒窖，跟我来。"神父说着，一手端着灯一边顺着一道木梯爬下了酒窖。崔际胜也顺着木梯下到了酒窖里。

再往里走是一个秘密洞口，进了洞口，一排熠亮的蓝色灯泡一直延伸到远处。沿着通道再往里走，洞口慢慢变宽，一个拱形入口连着一个大的厅室，四壁镶嵌着瓷砖，足有四五十平方米大。暗道机关藏在瓷砖后面，中间连着一个金属棒，一按砖墙的上半部，下半部翘出来，露出一个把手，转动把手，砖墙慢慢向两边分开，露出一扇更小的木门。

神父回身看了看崔际胜，打开小门钻了进去。这里是一个没有窗子的窄小密室，只有通风铁格栅高高地固定在上面的墙体上。门是 8 英寸厚的钢板，上面设有拉手，一盏小灯在带网眼的厚玻璃后面透出青幽幽的光来。

堆放在角落里的青枰木桶发出香醇浓郁的酒精味，地下室右侧是水泥砌成的发酵槽，但槽体已裂损，露出里面的钢筋。一堆古老的刀剑露出斑驳的红铁绣，就那样扔在地上，旁边的蒸馏器和伪造的商标埋在灰堆当中。

神父对崔际胜说："这里是第三层酒窖，最深的密室，如果有人能够进得来的话，他最多也只能来到这一层，这里仿佛是世界的尽头。"

神父诡秘地一笑道："其实，真正的秘密才刚刚开始。"

神父轻轻搬开靠在墙壁上的一个旧杂货柜，露出与墙体之间约几十厘米宽的空隙，墙壁上有一个纽扣大小的黑色按钮，他用手指一触，砖墙"哗啦啦"地向两边移动开来，露出一个钢板制成的拱形门。这道门的钢板足足有两厘米厚，门框和门之间的接口严丝合缝。

神父向崔际胜讲解道："门边有橡胶封条，既隔音又阻气，钢板门是用进口的冷轧板制成的，我们做过试验，机枪没能打透它，就是用穿甲弹也无法将这么厚的钢板击穿，用 TNT 炸药，药量够多的话，最多把门框炸变形，但仍不可能将门炸开。"

崔际胜好奇地问："这道门怎么打开？"

神父微微一笑道："门框上面有个旋钮，顺着蓝色箭头，向左转七圈，再向右转八圈，钢制门就自动开了。"

神父用手揿动门里侧边上的电源开关，暗室顿时亮如白昼。暗室大约有三四十平方米，这里空气沉闷，地面湿滑，神父用灯照着地面，"当心地滑。"崔际胜在后面紧紧跟着他往里走，神父又指着脚底下的四方地板说，"这是一个陷阱，踩上去，人就会掉下去，浑身被竹签、藜桩扎得透透的，根本没有生还的希望。"

老崔听了，不由得倒吸一口冷气。

二人继续前行，前面的密道通向一个台阶，但台阶只能容纳一个人穿行，前面一团漆黑，伸手不见五指。神父的煤油灯灭了，他不得不再次用火柴点燃。有了亮光，只听神父数着台阶数，当数到十五的时候，站住不动了。这时，头顶上的灯泡刷地亮了。神父对崔际胜道："十五是七和八相加之和，每十五步台阶，都是一个九十度的拐角，后面的灯光是无法给前面提供光源的，而你们的脚下，又挖掘了一个个陷阱，稍不留意就会坠落下去。这个位置头顶上安装了一个灯泡，只需要用手一摸，灯才能打开。"神父说着，用手一摸，灯果然亮了，不过光线很昏暗。

灯光指引着他们继续往前行。神父不时地提醒崔注意脚底的陷阱。

进入又一个小洞，这是密道的小驿站，对面有张桌子，上面放着两把德国造的崭新驳壳枪，还有一把明晃晃的匕首摆在旁边。老崔认出这枪还是他给老鬼的呢。神父继续讲解道："这里有几个柜子，里面储存了一些饼干、面包和水，还有纱布、绷带、红汞、膏药，主要是为了生存和自救用的。这些东西过一段时间就会进行更换。这里还有一张小床，平时可以睡觉住人。最里面有条暗道，直通大街马路下面的下水道口，是危急时刻逃生用的。再往前还有一个相似的暗道通往另一条下水道出口。"

"神父大人，出口外面是什么？"崔际胜一边四下观察，一边好奇地问。

"出口是用石块和蒿草掩盖的，洞外是一家私立医院的后院，都是杂草、荒丘和垃圾堆，旁边还有一座太平间。这地方荒凉破败，阴气森森，还经常闹鬼，所以一年四季见不到一个人影，因此非常安全。"神父说。

崔际胜有些纳闷，整个酒窖、地道、暗室都看了个遍，连个人毛都没见着。突然，一阵嘎嘎嘎的响声在耳畔响起，墙上忽然裂开了一条缝，老鬼从里面走了出来。

崔际胜一见有人出来，吓了一跳，只见那人蓬头垢面、胡子拉碴的，一身蓝布棉袄露着大大小小的窟窿，崔定睛一看，这不正是老鬼嘛。

老鬼见到崔际胜首先也是一愣，但看到有神父领着，立刻明白是怎么回事了，他失声叫道："老崔，怎么是你？我还以为你已经……"

"已经殉国了，对不对？"崔际胜挤了挤眼睛，故意打趣道，"我是轻易会死的那种人吗？嘿嘿，我早就说过，我命太硬，阎王爷不喜欢，每次都把我赶回来。"

"哈哈……"二人爽朗大笑，随即紧紧地拥抱在一起。

二人好一阵唏嘘感慨，大有恍如隔世之感。

"怎么了，崔老弟，是不是有什么难事需要我帮忙？"老鬼单刀直入地问道。

"真是行家一出手，就知有没有哇。"老崔脸色凝重地说，"还真有件麻烦事，非得你帮忙不可啊。"

"在偌大的南京，有什么事能难住你老弟？"

"咳，这事儿说来话长。"崔际胜拉着老鬼一屁股坐在两把破椅子上，把自己如何躲藏在地下室死里逃生，如何在危急关头被人拯救，如何参与狙击鬼子，最后如何打入鬼子治安队的情况，一五一十地叙述了一遍。最后老崔道，"现在有一个机会，需要一两鸦片，用来拯救顶头上司的命，如果一旦成功，就可以打入治安队核心层，掌握更多鬼子内部的机密，这样可以更有力地打击敌人，拯更多救抗日军人的生命。"

老鬼听了崔际胜的一番告白，沉默片刻道："嘿嘿，你算来巧了，我本来是不吸鸦片的，这个你知道，但最近闷在这里面，人都快憋疯了，所以就抽上了，连神父都吸上瘾了，你要多少，拿去好了。"

说着，老鬼拉开抽屉，从里面拿出一个油纸包打开来，露出里面的一堆白色的粉末，"拿二两去吧，你会用烟枪吗？"

"不会用，你得教会我。"崔际胜说。

老鬼笑了笑，拉开抽屉端了个盘子上来，盘子上放有一纸包鸦片，又拿出一个非常小、带着灯芯的油灯，和一杆竹烟枪。老鬼把烟枪递到崔际胜手里，示意他端平，又拿过一个小碗，比弹子大不了多少，他又去拿了一个新的灯芯和一瓶橄榄油。老鬼说道："国产的菜籽油对肺非常不好。对于吸鸦片的人来说，橄榄油才是上选。所以，我给你橄榄油。"

他给那盏油灯装满了橄榄油，放入了新的灯芯，并点燃了油灯，然后他给烟枪填满鸦片，给崔际胜作了个示范，就着油灯的火，吮吸着烟枪，把烟土烧成烟泡。

崔际胜开心地笑着，接过老鬼递过来的烟枪，对着火就要吸。老鬼立刻阻止他，又示意他，要将烟锅侧过来，呈一定的角度对着火焰，让火可以碰到烟土，然后再吸烟枪。

这一遍崔际胜学会了，他做了一下，动作虽然生硬，但还算标准，总算吸出了一口烟。他猛地呛了一下，咳嗽了几声。

老鬼和神父看着他的傻样都笑了起来。崔际胜又学着样子吸了几口，觉得熟练了些。老鬼又示意他可以躺下，侧过身来对着火焰吸。

崔际胜照做了，感觉还不错，连吸了几口。

"你觉得怎么样，味道好吗？"老鬼关切地问。

"好倒是很好，就是有些辣。"

"你要记住，千万不能吸第二回，不然会上瘾，一旦上了瘾，戒都戒不掉的。"

"我懂了。"

崔际胜此行的目的达到了，非常满意，他告别了老鬼和神父，出门驾车迅速驶离了教堂。

一路风驰电掣，他用最快速度赶回了女老板的餐馆。

他进了餐饮的里间，看见董彪躺在一张行军床上，人迷迷糊糊的，显然是烟瘾还没过去，他赶紧拿出烟枪，让女老板娘点了根蜡烛过来，就着火把烟枪点着，塞进董彪的嘴里。

董彪吸了口烟，人立刻清醒了，他猛地抬头问道："嗯，你哪儿来的烟枪？"

"别问了，快吸吧。"老崔俯身笑道。

董彪开始吸起来，一口接一口，苍白的脸色开始红润起来，呼吸也顺畅了，人慢慢也变得精神了。

"呼噜噜，呼噜噜……"董彪过足了烟瘾，觉得神清气爽，浑身都痛快无比。

"老崔呀，你这家伙，真有办法，这时候能搞到烟枪，不可思议，简直不可思议。"董彪露出衷心赞美的目光。

"为队长大人效劳是我的本分哪。"崔际胜装出一副虔诚的模样。

"真有你的，你放心，我以后一定会重用你的，"董彪说着，站了起来，向上伸出双手打了个哈欠说，"现在队里缺个副手，你就先兼上吧。好了，咱们走吧。"

　　"谢队长栽培。哎，这还剩下一包白粉，你都带上。"说着，崔际胜把烟枪和白粉打成包，装进董彪的手提包里。

　　董彪高兴地唱开了流氓小调："我吸足了一口白面哪，快嘞活地赛呀嘛赛神仙哪。好好好，走啦走啦。"顺手付了账，提上包，二人走出餐馆。

第 16 章　摄影师失踪

最近十几天，马如龙和曾沧海没有外出狙击鬼子，因为老崔告诉他们，新招的治安队队员达到三百多号人，分成三个大队十多个小组，这些密探就像神经末梢一样遍布在全城的每个角落，稍不留意，他们就有可能被鬼子咬住尾巴而无法脱身。

而鬼子来了一个狙击高手叫菊池俊彦，他带着一个狙击小分队分四个点把住全城的要害部位，一旦有事，他们就会率领特务队及时赶到出事地点，对他们进行包抄和围剿。

所以老马和小曾没事待在地下室，无所事事，心情都郁闷烦躁得很。

曾沧海对马如龙道："老马哥，我想去安全区鼓楼医院看看我嫂子，这么久了我想她也该生了。"

"呵呵，"老马笑道，"是啊，你这个嫂子也是，人家怀胎九月，她是怀胎十月，就是怀的龙种也该生出来了呀。"

"可能是受了惊吓所致吧，我还是过去看看吧。最近鬼子防备得紧，你一个人最好不要外出啊。"小曾有些不放心地说道。

"放心，你去吧。"

小曾仍穿上那身日军军装，上唇粘上小胡子，溜出了地下室。

在街上行走并没有引起别人的注意，步行了约半小时，他到了安全区总部所属的鼓楼医院。后又去了拉贝的办公室。拉贝让秘书赔着他去医院，当他们走进二楼病房的时候，就听见孩子响亮的哭声。他快步来到嫂子床前，嫂子第一次用灿烂的微笑迎接他。

"你怎么才来，我都生了，是个男孩儿。"沈嫂满脸是笑地说。

"是吗，太好了！祖国又多了一名士兵啊。"小曾低头望着旁边婴儿床上睡着的孩子的脸蛋，别提多高兴了。

"老李还不知道呢，他要是知道生了个男孩儿，下巴都会乐掉。"沈嫂说。

"是啊，副司令员和好几个人都打了赌，说一定生男孩，这下他赢了。"小曾说。

"小曾，"沈嫂很认真地说，"我们得想法子出南京城，不能老呆在这里，老李一定急坏了。"

"是啊，我们被堵在城里，李副司令员一点消息都得不到，他一定非常着急。"

"你有办法出城吗？"沈嫂露出极度渴望的眼神。

"说实话，目前还没有，但我会争取的。大嫂，你别太着急，一旦机会成熟，我们马上就走。"小曾说。

"好的。哎，你还在那个小防空洞里待着吗？"

"哪儿呀，早换了，现在的地方是个地下室，啥都不缺，还非常安全，你就放心吧。"小曾道，"你多多休息，注意营养，我走了，过几天再来看你。"

小曾恋恋不舍地望了沈嫂一眼，起身和秘书一起离去。

突然，拉贝神色慌张地走了进来，一见小曾就说："不好了，曾先生，有一个重要人物不见了，你可得帮我找找啊。"

"找人？"小曾问道，"找谁呀？你慢慢说，拉贝先生。"

"咳，是这样的，"拉贝喘着粗气道，"他叫马丁，是美国派拉蒙公司的战地摄影师，上次鬼子轰炸'帕奈'号军舰时，他侥幸逃脱，后来他单身来到安全区，为了安全起见，我一直把他藏在我家里，并严格禁止他外出。可刚才我的司机看见他一个人化装成殡葬工，悄悄溜出了安全区，我估计他想拍摄更多鬼子杀人的场面，冒险去了大街上进行实地拍摄。他还推着一个小板车，估计藏的可能是摄像机。"

"啊?！这太冒险啦！"小曾大吃一惊道，"这可不行，鬼子现在毛得很，四处乱抓人，一发现他是外国人，肯定立马把他抓起来！"

"是啊，是啊，"拉贝脸色苍白地说，"曾先生，我知道你是当兵的，而且还是神枪手，你还有一个同伙也是狙击手，你们可得救救他呀，不然他一定会被日本人抓走的！"

"这个交给我啦，我们一定去救他！哎，你知道他往哪个方向走的吗？"小曾问。

"就是不知道嘛，"拉贝急得冷汗直冒，"他一定是往鬼子多的地方去拍摄了。"

"啊，新街口？"一个不祥的预感在小曾心里冒出来，如果真如他想的那样，马丁去了新街口拍摄，那里可是狼窝虎穴的中心，四面到处都是日本军人，无疑他一定会被日本兵发现并抓走的。

怎么办？小曾想了想，只有回去叫上马如龙一起前去营救。可问题是马丁他到底人在哪儿，这么大个南京城，哪里才是马丁出没的地方？

小曾觉得不能再耽搁了，必须马上回去找马如龙想办法。他出了安全区，抄了条近道赶回地下室。

马丁这时候正在新街口的一栋楼房里藏着呢。

原来，马丁在安全区待了二十来天，由于拉贝先生的严格规定，他平时根本不能外出，以免被日本人抓走。但不能外出对于一个战地记者来说，是比上吊还难受的事。他知道，如果再不寻找机会外出，就拍不到更多日本人屠杀中国人的珍贵镜头，他向全世界人民揭露日军残暴罪行的愿望就会落空。但是要外出，还要在日本人眼皮下拍摄到屠杀的场面，就必须利用殡葬工的身份。

他利用从殡葬工那里买到的一身蓝布棉袄，把自己化装成一个运尸体的人，推上那辆东倒西歪的小破车上了街，沿着中山北路一路向北走去。还好，日本兵根本没人注意他，他装得也挺像，把那顶毡帽戴得低低的，遮住自己的白色面孔，还用黑灰在脸上划了几道，这样看起来就像一个地道的中国苦力的模样。

大街上到处都是人来人往的熙攘景象，军车一辆接一辆地驶过，许多日军排着队整齐地走过。

他注意到，现在街上比较干净了，地上的尸体已经打扫干净了，基本不没有什么屠杀的痕迹了。在道路两边，还可以见到一堆堆的尸体在燃烧，黑烟冒起，发出阵阵辛辣刺鼻的味道。

前面路旁，挖了个巨大的大坑，许多日军在往里扔东西，扔什么东西？他走近一看，原来是从卡车上卸下的老人和孩子的尸体，尸体全都光着身子。扔进去一层尸体，撒上一层白灰，再扔进去一排尸体，再撒上白灰，最后是妇女们赤裸的尸体。

如果能把这个场景拍下来该有多好啊，马丁假装系鞋带，弯腰放平小车，从车厢里拿起用破布裹着的摄像机，对准了大坑，"哗哗"地拍起来。

一个个触目惊心的镜头被摄入。一个个灭绝人性的场面被记录。

马丁拍摄完这一场面，觉得日本人没有注意他，他继续推上小车往前走去。他的棉袄后背，是一个大大的"殓"字。

来到城墙边，忽然看见一长队中国军人被押解过来，排成一排沿墙站好，几个日军在城墙上架着机枪对准他们。一名日军少佐挥起军刀，大叫一声，几十名日军挺着刺刀向中国士兵冲了过去。只听得"扑哧扑哧"一阵响动，刺刀扎进了中国士兵的胸膛。

几个军官挥起指挥刀劈了过去，飙血溅肉，几颗人头在地上不停滚动。

"哈哈……"从城墙上爆发出一阵魔鬼般的笑声。

马丁立即停下车，藏在一个窝棚后面，用摄像机对准这场面进行拍摄。

远远地有个人冲他大喊："喂，你的，什么地干活？"

马丁一惊，赶紧收好摄影机，放在推车上，匆匆用麻布盖好，推上车向前面逃窜而去。

跑了好一阵子，后面的喊声似乎小了。马丁又四处寻找拍摄目标。

忽然他看到前面有火光燃烧，风把阵阵焦糊味刮了过来。

马丁继续向前走，看见一队日军士兵正从车上往下搬运尸体，尸体被扔成一堆。一桶汽油浇上去，一个个火把点燃，火把扔上尸堆，大火烧起来了，很快烧成一座火山。

马丁为了不引起日军的注意，抱着那堆麻布对准了火堆。这时可以听见摄像机的马达"哗哗"地响，焚烧尸体的场面被摄入镜头。

马丁拍得高兴，忘了时间，他忽然感到后背被什么东西撞了一下，猛地回过头去，发现一个日军士兵正偏着头嘲弄地盯着他的手看。

士兵用日语问道："你在干什么？"

马丁听不懂，但他知道发生了什么，立即停手，把麻袋连同摄像机装回推车里。士兵扑了上来，一把揪住马丁的脖领，大吼道："八嘎牙鲁……"

马丁还想挣扎反抗，日本士兵很年轻，动作很快，紧紧揪住他，使他动弹不得。

"长官，你误会了，我是埋尸体的殡葬工啊。"马丁用英语解释了一通，但是没有用，日本士兵根本不理会他。

"长官，你行行好，放了我吧……"马丁还在求情。

日本士兵跨前一步，一把掀开麻布，露出摄像机来，士兵的眼里顿时放出光来。他嘴里"叽里呱啦"说了一大通日语，脸一吊，枪一摆，意思是："你被俘虏了！跟我走！"

看着眼前明晃晃的刺刀，马丁还想向后挣扎，但士兵用刺刀顶住他的胸膛，使他不敢乱动。

"走走走！再不走死啦死啦地！"士兵用日语向马丁下着命令。

马丁倔脾气犯了，站着一动不动，只听得"稀里哗啦"一阵枪栓拉动的声音。士兵上前把摄像机抓在手里，又一把甩在背上，顺过刺刀对准马丁，意思是要押他走。

马丁还是不动，士兵上前，用枪托狠狠砸在马丁的前胸，马丁一个趔趄，差点摔倒。士兵又是一枪托，这下砸在马丁的脸上。

马丁感到眼冒金星，一下向后摔倒在地上，半天不能动弹。

士兵上前，一把抓住马丁，把他从地上拉了起来，马丁无奈，只好举起双手，向前走去。日本士兵挺着枪刺指着他，并背着摄像机走在后面。

举着双手的马丁一路向前走来，士兵在后面押解，路边许多日军士兵都在看他，议论纷纷，有的还发出阵阵古怪的笑声。

曾沧海和马如龙得知马丁私自跑去拍摄，赶紧从地下室里出来，要去解救他。他们估计马丁是去了新街口方向，就向这个方向赶来。

二人仍旧穿着日军军装，一个假扮少佐，一个假扮上尉。他们沿中山路一直找了过来，穿过了几条街道，一直没有看见马丁的踪影。

曾沧海东张西望，焦急地说："他会不会已经被抓了呀？"

"不好说。不过只要方向没错，应该会找到他的。"马如龙安慰道。

二人继续往前寻找。又过了几条街，远远地看见一个外国人举着双手走了过来，曾沧海立即向马如龙示意，前面有情况。

马如龙看见一个日本兵押解着一个美国人从远处走了过来。

二人小声商量了一下，决定跟上那个日本兵，然后再见机行事。当日本兵押解着马丁从二人面前走过时，二人面无表情，无动于衷，让过马丁和士兵。

马丁瞥了二人一眼，继续举着手往前走。

士兵不知所以地押解着马丁又往前走了一个街区，来到一个街角拐弯处，士兵看看东面，向西指了指。马丁抬脚往西走去。

曾沧海和马如龙二人紧紧跟着日本士兵，离他仅有十米的距离。

过了两个路口，士兵押着马丁向一条小街拐去。这条街上几乎无人，马如龙向曾沧海使了个眼色，二人加快了脚步，从后面扑了上去。

日本士兵听见后面脚步声响，回头一看，只见一名少佐军官气势汹汹冲了上来，还没弄清是怎么回事，脸上就挨了一巴掌。

士兵不敢反抗，立正站着，低着头一个劲地说："哈依，哈依！"

曾沧海不由分说，上去就用手枪柄照士兵脑袋砸去，只听"嘭"地一声，士兵扑通一声倒地。

这一声惊醒了马丁，他刚跳起来准备逃跑，听到马如龙用英语说道："马丁先生，别慌，我们是来救你的。"说着马如龙弯腰把士兵背的摄像机拾了起来，交给马丁。

马丁接过摄像机，还没有完全明白是怎么回事。

"快跟我们走吧！我们是拉贝先生派来救你的，现在明白了吧？"马如龙又说了一通，这回马丁听明白了。

"啊，好好好，我们快走！"说着就要往前跑。

"不，不是这样，而是这样。"马如龙示意马丁，不能逃跑，而是被

"押解"回去，仍旧做出举手状。

马丁这回明白得很快，举起了双手，在前面走着，而曾沧海和马如龙紧紧在后面"押解"着他。他们三人脚步走得飞快，虽然不是跑，但比跑更快。

前面路口边停着一辆挎斗摩托车，旁边无人看管，马如龙说："上！"

三人不由分说跳上了摩托车，曾沧海一拧油门，摩托车开上了大路，车一调头，飞快地向着安全区的方向急驶而去。

第 17 章　将计就计

日军先遣队办公室。

一场激烈的暴风雨刚刚平息，拉贝先生和美国大使霍夫曼二人知道今天再吵下去不会有任何结果，只好起身，愤然离去。

望着二人离去的背景，松木大佐大大地松了口气。

菊池俊彦一脸冷笑地走了进来。

菊池对松本大佐道："这两个家伙实在讨厌，不如我让人偷偷地收拾掉他们算了。"

"不可造次。"松本急忙摆手制止，横瞪了他一眼道，"你以为我们屁股上的屎还少吗？现在形势变了，你懂吗？"

松本走到窗前，叉着双手望着楼下的大街，一脸茫然道："西方各主要国家的大使都回来了，各大使馆正在恢复建制，跟着的还有各国的记者，这些肇事精们专门盯着我们部队的一举一动，所以我们处处都要谨言慎行，不要被记者们抓住小辫子。"

菊池道："可这两个家伙不知道从哪里得知，我们还羁押着二十名美国船员，他们下次也许会带更多的人来，来闹事，来寻衅，如果让他们搞成一个街头抗议示威，那就麻烦大啦。"

"是啊，是啊，我正为这事头痛呢。"松本紧皱着眉头，用一根指头敲着脑门道，"他们几次三番上门要人，我都推说没有，但他们根本不相信，一口咬定关在我们的监狱里，也不知道是哪个环节出了漏洞，走漏了消息，幸好他们手里没有真凭实据。"

"嘿嘿……"菊池獠笑一声，"他们当然拿不出过得硬的证据。"

"不，你可不要低估他们的能量，"松本忧心忡忡地说，"万一有一天，他们真的拿出了真凭实据，我们该怎么办？"

"怎么办？好办，"菊池的眼中射出一丝锐利的芒刺，"我看来个干脆的，嘿嘿，让他们彻底从地球上消失！"

"你的意思是杀人灭口，毁尸灭迹？"

"对！杀人灭口，毁尸灭迹！"菊池态度坚决地说，"与其留着这些人，让人家最后找到踪迹，抓到把柄，还不如提前动手，让他们人间蒸发！"

松本严厉地瞪了菊池一眼，一时缄默不语。

其实，松本不是没有想过杀人灭口这一招，但他一直担心的是舆论，万一被那些寻头觅缝的记者们发现，就会嚷嚷得满世界都是，如果上海和全中国的报纸一起炒作，到那时候局面可就难以收拾了。

但如果能够严格保密，不走漏任何消息，杀人灭口也不失为一种可行的办法。

松本思考良久，转头问道："菊池君，如果毁尸灭迹，怎样才能做到不走漏一丁点消息？你有什么好办法吗？"

菊池笑道："大佐阁下，这个问题我早就想好了。消息之所以会被走漏，是因为执行枪决的人知道的太多。那怎样才能让执行枪决的人互不知情呢？只有一个办法，就是把任务分解开，让他们分开执行，每部分人只知道自己的任务而不知道别人职责。第一，我们选定在长江边上枪决这批犯人。长江水流很急，人掉入后很快就会被激流冲走，这样就可以不留任何痕迹。第二，运送犯人的司机，由治安队派出，他只知道把这批犯人从老虎桥秘密监狱拉往江边，其他一概不让其知道。第三，押送犯人的人员，由我先遣队派出，只负责押解犯人到江边，其他不让其知道，到江边后他们必须得立即离开。第四，让宪兵队派出五名人员负责枪毙犯人，他们在半路指定地点上车，只负责到达江边后，将二十名美国船员全部枪毙，枪毙执行完成后，即自行离开，事前并不让其知道他们要枪毙的是何人。这样，每部分人员只知道自己的任务而不知道整个行动的全貌，消息就不会外传。即使外传，任何人也得不到这批美国人在长江边被处决的全盘情况。"

松本听了这个方案后，频频点头赞许道："很好，很好，你不愧是土肥原先生的真传弟子，这个方案真可谓天衣无缝啊。我看就这样定了吧。你马上写成文字方案报来，我批了你就安排执行吧。"

"好的，"菊池问道，"大佐你看枪毙的时间点定在后天晚上八点如何？"

"可以，你去写方案吧。"

"哈依！"菊池敬了个礼走出门去。

崔际胜驾驶着吉普车远远驶来，董彪坐在副驾驶位置上。

车行如风，二人漫无边际地瞎聊着。崔际胜注意到，街上难民的数量已明显减少了，而更多的是出门采购的百姓。日军对恢复城市容貌和功能的工作抓得很紧，许多工人在士兵的监督下正在修复作战中毁坏的房舍和道路。许多商店已经开张营业。主要公共建筑物外都搭着脚手架，远远望去一片繁忙景象。

车子驶入太平路，他们上次来过的那家叫"京都料理店"的餐馆已经在望了。

崔际胜在日本餐馆门前刹住车，二人先后从车上下来，走进店里。

"哟，二位老板，大驾光临。"上次那位叫星野洋子的老板娘打扮得花枝招展，穿着大花的和服，热情地迎了上来。

"是星野老板娘啊，最近你店里人更多了，生意兴旺啊。"董彪大大咧咧地招呼道。

"是啊，是啊，托您的吉言，生意还算兴隆。"星野笑道，转头对女侍说，"和子，快给客人上茶来。"

二人坐了上座，和子端上了日本茶，董彪呷了一口。

"我说老板娘，中国菜会不会做呀？"董彪问。

"会会会，什么都会做，你要什么有什么。"星野洋子笑道。

董彪斜觑了星野一眼，随口说道："真的要什么有什么？好，我点几个家乡名菜。先来个'西湖醋鱼'，再来个'油焖春笋'，一个'龙井虾仁'，一个'清汤鱼圆'，一个'蜜汁火方'，一个'生爆鳝片'，一个'东坡肉'

和一个‘叫花童鸡’。”

星野洋子一边写下菜名，一面格格地笑道：“您点的都是中国传统名菜呀，难道您的家乡是杭州的？”

“哟，一听你就是内行，”董彪笑问道，“难道你这里雇了杭州的大师傅？”

“咳，真是巧了，我请的师傅就是杭州的。”

“好好好，今天老子们要大大地开开洋荤，叫你的师傅好生伺候着，把最好的手艺拿出来。”崔际胜吩咐道。

“放心，很快就得。您二位先喝茶。”星野到后面忙活去了。

董彪看着老板娘的背影道：“这是个假东洋。”

“嘿嘿，队长真是好眼力，肯定错不了，”崔际胜一面给董彪递烟，一面替他点上火说道，“要是我，我也这么干，顶着日本人的招牌多好办事呀。”

“那是。”董彪问道，“哎，上次我叫你搞的东西搞到没有？”

崔际胜笑道：“咳，早搞到了，不就两瓶法国红酒，五条骆驼牌香烟，三包咖啡嘛，好办。现在黑市已经开起来了，什么稀罕、贵重的玩艺儿都有了。这儿离上海近，只要上海有的，南京都有了。”

“是吗？”董彪小声问道，“白面……也有了？”

“那个嘛，嘿嘿，有是有，但一般人搞不到，上次如果不是一个老朋友帮忙，还真把我难住了呢。”

“上次多亏了你呀，不过那二两已经抽完了，下次你再帮我搞一点儿，钱少不了你的。”

“咳，什么钱不钱的，咱俩谁跟谁呀，下次我再跑一趟就得了。”

“好，很好，那我以后就把杜冷丁戒了。”董彪用赞赏的目光望着崔际胜道，“老崔呀老崔，告诉你一个好消息，你的升职报告我已经交上去了，松木对你印象不错，估计这两天就批了，以后副队长就是你的了，你可要好好给我干哪。”

“队长放心，我一定不辜负您的栽培。”崔际胜一副信誓旦旦的样子。

不一会儿，菜上齐了，二人开始大吃起来。

星野把日本清酒也端上来了，董彪一杯接一杯地喝了起来。

喝到酒酣耳热之际，董彪对崔说道："哎，有个任务交给别人我不放心，还是你办吧。"

"什么任务？"

"牛岛贞雄师团长的太太从上海过来，要从南京经过，从下关码头过长江去对面的浦口码头，那边有人接应，这边由我们治安队派人护送，我看你来护送吧。"

"没问题，什么时候？"

"后天晚上 8 点。"

"哦，晚 8 点？我好像听说晚 8 点有个重大任务啊？"

"你消息还蛮灵通的嘛。"董彪把几块肥肉扔进嘴里，说道，"是这样，有个重大行动，是高度机密的，我们治安分队的任务是押送一批犯人去长江边，到了那儿就算完成任务，至于押送的是何人，我也不清楚，押送的人也不许问。"

"哦，这样啊？"崔际胜心里"咯噔"一下，但装作漠不关心的样子说，"反正跟我也没关系，我只是护送师团长的太太嘛。"

董彪卖弄地说："别人不知道，我可知道，其实押送的就是那批美国船员，要打靶了，地点就在长江边上。"

"美国船员，全毙了？"崔际胜看见董彪点了点头，又道，"松本大佐可真会选地方，在长江边上杀人，枪一响，水一冲，一点痕迹都不留，嘿嘿，真高明。"

董彪道："还不是让美国大使闹的，本来还没想到要杀掉，这一闹，全部让他妈的人间蒸发。因为日本人从不承认这批人是日军抓的。"

"这一手可够狠的，"崔际胜喝了口酒，"为什么不让我们治安队执行枪决任务？只是押送？"

董彪和崔碰了碰杯，道："主要是为了保密呀，你看，押送的人是我们治安队的，用的车是先遣队的警备车，但执行枪决的是宪兵队的人，三拨人，各管各的，互不通气。我们的人接到宪兵队的人后就返回，别的不用管。"

"我的个乖乖，这也就是说谁也不知道自己执行的是什么任务啊，"崔际胜往嘴里扔口菜，道："那宪兵队的人从哪儿上车呢？"

"枪决计划制订得非常严密，还有文字方案，就是那个菊池写的，"董彪一脸不屑地说，"松本大佐还不让我看，结果我趁他上厕所的机会偷偷看了，不就是时间、地点和人员安排嘛。7点30分从先遣队出车，7点35分到秘密监狱押人，7点45分到塘坊桥东路口接载宪兵队的五个人，7点55分车到下关的江边，8点整执行枪决。"

崔际胜暗暗地把时间、地点和人员安排都记在心里，嘴上却说："我们护送师团长太太也在8点，是故意这样安排的吗？"

"这一点嘛，纯粹是巧合。"董彪笑道。

"哦，我明白啦。哎，队长，我们几点出车，在什么地方迎接师团长夫人？"

"师团长太太住在美林路'大和宾馆'，我们7点30分出车，7点40分接上师团长太太，7点50分赶到下关江边，8点整上船，把他太太护送过江就算完成任务。"

"好的，我去跟司机老张说一下，后天下午加满油，可千万不能误了事呀。"

"我不管，你安排吧。"董彪摆了摆筷子说。

当晚10点，崔际胜就把这个重大消息悄悄通报给了拉贝先生，拉贝觉得事关重大，立即给美国大使霍失曼通了电话，霍夫曼兴冲冲地赶了过来。

崔际胜用自己的车带着马如龙和曾沧海来到了宁海路5号安全区总部拉贝先生的办公室，此时，美国大使和廖耀湘参谋都在办公室里等着他们。

这时，办公室里一共有六个人，他们是拉贝、霍夫曼、廖耀湘、马如龙、曾沧海和崔际胜。

马如龙还是第一次见到拉贝先生，崔际胜将众人彼此做了介绍，拉贝先生、美国大使与马、曾一一握手。最后崔说道："我们开个紧急会议。这次日本人的杀人行动计划，表面上看起来制订得滴水不漏、非常严密，但其实让我们有机可乘，我们完全可以将计就计。今天我把大家叫来，看看有什么一箭双雕好的办法，既能够解救美国船员，又能利用护送师团长夫人的船只把廖参谋等人送过长江？"

霍夫曼非常气愤地说："这帮日本人简直丧尽天良，我们三番五次登门，他们就是死不承认抓了美国船员，现在又要杀人灭口，以掩盖他们的罪行！"

拉贝也气愤地说："他们以为悄悄杀人后抛尸长江，毁尸灭迹，叫我们找不到杀人的证据，他们就可以逃脱关押美国船员的指控，这就是强盗逻辑。"

廖耀湘建议说："依我看，我和手下人可以化装成宪兵队的，在塘坊桥东路口提前五分钟上车，这样就可以骗过治安队的人。我们跟随押解的卡车到了江边，就可搞一个假枪毙，这样就可以保护美国船员不受伤害，而把他们全部拯救下来。"

霍夫曼点头赞许道："这样固然好，但要严格把握时间，车子是7点45分到塘坊桥东路口，但问题是真的宪兵队的人也等在那里，你们怎么才能冒充宪兵队的人呢？"

这个问题把大家都难住了，一时无人说话。

马如龙看了看众人说道："我看没有其他更好的办法，只有采取突然袭击的办法，打一场小规模的狙击战，把这几个宪兵队员干掉！"

曾沧海表示认可，卷起袖子道："我看可以，我和老马一人两、三枪就包圆了。"

崔际胜向拉贝、霍夫曼和廖耀湘介绍道："你们不知道，这两位可是专业狙击手啊，干掉五六个宪兵队员不过是小菜一碟。"

大家想了想，都频频点头认可。

"可以，我看唯有这个办法了。"美国大使说。

拉贝有些不解地说："廖参谋的人假扮成宪兵队员，随车来到江边，搞一场假枪毙，这固然好，但美国船员都掉到了江里，这时怎么办呢？"

崔际胜诡秘一笑道："这时候，护送师团长太太的观光船刚好在江边，这条观光船这时候还不在我们的控制之下，但我们必须把这条船控制住，才能接应掉进江里的美国船员们上船。"

"上船，从江里爬上船？我的天哪！"美国大使额首苍天。

马如龙道："美国船员能够安全爬上这条观光船当然是最好不过。但问题是你在护送师团长太太，如果你一露面，你就暴露了，这又怎么办呢？"

崔际胜道："当然我不能暴露，但我又不能不出场，因为我们之中只有我懂日语，我必须带队并护送师团长夫人登船。这我怎么分身呢，只有一个办法，让人先把我和师团长太太一起'劫持'了，是带引号的劫持，捆起来关在一个地方，这时我必须悄悄离开关押地。我化装成另一个人，带队来到江边，仍以师团长太太的护送人的面目出现，谁来装扮师团长夫人呢？这时老曾的嫂子就可以登场了，让沈玉珍装扮成师团长夫人，我们就可以堂而皇之地登上观光船。我们上了船之后，如果船上的日本人少，我们就缴了对方的械，如果船上的日本人多，我们就让船继续驶近江边，让马如龙带着掉进江里的美国船员们悄悄地爬上观光船，我会在船上接应你们。等美国船员们都登上了观光船，我们再解决船上的日本人。等观光船护送美国船员们到了江对岸的浦口码头，你们都安全登岸之后，我再回来，赶回师团长夫人的关押之地，重新装成被捆绑的样子，再让人通知日本人来解救，这样，我又装成了一个受害者，这样我才不至于暴露。"

美国大使对老崔笑道："嗯，你考虑得非常周密，安排得也非常巧妙，这样一来美国船员们都得救了，你也安然无险，你真是我们的大救星啊。"

廖参谋皱着眉头道："还有一个关键问题，就是我们的日军军服怎么解决？还有美国船员上了船之后，也需要身穿日军军服，才能在上岸时蒙混过关。"

马如龙也犯了难，"是的，我看起码需要 25 身日军军装，这么多军装去哪里搞呢？"

"总会有办法的，且让我想想。"崔际胜思考了一会儿，对众人说，"这么多军装，我看只有上日军医院里才能搞得到。"

"日军医院？"

"对，日军医院。"崔际胜道，"我去第六陆军医院看过病，我知道，那些病号的衣服都统一锁在病理部的铁皮柜子里，这需要我们去偷。"

"偷？"马如龙和曾沧海对视一眼。拉贝和霍夫曼露出担忧的神色。

"偷？你有把握吗？"拉贝眼睛里带着问号。

"没把握也得干，"崔际胜态度坚决地说，"因为如果从军营偷，势必会惊动敌人，而只有从医院里偷，才不容易在事后立即引起人们的怀疑。等过几天他们就是发现了，我们的行动也早结束了。"

"要偷必须要快，只剩今晚一个晚上时间了，明晚就是拯救行动了。"廖参谋说。

众人小声议论了一下，都觉得从医院里偷军服相对比较安全。

大家又商量了一下行动细节，时间衔接和人员分工等事宜，决定马上分头行动。

当天晚上9点，一辆白色的大型厢式卡车开进了日军第六陆军医院。

院子很大，大门口有两个持枪的日本哨兵在站岗，他们边跺脚、边踱步，抵御着冬夜的寒冷。

迎面是一排排对称的平房，看上去像一座小学校。有四五辆救护车停在院子里边，车子边上蹲着几个抽烟聊天的司机。

树上拉着一排排晾衣绳，晾满白底蓝条的病号服。各个病房门口，都站着伤员和病号，都是肢体受伤的，大部分不是架拐就是打着石膏。

崔际胜走在前面，他穿一身白大褂，戴着一副大口罩，后面跟着两个同样是身着白大褂的军人，他们是马如龙和曾沧海乔装的。马、曾二人脸戴防疫面具，臂戴红袖标，手提喷雾器，还抬着一个大木箱子。

三人走进了院长办公室。院长显然是事前接到了电话，客气地把三人让进了办公室。

崔际胜自我介绍道："我们是军方流行病防疫部队的，前来执行定期消杀和防疫任务。"

"知道，知道，"院长说，"我们医院上个礼拜就消杀过了，我看没有必要再次消杀了。"

崔际胜用熟练的日语道："不，院长先生，你不知道，按一般规律来说，'大灾之后必有大疫'，换句话说，'大战过后必有大疫'，不管是自然灾难还是战争灾难，过后往往会爆发大规模的传染病，如果水源污染会引起细菌和病毒性传染病，当然更可怕的是空气传染。这就需要对市区进行大范围的消毒、加强食品和饮用水卫生等。对医院这种病人比较集中的地方，更要加强防疫工作……"

院长有些不耐烦地听着。

崔际胜翻着白眼自顾自地说道："传染病流行的时候，只要切断传染病流行的三个环节中的任何一个环节，传染病就流行不起来；因此预防传染病的一般措施有控制传染源、切断传播途径、保护易感人群等三种措施；使用消毒液进行大范围消毒，在预防传染病的措施中属于切断传播途径……"

"好啦，好啦，崔先生，"院长打断了老崔的话，"我不要听什么大道理，我还有很多事情要做，你就说我们怎么配合你们吧？"

崔际胜装作很内行的样子说："当然是先从办公室开始，然后是病房、手术室、医生宿舍、仓库、病理部，最后是各条通道及院子。"

"行啦，我叫秘书带你们去吧。"院长叫来行政秘书，带着三人走进其他办公室。

办公室和病房的消毒工作开始了，闲人离开了，马、曾二人装模作样地喷洒了一气。他们顺着走廊一间接一间地喷药。然后是手术室、厨房和餐厅，最后他们来到病理部。

里面是一条灯光昏暗的走廊，再往里走，是成排成排的铁皮柜子。三人对视一眼，崔对秘书说，"我们消杀的时候，这里不能有人，请您也出去吧。"

秘书耸耸肩，嘟囔了一句什么后就离开了。

三人暗中互换了一下眼色。室内没有外人，马如龙把住门，崔际胜拿出提前配好的万能钥匙，打开了一扇铁皮柜门，里面堆满了日军军装，这些军装都叠放得整整齐齐的，都编了号码，马如龙打开木箱子，把二十多套军装装进箱子里，并盖好盖子。

做完这一切，消杀工作就结束了。

三人走了出来，把箱子、瓶子抬到门外，崔自己进入院长办公室。

崔让院长签了字，走了出来。三人顺着后门走进后院停车场。三人故意放慢脚步，有说有笑，大摇大摆地向那辆画着绿十字的白色厢式卡车走去。

卡车前面虽有两名日军士兵在站岗，但没有理会这几个身穿白大褂的人。

马如龙有点紧张，手一直插在裤兜里，紧紧地攥着一支小手枪，还好，看守没找他们的麻烦，三人终于顺利上了消毒车。

老崔启动了汽车，车子驶到了门口，警卫示意要停车查检。老崔说是来执行消杀防疫任务的，并递上了证件。

警卫瞭了眼证件，挥挥手就放行了。

崔际胜驾驶着检疫车出了大门，一脚油门轰到底，车子迅速上了大街消失了踪影。

今晚，日军的杀人灭口行动正式开始了。

按照规定时间，7点30分，一辆大型厢式警备车驶出先遣队的院子，松本放下电话，收回目光，对正在品酒的菊池笑道："行动开始了，我们就静待佳音吧。"

菊池举了举酒杯，得意地说道："我已经通知过宪兵队了，他们保证5个人在7点45分赶到塘坊桥东路口，等待上车。"

"很好。"松本松了口气，把一口红酒咽了下去。

7点30分，崔际胜开着吉普车、带着两个队员来到"大和宾馆"前门，师团长太太美智子穿着亮丽的和服正站在宾馆门口等着他们呢。

崔际胜上前一步，向美智子恭敬地一鞠躬，用熟练的日语道："夫人好，我是治安队副队长崔际胜，奉命前来护送您过江。我们走吧。"

"嘻嘻，有你护送也是我的福分哪。"美智子笑靥如花，鞠了一躬。

"太太，我们快走吧，万一耽误了船期，就过不了江了。"崔际胜催道。

"好吧，我们走。"美智子大方地上了车，吉普车迅速驶上大街。

此时，老曾带着换上了日军军装的廖参谋等五个人已经等在必经之路上了。在静安寺路路口，他们设置了一个假检查站，并挡上了红白相间的道路闸。

没过多久，前面驶来一辆吉普车，曾沧海认出是崔际胜的车子，挥了下红旗，吉普车停了下来。

"干什么?"崔际胜探出头来,假装生气地问道。

"干什么?没看见吗,检查!请下车。"廖参谋穿一身少佐军装,他带的五个士兵里有一个会日语,故意蛮横地说了上面的话。

"下车?"崔际胜和美智子小声商量了一下,几个人走下车来。

廖参谋四下扫视一眼,看见路上没人,挥手打了个暗号,四个士兵突然从后面扑了上去,用麻袋一下套住美智子和崔际胜的头,另外两个治安员还没反应过来,就被打晕了。

"快,把他们抬上楼去。"路边有一栋外国人公寓,里面没人住,四个士兵把两个麻袋扛上了楼,扔在地板上。

两个麻袋里的人拼命挣扎,呜呜乱叫,廖参谋让人打开麻袋,一人口里塞进一团破布,这下两人叫不出来了。麻袋口重被扎紧。

廖参谋使了个眼色,一个士兵打开了崔际胜的麻袋,让另一个年青男子钻了进去,扎好了麻袋,扔在美智子脚边。

廖参谋挥了下手,崔际胜跟着士兵们迅速跑下了楼,几人跳上吉普车,朝塘坊桥东路口赶去。

崔际胜看了下腕表:7点38分,冲廖参谋点点头,"还有七分钟,时间来得及。"

崔际胜驾驶着吉普车,加大油门,顺着中山路向东驶去。

7点40分,先遣队派出的警备车来到了位于中山东路189号,这里原来是国民政府的老虎桥监狱,现在改为日军特殊监狱,也即秘密监狱。

警备车在院子里停下了,车门打开,蒙着头套的二十名美国船员被押解上车,随即车门关上,车子驶出院门,驶入城市主干道。

十字路口边有一栋高大的公寓,其窗子向着马路的方向,其中一扇窗户打开了一条窄缝,一支长枪从里面探了出来,整支步枪架在窗台上。

这个持枪者不是别人,正是马如龙。他已经在这里恭候很久了,他终于可以看见五个宪兵队员排着整齐的队伍走了过来,并在路口边停住。日军少佐看了眼腕表,又探头向马路两面张望。一名日军上尉对他说着什么。

现在的时间是:7点42分。

那支狙击步枪上的狙击镜已经圈住当面之敌，一只手将消音器安装到枪身上，说时迟，那时快，"当！"第一枪响了，只见日军少佐一弹爆头，颅骨炸裂，脑浆喷出，被死亡定格了。

马如龙拉机退壳，重新上弹，再次瞄准，不到一秒。

"当！"第二枪，子弹咆哮出膛，一粒火花瞬间钻进日军上尉的天灵盖，只见血雾飞溅，脑壳掀翻，人被冲力弹向空中，重重地向侧后栽倒，立时毙命。

马如龙拉机退壳，重新上弹，再次瞄准，不到一秒。

"当！"第三枪，一名宪兵捂住右眼，狂呼一声，倒地挣扎两下，腿一蹬不动了。

马如龙拉机退壳，重新上弹，再次瞄准，不到一秒。

"当！"第四枪，另一名宪兵一弹穿心，当胸血雾喷出，手中望远镜扔得老高，向后栽倒。

马如龙拉机退壳，重新上弹，再次瞄准，不到一秒。

"当！"第五枪，最后一名宪兵回身就跑，但子弹追了上去，一个透心凉，击穿了他的后背，那人立即栽倒，地上顿时溅满了污血。

马如龙打空了弹仓，一个回抽，狙击枪通灵般地跃回到他的怀中，他像美国西部片的枪手那样对着枪口轻轻吹了口气，哂笑一声，轻蔑地用袖口擦去火药的残留物。

马如龙用最短的时间消灭了五个宪兵，他迅速跑下楼，推着一个小推车来到尸体横陈的地方。他把车上的沙子倒在血泊之上，又用铁锹将沙子拂平，然后将几具尸体抬上推车，把尸体推到附近一条小巷中。那里不远处有一个垃圾堆，他把尸体扔进垃圾堆里，并掩盖好。

他整理了一下日军军装，抬手看了眼腕表，时间刚好是 7 点 45 分。

"吱"的一声刹车声，警备车准点到达。警备车打开了车门，下来两名治安队员，他们东张西望，路上见不到什么人。

"坏了！"马如龙心里惊呼一声，正要抬腿往街道对面走去，忽然后背被人拍了一下，他一回头，看见了廖参谋那张白白胖胖的笑脸。

"还愣着干什么，我们上车啊。"原来廖参谋和四名士兵已经赶到了。

马如龙伸手"啪"地搧了廖参谋一个耳光，骂道："八嘎牙鲁。"

廖参谋立正低头，"哈依。"

两名治安队员走上前来，敬了个礼道："太君，该你们接手了。我们可以走了吧？"

"走吧，走吧。"乔装成日军少佐的马如龙没有笑，嘴里嘟哝了两声，挥了下手，带着廖参谋和四名士兵登上了警备车。

警备车迅速驶离原地，两名治安队员望着远去的汽车大大地松了口气。

此时，曾沧海驾驶着吉普车来到安全区的前门，同车的还有崔际胜。这时有两个人远远地向他们招手，原来是嫂子沈玉珍。他旁边还站着一个高大的美国人，他是摄影师马丁。曾沧海停住车，打开车门，同车的崔际胜走下车，向着身穿和服的沈玉珍鞠了一躬，用标准的日语说道："太太，请上车。"

沈玉珍大大方方地上了车，她怀里还抱着一个用襁褓包裹着的婴儿。崔际胜用手摸了一下孩子的脸蛋，说道："快开车吧，我们要准时到达江边。"

曾沧海看了看坐在后座的马丁，说："请把你的宝贝箱子放好。"他立即启动了引擎，车子迅速驶上了大马路。

警备车一路风驰电掣，很快就驶入江边公路，又沿江边行驶了约5分钟，准时于7点59分到达下关码头附近的指定地点。

车子刹住，后厢门打开，马如龙第一个跳了下来，冲车上一挥手。廖耀湘带着士兵把蒙着头套、捆着双手的美国船员们押了下来。

廖参谋向警备车的司机挥了下手，示意他可以离开，警备车立即开走了。

美国船员沿着江堤站成一排，头上的头套被摘掉了，手上的绳子也被解开了，他们看着脚下滚滚北流的江水，谁都没有说话。

马如龙和廖参谋扫了一眼四名手下，手下端着冲锋枪沿江站成一排，同时拉开了枪机。一排黑洞洞的枪口对准了美国船员。

马如龙瞄了一眼腕表，时间已经是8点整，他高高地举起右手，猛地挥下，冲锋枪同时响了。一排火舌从枪口中吐出，美国船员们好像约好了似的跌进波涛滚滚的江水中。

马如龙再次摆手，枪声戛然而止。马如龙和廖参谋对视一眼，带着士兵们向不远处的下关码头走去。

这时，一辆吉普车开到了下关码头上，从车上跳下崔际胜和曾沧海二人。他们回身拉开后门，穿着和服的沈玉珍抱着婴儿走下车来。马丁提着箱子走在最后头。

四人沿着舷梯走上那条名叫"秋津丸"的观光船，船上人不多，只有一个日军上尉迎了上来。

上尉说道："请问是崔桑吗?"

崔际胜不能暴露自己的真实身份，遂说道："不是，副队长有事不能前来，我代表他来恭送师团长太太美智子过江的。"说着递上了一个假证件。

日军上尉瞄了眼证件，摆摆头就算放行了。

崔际胜、曾沧海和沈玉珍、马丁四个人一起上了船。崔际胜指着不远处说："等一下，还有几个人也要上船!"

后赶到的马如龙、廖参谋和四名士兵也顺着舷梯登上了观光船。

崔际胜用日语解释道："他们是宪兵队的，也是来护送师团长太太的。"

日军上尉皱了皱眉，没说什么，转身下令开船。

崔注意到这条不大的观光船上只有两名日军，其他十来个人都是水手和杂工。崔和曾交换了一下会意的眼光，二人不动声色地靠近了日军上尉的身后。

观光船离岸了，正在缓缓驶向对岸，船下卷起很高的浪涌。

日军上尉走上前来，客气地递了根烟过来，崔际胜接过烟，顺势抓住上尉的胳膊，顺势一带，上尉一惊，立脚不稳，刚想喊叫，曾沧海从后面用手捂住上尉的嘴，右手砍在他脖子上，上尉顿时晕了过去，瘫软在地。

崔、曾二人倒拖着上尉的脚，把他拖进船长室。剩下那个日本兵端着一杯咖啡走进船长室，崔际胜悄悄闪在门后，士兵看见室内无人，刚要回身，崔际胜从门后闪出，用手枪柄重重地砸在他头上，他立即晕厥倒地。崔、曾二人把两个日军捆住手脚，塞住嘴，扔进床下。

崔、曾二人来到驾驶室，崔际胜对轮机长说："船长有命令，现在让船靠近江边行驶。"

轮机长听说是船长的命令，马上按崔际胜说的将船驶近岸边。马如龙和廖参谋找到几条救生缆，把它们拖近船舷边，等待着。

这时观光船离下关码头距离还不远，码头上明亮的灯光映照着江水，发出反光，所以岸边的能见度很高。

观光船靠近江边，靠近，再靠近，不久，只见江水里冒出不少黑乎乎的东西，原来是美国船员们的脑袋。

原来刚才在警备车上的时候，马如龙已经用英语和他们沟通过了，他们知道枪毙是场假戏，所以他们下车后很配合，一声不响地沿江站成一排，并在枪声响了之后，主动跳进江里。

这时，观光船驶近了，他们知道船是来救他们的，纷纷向船体靠了过来。

救生缆抛入水中，美国船员们抓住缆绳，纷纷攀爬上来。不一会儿，二十个人全部都安全地爬上了船。

马如龙和廖参谋把美国船员们迎入一个大房间，让他们擦净身体，吃些东西，换上衣服，准备在船靠岸后登岸。

观光船掉转船头，向江对岸的浦口码头驶去。不久，船靠岸了，一条舷梯靠了过来，崔际胜走在前面，后面是穿着和服的沈玉珍，她抱着婴儿，再后面是马如龙、曾沧海、廖耀湘和几名宪兵。美国船员们此刻已经换上了日军军装，但都把帽檐拉低，遮住了面孔。

一行人顺着移动舷梯下到平地上。一名日军少佐上前敬了个礼道："我是奉命来接师团长太太美智子的，请问你们是护送她过江的吗？"

崔际胜道："是的，我们是护送美智子太太过江的。"

"那就请上车吧。"少佐鞠了一躬。

崔际胜向廖参谋和曾沧海使了个眼色，意思是按既定方针办。崔际胜转身向外走去，因为他还有任务没有完成。

廖耀湘带着沈玉珍上了驾驶楼，日军少佐向曾沧海做了个手势，意思是让他们的人上后车厢。

曾沧海和五个宪兵再加上二十个已化装成日军士兵的美国船员上了警备车的后车厢，日军少佐也上了后车厢，车子随即启动。

警备车开出浦口码头，沿着江边公路向前行驶着。

车子行驶了大约 5 分钟后，周边尽是大片的芦苇荡，四周没有一星灯光。廖参谋掏出手枪，对准司机的肚子就是一枪，司机还没明白是怎么回事就见了阎王。廖参谋一脚把司机蹬下汽车，自己坐到驾驶位上，继续向前开行。

坐在后车厢的日军少佐听见枪声，知道出事了，刚要拔出手枪，没想到曾沧海手急眼快，一拳击在他眼眶上，少佐身子一闪，曾沧海又是一拳击在他腹部，少佐吃痛不起，倒在地上。一名宪兵拔出匕首，一刀结果了那名少佐。

车上的美国船员们的眼里都闪动着热泪，有的人互相握手，有的人激动地拥抱，因为他们知道，已经逃出了日本人的魔掌。

车子继续向前行驶了约一个小时后，在路边停了下来。廖参谋和沈玉珍从驾驶楼下来，廖走到后车厢，打开车门，让那二十多人全部下来，廖参谋对美国船员们说："先生们，祝贺你们，你们自由了！"

罗伯茨武官紧紧握着廖参谋的手说："谢谢你，朋友，我叫罗伯茨，是美国大使馆的武官，请告诉我你的姓名和部队番号，我会向你的上级反映你们这次救人所表现出的机智和英勇。"

廖参谋就把自己的姓名和部队番号告诉了他，然后说道："现在，为了安全起见，我们必须弃掉这辆车，从小路去往前面一个渔村，在那里等待天明。天亮后，我会和上级取得联系，我的上级会把你们的情况向美国驻汉口总领事汇报的，届时会有人来接应你们。"

罗伯茨武官把这番话向船员们传达了一下，船员们都表示同意。大家跟着廖参谋向小路走去。

曾沧海告别了廖参谋，他带着沈玉珍和孩子向另一条小路走去。

第 18 章　定时炸弹

崔际胜送走了众人，乘船返回了下关码头。出了下关码头，他搭了一辆汽车赶到了静安寺路口的那栋外国人公寓。他先用街头电话，给治安队的一个办公室打了个电话，通知他们前来解救被绑架的美智子和崔际胜。当然他打电话时是用衣服蒙住了话筒，让自己的声音变了形。

崔际胜上了二楼，进了那间房间，看见两个麻袋仍旧扔在地上。他解开其中一个麻袋，让里面的人出来，再让那人把自己塞住嘴，绑进麻袋。

那个年轻男子做完这一切后，笑了一下就离开了。

大约过了半个小时，他听见楼下传来一阵汽车引擎声，知道是营救他们的人到了。

不久，楼梯上传来脚步声，好像有几个人冲进了房间，很快，有人解开了他的麻袋，他装做头晕目眩的样子问道："我这是怎么了，为什么我被绑着？"

一个治安队员说道："副队长，你被人绑架了。"

"啊，绑架了？这怎么可能？"崔际胜摸着后脑勺，想了半天才骂道，"他妈了个巴子，是谁他妈绑架的？哟，师团长太太呢，她还安全吗？"

他一扭头，才看见美智子面色苍白，正用手绢捂着嘴哭呢。

"好啦，好啦，太太，我们安全啦。"崔际胜不断地安慰道，"我们被歹徒绑架啦，不过你放心，我一定会查出是谁干的，是谁这么大胆，胆敢绑架师团长太太，我一定饶不了他！一定要把他碎尸万段！"

"呜呜呜……呜呜呜……"美智子一个劲地哭，谁也劝不住。

崔际胜劝了一会儿，看看没有什么效果，遂向手下摆了下手，让两名治安队员搀着她走出房间。

日军先遣队办公室里，松本铁青着脸站在桌前，坏消息一个接一个地报了上来，不但师团长夫人被歹徒绑架；前去执行枪毙任务的五名宪兵被人打死；要枪毙的二十名美国船员不但没枪毙成，而且冒名顶替地偷上了浦口码头，最后居然逃之夭夭。

听着手下战战兢兢的汇报，愤怒终于在松本脸上爆炸了，他雷霆震怒，声嘶力竭地吼道："八嘎牙鲁！蠢货！一帮蠢货！一帮比猪还要蠢的东西，一群狗娘养的败类！我松本怎么养了你们这群记吃不记打的畜牲！我简直瞎了眼！八嘎牙鲁，通通关禁闭！关禁闭！！"

菊池、崔际胜和众特务屏息肃立，个个吓得面如土色，浑身觳觫。

松本双睛喷火，脸色铁青，额上青筋暴跳，背着手，气咻咻地在屋里来回蹀躞，"统统交给军法处，一个不留，军法从事，绝不姑息！"

"扑通"一声，菊池双膝跪下，紧接着，十几名特务全部跪下了。

菊池抬起泪眼道："松本先生，请饶过我们，这次我们输得很惨，不是因为我们无能，而是有人泄露了机密。我们先遣队内部和治安队里一定藏有内奸。"

众人齐声发誓："对！松本先生请息怒，请饶过我们，我们一定将功补过！"

松本面无表情，悲哀地抬起头来，眼睛盲视着，向虚空伸开双臂，像在乞求天照大神的保佑，他不知道下一步会有什么样的命运在等待自己。

崔际胜知道自己没有暴露，遂大胆进言道："松本先生，其实我们并没有损失什么，师团长太太除了受到惊吓以外，身体并无大碍。我看得尽快安排船只送她过江。还有，那些美国船员虽然跑了，但是外人并不清楚这帮人的来历，更无从知晓我们的计划，现在既然已经跑了，我看我们还是不要声张为妙，就当什么事也没发生一样。"

松本转过身来，眼睛直愣愣地盯着崔际胜，他还没有从刚才的打击中缓过劲来。

好半天，他才醒悟过来，用手使劲拍拍脑袋，好使自己清醒起来。他觉得崔的提议很好，有必要立即采取措施。随即下令道："崔的，虽然这次你被歹徒抓了，但怨不得你，而且美智子太太没有受到伤害，这也是不幸中的万幸。好了，就由你负责把她送过江吧。你还有什么要求吗？"

"没有，"崔际胜又想了想说，"除了我之外，不要再派治安队的人当我的助手了，从先遣队里派两个人就行了，这也是为了加强行动的隐蔽性。"

松本点头道："对，一定不能再出娄子。我来安排一条船，把你们送过长江。"

松本一把抓起电话："喂，喂，给我接水上巡逻队。"一会儿，电话接通了，松本对着听筒道，"龟井中队长吗？我是松本啊，我需要一条小型快艇，有个重要人物要送过江去，嗯嗯，对对，到浦口码头，是的，马上，嗯，那就谢谢啦。"

松本放下电话道："崔的，快艇已经联系好了，你去大和宾馆接人吧。"

"哈依！"崔际胜敬了个礼，急步出门。

一个小时后，崔际胜把美智子平安地送过了长江，总算是完成了任务。

上海南京路。王开照相馆。

暗室内，有一盏罩着红色灯罩的油灯，红色的灯光照耀在显影水池里，一张张照片被拎出水面。

马丁用镊子拎起照片，一张张地审看着：照片上是残杀暴虐的场面，焚尸灭迹的场面，比赛用刺刀杀俘虏的场景，都再现在血色的灯光里。

马丁又将一张张小照片夹在一根铁丝上晾起来。马丁耳旁响起拉贝先生的话语："相片丢了不要紧，只要把底片保存下来，将来要账就有凭据了，只要底片在，罪证就在。"

马丁拿过一个盛装十六毫米电影胶片的铁盒了，盒子打开，里面装了一些已经被冲洗出来的电影胶片。马丁拿起一条胶片，用放大镜仔细观看着。

几天后，上海美国会馆。

一个西方放映员正在架设一部放映机。

许多西方人陆陆续续走进放映厅，很快，放映厅里就坐满了人，其中有许多中国面孔。

电影开场了，黑白片，没有声音，马丁手拿麦克风在一旁讲解。

一周后，美国华盛顿国会某放映厅。这里是一个小型影院，坐着七八百个观众。

放映机放映着不太清晰的画面——一个小姑娘躺中病床上，脸上身上扎着绷带。

马丁用麦克风解说着："这个小姑娘姓沈，叫沈美娟，她被日本兵轮奸了之后，又被刺了三十八刀……"

"哦……"场内爆发出一片震惊的叹息。

电影画面转到一名男子平躺在病床上，他全身皮肤乌黑，还有几处在流脓。

马丁解说："这名男了是长江上的一个渔民，拥有一只小舢板。他被一名日本兵击中下颚骨，随后浇上汽油焚烧。他上下部肢体被严重烧伤，全身漆黑，于送入教会医院两天后死亡。这名男子临死前的一天，我曾与他说过话。"

荧幕上几名日本机枪手在向士兵射击，士兵们纷纷掉入一个大土坑。

马丁解说："这是日军用机枪射杀已经缴械投降的中国士兵，后来这个坑里大约堆有 18 000 名俘虏的尸体……"

镜头转向一名年轻妇女坐在病床上，面容呆滞，眼神无光……

马丁继续解说："这名年轻的妇女被日本兵从安全区的一个草棚中带走并拖至城南，在那里关押了 38 天，此间，她每天被强奸 7～10 次。由此她不仅患了三种最严重的性病，而且阴道大面积溃烂，这促使日本兵最后释放了她。但她的丈夫被日本人带走，从此查无音讯，后来得到证实，她丈夫和当时其他被带走的数万人一起遭到了杀害……"1937 年 12 月 16 日的上海路，这些中国妇女下跪请求日本士兵不要杀害她们的儿子和丈夫，他们仅仅是因为被怀疑当过兵而被无情地驱赶在一起。成千上万的平民也被这样用绳索捆绑起来，驱赶到下关的长江边、众多的小池塘边和空旷的场地上。在那里他们遭到机关枪扫射、刺刀砍杀、步枪齐射，甚至用手榴弹处决……

画面上出现一名12岁的女孩儿，她一只胳膊没有了。一名男子坐在床上，他的头部被包扎着。

马丁说："日本人入侵这座城市时，这个约12岁的女孩和她的父母站在难民区的一个防空洞的附近，这些日本兵用刺刀刺死她父亲，开枪打死她母亲，用刺刀刺中她的肘部，她的伤口现在已经愈合，但留下一只残废的臂膀。"

"一个日本兵向一家工厂的职员要香烟，因为他没有烟，头上就被这个日本兵劈了一刀，这一刀砍破了他一只耳朵后的脑壳，脑子都露了出来。这是他被送进教会医院6天后拍摄的。大家可以看到脑子还在搏动，一部分脑浆从伤口外溢出来，他身体右侧已完全瘫痪，但他并未失去知觉，他在被送进医院后还活了10天，最后他还是死了。"

镜头转向一个外国大夫正在动手术。

马丁解说道："下头电话局的于西棠是住在金陵大学的难民收容所里的4000个难民之一，日军冲进收容所，对所有人进行登记，这些军官告诉中国人，如果他们中间有当过兵的，凡自动承认者，即可免于一死，而不报告者抓出来就杀。自愿承认者要编入役工队。接着有二百名男子承认当过兵，他们被带走了。于西棠和其他几百人被带到金陵女子文理学院附近的山丘上，在那里日本人用刺刀刺杀他们。他被刺了六刀，其中两刀刺入胸部，两刀刺入小腹，两刀刺在腿上，他失去了知觉。当他重新醒过来时，朋友们把他送进了教会医院，这个画面是李察大夫给他动手术时，由我拍摄的。"

画面定格在一名中国士兵在展示自己身上的伤口。

马丁说道："这是守城部队的一名士兵，他和其余八名同伴于1937年12月13日在紫金山向日本人投降，可能是接到了上面的命令，不然他们一定会血战到底的。日本把所有投降的人集中到一起，连续三天不给他们吃喝，随后把他们二百多名战俘和平民押至江边一块空地上，让他们站成三排，用机枪射杀。他身中八弹，但仍未死，他随众人倒在地上，日本人向他们的身上浇上一种液体燃料，点燃后立即燃烧了起来。由于天色已黑，这名士兵趁人不备，成功地从尸体堆中爬了出来。他在路上爬了六天，第七天他终于达到了教会医院。他的伤口难以治愈，但当两个月后拍摄此画面时，他已基本康复了。"

电影院里，看着那可怕的伤疤，有女人发出刺耳的尖叫声，有人发出了哭泣声。

许多观众激动地站了起来，高举双手，发出愤怒的呼声。

有两名中年人走到马丁面前，面色凝重地上前握着马丁的手说："谢谢你马丁先生，多亏了你，我们才了解到在这场战争中，日本军人是多么的残忍和野蛮。日本军国主义是怎样给东南亚的人民带来无穷的灾难的。"

另一名中年人说："马丁先生，您一定要把这些影片在全美国进行巡回放映，然后把它带到欧洲去，让全世界的人民都知道，日本人在中国犯下的令人发指的滔天罪行。"

马丁激动地说："我会的，我会的，谢谢你们的关心。"

崔际胜开着那辆吉普车返回了治安队一大队。

接下来的一周，没有发生什么大事，一切都按部就班地进行。又过了半个月，突然有一天，董彪吊着脸走进办公室。

其他人一见队长来了，几个抽烟、聊天的都赶紧出去了，屋里只剩下崔际胜。

董彪对崔际胜道："咳，老崔，又来任务了。"

"什么任务？"

董彪吊着脸道："咳，谁知道他们抽什么风，让我们一大队去站岗。"

崔际胜道："站岗？给谁站岗？"

董彪道："不是给人站岗，而是给仓库站岗。"

"给仓库站岗？"

"对。"董彪没好气地说，"你知道火车站吧，车站东边原来是一片废旧厂房，还有一部分民房，现在要全部清理出来，做为一个临时仓库，可能有一大批军火要运来，所以叫我们去站岗。"

崔际胜拍拍脑袋说："那里我还熟悉，那儿原来就是一个库区，可也用不着站岗啊。"

董彪坐下，端起茶杯呷了一口茶道："你说得不错，那里原来就是一个大库区，足足有两个足球场那么大，但现在因为军火太多，原来的库房根本装不下，所以扩大了五倍，把废旧厂房和民房改建为库房，达到十个足球场那么大。但地方大了，总得派人来守吧，日军部队大部分都派去攻打汉口了，留在南京的，只有两个联队，抽不出更多人来，所以派我们加派450人去守仓库。"

"哦，是这样啊，"崔际胜疑惑地问道，"那这批军火也是为前线部队准备的？"

"是的，"董彪卖弄道，"军火由海陆到达，从杭州湾登陆，从沪宁铁路直接运过来，然后运往汉口附近，要装备给前线的部队。在南京最多停留半个月。"

崔际胜道："我就说这两天老看见东面尘土飞扬的，原来是在改建库房啊。"

董彪的脸色越来越难看，从烟盒里抽出根烟叼在嘴角，"他娘的，我们治安队还有自己的任务，那就是维持南京的治安，当然还有防备和监视不法分子的破坏，安插密探等等。妈的，这下可好，让我们去站岗，站他娘的岗啊，简直是胡来嘛。"

崔际胜安慰董彪道："这没啥，队长大人，息怒啊，你想想，其实站岗挺好的，又不用上前线，又清闲，又简单，还不用操那份闲心，更没那么大责任。"

董彪想了想，苦笑道："哼，我还巴不得呢，站岗就站岗吧，以后我们就改行当保安算啦。"

崔际胜为董点着烟，进一步劝道："您想开点，南京的治安有二大队、三大队管着，少了我们，城市治安并不会受什么影响。"

董彪猛吸几口烟，顿觉霍然开朗，"好好好，我算想开了，以后我们就专门站岗，其他的都不管，这他妈的多清闲啊，是不是？走吧，老崔，我们去仓库看看。"

"急什么，队长大人，先把茶喝完再去不迟。"崔际胜又给董彪满斟了一杯碧螺春香茶。

二人就这样慢腾腾地品着茶，抽着烟，聊着天，泡了大半天，才去仓库现场敷衍了事地转了一圈，觉得差不多了，又去日本餐馆饱餐了一顿。

酒足饭饱后，二人从餐馆出来，天已经完全黑了，崔际胜用吉普车把董彪送回了住地。从董的住地出来，崔际胜觉得今天这个站岗的消息非常重要，要立即告诉马如龙，就开着车来到了被炸毁的交通部大楼前，从停车场的入口处进入了地下室中。

马如龙一见崔际胜，就埋怨道："你怎么大半个月不见人哪？"

崔际胜陪着笑脸解释道："自从上次出了事后，我得好好表现表现哪，不然这个副队长的交椅就坐不稳了。还好，松本和董彪都没有怀疑我，我还混得下去。"

马如龙如释重负地说："我还以为出了什么事呢，没事就好，没事就好。"

"瞧你说的，我这么大一国际间谍能出什么事儿。"崔际胜一屁股坐在破藤椅上，做了个要烟的手势。

马如龙笑了笑递了根烟给他，崔点上抽了一口道："今天找你不为别的，有一件重要的事要向您老人家汇报。"

马如龙点着他的鼻子笑道："汇什么报呀，有什么事就直说吧。"

崔际胜吐了口烟，一口气把今天董彪跟他说的调治安一大队给军火库站岗的事从头到尾细述了一遍。

马如龙听罢，眼睛顿时亮了，"哎呀，这是好事啊，我正愁没事干呢，这不好事就送上门了。"

崔际胜正色道："今天我和队长到现场看了，日军工兵营正在施工，我的天爷呀，你猜有多大，整整有四五十栋楼，全是仓库。说有十个足球场大，决不夸张。这批军火是要补充给进攻汉口的日军三个师团的。"

马如龙问："你没打听一下，大概有多少吨？"

崔际胜道："我悄悄向一个认识的军曹打听了一下，他叫中村，他说具体多少吨他也不清楚，但他知道多少车皮，大概是550多个车皮。中村还说，每天拉五火车，一直到这个月中旬才能拉完。"

"老天爷，这么多！"马如龙惊讶得张开大嘴一时合不拢，好半天才说，

"这回我们得玩票大的了，给他娘的连锅端了吧？老崔？"

"我也在琢磨这个事儿呢。"老崔道，"既然是军火，肯定有炮弹、子弹、手榴弹什么的，肯定还有炸药，如果我们把它炸了，那会是个什么动静？啊？"

"对，炸了它！这么大的量，炸起来那才叫过瘾呢，恐怕整个南京城都会炸平呢！"马如龙兴奋地双眼放光。

"哈哈，这可是大功一件哪，这样一来，你我要青史留名喽！"崔际胜不住地拍着大腿。

"炸炸炸！给它来个冲天炮，"马如龙激情澎湃地说，"炸它个天翻地覆！炸它个片甲不留！"

"不过老兄啊，说说容易，做起来难啊，"崔际胜滑稽地耸了耸肩，翻了翻白眼道，"首先，我们进不去，没办法接近它，更不要说炸掉它。其次，我们搞不到炸药，没办法实施爆炸啊。"

马如龙突然哑火了，沉默了，他立刻清醒地意识到，要炸掉这座军火库，的确难度不小。

一阵令人窒息的沉默。二人你望着我，我望着你，大眼瞪小眼，似乎被这个天大的难题难倒了、困住了。

马如龙紧皱双眉，低着头一根接一根地拼命抽烟。崔际胜一个劲儿地死死地揪住自己的头发往下薅。

半个小时过去了，二人没有说话，又是半个小时，突然，马如龙惊叫一声，"对了，用定时炸弹！"

"定时炸弹？"崔际胜茫然地盯着他问，"你有啊？"

"我倒没有，"马如龙兴奋地道，"我们可以想办法弄它一颗来嘛。"

"上哪儿弄？"崔际胜觉得老马的想法有些荒唐可笑，"你以为这是在什么时候，什么地方？老兄啊，别异想天开了。"

"怎么是异想天开呢？"马如龙不服气地说。

"怎么不是异想天开？"崔际胜认真地说，"我是干军需的，我什么玩艺儿都倒腾过，就是没倒腾过定时炸弹，为什么？因为那是特工用的东西，一般的兵工厂不生产，需要特殊技能才能制造，而且雷管价比黄金，根本搞不到啊。"

"搞不到，"马如龙诡秘地一笑，"我就知道有个地方能搞到，你猜是什么地方？"

"什么地方？"

"上海的黑市。"

"上海？可我们是在南……"崔际胜话刚说到一半，突然他想到了老鬼，一个点子犹如电光石火般在他脑际一闪，他立马有了主意，"嗯，有门儿，伙计，有门儿啦。"

崔际胜一拍大腿道："不是你提醒，我倒真忘了，我有个黑道上的朋友，他准有办法！对，一定有办法！"

马如龙咧开大嘴笑了，"看看，我就知道你有办法吧。"

"好啦，好啦，这下问题解决了！"崔际胜如释重负地说。

"行啦，别抖啦，快把你的办法说一说吧。"

"是这样的，"崔际胜激情难抑地说，"我有个朋友，绰号老鬼，真名张秉贵，是南京黑道三大亨之一，原来是上海青帮'学字辈'中的一位大佬级人物，江湖人称'狮子张'。后来因为贩烟土得罪了杜月笙才跑到南京来混的，他跟上海滩渊源极深，人脉巨广，我去找他，让他在上海滩想想办法，买一颗定时炸弹应该不难。"

"咳！"马如龙一拍巴掌道，"这不结了，这事儿算搞定了嘛。不过，风险太大，不知道你朋友愿不愿意帮这个忙？"

"他当然愿意，这个忙他不帮也得帮。知道为什么吗？他的公司前天才开张，是我帮他走后门注的册，还帮他请了几个日军头头当顾问呢。"

"哈哈，这可真不容易啊，老崔，我算服你服到家啦。"马如龙敬佩地说。

第二天上午 10 点来钟，崔际胜来到位于新街口 184 号附近的一排平房，这里有日军占领南京后最早开业的一批国际性贸易大公司。

一间公司门口挂着一个招牌，上写：远东国际贸易有限公司。崔际胜推开玻璃门走了进去。门童问道："请问先生您找谁？"

崔际胜说："我找你们张总经理，他在吧？"

"在，在，他在，请跟我来。"门童连连鞠躬，领着他来到经理室。

门打开，穿着西装革履，梳着油光铮亮大背头的张秉贵一见是崔际胜，立即起身相迎。

"啊哈，老朋友，什么风把你吹来了？"

"有件重要的事特来求你。"崔际胜一屁股坐在沙发上，秘书已经端上了茶。

"咳，什么求不求的，有事你尽管吩咐就是。"老鬼递了根烟给他。

崔向门口扫了一眼，老鬼明白他的意思，向秘书使了个眼色，秘书知趣地退出房间。

崔搓着烟小声说："最近我们要搞个大动作，需要一颗定时炸弹。"

"炸弹？"老鬼面色一凛，有些紧张地说，"别的都好说，这玩艺儿可不好搞。"

"所以来找你呀。"

老鬼盯着崔际胜一本正经的脸，知道他不是在开玩笑，想了想说："这玩艺儿在南京肯定是搞不到，唯有在上海滩想想办法。"

"所以来找你啊。"说着，崔际胜点着烟吸了一口，把一个红纸包放在桌上，轻轻地推到老鬼的面前。

老鬼知道纸包里装的是金条，嘴一咧说："自己兄弟还用来这一套？收回吧。炸弹帮你搞到就是了。"

老崔笑了笑，道："哪能让你破费呢，如今是日本人的天下，沿路都是关卡，四处都要打点，上下都要疏通，里里外外都要大把大把地花钱，你还是收下吧。"

老鬼没再推辞，收下了金条，想了想说道："上海那边我已经想到一家，专做军火买卖的，但有没有现货，还不一定。况且这种事不能打电话，我派我侄子金福亲自跑一趟吧。"

"那就拜托啦，"老崔掐灭了烟头，起身道，"最多一周时间，买到了就给我电话，暗号照旧。我还有公务在身，先告辞了。"

老鬼把老崔送出门去，回到办公室，立即叫来了金福。

一转眼四五天过去了，一直没有老鬼的电话，崔际胜难免心里有些发毛，但又不好去电话催问，只好干等着。但这几天他也没闲着，一直在偷偷观察军火库里面的动静。有天在站台上，他发现每列军车进站后，都要卸下一个个涂着绿漆的长方形板条箱子，箱子上画着绿十字，然后用军车一车车运进仓库。这次与以往不同的是没有用民工，全是由当兵的运输和装卸，看样子日军的保密工作还是相当严密的。

　　等到第六天下午，崔际胜接到老鬼的电话，说有急事，让他到贸易公司去一趟，崔际胜知道有门儿了，二话没说，开着车就去了老鬼的公司。

　　一进办公室的门，老鬼冲他诡秘一笑，关上门说："事办成了，不过货不是由金福带回来，而是将由一个日军上尉带回来。"

　　"你搞什么鬼呀，"崔际胜听了一愣，生气地说，"怎么能叫日本人带货呢，不是找死是什么？"

　　"嘿嘿，"老鬼笑得更加诡谲了，"老子这回玩了个灯下黑。"

　　"行啦，别卖关子了，"崔际胜没好气地说："快说说你玩的鬼把戏吧。"

　　老鬼抹了把脸，翻了翻白眼道："如今的上海滩啊，防范严密，水泄不通，连个苍蝇都飞不出来。金福倒是第二天就混进了上海，刚巧狂飙王那里有'货'，当天就买到了'货'。但带不出来，日本人查得太严了。四处都是关卡，搜身连狼狗都用上了。实在没办法啦，我只好动用了在日本军方安插的内线……"

　　"哦，你这家伙，连日本军方的人都买通了？"崔际胜的眼睛几乎瞪圆了。

　　"嘿嘿，那是当然，不然怎么混？"老鬼得意地说，"那边是105师团的一个名叫高桥的少佐，只要肯花钱，没有不办的事儿。金福把东西装在一个礼品盒子里，装扮成圣诞礼物，交给高桥少佐，少佐托一个名叫渡边的上尉把东西带过来。渡边将随今天的一班运军火的火车到南京，火车晚8点到，收货人是我，当然你要和我一起去接货。"

　　崔际胜越听越有门，狠狠拍了老鬼一巴掌说："太棒啦，这下我们搞定了。"

"什么搞定了，看你高兴的，喂，老兄，你到底要用炸弹干什么？"老鬼始终没弄明白。

"不是我，是我们。"

"你们？你们有几个人？"

"我们哪，不玩则已，要玩当然要玩票大的，很大的！很大很大的！嘿嘿，不瞒你说，是这样的……"崔际胜压低声音，把他的计划简要地向老鬼述说了一遍。

老鬼点着崔的鼻子笑道："你呀，你呀，太岁头上敢动土，关公门前舞大刀，说你吃了熊心豹子胆一点都不为过！"老鬼说着突然一拍后脑勺，"噢……我明白啦，前段时间打鬼子狙击的是你们的人干的吧？鬼子屁股都打开花啦，别跟我说不是你们干的。"

"嘿嘿，不好意思，正是在下哥儿几个所为。你现在明白了吧，我是身在曹营心在汉哪。"崔际胜眼中闪着得意的光芒。

"我早知道了，你不会投降小鬼子的，只是没想到你们敢这么干！真是胆子比天大啊！"老鬼佩服地说，"这下够小鬼子喝一壶的，今晚你跟我去，准备怎么干？"

"要这样……"崔小声地交代着，老鬼听得直点头。

光华门火车站。

一阵巨大的隆隆声由远及近，今天这班运军火的火车就要进站了。

进站口，张秉贵西装革履地走在前头，崔际胜和马如龙一身平常装束跟在后面。

走在最前面的是一位日军上尉，名叫黑泽，他转头用流利的中国话对老鬼说道："张总经理本事不小嘛，还认得我们105师团的高桥少佐？"

张秉贵陪着笑脸道："那是，那是，高桥少佐可是个好人，大大地好人。有一次我有批货刚运到上海地头就被宪兵队查到了，硬说我是走私，要没收我的货，还要关我监狱，我拿出证明文件给他们看，可他们不认啊。还有南京军方的文件和公章，他们统统不认，这下麻烦大了，刚巧高桥少佐走过，问明了情况，让宪兵队给我放行了。从那以后我就和高桥君交上了朋友，嘿嘿。"

黑泽上尉笑道："你知道吗，高桥少佐的老婆就是你们支那人。"

老鬼陪笑道："知道，知道，他什么都和我说，嘿嘿，他常说日本人和支那人要友爱共荣。"

"喊，共荣？我看是共发吧?!"黑泽的嘴撇得老高。

几人说着话，来到站台上，这时，军火列车正在进站。列车在刹车，把巨大的蒸汽喷了出来，使得对面都看不见人。

"你们在这儿等渡边上尉，我去下厕所，顺便去前面看看。"黑泽对三人道。

"好好好，你去忙，我们等着渡边上尉。"崔际胜用熟练的日语说。

马如龙抬眼望去，站台上呈现一派忙碌景象。每个车厢的门都打开了，许多士兵在卸载和搬运长条箱子，中间夹杂着许多身穿统一工作服的苦力。

老崔回头问老鬼："你认识渡边上尉吗?"

老鬼摇了摇头道："不认识，不过我想他能够认出我们。"

话音没落，一个日军上尉走了过来，劈面就问："请问您是张秉贵总经理吗?"

老鬼知道这就是他一直在等的人，急步上前，紧握着渡边上尉的手说："是的，是的，我就是张秉贵。您是渡边先生吧，非常感谢您的恩惠。"

崔际胜在一旁大吃一惊，张秉贵居然能说一口流利的日语，这是他怎么也料想不到的。

"用不着用不着，张总经理，我只是举手之劳，不值得您感谢。"渡边谦逊地说着，从一个背包里掏出一个方盒子，鞠了一躬，郑重地交到张秉贵手里道，"这是高桥少佐托我带给您的圣诞礼物，请收下。"

这是一个玻璃纸包的点心盒，上面还扎着红白相间的彩丝带，画着几个亮丽的美女。

"嗯，好好好，谢谢渡边上尉，谢谢渡边上尉。"老鬼一个劲地哈腰鞠躬。

"没事了吧，那我走了，等下黑泽来了，请把这封信亲手交给他。"渡边说完，拿出一封信交给老鬼，转身离去。

崔际胜接过礼物盒，掂了掂份量，感觉沉甸甸的，顿时心中暗喜，他知道那玩艺儿肯定在里头。

老鬼等三人交换了一个会意的目光。

崔际胜接过那封信看了一下，见信封上写上"黑泽申敏"收。老鬼接过信就揣进了上衣口袋。

马如龙四下扫了一眼，俯身到二人身边，悄悄说道："我有个好点子，等下黑泽来了，我们就说没见到带礼物的渡边，然后，啊，哈哈……"

马如龙把一套绝妙的想法详细地给二人述说了一遍，崔际胜用手点着他的鼻子感慨道："这小子，真是计谋赛诸葛，智慧欺鬼神哪。"

马如龙做了个鬼脸，咧了咧嘴，赶紧把盒子赛进包里。

这时，上厕所的黑泽回来了，劈面就问："渡边那小子来了没有？"

"没有啊，时间早到了呀。"老鬼腆着脸说。

"八嘎牙鲁地那呀！"黑泽边骂，边看着腕表道，"这小子真不守信用，电话里说得好好的嘛。"

黑泽东张西望地在搬运的人群中搜寻着渡边的身影，渡边早走了，所以他不可能看见渡边。

崔际胜向张、马二人使了个眼色，三人一起慢慢往前走，装模作样地在人流中四处寻觅着。

黑泽嘴里骂骂咧咧地，吐出一大串日本脏话，"你渡边算老几，要不是等我的家信，我才不理你呢。"

几人又找了十几分钟，还是没见到渡边的身影。黑泽说道："站台没有，我们就上车找，我不信车上也没有。"

崔际胜和马如龙暗地里交换了眼色，紧紧跟了上去。

可车上人来人往非常混乱，因为正在卸货，他们四人一起进了一辆闷罐车，地上摆满了长条木箱子。箱子上写着各种编号和数字。

"渡边君，渡边君！"黑泽讨厌地拨开搬运工的身体，穿过人群东张西望。

马如龙迅速闪进了车上的厕所，回身关上门，悄悄把里面的炸弹拿了出来。他看见一个金灿灿的表盘安在最上面，里面还有走动的指针。马如龙拧开后盖，把火线接上，检查了下雷管，看见雷管最上面的金属盖帽正发出蓝幽幽的光，他心中暗喜，关上盖子，把指针拨到两个小时之后起爆。做完这些又把炸弹放进包里。

找完了这辆车皮，还是没见人，他们三人一起下了车，又上了另一节车皮。马如龙也跟了上来。

这辆车上的一些箱子显然要小一些，形状接近正方型。崔际胜留了个心眼，走在最后面，他趁黑泽不注意，拿起一根铁条，"嘭"地一下撬开了一个箱盖，掀开一看，顿时傻了眼，里面满满腾腾装的全是香瓜手雷。

马如龙过来低头看了一眼，立即给老鬼使了个眼色，老鬼知道他的意思，没话找话地吸引开黑泽的注意力。

老鬼拉黑泽在一旁抽烟，搬运工都在忙碌着，没人注意他们。

马如龙看见人群淹没了黑泽和老鬼，悄声对崔说："把盖子打大些，我要放东西进去。"

崔际胜用撬棍撑开盖子，马如龙敏捷地从包里掏出"圣诞礼物"，一把塞进箱子里，崔际胜迅速盖严盖子。

崔悄声问道："你对时了吗?"

马如龙诡秘一笑道："当然，两小时后炸。"

"很好，任务完成。用不了两个小时，这批军火也该进库了。"崔际胜和马如龙拍了拍袖口和身上，走过去和抽烟聊天的老鬼他们汇合。

他们正一起往站外走，突然一个日军军曹走了过来，向黑泽敬个礼道："田中大佐请你接电话。"

"哦?"黑泽瞥了眼众人，一转身小跑着去了。

不一会，黑泽回来了，老鬼从上衣口袋里掏出一封信递上道："咳，你不在，刚才渡边来了，留了封信就走了。"

"八嘎，他终于出现了，这个坏家伙。"黑泽喜笑颜开地接过信，撕开看了起来。

众人有说有笑，一起向火车站大门出口的方向走去。

灯火阑珊的火车站。

晚上 6 点来钟，光华门火车站周围出现了一些不明身份的人，这些人似乎对这批军火很感兴趣，这引起车站守军的高度警惕。但这些人却像讨厌的苍蝇一样挥之不去，始终围绕着这几辆军火列车卸下的货物，出没无常，转来转去。

一列货车减速了，渐渐停下，大声喘气，喷出白色蒸气，灰色煤烟淹没了小小的站台，笼罩了那盏孤独的煤气灯。

马如龙从车厢栏杆上翻越进来，看见车上装的都是牛和羊，它们也许是被捕获的家畜，不久之后将成为日军的盘中餐。

货车启动了，向站外驶去，站台上一盏盏煤气灯的光亮。不久，又一列火车驶入车站，呼哧呼哧地减速，这次是列军火列车。

四个日本兵顺着铁道巡逻过来，电筒光往路基两边晃动。

马如龙向一个穿短袄的青年挥了下手，青年向另一个方向跑去，他自己则跨过铁轨，飞快穿过一片开阔地，向一道铁丝网跑去。

不远处的南京城亮着稀稀拉拉的路灯，因为电力不足，显得幽暗叵测，仿如冥界的灯火。

在一个角落，马如龙拿出自己的狙击枪，拉开枪栓，抬高了枪口，只听"啪"的一声尖锐的枪声响起，震惊了车站守军。守军不知枪响的方向，立即如临大敌，加强了守卫，很快增派了两个联队进驻车站。

防卫车站的日军大佐觉得情况有些不对劲，立即向当地驻军报告了这种非正常情况，驻军司令觉得这声枪响一定跟军火有关，当即下令，把屯集在站台的军火连夜装车，运进附近的军火仓库。

大佐不敢怠慢，立即派人连夜装车，忙了一个多小时，才把站台上的上千个箱子装上卡车运走，不久就运进了仓库。

当晚 7 点 30 分，到了预定起爆时间，崔际胜、马如龙和张秉贵一起坐在"五月花"大酒店的包厢里，三人脸上都露出既兴奋又忐忑不安的神情。

崔际胜看了下腕表，对二人道："别紧张，时间还没到嘛。刚才老马那一枪，吓得敌人把站台上的军火全都运进了仓库。"

马如龙笑了笑道："少了这一车手雷和炮弹，那爆炸起来多不够劲哪。"

话音未落，人们只觉得大地巨烈震动，地皮激烈颤抖，紧接着响起震耳欲聋的爆炸声："轰隆隆……"他们三人知道，那颗定时炸弹按时起爆了。

那一连串的爆炸，绽放出的火光犹如节日里盛放的焰火，片片火光映红了夜空，南京的夜空被照亮了，远处冒起了一股接一股红白混合的烟柱，大地在火光中巨烈摇动。

"轰！轰！"闪光频频，他们站起身，透过窗户向爆炸发生的方向张望着，

当他们久久期待的这一幕终于发生的时候，他们都不敢相信这是事实。他们的心情既紧张又期待，甚至还有一丝丝怀疑，难道这是真的吗？只见那阵霹雳火不断持续着，整个城市的东北角都陷入了一片火海之中，不断能看见被爆炸的气浪掀飞起来的鬼子兵蹦上了半空中，接着又一个个栽进了熊熊烈火之中，这场大火犹如中国人心中那滔天的怒焰，将大地上的侵略者烧成了灰烬。

城毁人亡，烈焰腾腾，地狱般的景象。

爆炸军火库的行动终于大功告成！三双大手紧紧握在一起。

第 19 章　考验

深夜十一点多，松本武夫拖着疲惫的脚步走进了自己的别墅，回身关严了房门。

别墅客厅中，他在墙上挂了三样东西：天皇裕仁的画像，一面日本国旗，一面日军军旗。

松本把一块白布铺在地上，跪在上面，面向天皇裕仁的画像、日本国旗、日军军旗，磕了三个响头。

今天下午的事对他刺激很大。松井石根司令官下令枪毙了三名日军军官，其中有103师团的宫本毅雄联队长、对保卫仓库负有责任的桥本旅团长和高级军事参谋中村岛治大佐。另外还有五名将佐被军法治罪。

枪毙和治罪的名单中没有松本武夫，但他知道自己属下的治安队也负有一定的责任。因此，他准备切腹，像一个真正的武士那样死去。

切腹，在日本并不是一种单纯的自杀方法，也不像世人理解的那样，是一种懦弱的表现，它实际上只是一种习俗，既带有法律意义，又有礼法的意义在其中。作为中世纪的发明，它是武士们赎罪、悔过、免于耻辱、解救友人或效忠君主的一个方法。当然还有一种是被迫剖腹，类似于中国的赐死。

松本的剖腹，是为了表示对爆炸负有一定的责任，也是为了殉道，更为了国情的日益不堪。

他向着画像和旗帜再次鞠躬，将衣服的上半部分脱下，袒露到腰部。他又小心地依照习俗把衣袖掖入膝盖底下，防止自己向后倒下，因为高贵的日本武士应当前扑而死。他不慌不忙，一手稳稳地拿起放在面前的短刀，似乎在依依不舍，近乎深情地注视了它一会，看来是在集中临终的念头。他知道，他要把短刀深深刺入下左腹，然后慢慢将刀拉向右侧，再从伤处拉回左侧，向上轻轻切开，一切就都结束了。

松本举起了短刀，闭上了眼睛……

"咚！"有人一脚踹开门，倏然间闯了进来，高呼道，"大佐，你可不能死呀！"说着，从后面紧紧抱住松本的腰，使松本动弹不得，松本握刀的手不得不慢慢地松开，"当啷"一声，短刀掉在了地上。

冲进来的人是菊池，他痛惜望着倒卧在地的松本，眼中泛出怜悯和慌惑的神色。

"啊"地一声，松本忍不住嚎啕大哭起来，泪如雨下，浑身颤抖不止。

"好了，好了，大佐，想开点，想开点。"菊池连连劝道，"现在还不是殉国自戕的时候啊，大佐，我们不是还有更重要的任务吗？你忘了？"

菊池把松本搀扶到沙发上，又端来一杯茶水恭恭敬敬地递给他。

松本失神地望着茶水，好半天才想起来是茶水，这才呷了一口热茶。

"这次仓库被炸，不是我们无能，而是敌人太狡猾。"菊池进一步劝道，"大佐，我们不能因此而丧失理智，更不能气馁，敌人正希望看到我们从精神上被他们打垮，如果我们自暴自弃，那不正好中了敌人的奸计了。"

松本擦干眼泪和汗水，渐渐恢复了自信，坐直了身体，又喝了几口热茶，精神也恢复了平静。

菊池把挂在墙上的旗帜拿了下来，塞进抽屉里，镇静地盯着大佐的眼睛。

松本缓缓言道："菊池君，你说，这次爆炸是那个支那狙击手干的吗？"

"肯定是他，马如龙，但我想他不是一个人在干，这种活儿一个人是干不了的，一定还有其他人协助他，我怀疑是我们内部出了奸细。"菊池颇有深意地说。

"啊，奸细？"松本一惊，眼中顿时射出锐利的芒刺，"对，你说的不错，一定有奸细！不然他怎么知道仓库在什么地方，他又怎么知道最近有大批军火运进仓库。我们内部一定有人给他提供情报。"

"对，"菊池道，"大佐，我已经把先遣队的人员和治安队的人员列了个表，并捋了一下，列出了一个可疑者名单，请您过目。"

松本接过菊池递上的名单，仔细地看了起来。

松本沉吟半晌，抬头问道："先遣队都是我们日本人，当奸细的可能性不大。"松本把那张日本人的名单撕了，"而治安队就不同了，你觉得治安队一大队正副队长这两个人怎么样，有可能是奸细吗？"

菊池思忖道："董彪啊，这个人比较贪心，爱占下属小便宜，还有就是有些懒，其他还没发现他有值得怀疑的地方。至于崔际胜这个人嘛，不好说，他是招聘来当密探的，据说跟南京黑市很熟，但下属没有反映他有什么不正常的地方。"

松本道："崔这个人嘛，有人多次看见他私自开车外出，好像私事比较多，而且他经常去安全区，这正常吗？"

菊池道："这个嘛，也不能说不正常。他去安全区是任务使然，他是负责监视安全区的嘛。而且他多次提供了拉贝的一些情况，说明他工作还是挺称职的。"

松本又道："嗯，那二大队和三大队队长呢，这两个人有值得怀疑的地方吗？"

菊池道："据我观察，二大队队长这个人很诚实，工作也负责任。三大队队长这个人比较奸滑，对下属很苛刻，与外界往来比较频繁，有人看见他深夜经常去找女人，一般反映不好，我看应该换一个人来干。"

"哦，你的意思是说，三大队队长这个人不称职……"松本挠着后脑勺说，"是啊，如果治安队上层出了奸细，那太可怕了，因为他们了解我们内部的情况，也知道许多行动机密，如果他和那个狙击手串通起来，我们就只能被动挨打，而且防不胜防了。"

"是的，"菊池道，"对这些人，我们一定要提高警惕，千万不能麻痹大意啊。"

松本狞笑道："哼，我们得考验一下这几个人！你去，把这几个人给我叫来。"

松本递过名单，菊池领命而去。

松本从柜子里拿出一份文件，并把文件摊开在桌面上，他心中正在盘算着等下卢风来了说些什么。

等了一会儿，卢风匆匆走了进来，一进门就问："大佐，您叫我？"

松本吊着脸问："卢队长，这几天你都在忙些什么？"

"哪几天？"卢风觉得松本问得有些奇怪，有些摸不着头脑，他虽然预感到情况有些不妙，但不知如何回答是好。

"哪几天？就是军火库被炸这几天呀。"松本的脸色越来越阴沉。

"这几天呀，我想想，"卢风挠着后脑勺说，"我一直在监督手下的密探在南京各处巡视，没发现什么可疑的地方。"

"不过我听说，你大前天上班的时候聚众赌博，有这回事吗？"

"啊！没……没有啊，大佐，那都是别人瞎传的。"卢风的冷汗登时流了下来。

"瞎传的？"松本脸色狞厉地问，"怎么不瞎传别人，偏偏传的是你？"

"这个嘛……这个嘛……"卢风一时汗如雨下，无言以对。

"好啦，用不着再演戏啦，我对于违反纪律的属下，从来都不迁就和宽恕。"松本起身在室内转了几圈，停住脚步，回头道，"你现在交出你的权力，回去关一星期禁闭，没有我的命令不许出来。"

卢风吓得赶忙站了起来，战战兢兢地说："是……是是……大佐，我一定深刻反省，深刻检查。"

进来两个卫兵把卢风带了下去。

松本挥了下手，秘书知道要带下一位进来了，秘书走了出去，过了一会，他带着董彪走了进来。

董彪一见松本，立刻立正，敬了个标准的军礼，"大佐阁下，董彪奉命来到。"

"董彪，啊，董彪，"松本用一种莫测高深的眼光盯着他看，好半天才说道，"董队长，你不认为这次军火库爆炸与自己有关吗？"

"啊?!"董彪吓得脸色煞白，呼吸紧张，他感觉双腿发软，扑通一下跪了下去。

"大……大大大佐，我们一大队在……在在……爆炸期间，并没……没有发现任何可疑的人……人物靠近军火库……"

"哼，你的意思是说你是称职的喽。"松本绕到董彪背后，"据说你的阿芙蓉癖还挺大的嘛，大白天上班的时候还不忘来上两锅？"

"啊，我是冤冤冤……冤枉的，大佐，那都是别有用心的人瞎……瞎传的。我上班的时候，绝对恪……恪尽职守，不敢有丝毫懈怠呀……"

松本狞笑道："董彪啊董彪，我还真没看出来，你竟然是个瘾君子。"他背着手在室内来回踱步，"你以为自己很谨慎，而你的属下不会打小报告，是吧，你恰恰忘了我是干什么的，你们的一举一动都逃不出我的法眼，敢跟我要小聪明、玩灯下黑？你还嫩了点。"

"大佐，你饶了我吧，我再不敢了，再不敢了……"董彪磕头如捣蒜，口里连连求饶。

"我饶了你，不难，但饶了你，就是对那些遵守纪律的人不公平。是不是这样啊，董先生？好啦，一大队队长就不要干了，关禁闭3个月，我就不信治不了你的烟瘾。"

话音刚落，进来两名卫兵，架起董彪走了出去。

松本再次摆手，秘书点点头，出去领另一名召见者来见。

这次进来的是崔际胜，崔际胜一见大佐，立正敬礼，"报告大佐，崔际胜奉命来到。"

"好，坐。"松本满意地看着崔际胜道，"崔桑，根据你最近的表现，我宣布，从现在起，你就是一大队的大队长了，董彪另有任用。你有什么要说的吗？"

崔际胜感到有些意外，连忙起身道："大佐阁下，这么重要的岗位，我恐怕不能胜任啊。"

"坐，坐下吧。"松本满脸堆笑地说，"不，你能胜任，完全能够胜任。一直以来，你协助董彪，各项工作都开展得不错，上次师团长夫人的保卫工作也做得很好，安全区也没有发生重大事故，而且属下们对你的反映都不错，我个人对你的工作是满意的。"松本背着手踱开几步，"主要是董彪这个人不可靠，吃喝嫖赌占全了，他哪有心思去抓枪手啊。"

松本转身道："董彪吸毒的问题是很严重的，这在军中是决不允许的，幸亏你及时报告，不然会造成更大的损失，到时候一切都悔之莫及呀。"

崔有些惭愧地说："我不是想出卖上司，而是真心诚意地为了他好。"

"我明白，明白。坐，坐吧。董彪的调离并不是因为你的汇报，而是另有原因，这个你就不用担心啦。"松本就是喜欢崔际胜这样的人。

二人又聊了些无关紧要的话题。这时，一名中佐走了进来，在松本耳边低语几句，松本频频点头，然后站起身对崔道："崔，我要出去一下，可能要耽搁一会儿，不过也不会太久，你在这里等我吧。"说着，松本起身离开。

这时，崔的眼光被松本大班台上的一份文件所吸引。

那是什么，是机密文件吗？

虽然隔得很远，但他仍旧可以看见最上面的一页，可以肯定是一份红头文件。这可是机密中的机密呀，他以前也隐约见过这种文件，但从没有在这么近的距离中亲眼目睹过它。

崔际胜不禁有些心动，他觉得这是一个千载难逢的获得日军高层军事机密的好机会。他刚想站起来，突然心中有另一个声音立即提醒他：别乱动！这很可能是松本设下的一个圈套，一个精心策划的阴谋！

是圈套吗？是阴谋吗？他在心中问自己。

松本为什么在这个时候突然离开，看起来像是偶然而为，难道真是偶然吗？不，不像是偶然，反倒像是事先策划好的一个阴谋。

今天的一切都显得有些诡异。他用眼睛的余光扫视了一下办公室，室内除了他之外没有别的人，但他感觉到有一种令人不安的气氛在包围着他，他感觉墙壁之外有无数双眼睛在窥伺着他，他告诫自己，千万不能动，就这样坐着，保持一个姿势坐着。

为了使自己看起来显得从容自然，他从上衣口袋里掏出烟来，慢悠悠地从里面抽出一支，点燃抽了一口，然后吐出浓浓的烟雾。

联想到自己的突然升职，也显得很不正常，现在又让自己一个人呆在办公室，这两者联系起来看，显而易见是经过精心策划的一场考验。自己如果在这关键时刻沉不住气，贸然行事，很可能就会被松本抓住证据，从而陷入万劫不复之境地。

可如果松本的离开并不像他猜测的那样，是预先策划好的，而确实是一次偶然的行为，那他就错失了一个绝好的获取日军情报的机会。

他脑子在一瞬间想了很多很多，各种可能性都想到了，最后他觉得还是不要冒险行事，就坐在这里一直装傻就行了。

10分钟过去了，一根烟吸完了，也没什么动静。又是10分钟，他不动如山，静静地坐着，又抽了一根烟，两眼望着虚空，两只脚有节奏地打着拍子，脸色显得平静而又自然。当抽了三根烟之后，他听见办公室的门锁"咔嗒"一响，门被人从外面轻轻推开了，进来的是松本。

松本其实并没有离开，他一直呆在另一间办公室里，那间办公室有一块两米见方的墙壁是一面透视玻璃，可以清楚地看见这边办公室里的一切，但又不被人所觉察。

松本对崔际胜在玻璃那边的表现所折服，刚才的事实证明，崔并不是内奸，他没有染指文件，可见，袭击军火库的事与他无关，这样的人是值得信赖的，把一大队交给他完全可以放心。

"好啦，崔桑，"松本平静地说，"你回去吧，你们大队的守卫任务解除了，你们仍旧以维持南京治安和搜捕潜伏狙击手为主要任务。你要尽快把董彪的工作接手过来，人员做出调整，工作重新调派，不能再发生以前的问题。"

"哈依。"崔际胜敬了个礼就要离开。"等等，"松本在背后叫了一声，"中国的新年就要到了，国内来的民间观光团已经到了上海，就在这几天要来南京参观，届时朝香宫亲王也要出席观光团的一系列亲民活动，你们治安队要配合先遣队加强警戒，保护好国内观光团的安全，决不能让那些狙击手趁机捣乱，让歹徒肆意骚扰！"

"哈依！"崔际胜再次敬礼，瞄了一眼松本的脸色，转身离开。

第 20 章　夜袭

这是血战过后危城中的一个角落。

一间新婚的洞房内，白色的西式家具格外夺目，精巧而阴柔的风格可以看出是尽着女主人的趣味布置的。银粉色的沙发床，罩着白色的阿拉伯式帐幔，虽然有点不伦不类，却看出这对男女的甜蜜经营。洁白的蕾丝窗纱，透出贴着米字防空纸条的玻璃窗。

留声机播放着一个女子娇滴滴、嗲溜溜的歌声："天涯呀海角，觅呀觅知音。小妹妹唱歌郎奏琴，郎呀咱们俩是一条心。唉呀唉呀郎呀，咱们俩是一条心。家山呀北望，泪呀泪沾襟。小妹妹想郎直到今……"

如今，这里的新主人将这里改造为日本式的简约，墙上挂着一幅浮世绘，从屏风那边传出一个男人通电话的声音："……对，到目前为止，在下关江边执行枪决并抛尸江中的尸体有六万多具，以活埋处理的尸体为十二万具，以特殊焚烧油焚化的尸体为五万六千具，集体和个体掩埋的尸体为六万具左右。在日本民间观光团到达南京之前，大部分尸体得到了相对全面的清除，城市面貌和卫生的恢复指日可待……哈依。"

勤务兵从门口进来，看了眼正在打电话的菊池少佐的背影，小心翼翼地拿着擦好的皮靴，放在门边，又把一套烫得笔挺的和服挂在门口的衣架上。

深红色的液体从倾斜的瓶口流出，倒入水晶玻璃杯里。

菊池少佐若有所思地走过去，没碰那杯倒好的红酒，由勤务兵伺候着他穿上和服，系上腰带。

菊池在丝绸和服里挎上手枪，蹬上马靴。菊池下了楼，来到院子里，牵过那匹东洋枣红马，一步跨了上去。

菊池骑着马沿着中山东路一路小跑而去。

有些士兵正在移除路口的沙袋、路障和铁丝网。沿街有许多日军工兵正在施工，修复在作战中毁坏的房舍和道路，正在恢复城市容貌和城市功能。

菊池停下马，看着一伙中国劳工抬着水泥桶，行走在乱七八糟的木头和竹竿搭起的脚手架上，修补一家三层楼的百货商店。

脚手架下面，晃悠着两个持枪的日本兵。不远处，日本士兵押解着中国劳工将一袋袋水泥搬下卡车。一袋袋水泥被倒入搅拌机中，搅拌机隆隆地转了起来。

菊池策马前行，前面是一片带飞檐的回廊，那是古色古香的明代建筑，还有一排店家、餐馆和茶楼。

这就是著名的夫子庙。附近是老街，主要有太平路、中山东路、国府路、珠海路，这些地方被日军进攻南京的炮火炸塌了，又被如狼似虎的日军掠夺一空，纵火焚尽。全城估计约有百分之五十至六十的房屋被烧毁。现在又拼命赶修这里，为的是让民间观光团对南京留下美好的印象。

这条路是参访团从码头到市区的必经之路，现在正全力修复。离民间参访团来南京还有二天，每一秒钟都不能耽误。

一行中国劳工在组成一个长长的担土队伍，把担来的土逐一倒在地面上。

骑行了约半小时后，他来到老街。被匆匆修复的沿街店铺，一个个店门口都挂着日本商店的招牌。偶然也能看见中国店家的招牌。

前面路边出现一个很大的池塘，冬天是枯水季节，浅浅的水塘上招展着铁锈色的残荷，荷叶几乎覆盖了整个水面。

阳光映照在塘水上，残荷摇曳，衬着断壁残垣和烧毁的房屋，看上去既荒凉又宁静。再往前走，前面出现了一片破败的贫民窟。菊池下了马，把马拴在一根柱子上，转身抬头望去。

这是一座破旧的二层楼房，墙面斑驳，廊柱歪斜，地板坑洼，但看起来是刚刚经过粉刷和油漆的。墙上挂着一块木牌子，上面写着"日军慰安所"

几个汉字。

一大群日军士兵从他身边跑过，嘴里发出阵阵欢呼声。

菊池顺着楼梯从一口天井盘旋上来，看见那些筑起的回廊，木头围栏虽被油漆一新，但处处可见年久变形和裂缝的地方。回廊内的一楼二楼都是一间间的小屋，门的式样也各个不同，但都油漆成和围栏同样的深红色。

一群日本军官涌入天井，涌上楼梯，每人手里举着个竹签子，上面是火烫出的号码，他们举着竹签像洪水猛兽一样冲入回廊。门上有编号，写着001~050号。

菊池知道，这是派遣军总部在南京附近开张的第一个慰安所。他今天来，不仅仅是为了泄欲，也是想看看这里究竟是个什么模样。他想起现在在日本国内，对慰安所也有不同的意见，有人说，从被占领国强行掳来妇女，作为慰安妇，等于是持续的强奸和轮奸。菊池不同意这种观点。他认为，建立慰安机构，一定会正常疏导作战给日军官兵带来的精神压力和身体压力，有利于官兵的身心健康，它的功能是舒缓恐惧和压力。慰安所里有了慰安妇，那些强迫性的性行为一定会消除。

几名已经泄了欲的军官穿好衣服，起身离开。门"嘭"的一声被关上，一名慰安妇闭着眼睛，似乎断了气，流血的伤口把她的头发浸在血里。

菊池拿的是036号牌子，他对了对号码，正要走进那间房间，突然，门开了，两个男人一头一尾地拎着被单裹挟的尸体，向门外走来。菊池赶紧让开路，一名中年女军官上前拉开被单的边角，被单里露出一张惨白的脸，那分明是个老妪的脸嘛。

"036号死了，埋了吧。"不知是谁说了一句。

"啊哈哈哈……"远远近近传来日本官兵醉醺醺的歌声和淫秽的笑声。

菊池下了楼，看见院子里排着四具尸体，都被裹在白被单里。

被单的一头露出一张纸片，上面用毛笔写着"021号""049号""036号"。她们活着或死去都是一些无足轻重的数码。

一个穿白大褂的日本军医从一排尸体的最后一名身边站起，利落地摘下皮手套，扔到地上。

中年女军人手里拿着一本名册，用一支笔在名册上圈画，在036号上画了个×，女主管对军医说："老是这样可不行，找来这些女人多不容易啊，都是报国队的优秀女兵啊，死起来倒容易得很，一死就像春天的鸡瘟一样，一个接一个。"

院子外面，一个个长型的包袱被搬上一辆卡车，一张芦席盖了上来。汽车一溜烟开走了。一个个生命就这样被勾销了。

看见这样的场面，菊池的兴致一下子烟消云散，还谈什么享受，甚至有些恶心，他想赶快离开这个充满晦气的地方。

他来到慰安所大门前，持枪的哨兵从岗亭里走出来。菊池掏出一张票券，示意自己是来找安慰的。那是一张粉红色的慰安券，在哨兵眼前晃了一下。

日军哨兵接过慰安券，笑道："怎么了，少佐先生，不玩玩再走吗？"

菊池的胃里一阵翻江倒海，他紧忙用手绢捂住嘴，狼狈地往外逃走。

日军哨兵不解地摇摇头，回身将那张慰安券塞进木箱的缝里。

一个日本餐馆的招牌下，挂着日式灯笼。

餐馆内，草席上摆着日本矮桌。矮桌面对面坐着菊池，由一个日本女招待给他布置开胃小菜，一个个精致的小碟子里只有一两块食物。女招待跪下来，用一块小毛巾端起酒壶，为他斟满清酒。

这了一会儿，一名青年男子趸了进来，悄悄来到菊池座前，菊池道："陈桑，近期跟踪的情况如何？"

姓陈的男子鬼鬼祟祟地道："那姓崔的肯定有问题，他经常去一个地方，那里原来是交通部大楼，前面有个停车场，现在是一片废墟，每次我跟到那里，他人就一下子消失了，我估计他进入了一个防空洞或地下室之类的地方，但过一会，他又重新出现。"

"哦，防空洞或地下室？"菊池皱眉凝思，表情严肃，"他每次都是怎么来的？"

"他每次都乘车来，用的是治安队的吉普车，但每次都是一个人开车离开。"

"这个地点还有谁知道？"

"没别人，就我一个人知道。"

菊池沉吟半晌，突然挥手下令道："这样吧，你这几天跟紧他，身上带一部步话机，一旦发现他进入防空洞或地下室，你立即向我发信号，我带人堵住他，抓他个现行。"

"哈依！"陈某立正敬礼，领命而去。

姓陈的刚走，一个日本狙击手来到菊池面前，菊池让他俯下身，在他耳边低声嘱咐一番，那名狙击手冷笑点头，迅速离开。

南京的冬夜潮湿而阴冷，笼罩着一层淡淡的朦胧的雾。昏黄的路灯像一排醉鬼的眼睛，看守着一条灰黄色的、通向冥间的路。

晚饭后，崔际胜忙完了队里的事，开着车来到交通部大楼附近。

前面有一家妓院，里面亮着明亮的灯光，这里似乎不被外面的世界所干扰，依然灯红酒绿，丝竹管弦。几个当兵的搂着妓女们，跳着他们认为的伦巴。

走着走着，他觉得四周寂静得有些可怕。最近情况不太好，有一种不祥的预感总纠缠着他，眼角眉梢好像总有一些诡异的影子晃来晃去，他觉得有必要提高警惕，备加小心。所以他今天有意在较远的地方停了车，熄了火，拔出钥匙，步行向地下室入口处走来。

离入口处还有二十来米时，突然，他眼睛的余光发现身后不远处有个影子闪了一下，但当他回过头去，却什么也没有发现。他以为自己神经过敏了，但还是有意放慢了脚步。

再往前走了几步，身后那个黑影再次出现。他心里惊呼："不好，我被人跟踪了。"

他立刻拐了个急弯，向另一个方向匆匆走去。身后的黑影一直跟着他，但又不缩短距离，就保持在二十米左右的距离上，像个幽灵似的不远不近地跟着。

崔际胜来到一个街角，迅速拔出匕首，藏在街角一颗树后面。

那黑影没防备走了过来，崔际胜让过他，突然一纵跳了出来，一把搂住黑影的脖子。匕首砸在黑影头上，黑影没有防备这一招，被崔拽倒了，步话机掉在了地上。

崔际胜把黑影拖到墙角下，用绳子捆住那便衣的手脚，用匕首抵在便衣的胸口上，小声叱问："你是谁？为什么要跟着我？"

便衣瞪着他，一个劲地直摇头，嘴里唔唔连声。

崔际胜叱问："谁派你跟踪的？"

便衣用生硬的中文回答："不……懂……"

崔际胜低吼道："你少跟我装东洋大蒜！"他把刀移向他的脖子，"现在懂不懂？狗汉奸！"

便衣慌了，连忙用中国话说："懂懂……我懂了，我是中国人，长官饶命啊。"

崔际胜亮了亮刀子，继续问："你怎么知道我是长官，啊？说！"

便衣吱吱唔唔道："是……皇军，哦，不是，是小日本让我跟着你的。"

崔际胜问道："小日本儿，谁？说，是谁？"

便衣吱吱唔唔道："是……是……是菊池少佐。"

崔际胜斥道："他为什么要让你跟踪我？"

突然，不远处响起马蹄声。路口过来两个骑兵巡逻兵。便衣来了精神了，眼睛亮起来，眼珠朝马蹄响的方向打转。

崔际胜用一只手捂住他的嘴巴。便衣猛一打挺，企图挣脱崔的控制，脚向后一蹬，崔际胜的刀尖几乎插入便衣胸口。便衣不敢再乱动了，两人就这样僵持着，等待日本巡逻兵走过去。

马蹄声渐渐近了，又渐渐远了。

崔际胜把便衣拉入身后一个防空掩体里，里面一片漆黑。

崔际胜继续叱问："说，为什么跟踪我？"

便衣讨饶道："长官，放了我吧，我……什么也不知道……"

崔际胜手中刀一紧，继续叱问："你想死想活？"

便衣道："我真的不知道……菊池少佐就是让我跟着你，别的不许我问。"

崔际胜用刀尖割断便衣西服领口的扣眼，叱问："刀快吧，还想用哪儿试试？"

便衣使劲把脖子往后仰，恐惧地注视着刀尖，讨饶地说："菊……菊池少佐他一直怀疑你是奸细，让我跟着你……其他的我不知道，我真真……的不知道啊……"

崔际胜叱问："怀疑我是奸细，我是奸细吗？你说，我是奸细吗？"

便衣讨饶地说："我看倒不像……这个我真……不知道，你杀了我也不知道哇！"

崔际胜追问："你跟了我多久了？"

便衣继续讨饶："大概有一个月吧……长官，求你放过我，我是身在屋檐下，不得不低头，我是为了有口饭吃，才为日本人卖命的……"

崔际胜问："你是治安三队的吧？"

便衣点头首肯："是的，长官，你认识我吗？长官，我求你放过我，我保证不说出去。"

"放过你？好吧，这就放了你。"崔际胜假装要放了他，站起来拍了拍衣服，趁便衣不备，手一扭，匕首猛地往上一抬，一刀刺穿了便衣胸口，便衣像死狗一样瘫倒在地。

崔际胜拖着便衣的尸体来到车前，把尸体扔进后备厢，迅速开车离开。

十几分钟后，崔际胜开车来到一条小河边，停下车，拖出里面的尸体，抛尸河中，再开车返回交通部大楼的废墟中。

这次回来，他多了个心眼，在两条街之外就停了车，并把车藏在一个废旧停车场的僻静处，找了些破油布和烂树枝盖上，在离开前又检查了一下车上，看看有没有什么会暴露身份的东西留下。

他觉得一切都满意了，这才拿出一身夜行衣穿上，伪装停当，才蹑手蹑脚向交通部大楼的方向走去。来到大楼停车场，他并没有立刻钻入地下室，而是先隐在黑暗处，趴在一个水泥礅子后面静静地观察了一阵子。

今晚月色很好，视线所及，地上的一切都照得白花花的，远远近近的物体轮廓都看得十分清楚，没有发现什么不对头的地方。

他两只眼睛不停地在黑暗里逡巡着，突然，一个细弱的黑影突然出现在拐弯处，他怕被对方看见，急忙闪进阴影里躲避。可他等了很久，那个黑影没有再次出现。

他又等待了十几分钟，心里埋怨自己太神经过敏，这才爬起来，走到地下室的入口处。

入口处的废旧家具仍旧堆在门口，他顺着家具的缝隙钻了进去，掀开门板一看，里面正亮着煤油灯，马如龙一个人躺在地铺上看书，旁边地上扔着两个空罐头盒。

见崔际胜进来，马如龙　下坐了起来，笑道："老崔，这几天都忙啥呢，怎么老不见你来呀？"

"风声太紧啦，老马，"崔际胜擦着额头和脸上的汗水，气喘吁吁地说："这里已经不安全了，我怀疑日本人可能发现这个地下室了。"

"啊？"马如龙一个鲤鱼打挺坐了起来，"发现了，不会吧？"说着就去摸手枪。

崔际胜把刚才在外面抓了一名便衣的事详细说了一遍。马如龙意识到问题严重，果断地说："我们转移吧，我看这里不能久留！"

"对，转移！"崔际胜拔出腰间的手枪，顶上火，顺手把墙上的水壶和干粮袋拿了下来，又卷起桌上的城市地图，对马如龙道，"快，说走就走。"

马如龙把几身日军军装塞进包袱里，还不忘带上几听牛肉罐头。

二人刚刚爬出地下室，停车场上的几辆废旧汽车后面就闪过几个黑影，"啪"的一声枪声，马如龙身后的一块钢板上被击起一片火花。

马如龙头一低，身一纵，一个就地十八滚，滚出五米开外，然后藏身到一块倒塌的水泥构件后面。崔际胜弯腰急跑，躲在一个木箱子后面，二人屏息等待着。

"你的狙击枪呢？"崔际胜小声问。

"背着呢，打这种巷战狙击枪根本使不上劲儿。"马如龙拍了拍背上的狙击枪。

不远处的汽车后面藏着一个黑影，那黑影悄悄抬起头来，马如龙看得分明，挥手就是一枪，但没打中对方，黑影的头缩了回去。

可以说，马如龙用手枪的准头，还真不如用狙击枪那么神准。

"砰"，从另一个方向又打过来一枪，这一枪险些打中马如龙。马如龙一缩头，子弹带着嘶鸣擦着他的头皮飞过。这次马如龙抓住了机会，他从水泥磝子后面换了个角度，飞身跃起，抬手一枪，只听得对面传来"哎呀"一声，一个黑影倒在地上。

对面响起一阵慌乱的脚步声，崔际胜抬高头，向马如龙招了招手，又用手指指停车场东南角的出口处。

马如龙明白崔的意思，是让他从那个方向撤退。

马如龙刚直起腰，眼睛余光看见对面楼房的窗户里有黑影一闪，他一个前扑，紧接着一个翻滚，对面的枪响了，一粒火花钻进了马如龙刚刚站立的地方。

"好险啊，我的个乖乖。"马吐出舌头说。

"啪！啪！啪啪！"对方形成了包围之势，火力越来越猛烈，黑暗中枪声阵阵，枪焰频闪。

崔际胜冒着弹雨爬了过来，轻声对马说："怎么办？日本人的火力很猛，我们可能被包围了。"

马如龙背靠一个街垒的麻袋道："对方的枪法很准，可能是菊池的狙击分队。"

"不管是谁，我们也不能在这儿等死。"崔际胜甩手"啪啪"还了两枪。

马如龙也向不远处闪过的黑影打了几枪。

"快！我的吉普车在前面停着，我们必须上了车，才能甩掉敌人！"崔躲在距离马如龙几步远的一处街垒后面。

马如龙刚想抬头，一枪打来，击中了麻袋。马如龙一个翻滚，闪在一旁。

马如龙一口气打光了枪里的子弹，迅速卸下弹匣往里面压满子弹。

这时，几个黑影窜到离马如龙不远处的一栋民居楼上，居高临下，向下猛烈开火："啪啪啪啪……"

马如龙刚要还击，冷不防"啪"地一枪打来，正中他的左臂，顿时血流如注。马如龙痛得大汗淋漓，一头栽倒在地上。

崔际胜爬了过来，扶起马如龙，"啊，老马，你中弹了?!"崔际胜帮他紧紧扎住袖管，止住血。

马如龙感到一阵眩晕，对崔际胜道："老崔，你走吧，别管我了，看样子我走不了了。"

"什么话?!"崔际胜横瞪了他一眼,大声吼道,"要活一块活,要死一块死!"

眼看枪声越来越近,日本狙击手们显然缩小了包围圈。情况已万分危急,危险已迫在眉睫。

"砰砰!"敌人后方突然响起一阵怪异的枪声,对面的黑影慌张起来,东躲西窜,阵形一时大乱。

马如龙和崔际胜愣了一下,侧耳倾听,发现枪声是从敌人后方传来的,敌方的枪声更显凌乱,显然是另一股力量介入了这场对决。

"你看,敌人阵脚乱了,我们有救了。"老崔指着居民楼的方向兴奋地说。

马如龙挣扎着想站起来,崔际胜强按住他说:"别动,小心伤口。冷静点,说不定有人会来救我们。"

话音未落,对面有一个影子从街口闪过,如风一般掠过街角,掠过马路,不时回身向日本人射击,日本狙击手显然被他打了个措手不及。崔和马看傻了眼,这家伙到底是谁?

影子飞快地闪了几闪,一会儿东,一会儿西,一会儿在敌人前面,一会儿似乎又跑到敌人后面。最后"唰"地一下就飘到了眼前,马如龙和崔际胜借着月光望去,他怎么是……曾沧海?二人定睛一看,果然是曾沧海:依旧是那样身形矫健,依旧是那般镇静自若,手中提着双枪,浑身披着战尘,脸上挂着胜利的微笑。

"哈哈,老曾,又是你!"崔际胜一下跳起来,和曾沧海来了个熊抱。二人激动地拍打着对方的后背,感慨欷歔不已。

曾沧海低头一看,马如龙的左胳膊染满了血迹。马如龙却笑着打趣道:"老曾啊,每到危急关头,你就会从天而降,你真是我的天兵天将啊!"

曾沧海禁不住哈哈大笑,向前一步,与马如龙紧紧拥抱在一起。

老崔道:"敌人叫你给打跑了,你看清了么,他们到底是些什么人?"

"咳,说来也巧,"曾沧海说道,"我刚走到路口,就听到前面有枪声,心想不好,老马有危险!根据枪声判断,敌人是有备而来的。等走到跟前一看，才发现是日本狙击手，总共十来个人，队形呈扇面围住了地下室入口处。"

"这就叫来得早不如来得巧嘛。"三人都笑了。

"哎，老曾啊，你怎么回来了？"马如龙问。

"咳，回去憋得慌，不如在这儿杀人痛快，所以我就偷着跑回来了。"

"偷跑回来的，我的天，真有你的……"

老崔催促二人道："别说了，此地不宜久留，我们上车走吧。"

"车，哪有车？"马和曾面面相觑，都以为自己听错了。

老崔走到墙角处，用力一拉，只听"哗啦"一声，一块油布掀开，露出下面的美式吉普车。

"快，上车！"老崔先跳了上去，发动了引擎。马、曾二人也跳上车，车子立即驶上公路，向安全区方向疾驰而去。

约二十分钟后，车子到了宁海路5号的国际安全区总部。崔际胜把车子驶进安全区院子内，三人从车上下来，一起走进了办公室的大门。

拉贝先生正和几位助手正在开会，秘书领着崔、马、曾三人走了进来。

拉贝热情地起身迎接三人。崔际胜向拉贝先生简要地说明了来由，并提出了打算让马、曾二人藏身于安全区的请求。

拉贝沉吟了一下，走到窗前向外看了看，又和几位国际委员简短交换了一下意见，最后转过身来，脸色平静地说："最近市面比较平静，日本人已经停止了杀戮，正在恢复市容市貌，难民们也大多数返回了家园，你们的要求我看可以满足。你们两位可以藏在我家别墅的地下室里，没有我的允许决不可轻易外出，明白吗？"

"明白，谢谢您拉贝先生。"马、曾二人不禁热泪盈眶，紧紧握着拉贝的手，久久不愿松开。

拉贝这才注意到马如龙染满了血迹的左胳膊，惊呼道："怎么，你受伤了？"

"没事，小伤口，不碍事。"马如龙故作轻松地一笑。

拉贝脸一沉，"快快快，快叫李察大夫！"人们扶着马如龙向隔壁的医院走去。

第 21 章　刀之缘

深夜十二点多，打了败仗的菊池狼狈地返回了自己的住处。

他心情灰败到了极点。在别墅客厅中，菊池一动不动地坐着，低头看看祖传的宝刀，抬头看看父亲的遗像，心中有无限的感慨，无限的悲凉，无限的痛楚，他不禁心海潮涌，热泪长流。

宝刀沉默。心如死灰。

刀，是武士之魂，刀，是一个家族的血缘故事，刀，是一首武士道的铁血战歌。但刀有双刃，这刀之刃，又是一个业障，一个宿命，一个推不翻的铁证，它夺去了一代又一代祖先的生命。菊池的思绪飘得很远，他回忆起 8 年前那个风雨交加的夜晚，他的心上人手捧着这把刀站在雨地里，深情地凝望着他，这一瞬间深深地铬印在他的脑海里。他深深懂得，胜利、光荣和血誓的尽头，却连接着悲哀、凄惨和灭绝。自己的父亲，被一伙忍者的后代残酷地杀害了。也许父亲是为了保卫这把刀而死的？也许是碰上了复仇使者？自己的每一位祖先，无不热爱这把刀，也无不死于这把刀。这刀，不是一个传承者的光荣，不是一笔财富，不是一个传家之宝，而是一个魔咒，一股煞气，一笔冤债。

菊池的目光，透过这把刀望向虚空，冥冥中似有一种巨大的恐怖向他袭来。

菊池僵直着站起身，缓缓走进亭院，那些假山、鱼池和园林景物跳入眼帘，闯入心扉，让他想起了自己的惨淡的童年。

他五岁时，父亲要他穿着整套武士的盛装，置身在一张围棋棋盘中。腰带一柄镀银的木刀用作真刀的替代品。可他总爱偷偷佩带上虽钝重但却是钢质的真刀。

从六岁起他的父亲教他用木制匕首学习切腹的动作要领。

八岁时，父亲送给他一本《切腹割颈动作要旨》。切腹是他千百次练习过的动作，可他动作迟缓，不得要令，所以总不能让父亲满意，不时受到训斥，父亲还骂他是笨猪、小懦夫和胆小鬼。有一次，父亲当着外人的面，竟然说他：你不是武士的后代，你只会给整个家族蒙羞。

他开始记恨父亲，开始通过恨来学习爱。

在记忆里，他只有父亲，没有母亲，他刚生下来母亲就死了，他一点儿也没有尝过母爱的滋味。他生于豪门旺族，父亲给他灌输的唯有武士道。父亲是一位富商，母亲死后他没有再娶，但他家里女人不断。那些女演员、女艺伎把他的家当作了舞台，浓妆艳抹，你出我入，粉墨登场。

这些莺歌燕舞的女人，一拨接一拨的女人，不断地更新换代的女人，把他仅有的父爱也剥夺了，无奈之下，他只好白天躲到外面，图个耳根清静，只有晚上才回家睡觉。

有天晚上回家，看见家中的大厅里正在表演歌舞伎。

歌舞伎、净留璃、能，是日本三大传统戏剧。

菊池从不看戏，一有戏班子的人来，就是躲出家门，那天他却鬼使神差，从窗户外往里面偷看。

他看到的是一出名戏，叫《镜狮子》。这是一出以舞蹈为主的歌舞伎。

那位演疯女的演员，一下子吸引了菊池的视线，他盯着她看，突然被闪电击中，他不知道自己是被美貌打动了，还是被剧情打动了，反正他一下子爱上了她，她的名字是后来从那些长辈的口里知道的，她叫樱井淳子。

樱井淳子是个孤儿，从小被一个艺伎收养，后来就学了歌舞伎，当了年轻的艺妓，并以此谋生。

演戏结束了，菊池跑到更衣室里，找到了正在换装的樱井淳子。卸了妆的樱井，长相十分甜美，气质温和高雅，她也被菊池健美的身材和俊朗的外貌所吸引。他约会樱井第二天和他一起出去郊游，樱井想也没想马上就答应了。

他们一起爬山、郊游、逛街、购物，一起谈论人生，一起梦想未来，憧憬明天。他们郎才女貌，年龄相当，兴趣相投，二人渐渐盟生爱意，彼此心属。但那个时候，他们才刚刚十七岁。

一年后，菊池考上了帝国陆军大学，紧张而又繁忙的学习、训练使他们很少见面，但樱井淳子并不介意，她会等他毕业，她告诉他，无论等多久，她都会等，一直等到海枯石烂的那一天。

有一天晚上，家里正在上演"能"剧，父亲正在屋里看戏，突然，从空中降下几名忍者武士，上来就抢菊池家中的那把祖传宝刀。菊池父亲毫不畏惧，只身和歹徒展开了一场搏斗，菊池刚好回家，看见屋里正在混战，立刻跑去警察局报了案。好在警察局离他家不远，刑警们闻讯，很快就赶到了菊池家，但只看到了几具横陈在地上的尸体，其中就有菊池的父亲。这时，宝刀已失去了踪影，演员们都吓得抱成一团，大哭小叫，浑身瑟瑟发抖。刑警们搜查了很久，到处都翻遍了，就是没有找到那把宝刀。

为了给父亲办理后事，菊池没有返回学校，而是留宿在家中。就在出事后的第三天深夜，菊池听见有人敲门，他打开门一看，见是樱井，她浑身沾满了雨水和泥泞，手中拿着一个布包，神色十分慌张。菊池把樱井领进客厅，樱井打开布包，那柄祖传的宝刀赫然在目。菊池大吃一惊，樱井告诉他，今天她在整理道具箱子时，在箱子底层发现了这把宝刀，她就给他送回来了。她不知道宝刀是歹徒藏在箱子里的，还是剧团的内应干的，刀刃上还留有他父亲的鲜血，已经干成了一块一块的血痂，但她还是冒着危险把刀送了回来。菊池感动得不知如何是好，紧紧抱着心上人，两人一顿唏嘘感慨，哭成了泪人。

樱井的勇敢行为深深地打动了菊池，但因为樱井偷偷拿回了宝刀，剧团她再也回不去了。万般无奈之下，菊池就把樱井送到了京都的亲戚家里躲藏。

菊池准备从军校毕业后就和樱井结合，可命运再次跟菊池开了个玩笑。他二十三岁刚毕业，就参了军，立即被派到中国占领军第18师团所属的第9旅团，做了一名实习少尉，在中国的东北、大连等地作战。两年后，本来他有一次回国开会和学习的机会，已经 25 岁的菊池准备和樱井完婚。

但突然之间，淞沪会战爆发了，命运第二次跟菊池开了个大玩笑。菊池被调入关东军第 105 师团，地点在满洲的新京，后来又被选派赴德国留学，这一去就是两年。他们之间只有鸿雁往来，望洋兴叹。

婚是结不成了，菊池十分思念樱井，但无奈之下，他只能坚守岗位，一天一天地熬着、盼着、等着。

后来有一名中佐违反了战场纪律，竟敢向敌军输送情报，被菊池发现当场枪毙，为此事他得罪了大本营的一位副总司令，被撤职严办，押回东京，等候处理。在本部，他等于被软禁起来，无法见到心爱的情人樱井淳子。

当他被平反昭雪，官复原职，留在大本营效力时，他专门去找了樱井几次，但每次都被亲戚告知，樱井早就离家出走，不知去向，最后彻底地失踪了。

最后一丝希望也破灭了。

命运啊，命运，你给菊池开了最后一次残酷的玩笑。

战争中的黑夜，无比漫长，无比黑暗，无比恐惧，菊池几乎是睁着眼睛熬到天亮。

接下来的几天，他神思恍惚，一看见那把宝刀就想起失踪的情人樱井淳子。

一天下午，他的部下羽津上尉走了进来，手里拿着一封信。

"报告少佐，有您的一封信。"

"信？谁的，我的？"菊池似乎预感到了什么。

菊池一把抢下那封信，从信封的邮戳上看，信是先寄到中国的东北，后又辗转寄到大连守军驻地，后又寄回日本，又从东京大本营寄到上海占领军总部。他怀着强烈的好奇心打开了那封信，读着读着，双眼突然焕发出一道强烈的生命华彩。

信上写道：

亲爱的菊池：

当你看到这封信的时候，请不要难过，为了天皇，为了国家，为了大和民族，我决定参加一个由女学生组成的'女子报国队'，前往中国。一方面是为了慰问前线的官兵，作一名光荣的慰安妇，另一方面，是为了见到朝思暮想的你。

亲爱的菊池，我非常非常地思念你。两年多以来，你带着对我的爱和牵挂，去了中国作战，舍生忘死，浴血奋战，我知道你太爱我了，我们约定了你下次回来就是我们的大喜之日。你是知道我的心的，我这一生，非你不嫁。

你是那样的优秀，是真正的帝国军人，你一定会成为最出色的将军！我要到你的身边来，但我不会妨碍你工作，只看你一眼就够了，虽然为了这一眼，要付出身体的代价，但我不怕，见上你一面，死都值了。

我不知道此行能不能见到你，你总是不来信，我有点生你的气了，我甚至不知道你在哪个部队，在哪里驻防，是不是又受伤了？我真的非常非常的担心。

我来啦，我的爱人，也许找不到你，或许已经发生了最可怕的事，但那不要紧，那就让我们相聚在靖国神社吧。

一吻。

樱井淳子

昭和十二年六月十二日

菊池读着信，早已泣不成声了。那封信从他手中滑落。

羽津上尉急忙走了过来，捡起信，看了看内容，劝道："菊池少佐，别太伤心了，你的女朋友来了中国是件大好事啊，你们这对有情人终于可以见面了。"

菊池抬起泪眼，目光灼灼地望着虚空，一字一顿地说："我终于找到你了，我的樱井淳子啊，我此刻才真正清醒了，你为了找我，去做慰安妇，去做丢人的事……你为什么这么傻呀……"菊池已经泣不成声了。

"做慰安妇有什么不好，很多人都去做了呢，也没见她们要生要死的，不是活得好好的嘛。"羽津还在劝慰。

菊池收住眼泪，露出坚毅的神情，双眼像有火在喷出，"就是为了见我一面啊，她竟然去做慰安妇！我不是人，我没脸再活在世上，我不是一个真正的男子汉！……我没有保护好樱井这弱女子，我太没出息了，我不配爱她呀……我就是走到天涯海角，也要找到她，把她带回日本，和她结婚，给她一个和平美好的未来……"

菊池边说边拉住羽津的手，跪在他的脚下痛哭流涕。羽津真不忍心看见这样的场面，于是暗下决心，一定要帮助自己的长官找到心爱的女人。

日本陆军第五慰安所设在南京东城门外的一排平房里。

最外面是一道雕花铁门，门口设有一个岗楼。里面有一排篱笆，篱笆圈起了两排平房，那里就是慰安妇们的工作场所。在前面一排的屋檐下，树有一块木牌子，上面写着："军事重地，闲人免进。"

每天上午，都有几名工作人员在一张桌子后面就座，桌子前面，排起了一条长龙，许多佐官手拿着慰安券，排着队等着轮到自己进去享受。

队伍中有一名中佐对同伴说："哎，听说这个樱井淳子入伍前是京都的艺伎呀。"

另一名中佐说："我也听说了，她可是艳名远播呀，连其他师团的人都向我打听她呢。"

后面一个胖子说："作战一年又一年，见了母猪赛貂蝉。管她是不是艺伎，只要不是母猪就行啊。"

这句话引起了哄堂大笑。

晚上，辛劳了一天的慰安妇们回到了居住的宿舍里。

淳子拖着疲惫的脚步走进宿舍。

她的同伴美枝子端着脸盆进来，边梳着湿漉漉的头发，边哼着日本小调。

美枝子说："我今天接待了二十个长官，真把我累死啦。樱井姐，你接了多少？"

樱井回答："我接待了三十九个。"

美枝子惊呼："啊，三十九个！天哪，你不累呀？"

樱井笑道："我只有多多接待，才能打听到男朋友的下落呀。"

美枝子问道："啊，姐姐，你向他们每个人都打听你的男朋友啊？"

樱井笑道："怎么，不可以吗？"

美枝子眼含热泪道："我苦命的姐姐呀，你为什么这么痴情，这么执著，这不等于在糟蹋自己的青春和生命吗。"

樱井不以为然道："没什么，我只要见到菊池，就可以去死了，还管别的干啥。"

美枝子继续劝道："好姐姐，这样下去，你将永远丧失生育能力。"

樱井坚毅地说："我不管这些，我明白自己到中国来是为了什么，不达目的，决不罢休。"

第二天，樱井淳子和美枝子被上司召见。

在慰安所一间办公室里，龟井上校端坐在桌前，樱井和美枝子身穿和服走了进来。

龟井上校微笑着对二人道："樱井、美枝子，你们两位这个月表现得非常好，我受命对你们进行口头表扬和嘉奖，这是你们的奖金。"上校把两个厚厚的信封推到她们面前。

上校说："根据所里的安排，你们从下个月开始，只接待少将以上级的军官，而且每周可以休息两天，享受单间待遇。如果将军们满意，还可以回国休假。"

樱井激动地说："啊，真的，哎呀，太好啦。"姐妹两人相视而笑。

日军第五慰安所，是专供日本军官享受女人的地方。这里不同于那些低级的慰安所，这里的性工作者以外国女人居多。在日本军官的眼中，所有女人都是战利品，自己有权利尽情淫辱享用，根本用不着客气。在这个慰安所里，不仅有中国女人，还有高丽女人、白俄女人、欧洲女人、以色列女人，当然还有日本女人，甚至有像樱井淳子和美枝子一样的女兵，只不过这些女兵只招待高级鬼子。

就在两个女人艳名远播之际，有个大人物被惊动了，这个人就是师团长松井石根司令官。自己师团所属的慰安所里有这样的美人，自己竟然不知道，头锅汤叫别人先饮了去，这是不能原谅的。

松井立即叫来了副官小野洋平，要问他一个'漏报'和'瞒报'的罪名。

当他厉声质问小野为什么没有上报这两个女人的资料时，小野却没有说话，微微一笑，拿出一个大大的相册，摆到了松井的面前，打开来，翻不了几页，那两个笑靥如花的女人竟赫然在列。

小野这才禀报道："司令官阁下，这两个女兵我早就报给您了，当时您军务缠身，公务繁忙，可能没有时间细看，就被您自己忽略和漏掉了。我记得，您后来叫的是另一名叫娜达莎的白俄罗斯人。"

"不对，是个韩国女人，叫什么金英姬，哦，不对，叫什么……洪，人太多，想不起来了，好啦，好啦，不是你的责任，现在知道也不迟嘛。"

松井立即命令小野把这两个女人带到特定的别墅里私下享受，小野立即前往第五慰安所，把两个女人带走了。

羽津为了替长官排忧解难，轮流去了这五家慰安所，到处打听樱井淳子的下落。有一天，他假扮成前来嫖宿的佐官，终于在第五慰安所打听到了樱井的名字。

羽津把情况向菊池作了汇报，菊池决定前往慰安所一探究竟。

这天下午，菊池拿着一张慰安券走进了第五慰安所的大门。

许多日本军官成群结队，有说有笑地走进大门，门里传来三弦声、清唱声和女人们的浪笑声。

菊池走进来，看看手中的券条，对了下门牌号，走进大门。菊池看见许多军官搂着身穿和服的女人，进了不同的房间。

菊池走到管理室，问道："请问第五慰安所在这里吗？"

管理员上下打量一下他，说："对，请问你找谁？"

菊池说："我找樱井淳子。请问她在这里吗？"

管理员立即露出警惕的神色，"谁？樱井淳子？你是干什么的，哪个部队的，叫什么名字，什么职务？"

菊池冷冷地说："我是菊池少佐，职务保密，请你把樱井淳子叫出来，我有话说。"

管理员狞笑道："保密？你保密，难道我们这里就不保密？少佐先生，我明确地告诉你，我们这里没有叫这个名字的女人，就是有，你不说明自己的身份，你也见不到她。"

菊池生气了，"你……好，那我自己找。"说罢，大步闯进院子。

管理员追了出来，"哎哎哎，你不能随便进去！"

菊池急切地在一间间房间的窗口向里张望，房间里传来惊叫声和谩骂声。

管理员上来拦住菊池，被菊池一把揉到地上，菊池继续在各个窗口伸头张望。

管理员爬起来，冲到外门房，叫来几个保安员，小声交待几句。几名保安员跟着管理员来抓菊池，管理员指着菊池高喊："就是他，把这个身份不明的人给我撵出去！"

保安甲冲上去，照菊池鼻子就是一拳，"咚！"菊池一个趔趄，鼻血流出，差点摔倒。

菊池火了，上去左拳一晃，右拳痛击在保安甲腹部，保安甲向后飞起，头撞在门上。

保安乙冲了过来，抄起一根棍子照菊池头部劈来，菊池一侧身，抓住棍子，只一送，保安乙一个仰八叉摔出五米远。

保安丙、保安丁、保安戊一起扑上来，与菊池混战在一起。

又有几个打手冲上来，把菊池围在中间，众人大打出手。

管理员一看场面越来越大，知道大事不妙，赶紧来到门房办公室。

管理员对着电话，叽哩哇啦一阵叫唤……

院子里，羽津风风火火冲了进来，只见一群保安把菊池按在地上围殴，一顿拳脚相加。

羽津大喊："住手！八嘎牙鲁，再打就出人命啦！"羽津见众人还在打，掏出手枪向天开了一枪。

巨大的枪声把保安员们震住了，众人慌忙退后。羽津上前拉起菊池。菊池已不能站立，头上鲜血直流。羽津只好架起菊池，狼狈地向门外逃去。

羽津把自己的长官放在吉普车后座上，迅速驶离了慰安所现场。

几天后的一个深夜，一栋西班牙式豪华别墅的二楼，电唱机正在播放着一出西洋歌剧的片断。

一阵花腔女高音正在空旷的大厅中盘旋回荡，清丽婉转的歌音如波光粼粼湖面上拂过的春风一般甜美醉人，芬芳馥郁。

歌声中，忽然飘来了一串"咯咯咯"的笑声，那是女人的浪笑，那笑声在那个男人头顶上萦绕、飞翔、回旋、环舞，忽升忽降，忽远忽近，像银铃般的清脆悦耳。

忽然，电灯熄灭了，屋里漆黑一片，只听得一个雄性野兽般浓重的呼吸声从屏风后传来。

几枝蜡烛被一只女人的手依次点燃，空旷的大厅里立刻闪动着鬼魅般凶险和诱人的气息。

房顶上一支射灯发出蓝幽幽的光，照在木地板上，反射出撩人情欲的青光。

两扇屏风向两边分开，仿佛魔窟打开了大门，从屏风中出现了一个戴着魔鬼面具的人，那人是一名上了年纪的男子，个子不高，却十分强壮，此人不是别人，正是日军华中方面军司令官松井石根。但此刻松井却没穿衣服，光着上身，下身只栓了一条兜裆布，脸上蒙着一张魔鬼面具。整个人在一个黑黝黝的房间里更像一个狰狞的恶鬼。

松井是喜欢玩弄女性的，但他又不是一般意义上的玩弄。他的性趣十分古怪，对一般的性交早就失去了兴趣，唯一能让他情欲勃发的是一种变态的道具加上正牌的脱衣舞。

什么叫正牌的脱衣舞？

说正牌，是指经过专业训练才能跳的舞。世上为什么有许多专业妓女都不会跳，或跳不好，原因就在于没有经过专业的培训或仅仅把它当作引鱼上钩的诱饵，或者正戏开场的前奏。松井要的可不是这个，这个变态佬要的是那种真正邪恶的艺术：假面后的胴体和正牌的脱衣舞。

那么正牌的脱衣舞是什么样的呢？

一个狂热的舞者在展示她那狡黠的微笑，微笑的同时，在扭动，在摇摆，在颤抖，一个脚踝，一个肩膀，一段手臂，每一次暴露都预示着还有更多的东西要袒露，观看者总是把每一个露出的部分与那最幽闭的部分连想在一起，而这些幽闭的部分总是不尽情地闪露出来，羞羞赧赧，忸忸怩怩，引人遐想。每次有件衣服被脱掉后，还有一件更小的衣服藏在里面。这种"残酷"的逗弄人的过程不断地持续下去，其紧张感也在不断地加剧，搞得人心痒难熬，以至热血沸腾。最后，当紧张感变得让人无法忍受时，真相才被揭露出来，那个被色鬼设计出来的胴体才最后一览无遗地展现在面前。真正的行家明白，只有采取这种方式才大有看头。否则，脱衣舞就仅仅是一个人脱光衣服而已。

当副官小野洋平将两个头牌慰安妇带回来的时候，小野就对这两个女人进行了培训。几天后，松井在公务繁忙之际，忽然想到今天晚上将要上演一出活色生香的"好戏"，不禁心潮澎湃，激情难遏。

今晚是谁来和自己相拥共舞，同登极乐呢？是樱井淳子吗？还是美枝子？他不知道小野是如何安排的。他并不想责备小野，这种安排自有它的妙处，弄得人心里痒痒的，慌慌的，这使他想起了一句名言：有时候等待幸福，比幸福本身更诱人。

留声机里播出了一首意大利曲风的舞曲，那是首著名的巴洛克乐曲，旋律中充满了怪诞的节奏和梦幻般的气息。

对面出现一张熠熠闪亮的天使面具，水灵的眼睛，红润的双唇，金箔制作，美轮美奂。那眼窝里都透出一种奇异和莫测的力量，藏有诱人的秘密，带着某种磁性，一阵紧似一阵地冲击着松井的心扉。

那面具后面藏着谁？是那个京都有名的艺妓樱井淳子吗？

那张面具忽然一闪，猛地变成一张女鬼面具，凶神恶煞，头角峥嵘，眼睛是个黑洞，黑脸庞上龇着满嘴獠牙，唇边还淌着红酒般的鲜血。

松井从魔鬼面具后面窥视着女鬼面具，他体会到了血脉贲张的感觉，只觉得血管里的血液在燃烧，在翻滚，在乱窜……

突然，对面的女鬼面具不见了，黑暗再次降临，空间里响起一阵浪笑。在这间大客厅里，那笑声既虚幻又真切，既纯情又淫荡，充满了浓情蜜意和撩逗意味。

在笑声中，松井眼前迭现出一张威尼斯面具，一忽儿又变成一张精灵面具，锡箔为面，银亮耀目，周围用天鹅的羽毛制成，还配以各种彩色的条纹。

转眼间，又出现了一张巨鸟般的假面饰，鸟头上架着一副金边眼镜，嘴里衔满药草。那女人身穿泡过蜡的亚麻布衫，左手持着木棍，右手拿着镰刀。

接下来，一张又一张面具着了魔似地不停地变幻着、旋舞着，令他目不暇接，神思迷乱。

与此同时，在后面密室中，闪进来一个黑衣人，黑纱蒙面，只露出一对熠熠闪光的大眼。黑衣人一把抓住美枝子，捂住了美枝子的嘴，把她拉到卧室内。美枝子吓得花容失色，瘫软在地。黑衣人扶起美枝子，在她耳边轻声说着什么。听着，听着，美枝子渐渐恢复了平静。

黑衣人说："美枝子小姐，你不要怕，我不是坏人，我是来救樱井出火坑的，你愿意帮我吗？"

美枝子鼓起勇气说："樱井姐是我最好的朋友，为了她，我可以做任何事。你说吧，让我做什么？"

黑衣人受到了鼓舞，兴奋地说："很好，美枝子，下面要跳脱衣舞了，你现在从大厅另一面溜进去，把樱井替换出来，今晚你就化身为她，来陪司令官睡觉。"

美枝子虽然愿意，但仍有些胆怯地说："可以是可以，但要让松井发现就糟糕了。"

黑衣人说："这么黑，他不会发现的，现在你就进去。"黑衣人从后面推了美枝子一把，她一步跌进了黑暗的大厅。

大厅中那个戴着假面的女人刚进了屏风后面，正要换面具，突然，伸来一只大手，捂住了她的嘴，把她连推带搡地推进了卧室中。

黑衣人松开了捂嘴的手，樱井愤怒地说："你是谁，为什么要绑架我？"

黑衣人急切地说："樱井小姐，我是来救你出火坑的，请相信我，现在你就跟我走吧。"

"你到底是谁？你不说，我就不走。"樱井梗着脖子，态度很坚决。

黑衣人轻声道:"菊池这个名字听说过吗?就是他让我来救你的!"

"啊,菊池……"樱井眼一黑,腿一软,跌倒在地。黑衣人立即扶起她,二人从二楼楼梯上跌跌撞撞地走了下来。

后院很大,很空旷,但并没有士兵值守,黑衣人扶着樱井来到后门,后门没上锁,菊池早已等在外面。

菊池打开路边的轿车车门,黑衣人把樱井扶上了轿车,自己钻进驾驶楼,迅即发动了引擎,轿车很快就驶离了别墅区。

轿车一路风驰电掣,向着南京的北城门高速驶去。

车上,黑衣人摘下脸上的黑纱,原来他是羽津上尉。樱井转过头来,另一张脸庞突然出现在她眼前,使她倒吸一口冷气。她万万没有想到,这不正是她朝思暮想、日夜悬望的情人菊池俊彦吗?

"你是……菊池?"

"对,我是菊池!"

"啊,菊池,我的菊池,我终于找到你啦!"樱井一下扑进了菊池怀抱,二人紧紧相拥,连连热吻。

樱井抬起挂满泪珠的脸,"哦,亲爱的菊池,我以为再也见不到你了,为什么你现在才出现啊,命运可把我们整惨了。"

菊池流着泪安慰她道:"哦,好啦,宝贝,没关系了,一切都过去了。"菊池转过身,深情地看着樱井淳子,"淳子啊,你可把我想死了,我们终于又在一起了,从今以后,我们再也不会分开了。"

樱井哭诉着:"看样子我这趟中国没有白来……噢,亲爱的,抱紧我吧。"

两人紧紧拥抱,开始疯狂地热吻,仿佛没有什么力量能够把他们再次分开。

菊池用双臂撑开她,望着她的眼睛,幸福地说:"噢,亲爱的淳子,你让我想得好苦,好苦,我是天天想,夜夜盼,每天的梦里都有你的身影,要不是战事太紧,我恨不得每天都给你写一封信,可又不知往哪里寄……怪不得有人说,人生之苦,莫过于相思之苦。"

樱井道:"菊池君,知道我为什么来中国吗?因为我前后一共给你写过

15 封信，但都给退了回来，但我又没有接到你的阵亡通知书，我去你亲戚家问，可他们也不知道你在哪里，这下我就彻底断了与你的联系。从此后，我每天都做噩梦，在梦里，不是看见你受了重伤，满身满脸都是血，就是看见你战死沙场，尸身被抛弃在荒野，我就哭啊，哭啊，一个劲地哭，我一个劲地高喊着你的名字，摇晃着你的身体。我以为你会醒来，可是，你就是不醒……唔唔唔唔……"樱井泣不成声了。

菊池紧紧地把樱井搂在胸前，安慰道："噢，亲爱的，不要哭了，我这不是活得好好的吗？多亏天照大神保佑，我接到过你的一封信，我才知道你为了找我来了中国。我的天哪，我为此伤透了心。本来我这次来不了中国，但接到你的信，我才下了决心，一定要来中国，我不能让你死在异国他乡。我一到南京就四处找你，打听你的下落。这里的慰安所我都跑遍了，但还是没有你的踪影……"

樱井哭诉着："亲爱的，我在到处找你，你也在到处找我，但就是找不到。唉，命运对我们真是太残酷了……每当我做梦梦见你，第二天，我的心就像被刀割一样地痛……唔唔唔唔……"

二人就这样一路哭诉着，轿车快到北门了，菊池坐直了身体，正色道："淳子，你现在处境很危险，从司令官家逃出来，你就是一名逃犯了。我有军务在身，也不能一直陪伴你，但我会把你安置好，我会在适当的时候来和你会合。"

"你要把我藏起来吗？藏哪里？"樱井瞪着天真的眼睛问。

"上海。"菊池深情地看了她一眼道，"不会让你等太久，樱井，一个月后，我有机会来总部汇报工作，到那时我们才能真正地团聚。"

前面快到城门了，羽津停了车，菊池下车扶着车门道："放心好了，一路上有羽津大哥照顾你，你一切都要听从他的安排。"

"好的，菊池君，我在上海等着你。"

"再见。"

二人挥手告别，轿车向北城门驶去。

第 22 章　圈套

　　今天是年三十，明天就是中国人的阳历新年了。崔际胜从治安队出来，以为市面会呈现一派萧条肃杀的景象，但没曾想他刚走出大洋百货，一路却看到了另一番送旧迎新的喜庆景象。

　　沿街许多商店的橱窗里大多挂着"新年快乐""喜迎元旦""恭贺新禧"的字样。为了迎接新年的到来，大人们为孩子们买了许多汽球和烟花爆竹，孩子们穿着新衣服，高兴得满街乱跑，家家户户刚整修好的门口已经挂起了灯笼，贴上了春联。灯笼是用红纸糊的，在中国，红色是吉祥喜庆的颜色，那些灯笼有圆的、方的和椭圆形的，灯笼下面还挂着长长的穗子和大大的绒球。

　　对中国人来说，新年意味着万象更新，春天降临了。可在一片通红之中，却夹杂着土黄色的军服和白花花的刺刀枪，手牵狼狗的日本士兵混杂在出门采购的市民中间，彼此相安无事，互不干扰。这倒也是一番难得的景象，似乎散发着一些古怪的气息，跳跃着一些不协和的音符。崔际胜一路走一路发着感慨，看样子中国人的确是个有趣的民族，称得上是世界上最懂生活、最会生活的人群，不管天上下炸弹、下刀子还是下霹雳，他们该怎样生活照旧怎样生活。当了亡国奴又能怎样？国家战败了又能如何？皮鞭之下，废墟之上，仿佛有一种按部就班、四平八稳的人性力量，有一种看似软弱其实强韧的生活惯性，在缓慢地而又悄无声息地滋长和延伸。这力量，这惯性，野火烧不尽，春风吹又生，这也许就是五千年文明所培育出来的力量吧？

这种力量叫什么？崔际胜想了半天，想起两个形容词：同化力和包容力。对，就是这两个词。他觉得这些词很能准确地形容中国和中国人。是的，这是一个具有强大生命力的民族，一切人为的破坏和武力的践踏，都不能最后战胜它，消灭它。从鸦片战争时起，到八国联军联手侵略中国，到后来英国、美国和法国人在上海开办租界，再到后来日本军国主义对中国首都的占领，有哪个国家打赢过这场战争么？表面上都赢了，其实都败了。这就叫"虽胜犹败"。世界上所有的列强都侵略过中国，但所有的列强谁也不敢吹嘘自己能够消灭这个古老的国度，更不敢吹嘘能够灭绝它灿烂而又辉煌的文明，谁要是妄想杀光这个民族更是痴人说梦、不自量力。谁不承认这一点，谁就要吞噬苦果，最后狼狈地滚回老家去。

而日本人的可悲之处在于，他们根本看不见这种潜在的力量，看不见这种深厚的文化底蕴和民族底气，更看不清他们自己的命运劫数，还一味地沉浸在战胜者的光环之中弹冠相庆，忘乎所以，还以为自己是最终的胜利者呢。可悲呀，真是可悲，让他们折腾去吧，最终等待他们的，必将是一场奇耻大辱和灭顶之灾。

崔际胜驾着他的吉普车向先遣队队部开去。他发现今天大街上增加了许多路障，许多扛着膏药旗的日本兵来来往往，穿梭不停。进出南京的各人交通要道都拉起了铁丝网，设置了路障和检查岗，宪兵们气势汹汹，如临大敌。

车往前驶，崔际胜注意到街道两旁，许多白布横幅牵拉在街道两旁的梧桐树上，上面写着中文黑色大字：

"热烈欢迎大日本帝国民间观光团莅临南京。"

"热烈欢迎秩父宫亲王亲临检阅和指导！"

"天皇陛下万岁！"

崔际胜脚底油门一紧，车子像箭一般向前冲去。车行驶到了大院，传来一声尖锐的刹车声，崔际胜熄了火，匆匆下了车，向二楼大会议室走去。

他不知道今天的会为什么改在二楼大会议室召开，也许有什么不同寻常的事情发生？当他走进会议室时，才明白了，原来今天参加会议的人特别多，还来了许多穿便衣的人。那个主管工程建筑的老王也在座。

崔际胜在后面的角落里落了座。台上，松本大佐在主持会议，到会的有先遣队负责人、三个治安大队的队长，还有狙击分队的菊池。另外的人他不认识，但看上去都像是当官的。

听了一会儿，他才弄明白，今天的会议内容是为了迎接国内观光团的事宜安排。

松本一脸严肃地望着属下们说："……你们要知道，国内来的民间观光团已经到了上海，马上就要来南京。现在南京的市容市貌的恢复工作已近尾声，但还有几处工程没有完工，你们要抓紧最后这两三天的时间，督促他们尽快完工。"

众人齐声道："哈依！"

老王说："建筑主体已全部完工，就剩下粉刷和装饰，今晚加个班，明天一定能完成。"

"很好，我要的就是这句话。"松本露出满意的笑容。

"大佐先生，观光团几号到南京？"有个先遣队的负责人问。

"初步只知道是大后天，那也就意味着我们只有两天时间了，所以要抓紧。"

"大佐，我们的具体任务是什么？"

松本道："我们协助宪兵队保卫观光团的安全。当然了，光靠我们这几百号人远远不够。所以，我们只负责新街口街心公园的治安和保卫工作。"

松本转头问一名军官："在新街口街心公园搭的观礼台建好了吗？"

那名军官道："已经建好了，正在进行地板和台面的布置，明天开始装灯光。"

一名军官起身道："大佐，我认为观礼台建在新街口很不安全，这里是军事上说的'四战之地'，四面都通马路，歹徒很方便选取进攻和撤退的路线。"

松本狞笑道："不，我认为新街口是最合适的地点，因为这里是市中心，到时候市民都会来参加集会，四面八方的人都会来看热闹。我们可不怕人多，人越多越好。民间观光团正想看到万众喜庆、倾城出动的场面啊。"

又一名军官问道："听说秩父宫亲王要出席观光团的观礼，是真的吗？"

"是真的。"松本迟疑了一下，"秩父宫亲王执意要参加这个盛大观礼，还要发表演说，所以，我们的任务不轻啊。"

那名军官担心地说："可大佐阁下，这太危险啦，您就没有劝劝亲王不要参加了。南京的治安太乱，潜藏的抗日军人太多，歹徒更是猖獗，万一有个三长两短，那就惨啦。"

松本吊着脸道："我也是这样劝亲王的，可亲王不听，执意要出席观礼大会，谁劝都没用。我们只能用加强警卫的办法来保护亲王的安全。"

崔际胜假意提议道："街心公园是个露天大广场，又是马路的十字路口，人流太大，闲人太多，场面太杂。我看届时应该封锁公园，把中国人拦在公园外面。"

"这也是不可能的，"松本补充道，"亲王这场戏就是做给中国老百姓看的，为的是炫耀我大日本皇军的战功和武力，让中国人从此臣服于我们。如果不让中国人进场，会议就失去了意义。当然庆典同时也是做给天皇看的，让天皇看到他治下的这片土地安宁幸福，到处充满了和平景象啊。"

松本转头问道："电厂和水厂的人来了吗？"在得到人已经到了的答复后，他继续道，"电、水方面都要加强保卫，这方面要和宪兵队协调行动。"

"哈依。"

松本又问道："那三个摄影师都安排好了吗？"

"安排好了。"

"宪兵队出动多少人进行观礼保安？"

"宪兵队出动三百人，带队的是中村。"

"我在这里。"中村抬了抬屁股，憨笑着又坐下了。

"驻屯军有人参加吗？"

"驻屯军准备派一个联队参加现场外围保卫。"坐在前排的一个上校说。

松本的脸一下拉长了，"这不够，我们先遣队也出动三百人，由水泽带队。水泽你负责和中村沟通，但我们只负责外围治安，会场里面是中村的人。"

"哈依。"水泽直立答道。

崔际胜眼看会议就要结束了，松本始终没有提到菊池的名字，这显得有些不太正常，菊池只是静静地坐在角落里，一个人低头抽烟，好像会议跟他无关似的。崔际胜很想知道狙击分队在这场观礼中担任的是何种角色，但松本大佐就是不提他们，好像把狙击分队忘了一样。

松本又说了几件无关紧要的事情，就宣布会议结束了。众人都一起往门口拥。崔际胜跟着人流挤到门口时，用眼睛的余光瞥见松本向坐着不动的菊池走去。他灵机一动，一闪身进了大门对面的杂物间。这个杂物间是从会议室里用玻璃隔出来的小间，里面堆满了大大小小的文件柜、纸箱子、木箱子、桌子、椅子，还有打扫卫生用的桶和盆，墙上挂着几件工作服。

参会的人都走空了，杂沓的脚步声渐渐远去。藏在隔间里的崔际胜轻掩上门，身子紧贴着玻璃幕墙，竖起耳朵，听见松本和菊池的对话。

松本的声音："菊池君，你回上海的事就这样定了，你有什么意见吗？"

菊池的声音："我没意见，我的四个手下我都带走，他们离不开我。"

松本道："没问题，既然承诺过了，就要兑现，你们都走吧，代我向土肥原先生致谢。"

菊池道："我会的，谢谢长官对我的关照。"

松本说："免谢，这是应该的。"

菊池又说："我只是有些担心现场的安全，本来明天我们是要守主席台的。现在我们一走，那里就没人防守了，万一叫歹徒或武装分子钻了空子怎么办？"

松本说："这个你放心，我就是不准备放人在主席台周围，打死我也不相信什么人胆大包天，胆敢攻击主席台，不想要命了是吗？"

菊池笑道："呵呵，还是长官高明啊。"

松本问："去上海的车子安排好了吗？"

菊池答道："都安排好了，长官，你先忙吧，我去拿行李。"

传来一阵急促的脚步声，崔际胜估计是菊池离开了，但为什么只是一个人离开，松本难道没有走吗？崔际胜一阵纳闷，但不敢动，怕弄出响声来。

崔侧耳细听，好像有一阵极其轻微的脚步声向杂物间移过来。不好，我被发现了！崔际胜心里惊呼。他的手立刻本能地捂住枪套，就要拔出手枪，进行最后的一搏，但最后一刻心里有个声音提醒道：冷静，千万不能鲁莽行事！

脚步声已经到了玻璃门口，门把手在慢慢转动，他紧张得浑身是汗，慢慢向后靠去，有什么软软的东西垫在后背，他扭头一看，是一件工作服，他赶紧用衣服挡住自己的上半身，手举着枪，等待着最后时刻的来临。

"大佐阁下，有您的电话，是司令官打来的。"一个声音急促地说。

松本的声音在玻璃门口响起："你给他说我等一下去接，我现在有要事。"

"不行，长官让您立刻接听！"那个声音毋庸置疑地说。

"那，好吧……黑泽秘书，你在这儿守着，一步也不要离开，我接完电话就回来。"松本的脚步声远去了。

藏在杂物间里的崔际胜听得分明，肯定是黑泽秘书来叫松本去听电话的。而现在黑泽守在门口，松本去了办公室接听电话，这一个来回只需要两分钟，怎么办？要命的两分钟！情况已万分危急，危机已迫在眉睫，崔际胜的脑子高速地旋转起来，我要么冲出去，要么藏起来，再待着不动就是等死。可藏起来，往哪儿藏？这里都是些箱子呀柜子的，根本藏不了人。哎，别慌，他眼睛四处一搜，发现桌子上面有个炮弹箱子，说不定……他一把掀开箱盖，只见里面堆了半箱泡沫垫子，他立刻有了主意，纵身一跃，跃上了桌面，再一弯腰，就钻进了箱子里，双腿一伸，顺手一带，盖子落了下来，刚好盖住箱体，严丝合缝。

躺在箱子里的崔际胜闭上眼睛，尽量平展四肢，放松心情，稳住呼吸，握枪的手平放在肚子上面。他的脑子不由自主地幻想着被发现的后果，也许最后的时刻就要来临？自己是不是就要牺牲了？可如果自己死了，那就无法完成许多消灭敌人的设想。他想着想着，思绪飘得很远……

"咔、咔、咔、咔"的脚步声再次响起，打完电话的松本可能回来了，崔际胜的心一下子揪紧了，手中的枪在颤抖着。

脚步声近了，更近了，门锁一响，有人进了杂物间。崔际胜听见一阵喊哩喀喳的响声，可能是松本在翻动什么东西。他慢慢扭过头，顺着箱盖的细缝往外张望，果不其然，的确是松本！他可能怀疑刚才有人偷听他和菊池的谈话，警惕心促使他进来搜索的。松本这里翻翻，那里看看，又敲敲这个，弄弄那个，检查了半天，就是没有想到来翻翻这个角落里的炮弹箱子。这是他的幸运。最后，松本摇摇头，耸耸肩，转过身离开了。

"这个魔鬼终于滚蛋了！"崔际胜在心里骂着，笑着，喊着，诅咒着，但他仍旧平躺着。约莫过了10分钟，他才轻轻地掀开箱盖，蹑手蹑脚地从里面出来，生怕弄出一点响声。

他先探了下头，走廊里没人，也许都去食堂吃饭了。崔际胜挺起腰杆，抻抻衣襟，大大咧咧地向楼梯口走去。

崔际胜下了楼，上了自己的吉普车。他看了眼放在后座上的帆布挎包，那里面装着一颗高爆炸弹，那是上次检查军火仓库时偷出来的，这回终于可以派上用场了。他脚下油门一紧，吉普车驶出大门，向着安全区的方向驶去。

安全区办公室。

桌子上，一部收音机里传出带杂音的女播音员的声音："安全区大部分的南京市民，已经平安回到自己的家园，正在接受日本军队的粮食补助，平均一户五十斤大米，南京市民们都非常高兴，感谢日军为他们带来了安宁、秩序、富足的1938年。"

拉贝和二十来个国际委员叉着手坐在桌旁，互相看了一眼，没有吭气。

爱玛转换了一个波段，短波的杂音非常大，她微微拧动旋钮，搜索着电台。

传来一个男播音员的声音："日本民间观光团三天前在上海十六铺码头登陆，受到了当地日侨和几千名中国友好人士的热烈欢迎。观光团今天将离开上海，前往南京，中国的前首都，参观访问。据说南京市民对日本观光团十分期待，已经自发组织了三千多人的欢迎队伍，明天将在南京的下关码头盛情举行欢迎集会。

史密斯说："我怎么不知道下关码头能装得下三千人？"

"一个美丽而又愚蠢的幻想。"费穆愤愤地说，"一个礼拜前，直升机就开始撒传单，用奖赏粮食的办法诱骗难民到下关码头欢迎日本民间观光团的到来，看来也是为了做这场假戏。我估计他们还要安排观光团到南京市民家里慰问呢。"

史密斯说："可他们当兵的又不争气，不断地奸淫、烧杀、抢掠，这边搭好了戏台，摆好了布景，可马上就给他们自己拆穿了西洋镜。"

广播声音在继续："尤其是南京的孩子们，他们受够了中国军队的骚扰，对大日本皇军表现出了无比的爱戴。小朋友们久违数月的糖果，也被我们的士兵送到孩子们的手中。"

拉贝对众人说："我这里有封来自日本大使馆的信，我念一下。"

众人认真地听着。拉贝朗读了那封日本大使馆官员的信。

念完了信后，拉贝说："日本公使冈崎胜雄以私人名誉告诫我，再不要向上海的任何媒体报告南京的事件，否则，我，拉贝，将会面对整个日本军队的报复。这是告诫，还是威胁？"

史密斯说："当然是威胁，为的是上次你将栖霞寺的事情捅给了申报。"

费穆打趣地说："听说日军内部出了价钱，悬赏爱玛女士的脑袋呢。"

爱玛说："据可靠消息，日本军队悬赏的可不止费穆一人的脑袋，这里有好几颗脑袋都价格不菲。"

费穆说："我敢说，只要他们杀了我们不造成影响，或者发现了他们能瞒天过海，我的脑袋早就被拿去兑现钱了。"

拉贝气愤地说："现在我唯一能做的，就是再给希特勒元首写封信，让他出面干涉日本军队。也许日本军方首脑顾虑到德国和日本的联盟关系，会制止他们的士兵胡作非为。"

爱玛说："这个安全区，不可能一直撑持下去，粮食匮乏是个大问题，卫生条件低劣是潜在的更大问题。"

爱玛说："这么拥挤的居住，一旦天气回暖，各种流行病都会发作。瘟疫爆发都是极有可能的，现在才十几天，已经有十几例恶性传染病了。"

拉贝说："那么，我就尽快给希特勒写信，散会吧。"

崔际胜驾驶着车子，一路上车行如风。他脑子里正在勾勒一副地图，哪里是入口，哪里可以放炸弹，哪里便于狙击，哪里在得手后可以迅速撤离，万一出了问题如何补救等等，这些都一一进行了通盘规划。

车子很快到了安全区总部，但他没有惊动拉贝，而是直接从办公楼门前驶过，去了后院的拉贝别墅。他要找马如龙和曾沧海，商量利用日本观光团到来之机对观礼进行袭击的行动。

第 23 章　民间观光团

今天是民间观光团到达南京的日子。

1938 年 1 月 3 日上午 10 时整，新街口街心公园，今天被条幅、旌旗和鲜花淹没了。

庞大的乐队不停地演奏世界著名乐曲，几十辆高级轿车停满了外面的停车场，出席庆典的嘉宾有秩父宫亲王和随观光团来的天皇特使，有在南京的日军高官和部长，有伪市政的官员，有地产大亨和船业大王，以及无数来自政商两界的达官贵人、富商巨贾。

巨型的主席台被装饰一新，台前搭起了一座门架，上面悬挂着一条长幅，用日、中两种文字写着"热烈欢迎大日本帝国民间观光团莅临南京。"

"热烈欢迎秩父宫亲王亲临检阅和指导！"

"天皇陛下万岁！"

主席台前方的草坪上，摆满了餐桌和坐椅。荷枪实弹的卫兵，把持着各个路口，正尽职尽责地担负着值勤守卫的任务。一些特高课便衣特工，则在公园四周和会场周围转悠着，他们紧张地打量着进出的人群，生怕出现任何纰漏。

崔际胜的吉普车停在街心公园的大门口，他手把方向盘，紧张地环视四方。他在搜寻菊池的身影，但四处都没有看见一个日军狙击队员，他预感到今天可能会出问题。

一群中国老百姓默默地拥到巷口，他们黑沉沉的影子遮没了流淌进巷口的早晨阳光。

鸟瞰大街小巷，浓密的法国梧桐树下，黑压压地站着成千上万的南京百姓。

天空传来飞机引擎声，由远及近，日本兵们欢呼起来。老百姓们都手搭凉篷抬头望天，眼中露出疑惑不安的眼神。

崔际胜发动了汽车，准备去下关码头看看。他跟着前面的日本人。前面是四辆摩托车，上面飘荡着日本国旗，乘坐着八个全副武装的士兵，沿着中山北路驰来。

车子快到挹江门了，崔际胜看见被匆匆修复的沿街店铺，路左面一个个店门口都挂着日本商店的招牌。路右面都挂着中国店铺的招牌。

车过挹江门时，崔抬头向上看，看见有五六个日本摄影师，正站在城门楼上，面前一架十六毫米的电影摄影正对着城楼下的街道，做好了拍摄民间观光团进城门的准备。

车子快到下关码头了，人群逐渐密集了，一队日本兵端着刺刀枪押着大群的中国老百姓向下头码头走来。

一个四五岁的孩子跑了过来，手里拿着一个竹编的玩具，他不小心把玩具掉在地上，一双军靴直接从玩具上踏过，玩具被踩碎了，孩子"哇"地一声号哭起来，年轻的母亲赶紧捂住他的嘴。

车往前驶，前面传来阵阵鞭炮声和锣鼓声。彩色的鞭炮碎纸屑从刚刚修复的二楼窗口或露台飘下来。

长江江面上漂动着游船，船上挂着"欢迎日本民间观光团"的布幅。

观光团的轮船靠岸了，大群身穿和服的日本妇女走下船桥，她们排着队，好奇地仰着脸，透过彩色纸屑，看着每个临江民居的窗口挂出来的日本国旗，有人欢呼着："天皇万岁！"

那些民居中，被修复的楼房后面，仍然是烧焦的框架，看上去像是戏台的布景。有几个日本兵用竹竿挑着鞭炮，伸到窗外。

三四个中国农民对着窗外吹奏唢呐，背后是三四把刺刀。

一群带着大头娃娃面具的孩子被日本军人吆喝着："快点快点！"他们从一个巷口扭着秧歌出来。

观光团每到一处，头顶上就响起鞭炮和锣鼓的声音。

观光团有几百号人，男男女女们都在用照相机拍摄古色古香的明代建筑、店家、餐馆、茶楼。

几个日本电影摄影师来到观光团前面，把摄影机架在临时铺起的轨道上，向后移动。

一个日本翻译官向众人介绍道："这些都是明朝留下的建筑，日军攻占南京期间，都本着保护文物的精神，尽量不伤及这些建筑。所以，你们看，这些建筑都完好无损。"

民间观光团团员们兴致盎然地向前走着。一边走，一边指指点点，议论纷纷。

街道上，一队日本兵押解着一群男女老少的中国老百姓从一道绳子外面小心绕行，那些老百姓从神态和着装上能够看出，他们是刚被拉进城的穷苦农民，个个面目呆滞，噤若寒蝉。

日本兵小队长指挥中国百姓停止前进，百姓们恐惧地看着他与翻译官商量着什么。

翻译来到老百姓前面，挺着肚子说："小孩子，都出来，站到这边来。"

大人们紧拉着孩子们的手不肯放。

一个日本兵拿来一个筐子，从里面抄起一把五颜六色的糖果，把糖果往空中一撒，几个大胆的孩子冲出人群，接住从从空中落下的糖果。

一双双小脏手拨开糖纸，贪婪地吃着糖果。又是一把糖果撒向空中。更多的孩子们挣脱大人的控制，朝糖果跳跃着，扑打着。

翻译大声说："你们乖一点儿，孩子们，糖果有的是，都过来，站好队。"

孩子们散乱地站成一群。

两个日本兵抱着一大捆日本旗子到来，拆开绳子，将旗子分发给孩子们。

孩子们接过旗子，脸上露出天真的笑容。

日本女军人举着日本小旗又蹦又跳，同时做小儿态烂漫地笑着，一边尖叫："欢迎阁下，光临南京，跟我学。"

孩子们不懂事，都跟着呀呀地学着。

小队长令士兵亮了刺刀，对准孩子们，大喊："跳呀，叫啊，唱啊！糖果地奖赏！"

观光团的人员上了一辆巴士车，前面是四辆插着日本旗帜的大卡车，车队威风凛凛地从坑坑洼洼的马路上开来，开往挹江门通向的城市中心方向。

城门楼上，几个日本摄影师在拍摄这个盛大欢迎场面。

不久，车队到了新街口的街心广场，这里已是旗帜和鲜花的海洋。

庞大的军乐队不停地演奏着《拉德斯基进行曲》，几十辆高级轿车停满了外面的停车场，出席庆典的秩父宫亲王、天皇特使、日军高官和部长、伪市政的官员已在主席台上就座。

主席台正中悬挂着一条长幅，用日、中两种文字写着"热烈欢迎大日本帝国民间观光团莅临南京！"

观光团员们陆续从巴士上下来，排着整齐的队伍，进了街心广场，在主席台前的座位上落了座。

不一会儿，主席台下，开进了一支日本军乐队。只见指挥手一扬，一首激昂雄壮的乐曲便骤然响起。伴随着乐曲的演奏，一支由陆、海军士兵组成的合唱团，齐声唱起了日本海军军歌《军舰进行曲》：

防守、进攻！
万能的黑色铁壁，
诚恳地拜托您，我飘浮的城堡，
捍卫这太阳之国的四方。
进攻，向仇视太阳升起的国度，
您是真正无坚不摧的铁的战舰，
煤烟就像那大海上摇弋的巨龙，
火炮的巨响是风暴中唯一的惊雷，
战舰掠过那万里波涛，
闪烁皇国的光辉。

随着乐曲旋律的起伏，一个身穿燕尾服、头戴黑色礼帽的主持人走到话筒前，用流利的中文说道："今天，昭和十二年一月三日，大日本帝国皇军和南京日本侨民、华界贵宾，共同在这块素有'东方巴黎'美誉的大都市，隆重集会，庆祝我大日本皇军占领南京期满一个月，现在我很荣幸地恭请裕仁天皇的叔父秩父宫亲王给大家讲话。"

响起潮水般的掌声。

崔际胜把吉普车停在远处，步行来到主席台旁，抬腕看了看手表：9时零5分。他走到主席台的后台，趁场面杂乱之际，把一个小盒子悄悄放在幕布下方，仔细检查了一下，见没有漏洞了，这才信步离开。

秩父宫亲王一身戎装，神采奕奕地走到主席台前，傲然扫视一眼全场，对着麦克风说道："诸位，我奉天皇之命，来到这东方六朝古都南京，我被这座伟大的城市震撼了，感动了，我看到这里，到处高楼林立，车水马龙，市井繁华，到处一派安定祥和、繁荣兴旺的景象。军队与人民和平共处，相敬如宾，中国老百姓安居乐业，社会治安井然有序，到处一片欣欣向荣。我想，这正是尔等臣民的莫大功劳和莫大荣幸。一年来，皇军在整个东南亚战争中节节胜利，挟胜全收，就是为了保护帝国的利益，也是为了诸位在南京的利益。因此，我们日中两国，同文同种，血脉相连，完全应该相亲相爱，共存共荣，为建立大东亚共荣圈，为摆脱西方的奴役和殖民统治而共同奋斗。满塞！"

"满塞！"（日语万岁之义）会场内的日本官兵举起双臂，齐声高呼。

秩父宫亲王回到主席台的坐位上。

主持人接着说："现在，我很荣幸地向诸位介绍今天到会的贵宾，他们是，前关东军司令、陆军大臣、上海派遣军总司令河野大将，久留米民团行政委员长长谷川先生，南京日本总商会会长岗村洋勇先生，第三舰队司令官野村中将，第九师团师团长植田中将，大日本帝国驻中国公使冈崎胜雄先生……"

崔际胜站在场外，向远处银行大厦的顶楼望去，他估计马如龙和曾沧海已经架好了狙击枪，狙击镜已经圈住了那颗罪恶的脑袋，正等待着开枪的最佳时机。

"轰隆"一声巨响,就像平地一声惊雷,气浪冲天,崔际胜刚才放的那颗炸弹爆炸了。主席台被炸塌了一个角,台上的嘉宾们东倒西歪,飙血溅肉,狼狈万状,地上一片血肉模糊。整个会场顿时响起一片鬼哭狼嚎之声,人们纷纷向场外逃窜而去。

几名军官向主席台的伤者扑去。

秩父宫亲王被几个卫兵架着,向台口慌张地走去。

就在这时,两个黑洞洞的枪口同时发出枪焰,其中一粒火星钻进了秩父宫的脑袋,而另一粒子弹则在他的脸膛上爆炸开来,秩父宫当场毙命。

崔际胜看见了这一幕,匆匆上前,假装关心地想要扶起已经殒命的秩父宫。这时,宪兵队的中村不慌不忙地走了过来,问道:"崔队长,你在这儿干什么?"

崔际胜急切地说:"不好了,亲王出事了!"

"出事了,不会吧?"中村看看被担架抬下去的尸体,又看着地上洒着的鲜血,讪笑一声说:"你傻呀你,死的不是真亲王,而是他的替身呀!"

"啊,替身?!"崔际胜的脑袋嗡地一下就炸开了,他万万没有想到,亲王竟然没有死。这显然是敌人事前策划好的诡计,这个计划太阴毒了,会是谁想的计策呢?

菊池!对,肯定是他,这个无比狡猾的家伙!怪不得这几天很少见到他,而且在开会的时候,他显得心事重重,坐在角落里一言不发,其实他是在使障眼法。他早在暗中布置了一个天罗地网,只等马如龙他们上钩。他知道,这么重要的场合,马如龙他们一定会前来"捧场",一定不会放过这个天赐良机,岂不知菊池的手下人已经把现场包围了。不仅在街心广场上布了几个"钉子",马路上停着几辆警车,而且四周的银行大厦上和天台上,也布满了日军狙击手。

"百分之百先生啊,这回我让你百分之百完蛋!"菊池手拿着他那杆百发百中的狙击枪,正俯身在四楼的窗口,望着对面的一个窗口,那里有人影闪了一下。

菊池瞄着对面的窗口,因为刚才那两枪就是从那扇窗口射出来的。菊池已经锁定了敌人的位置。

但对面的窗口久久不见动静，那两个人影也不再露面。菊池心想，莫慌嘛，现在还不到中午，还有整整一个白天够我使用，料想你们也没有上天入地的本事，你们最终跑不出我的手心。

银行大厦里，六楼的一间房间里，马如龙和曾沧海躲在一扇窗口后面，小声商量着应对之策。

隐身在窗帘后面的曾沧海说："老马，我们显然已经落入了菊池的陷阱，他们有十几个人，我们两个不是他们的对手。要想两人一起出去，可能性不大。那怎么办，依我看只有一个办法，就是我掩护你撤退，我开枪吸引住敌人，你趁机逃出去。"

"不行，不行，"马如龙摇着头说，"你已经在危急关头救了我两次了，这次说什么也不能让你冒险了，还是我来掩护你撤退吧。"

"别争了，没时间了，我们必须尽快离开这里！"

马如龙这回没吭气，悄悄抬起头，望向对面的大厦。对面四楼的一个窗口，似乎有一个黑影闪了一下，藏在窗帘后面，他估计那是日军的一个狙击手。

其实这回并不是一个真人，而是一个穿着军装的假人。

这个假人握在一个日军狙击者的手中，菊池向那人使了个眼色，手一挥，那人把假人一举，只听对面楼上"砰"地一响，一粒子弹射中了假人。菊池等的就是这一刻，抬手就是一枪，"砰"，子弹向着马如龙咆哮飞来。

马如龙打中对面的假人后，才知道自己上了对方的当，他的位置已经暴露，他赶紧往下蹲，这时对面飞来的子弹已经到了，他猛地一趴，只用了0.01秒，身体就直直地扑倒在地。这时，对面打过来的子弹带着嘶鸣紧贴着他的头皮擦了过去，把后面的墙壁打掉了碗口大的一块。

日军狙击手高喊："菊池队长，你终于把他干掉了！"

菊池得意地吹着枪口的火焰残留物，开心地笑了，"等一会儿，我们就过去收尸。"

"好悬哪，老马，别再冒险啦！"窗口后面，曾沧海双手捂着向马如龙喊道。

马如龙也为刚才的一枪惊出一身冷汗。

"老曾，我看我们不能在这儿等死，我们得下楼去，在下面再想办法。"马如龙说。

"好，我们走！"曾沧海收拾好狙击枪，低姿移动，来到门口。侧耳听了听，走廊里没有动静。

"老马，你跟紧我。"小曾说着，推开房门，闪进了走廊。走廊里没人，他们来到防火通道口。小曾向下指了指，马如龙明白他的意思，二人进了防火通道的楼梯间。

当二人下到通道二楼时，突然听见下面有人走动的声音，声音虽不大，但他们听得很清楚。小曾做了个手势，意思是让老马放轻脚步，悄悄接近敌人。

马如龙把狙击步枪背到背上，拔出手枪，顶上火，慢慢往下摸去。

刚走了几步，突然，从二楼门后跳出两名日军狙击手，并向马、曾二人开枪射击。

马、曾二人一见有人跳出来，急忙卧倒，并用手枪开始还击。

双方开始对射，由于空间狭窄，马、曾二人不得不退回到二楼走廊里，进行防守还击。那两名日军被打了个措手不及，一时摸不清对手的情况，一名狙击手负伤倒地，另一名狙击手一看不好，撒腿回身就跑。

"快，冲下去。"马如龙跳起来，带头往下冲去。

二人终于冲到一楼。一楼的大厅比较开阔，二人边开枪，边向后门口冲去。

后门口守着三名狙击手，防守的火力很猛。为了不遭到更大的阻击，马、曾二人分开行动。一名日军狙击手占据着大门口的有利地势，跑到距他15米之遥的马如龙对准他扣动了扳机。只听"砰"的一声，那个狙击手的天灵盖被掀开了，当时血流如注，栽倒在地。

马如龙见打中了，急忙闪身在一根立柱后面。另一名日本狙击手举起长枪，对着他的侧背正要扣动扳机。曾沧海眼明手快，挥手一枪，子弹"嗖"地一声飞去，击中了他的左腿。他"啪"地一头栽倒在地上，怎么爬也爬不起来。

剩下最后一名狙击手见前面的同伙一死一伤，吓破了胆，扔下枪回头就跑，曾沧海追上一枪，子弹击中了那人的屁股，那人捂着屁股惨叫着跑出大楼。

街心广场因为刚才的爆炸还处在一片混乱之中，刺耳的尖叫声、哀嚎声、惨叫声阵阵传来，"嘟嘟嘟嘟"的警哨声响成一片，会场内外人群像潮水一样夺路向四处逃跑。

这时，远远地驶来了一辆出租车，司机正向马、曾二人招手。等出租车驶到跟前，二人才发现开车的竟然是崔际胜。崔际胜打开车门，车速趋缓，驶到他们身旁时，马如龙飞身跃进前座，曾沧海跳上了后排座位。大家还没坐稳，出租车已经加大油门，一溜烟地由西向东疾驰而去。

几十名宪兵杀气腾腾地排着队包围了银行大厦，菊池带着剩下的狙击手也赶到了。

追赶上来的日本兵看见出租车开走了，急得连连向天开枪："啪啪，啪啪啪啪！"

机关枪像炒豆般爆响。

第 24 章　大使遇险

一辆黑色凯迪拉克轿车停在安全区总部门口，车门开处，一个高大的德国人走了下来，他就是德国驻中国大使陶德曼先生。

陶德曼生得身材瘦高，背略驼，有着绅士般优雅的面孔和学者般彬彬有礼的风度，举手投足间透露出饱经风霜的冷峻和威严。

大使馆秘书罗森博士、大使馆行政官员沙尔芬贝格和领事馆秘书许尔特于星期五乘坐一艘英国炮艇离开上海，已经到达南京。这意味着德国大使馆在南京的办事机构随之又将重新开始工作。它的第一个任务是保护德国人在南京的财产并查明损失情况。

陶德曼让工作人员去调查核实德国人的财产情况，抽出时间来安全区看望老朋友拉贝先生。

拉贝和委员们正在开会，陶德曼大步走进会议室。

与会者全体起立，上前与陶德曼一一握手、寒暄。

拉贝问道："您是什么时间从武汉回来的？"

"昨天晚上。"

陶德曼紧紧握着拉贝的手，上上下下打量了他半天，颇感欣慰地说："尊敬的老朋友呀，几个月不见，你还是那么精神。"

拉贝不禁苦笑道："精神？哪里的话，我快要累散架啦。"

陶德曼笑道："哪能呢，谁不知道你有着铁打的身板，钢铁的意志，你是我们德意志的杰出代表啊。"

"哈哈……"二人发出爽朗的笑声。其他人知道陶大使找拉贝一定有事要谈，都回避了。

拉贝把陶德曼带进自己的办公室，把他让到沙发上，又让秘书端来一杯热咖啡，这才单刀直入地说道："大使阁下，我的辞职报告你看了吧？还有医生开具的有病证明，我一直在等待着你的恩准。"

陶德曼一听是这话，脸色一下变得凝重起来，"你呀，你呀，有病可不是你离开南京的理由啊，病？谁没有病？我还有一大堆病呢，难道我能在这个节骨眼上对元首说，我不干了，因为我有病？"

拉贝摇摇头说："可我真的有病啊。"

陶德曼拿出一个纸包，打开来，从里面拿出一个大盒子说："哎，这是给你带的香肠、干酪和胰岛素，这药很难买，在中国只有上海才有的卖。"

拉贝激动地接过来说："哎呀，谢谢谢谢。这药很贵的，我不想白要你的，我付钱好了。"

"别了，这是德国政府出的钱。"

陶德曼又拿出一个奖状，只见上面写着几行字：

> 尊敬的拉贝先生：
>
> 鉴于您在 1937 年 11 月至 1938 年 2 月义务担任南京安全区国际委员会主席及后来的南京国际救济委员会主席期间，冒着生命危险，以人道主义的精神所做出的富有成就的勇于牺牲的工作，我向您表示我的赞赏。
>
> 此外，我也真诚地感谢您在这期间勇敢地为保护德国在南京的财产所做的个人努力。您的行为给我们的祖国带来了荣誉。
>
> 请允许我通知您，为表彰您在南京的工作，我已请求外交部向德国红十字会建议授予您一枚奖章。
>
> 希特勒万岁。
>
> 德国大使　陶德曼

拉贝把奖状放在茶几上，抬起头有些委屈地说："可我的神经的确有些吃不消了，我真想出去住院，然后再去休假、旅行。"

陶德曼似乎有些不忍心地说："再坚持一下吧，这里还离不开你呀。"

"地球离了谁都照样转。"拉贝还想分辩几句，突然，一位官员走进来对大使说："我已经查明，在日军进攻南京期间，我国（德国）固定资产损失情况是：14 所房子完好无损；24 所房子轻度遭劫，少量物品被盗；15 所房屋遭严重抢劫，室内财产完全损毁；18 所房屋被烧毁；总共有 35 辆小汽车和 18 架钢琴被盗。高楼门 7 号，主人叫罗德，其房屋被洗劫一空，大部分家具损坏，钢琴被人盗走，人重伤致死。珞珈路 11 号，房主叫鲍姆巴，其房屋重度遭劫，人重伤致死。还有 3 所房子的损失目前无法确定。"

陶德曼盯着清单看了又看，越看火越大，他终于忍不住了，起身对官员说："这还了得，德国的财产是神圣不可侵犯的，走，我们去找日本公使说理去。"

陶德曼走到门口，突然想起了什么，回头对拉贝说："你把安全区的财产损失情况造个表，我下次去见日本公使，让他转交给占领军当局。"说罢，走出门去。

陶德曼坐上自己的凯迪拉克轿车就出发了，20 分钟后，车子到了中山路 198 号日本公使馆，陶德曼下了车，直接走进了冈崎胜雄位于二楼的办公室。

冈崎胜雄皮笑肉不笑地起身迎接他，"啊，什么风把您吹来了，您不是在武汉吗？"

陶德曼说："武汉只是临时性的，这里才是我应该待的地方。"

冈崎胜雄问："您有什么事吗？看上去您的气色可不大好啊？"

陶德曼气愤地说："公使先生，我这儿有一份德国人的财产损失表，我想让您看看，你们的士兵是怎么对待友好国家的。"

说着，陶德曼递上表格，冈崎胜雄接过表格，立即认真看起来。

看完了表格，冈崎胜雄沉吟半响，最后说道："如果没有看过这些表格的话，我是怎么也不会相信，贵国的财产会遭受如此重大的损失，战争真是残酷无情啊，我不得不对您表示我的遗憾。"

陶德曼冷冷地说："光表示遗憾是没有用的，重要的是如何赔偿我国的损失。"

"赔偿？"冈崎胜雄的脸色变得煞白，结巴地说："哦，是的，嘿嘿，是应……应应……应该赔偿。"他起身踱到窗前，望着窗外的景色说，"汽车嘛，我想可以追的回来，它们不会飞到天上去。至于其他的嘛，等我们派人调查核实后，再统一考虑好吗？"

陶德曼辞色冷峻地说："那就麻烦公使先生啦。我只等三天，如果三天后还没有答复，那我就要采取其他办法了。好了，我还有事，先走一步。"

说罢，陶德曼走出了冈崎的办公室。

德国大使刚走，松本就从里屋里踱了出来。

"你都听见了，这些德国人哪，真麻烦。"冈崎耸耸肩，无奈地说。

松本冷笑一声："德国人就这副德性，得理不饶人。其实也没什么了不起的，对付这类人，最好的办法是给他一点教训。"

"你说得倒轻巧，教训？什么教训？"

松本狞笑着，并不答话，在胸前交叉双手，摆出一副莫测高深的模样。

"咳，你快说呀，别卖关子了。"

"我有一计，管保他再也不敢上门闹事。"松本凑近冈崎的耳边，悄悄嘀咕一番，冈崎听得连连点头。

南京德国大使馆。

大使办公室里，拉贝正和陶德曼商量向日本人交涉损失财产的事。

"这是 25 个安全区德侨财产损失登记表，当然都是财产损失，不包括人员的损失。"拉贝递上一份打印好的表格。

陶德曼正要接过表格，突然，一名武官匆匆而入，慌张地报告："大使先生，不好了，一群日本宪兵包围了大使馆！"

"什么，日本宪兵？！包围了？！"

"是的，他们说什么要追查几名共匪。"武官答道。

"追查共匪怎么跑到德国大使馆来啦，走，去看看！"陶德曼和拉贝同时站了起来。

"不好！大使馆确实被包围了。"站在窗前的拉贝指着不远处的大门说。

陶德曼凭窗望去，只见大使馆大门口已经被大群端着刺刀枪的日本宪兵包围了，院里院外足足有三四百人，大门已被封锁，门前路道两旁，停着十几辆涂着太阳标志的汽车。

拉贝忍不住向门口冲去。大群的宪兵已经上了楼，走廊里响起杂乱的脚步声。

一名宪兵大佐手握指挥刀，柱在地上，凶神恶煞地盯着拉贝。

拉贝一步上前，把陶德曼挡在身后，厉声喝问道："你是什么人，这么大胆，敢闯德国大使馆，到我们德国人的地盘儿上撒野闹事？"

大佐狞笑道："你就是那个纳粹佬拉贝吧？我是宪兵队早田大佐，我们正在追踪两名中共地下党，可他们藏进了你们的大使馆。你们要把他们乖乖交出来，否则，一切严重后果，由你们大使来负。"

"什么什么？中共地下党？放你娘的狗臭屁，地下党怎么会跑到大使馆来啦？你这是造谣污蔑！无故挑起事端！"拉贝边骂边挥了下手，两排德国卫兵排成整齐队形冲了进来，与日军宪兵队形成对峙局面。

枪口对着枪口，眼睛对着眼睛。日、德两国士兵怒目相向，谁都不肯后退半步。

早田大佐狞笑道问道："你就是陶德曼大使吗？让你的职员和卫兵闪开，我们要搜查！"

"搜查？可以，"陶德曼脸色平静地说，"但如果搜查没有结果，那你们就闯了大祸了，请吧。"

早田一挥手，日军士兵端着寒光闪闪的刺刀枪闯入大会客厅和楼道里，开始进行所谓的搜查。

陶德曼和拉贝静静地坐在客厅沙发上，目光中充满了焦灼之色，手持枪械的士兵紧紧看押着他们。

周围几百名日军士兵正出出进进，楼上楼下地进行搜查。有零乱杂沓的脚步声和吆喝声不时传来，整个大使馆已经乱成一锅粥。

拉贝越看越气，终于忍不住大吼："你们简直反天啦，你们这是违反国际法、违反人权、违反战时治安条例的！"

　　早田大佐信步上前，狞笑道："拉贝先生，稍安勿躁嘛，士兵们正在搜查，如果查不出人来，没有地下党，我们自然会撤走，如果查出共党分子就在大使馆里窝藏着，哼哼，就别怪我们不客气啦。"

　　大佐约有二十七八岁的年纪，长着日本男人常见的方肩短腿，眉宇间英气逼人，若不是杀人杀得眼神发直，他也不失英俊。

　　"你的部队番号我知道，我会起诉你的。"拉贝说道。

　　"起诉？欢迎起诉。你们德国人外强中干，动不动就拿这个最没用的词儿来给自己壮胆。我劝你不要自找麻烦啦。"大佐冷笑着说。

　　"哼，你侵犯德国的地盘，就是侵犯德国的国土。"

　　"侵犯德国国土？笑话，就算侵犯了，那又能怎么样呢？"大佐笑得优越骄狂，但他的脸容僵在那个冷酷狞厉的神情上。

　　"那就是向德国挑衅！"拉贝得理不饶人地说。

　　"12月10日，我军炸沉了你们保护南京的军舰，这个挑衅更直接吧？贵国做出任何军事反应了吗？"

　　"但愿你能活着看到德国的反应。"拉贝毫不客气地回敬道。

　　"你敢威胁大日本皇军？"

　　拉贝怒不可遏了，"我不是威胁，是警告，警告！这里是德国大使馆，你们肆意侵犯德国人的地盘，后果你们承担不起！"

　　拉贝还想发火，陶德曼看得分明，在一旁急使眼色，做了个叫他敛声克制的手势，让他先忍一忍，他只好赌气地坐了下来。

　　突然，楼梯上传来一阵急促的脚步声，紧接着是几声喝斥，几名日本兵簇拥着一个浑身是血、面目丑陋的男子从楼梯上下来。

　　"抓住啦，共党抓住啦。"有人在喊。

　　一名衣衫破旧的男子被强行扭到沙发前，大佐指着男子质问道："陶德曼先生，你还有什么可说的，啊！他是不是你窝藏的共党分子？！"

　　陶德曼立即火了，怒目圆睁地吼道："你放屁！我根本就不认识他，你们这是栽赃陷害！诬陷好人！"

　　大佐狞笑道："哦，是我们栽赃陷害吗？那我们来问问他。"他转头问那名男子，"是谁把你藏进德国大使馆的？你要说实话，说吧！"

那名男子抬起头，怯生生地望着大使，用生硬的中国话说道："是……是大使本人。"

"你……你胡说！"

陶德曼想冲上去揍那个男子，但被几名士兵强行按住了。

"哼哼，听见了吧，看你怎么抵赖！来人，给我统统带走！"大佐向左右挥了下手，立即扑上来一群宪兵，给陶德曼大使戴上手铐，要强行押走。

"我看谁敢?!"拉贝从墙上的枪套里一把拔出手枪，拦住了门口。

局面一下僵住了，几十支枪口互相对峙着，空气中充满了火药味，仿佛一颗火星就会引起爆炸。

双方剑拔弩张，眼中怒火闪动，大有一触即发之势。

大佐晃了上来，拨开两人枪口，厉声对拉贝道："纳粹佬，我对你快要失去耐心了，你这个不要命的东西，给我滚开，把人带走！"

这次的下令，口气决绝，不容置疑。

几个日本兵扑了上来，拉贝身子一横，挡住了大使，破口大骂道："我肏死你日本仔八辈祖宗，你有本事就从我的尸体上踏过去！"

奇怪，这声怒吼一下反倒把场面震住了。日军大佐愣了一下，他没听懂拉贝的话。因为刚才他们的对话使用的都是德语，这下突然冒出一句半牛不熟的中国话，大佐尴尬地转头望向翻译官。

翻译官唯唯诺诺、支支吾吾地不敢翻，因为这句话实在太过龌龊，太过刺激，他怕大佐受不了，但大佐听出来这无疑是句骂人话，他的手立刻握住了军刀的刀把。

骂得真够淋漓痛快的！拉贝此刻忘记了害怕，长久以来一直曲着的肠子终于伸直了，吐出了一句"大写的人"才够胆说出的话，让他有一种魔鬼般的快感。那句话是从他私人司机老潘口里学来的骂人话，平时当作玩笑说，没想到今天却派上了用场。

"当啷"一声，一把战刀架到了拉贝的脖子上，大佐虎目圆睁。拉贝哂笑一声，摆出一副引颈受戮、听天由命的顽皮相。

战刀举起了，刀刃青锋乍现，耀目闪烁，眼看就要迎头劈下……

"住手！"一直在旁边人堆里藏着的松本走上前来，挡住早田的手，把他叫过一边，小声嘀咕了几句兽语，大佐点点头，军刀在刀鞘旁犹豫着收不收回去。

这时，趁日本人不注意，陶德曼用眼睛向拉贝频频示意，那意思是说：你们先把枪收起来，我跟他们去见占领军司令官，相信事情总会有个了结，真相总会水落石出。

拉贝愣住了，不知如何是好。陶德曼跟着宪兵走到门口，回身比划了一个打电话的手势，拉贝知道那意思是叫他给德国外交部打个电话，把这里的情况汇报一下，并迅速展开营救行动。

陶德曼抬头挺胸，抻了抻领带，端正了一下仪容，神色平静地走出客厅。

宪兵队耀武扬威地押着陶德曼上了汽车，几百名日军宪兵全都上了汽车，车子鱼贯驶出了大使馆。

两天后，拉贝打通了德国外交部的电话，他把大使被日本人带走的事件原原本本作了汇报，德国外交部长立即给日本外交部部长通了电话，提出了严正交涉，半个小时后，拉贝接到冈崎胜雄的电话，告诉他陶德曼大使已被占领军宪兵队释放，请他现在就去接人。

拉贝二话不说，叫上司机潘序东，开上车就去了宪兵大队。

很快接到了大使先生，在回程的汽车上，陶德曼对拉贝说："这次日本人恶意栽赃，倒打一耙，就是为了堵住我们的嘴，让我们不敢再要求他们进行赔偿。"

拉贝道："我终于知道世界上有这么一个民族，比豺狼更凶狠，比狐狸更狡猾。"

陶德曼感慨地说："是啊，前天我还反对你离开南京，但我现在不这么想了，我同意你回国，尽快离开这个事非之地吧。"

拉贝久久地望着大使，感激得一句话也说不出来。

第 25 章　荣归故里

下午 5 时，中国飞行员来访，整个天空布满了中国轰炸机，日本防空部队拼命开炮阻击，虽然竭尽了全力，但却没有一发命中。这就好，因为没有人想走进防空洞，南京市民们相信，他们在自己的同胞进行空袭时是安全的。

拉贝收回目光，幽默地对一名中国同事说："我这人挺招飞机的，不论我在哪儿，总有飞机在我头上光顾，还下蛋。"

大家都愉快地笑起来。

菲奇先生大步走了进来。他是英国海军的代表，今天下午随同友好的海军又从上海回来。除了给拉贝带来了香肠、干酪、胰岛素和许多邮件之外，其中也有一张拉贝妻子的照片。照片上她显得挺精神的，并附有下面的柏林报纸剪报，一行醒目的黑体字："拉贝出任南京市长。"

办公室里，许多中国同事围了过来，都在传看着这张不可多得的德国报纸。

拉贝幽默地说："又是市长，我多想退休时可以拥有一份市长退休金啊。中国的女士们、先生们，我看你们该自己管理自己了，或者自己统治自己，或者让别人统治，我是不能再干了，我必须休息了。"

菲奇说道："拉贝先生，你的东西收拾好了吗？也许你能赶得上我的船回上海。"

拉贝耸耸肩道："但愿如此。我现在忙于收拾东西，这对我来说并不容易，我的健康状况很不好，我每天只能睡两个小时，还有浑身浮肿的问题，也许这和我的糖尿病有关。我妻子说得对，不要在最后一刻发生抛锚。"拉贝举着一封家书说。

菲奇劝道："乘坐我的炮艇去上海，应该是最安全的出行方式，而不要坐运货汽车走，而且是在敞开的车厢里，以免得什么病。"

拉贝深有同感，"是啊，我的身体快垮了，我的神经已经吃不消了，我真想出去休假旅行，享享天伦之乐了。"

"这是应该的。"菲奇说，"英国大使馆的杰弗里先生今天答应您，他将为您向英国海军请求，让您搭乘2月22日太古洋行的'万通'号轮船，或者乘英国炮艇'艾菲斯'号去上海，您还可以带上一个佣人。"

"啊，太好了，还有一个星期，啊，然后就回国去喽。"拉贝高兴地举起双手。

这时，电话铃响了，拉贝抓起电话："这里是安全区总部，嗯嗯，哦，您是福井先生啊，您好您好，我是拉贝。嗯嗯，什么，军方当局不同意我搭乘英国军舰，那我怎么去上海呢？嗯嗯，还在争取……哦，那我等你的消息。"

拉贝失望地放下电话，陷入了沉思。

门口传来一阵说话声，一个中国工人模样的人走进办公室，对拉贝说："先生，请您看看这些箱子行不行？"

拉贝来到院子里，只见一辆卡车停在院子里，几名工人正在卸货。

一名叫陈长富的木匠走上前道："拉贝先生，我通过关系弄到了二十只木板箱，还有稻草呢。"

拉贝欣喜地说："这种季节哪儿来的稻草？"

陈长富说："是我朋友冒着大雨从汉西门城外拖来的，三车稻草总共花了两元钱，不贵。"

拉贝立即从兜里掏出十美元，不顾陈长富的推辞，硬塞进他的手中。

司机潘序东走了过来，协助陈长富和几个工人把箱子搬进了拉贝的别墅。

爱玛走了过来，说道："拉贝先生，许多人知道您要走，都万分舍不得，但又留不住您，所以，国际委员会的中国人想于明天下午 4 时在总部给您举行一个盛大的招待会，为您送别。"

"盛大的招待会吗？"拉贝耸耸肩膀道，"别把我抬得太高，我这人可有畏高症啊。"

德国总会位于茂名南路中段，始建于 1923 年，占地 4200 平方米，是一座英伦风浓郁的古典建筑，有着"东方第一楼"的美誉。这里平时是外国人、达官贵胄、上流社会跳舞、娱乐的豪华场所，是各大公司、大使馆、社团组织、警务处和军队轮流在这里举办各种名目的聚会之地。

总会正面是一个两边凹进、正面朝南的大露台，主入口处东面是一个宏大的厅，有黑白相间的大理石豪华双螺旋楼梯。二楼有意大利大理石柱、女神像柱和西洋壁画。最高一层是屋顶花园，中央建有两座瞭望台，夏天可举行音乐晚会和交谊舞会。

今天的招待会在正厅举行，舞台上方悬挂着一条红色横幅，上面写着"热烈欢送拉贝先生荣归故里"的字样。

大厅里，社会贤达、首都闻人、名流士绅、淑女名媛们济济一堂，男士们都西装革履、神采奕奕，女士们都浓妆艳抹、端庄美丽。与会者人人都站着，手中端着鸡尾酒，笑望着台上发言的主人。

首先上台发言的是德国总商会会长菲力普先生，他对着麦克风说道："亲爱的拉贝先生，我想借此机会，对您过去几个星期在南京所做的一切表示衷心的感谢。经常会出现这样的情况，沟通商人们和传教士们之间存在的鸿沟是很困难的。可是沟通这个鸿沟的桥梁就是上帝的爱，如果你给你周围的人献上了爱，那么上帝的爱也就得到了昭示。您，拉贝先生，通过您在困难时刻对各阶层困苦居民的无私献身精神充分地表现出了这种爱。我希望，您和拉贝夫人返回德国一路平安，在家乡得到很好的恢复休养，然后再在南京愉快相见。让我们听从上帝的召唤。"

一阵热烈的掌声，接下来是国际委员会中方总干事方素珍女士，她说道："我们南京安全区国际委员会全体委员，谨向拉贝先生所做的工作表示最衷心的感谢。在艰苦的工作中，拉贝先生的领导是勇敢的和善意的，将会长久地留在全体南京居民的记忆里，绝大部分群众在这个时期经受了流血牺牲。委员会主席的优秀品质表现在：在重大行动中，一方面具有一往无前的工作作风，一方面对我们每一个处于困境中的难民表现出个人的同情和关心。他无私的工作受到了中国人的无比感谢和赞赏，他以其对居民大众利益、对履行商人职责和对本国利益的献身精神，给外国侨民做出了一个光辉的榜样。"

下面发言的是德国西门子公司驻上海总代表拉菲尔先生，他说道："尊敬的拉贝先生，获悉您将在最近离开南京，我心里十分难受，因为我们将缺少一位好朋友，我没有机会再次见到您的亲切面容。可是，尽管我们之间相隔很远，您在这里的工作和做的好事将永远载入南京的史册。也许可以这样说，只要我们回想起1937年至1938年的南京，您的面容就会出现在我们每个人的面前。我也深信，尽管您将离开我们，您的工作并未结束，您肯定会以另一种方式继续下去。拉贝先生的成绩给在中国的全体德国人和德国洋行企业增添了新的荣誉。"

听了上面几位嘉宾的发言，拉贝十分感动，他怀着依依惜别的心情对与会者说："亲爱的朋友们，我十分感谢你们，你们的邀请使我有机会在我出发离开这里返回欧洲之前，对你们作最后一次讲话。正如同你们大家在这时已经知道的，南京安全区国际委员会现在已将名称更改为'南京国际救济委员会'。法国人也许会说：'国王死了，国王万岁。'我们从此将在新的名称下继续工作，这个新名称更好的符合我们现在的工作性质。就是说，根据日本人的命令不得不撤销安全区以后，我们从此就只是一个救济委员会了。请你们注意纯粹这两个字，就是说什么也不多，但是什么也都不少！今天我们可以公开地说，现在已经解散的安全区尽管历经磨难，但却是成功的，甚至是很大的成功。我很感激能够在这里谈一谈这件事，因为聚集在我周围的你们，都曾忠诚地守在各自的岗位上，白天黑夜地时刻准备着，捍卫我们称之为'人道主义权利'的事业！对你们所做的一切，我永远也不会忘记。我想对你们大家——我的中国朋友们和外国朋友们，对你们中的每一个人，表示我衷心的感谢。

"我一定利用机会，向我在德国的朋友们报告这里的情况，向他们报告你们在这里是怎么工作的！我一定不会忘记，爱玛小姐是怎样率领四百名女难民穿过全城，将这些人送进我们的安全收容所里去的，当然这只是无数事例中的一个。

"我一定会始终回忆起海因兹小姐和鲍尔小姐在我们唯一的医院里做的艰苦而踏实的工作。你们必须知道，建立安全区委员会的主意是米尔斯先生提出来的。我可以向你们保证，平仓巷3号是我们组织的智囊所在地。由于我们的美国朋友们米尔斯先生、贝德士博士先生、史迈士博士先生、菲奇先生、索恩先生、马吉先生等人的才干使委员会得以成立，也由于他们不知疲倦地工作，委员会得以在我们大家都十分危险的情况下能够顺利完成它的任务。

"鼓楼医院由于人员减少，只有特里克先生和李察先生两名外国医生以及医院院长麦卡化先生，还有前面提到的少数女士，他们在医院工作中做出了我一生中见过的最好的成绩。实际上，我们大家都担心过，我们必须暂时关闭鼓楼医院，因为它只有少量的人员，他们在完全超负荷的工作，已是精疲力竭。

"再就是我们的总稽查爱德华施佩林先生，我还能向你们报告什么有关值得赞扬他的而你们还不知道的事呢？他过去曾被日本人俘虏过，命运给了他进行报复的机会。他是怎么利用这个机会的呢？我们这些外国人谁都比不上他搭救了那么多的中国人，谁都比不上他从中国人的房子里赶走了那么多的日本兵。他能做到这一点，我必须承认，要部分地归功于他的日语知识，其实他对日语最熟悉的只有两个词：'滚，快滚！'

"接下来还应该提到的是哈茨先生和科拉先生。哈茨先生是理想的司机，他精通驾驶技术。科拉先生能用日语对日本人说明他或是我们对日本人的真实想法。

"如果说我们外国人现在取得了一定成绩的话，那我们有很大部分要归功于忠实友好地帮助我们的中国朋友们。我们委员会各部门的实际工作都是中国人做的，我们必须坦率地承认，他们是在比我们冒更大危险的情况下进行工作的。毫无疑问，我们外国人也不时地受到日本兵的虐待，但尽管如此，相对来说，我们还有一定的安全感，还不至于遇到最糟糕的情况，而你们——我的中国朋友们，为我们委员会工作经常要冒着生命危险。

"我们的中国朋友，你们的人太多了，这里我无法一一说出你们大家的名字，请你们原谅我在此只提到各个部门的领导人。（人名略）

"我谨向你们，各位先生们，以及你们的全体人员表示我最衷心的感谢。我希望，良好的合作精神和至今把我们联结在一起的友谊对你们大家都是永久长存的。请你们一如既往地为南京国际救济委员会效力，使它的工作达到一个良好的、富有成果的结局。你们的工作将会载入南京的历史史册，对此我深信不疑。

"我也要感谢德国大使馆的罗森博士先生、少尔芬贝格和许尔特尔先生对我们工作的支持，并且要对美国大使馆和英国大使馆的外交官员们爱利先生、普里多布龙先生及其后任杰弗里先生，为他们给我们委员会的极大帮助表示我深深的谢意。

"我不得不离开南京使我深感遗憾。我真希望我能留下来和你们一道继续工作，但我的洋行召我回到欧洲去，然而，我希望还会回来，将来在这里再见到你们。

"值此告别之际，我祝愿你们今后的工作多多走运，向你们大家衷心地说一声——再见！"

话落立刻响起一阵暴风雨般的、经久不息的掌声。

许多中国人脸上挂着泪花拼命鼓掌，许多外国朋友恋恋不舍望着台上的拉贝，热烈地鼓掌，发出由衷的欢呼。

拉贝向大家频频招手示意，脸上洋溢着幸福的笑容。

第二天晚上7时，在平仓巷，拉贝和美国朋友们愉快地进行了告别晚餐。随后，在晚上8时，德国大使馆、美国大使馆和日本大使馆举办了招待会，日本方面出席的是福井、田中和胜也。

当然，福井先生是真诚的送别，福井做了热情洋溢的讲话。拉贝感动地说："我要感谢您福井先生，感谢您的帮助和支持。每当我被迫带着我们委员会的多方面要求去打扰你时，你总是十分耐心地听取我的申诉、抱怨，尽管有时您会因此而觉得十分劳累，但您总是在可能的情况下给予帮助，我听说，你已被贵国政府调去孟买担任新的职务，我想借此机会在感谢你的同时也表示我的衷心祝愿，我祝你在新的工作岗位上取得很好的成绩。"

招待会开成了告别宴会，许多中外朋友都来了，场面热烈而又温馨。

在宴会即将结束的时候，日本大使冈崎胜雄也来了，不过他并没有带来什么好消息，而是一个坏消息，他告诉拉贝，日本军方当局不同意他搭乘英国炮艇"蜜蜂"号去上海，而是让他搭乘明晚（2月23日晚）9点启航的太古洋行的"万通"号轮船。冈崎还交给拉贝一个允许托运20个木箱子的特别许可证。

拉贝心里虽然不高兴，但也得接受这样的现实。

宴会开到很晚才结束，很多人都喝醉了，有些人又哭又唱，又蹦又跳，看着这些东倒西歪的人群，拉贝心里十分难受，他真有些舍不得离开这些中国朋友们。

23日晚9时整，"万通"号轮船从南京下关码头准时启航。

"万通"号轮船是一艘大型客货两用船，其吨位和排水量位居中国船舶的前三名。该轮是从重庆朝天门码头到达上海十六铺码头的定期航班。

"万通"号通体洁白，造型优雅，全长78米，排水量2000吨，船体甲板以上有三层豪华舱室，为一、二、三等舱，里面各类服务设施一应俱全。甲板以下两层，为四等舱，最下面为货舱。船体有许多夹层空间作为隐蔽暗室，构造坚固独特，可以运送战时危险物品，属于特种船舶。船舷边配有大型铝制舷梯和镀银栏杆。

此刻，"万通"号正平稳地向长江拐弯处驶去。

前甲板上，司机潘序东俯身在船左侧的栏杆上，极目逃眺，长江南岸的万家灯火已经越来越远，从这个角度看上去，有一种梦幻般的凄清和飘渺。

舱外浓雾弥漫，看不见星光，只听得见长江水在下面涌动，却看不见它在哪里。黑暗无穷无尽地向外延伸，一直延伸到几百米外的那只趸船的浮标上，仿佛隔着一万层黑纱，远处的灯光迷离闪烁。

领航员已登船。"万通"号右舵十五度调整船首，船尾向左侧微摆，险些碰到那艘德国巡洋舰几小时前刚刚放下的深水锚索。

潘序东知道，这里就是长江口了。轮船正全速向前行驶。两个小时后，长江口潮汐会涨至最高点，要抓紧时间通过"和平女神"航道。那条航道北侧是一大片隐藏在水底的沙滩，航道底下也全是泥沙。退潮至最低时，某些水域深度不足 20 英尺，"万通"号重达 2000 吨，吃水将近 22 英尺，必须在涨潮时抵达长江口锚地。

这条航道三年前才开始通行巨轮。从前，大型船舶都走最北面那条航道，绕过暗沙和江心岛，水况更加诡异莫测。在冬日的浓雾中，许多船只都会一头撞上"阿斯特朗"暗礁，这段暗礁丛生的水域曾让无数船只遭难。"阿斯特朗"这名字本身就来自一艘在这里撞沉的英国巡洋舰。

轮机在长江口外首次停机。一艘日本货轮与它擦身而过，朝下关方向驶去。

江面浓雾笼罩，轮船的舵手可能没有听到日本货轮桥楼喇叭的呼叫声，等他们看到对方左舷红灯时，两船几乎擦碰。右舵十五度，"万通"号紧急实施了避让动作，险些被挤出航道，陷进导沙堤侧的淤泥中。

一场虚惊。

"潘，在看什么呢？"一个声音从身后传来。

"啊，是拉贝先生啊，"潘序东转过身来，"先生，您怎么不在船舱里呆着，跑这里干什么？"

"舱里太闷，出来散散心。"拉贝伸开双臂，伸了个懒腰。

"船外浪高，晚上雾大，小心着凉。"潘序东把自己的大衣披在拉贝肩上。

拉贝感激地望着潘。

"要我说，潘，"拉贝锐利的目光盯着潘序东的眼睛说，"你真是一名司机吗？我始终不太相信，我有种预感，你哥哥送你来安全区的时候没有说真话。"

潘序东的哥哥是"军官道德修养协会"的汪上校，日军攻城的时候，他因为认识拉贝先生，而把负了伤的弟弟送进安全区躲藏。

"说吧，潘少校，到了撕破假面的时候，每个人终究还是要变回自己。"

潘序东不再躲闪拉贝先生审视的目光，坦然道："我是国民党空军 11 航空大队的少校飞行员，我的机场在南昌，日军进攻南京之前，我们在多地与日军空战，我击落过四架日机，自己的飞机也中弹负伤，我跳伞了，侥幸逃过一劫。后来，我躲在南京我哥哥家中，我还带了一名同事。我哥本来找了条船，要送我们过长江的，但渡江时船翻了，我负了伤，我的同伴淹死了，我则侥幸逃生。后来，日军攻进南京，我哥哥见我负了伤，行走不便，为了安全起见，就把我送进了安全区。后来我伤好了，见您没有司机，我就主动提出要给您当司机兼保镖的。我也不是想隐瞒什么，是想在胜利之后再告诉您的。"

"哦，你这家伙，装得还蛮像的嘛。"拉贝亲热地拍着潘的肩膀，"我拉贝何德何能，让一名飞行员给我当司机。"

潘序东笑道："拉贝先生，能给您当司机，是我终身的荣幸。保护好您的安全，是我们中国人共同的责任嘛。"

"那好啊，你干脆跟我回德国吧。"

二人不禁开怀大笑。

轮船继续向前行驶，江流湍急，涛声阵阵。不久，"万通"号从三艘军舰的残骸旁驶过：一艘日本炮艇、一艘中国炮艇和一艘中国的"海鹰"号巡洋舰。

夜色已深，沿江两岸却是黑黝黝的一片，那里是大片大片的田野和庄稼。只有零星的灯光一闪而过。

潘序东转头对拉贝吐了吐舌头道："先生，我还有最后一个秘密，暂时还不能告诉你。"

"哦，秘密？"拉贝眼中闪过一丝幽默的火花，"什么秘密？不愿说？那好吧，我们静待谜底揭晓吧。"

晚风在耳畔呼啸，轮船继续向前行驶。

现在轮船正行驶在长江水道上，由于天寒雾大，行驶速度较慢。这段江面是日军的巡逻快艇截船检查的主要通道，他知道，这条船随时都会被日军巡逻艇截停，接受严格的检查。

危险还没有过去，真正的考验还在后面，潘序东感觉自己的心脏都提到嗓子眼儿上了。他下意识地把手伸进了衣兜里，紧紧握住那只顶上了膛的勃郎宁自动手枪。

这时，漆黑的江面上有一个亮点在浓雾中闪烁，那亮点闪着闪着逐渐变大，变成了一束探照灯光，又过了一会儿，一艘快艇钻出浓雾，驶近"万通"号的船弦边停下。

潘序东发现快艇甲板上站着的人好像是崔际胜，他心里嘀咕道："这么巧，难道真的出事了？"

一道绳梯放下，崔际胜独自一人爬了上来，汽艇在江面转了一圈回头并走了。崔一见潘序东就上气不接下气地说："快，老潘，带我去见拉贝先生。"

潘序东领着崔际胜匆匆向一等舱走去，潘边走边问道："老崔，是不是出事了？"

"嗨，大事不妙！"

二人说着来到拉贝先生的舱室，拉贝见到崔际胜也是一愣，心里"咯噔"一下，预感到有大事发生。

崔际胜的语速快得像出膛的子弹，"拉贝先生，大事不妙。一小时前，我安插在菊池身边的内线告诉我，菊池带着一帮人要在长江上对您的船下手！"

拉贝急切问道："哦，下手？为什么？你别急，慢慢说。"

崔际胜道："日本军方早就对您怀恨在心了，因为您时时处处跟他们作对，他们早就有杀人灭口之意，只是苦于没有适当的机会。他们几次想半路上制造一起车祸，致您于死地，但又怕舆论对他们不利，才没有下手。这次您乘船去上海，为什么他们不批准您乘坐英国炮艇，不让您白天离开南京，而是让您晚上走，这是刻意安排的，这里面有阴谋。他们的狙击队长菊池带着几名狙击手准备在'万通'号过了镇江港后，选择埋伏在一个偏僻地段，对'万通'号采取突然袭击，用乱枪打死您，制造一个土匪袭击轮船的假象，这样不管舆论怎样喧哗吵闹，都找不到日本人头上。"

拉贝苦笑道："没想到日本人这么够朋友，临别了还要用子弹为我饯行。"

崔际胜劝道："事不宜迟，拉贝先生，您跟我的汽艇走吧，我们可以到前面一个小港口弃船登岸。"

拉贝沉吟半晌，摇摇头说："不，我不能走，我可不想变成一名逃犯，这样我就更出不了上海，也回不了国了。"

"可日本狙击手就是冲着您来的，您不走有危险啊。"

"危险？危险怕什么，什么大风大浪我没见过？就让他们来好了，我等着！看他们敢把我怎么样?!"

崔际胜急得抓耳挠腮，不知道怎样才能说服拉贝，正在一筹莫展之际，潘序东走了过来，俯身在崔的耳边小声嘀咕几句。一听之下，崔际胜的眼睛顿时瞪圆了。

"什么，你说什么？难道真的有奇迹？"

"嘿嘿，"潘序东一脸莫测高深的笑，"有没有奇迹，你跟我来就知道了。"

他们几人一起来到楼上一个货舱里，那二十几个木箱子还静静地躺在那里。潘序东走到一个画了记号的大箱子跟前，拿起一柄橇棍，使劲一撬，只听一声脆响，箱子盖被打开了，从里面钻出两个脑袋来。

这两个活人脑袋可把拉贝和崔际胜吓了一大跳，以为白日撞鬼了，不由自主地往后缩着。

这两个大活人脸上抹得无码六道，满身粘着木屑，一钻出箱子，就一边吐着，一边扑打着身上的尘土。

"哎呀呀，晦气晦气，呸呸呸，险些憋死我，都是你的鬼主意。"说话的不是别人，正是马如龙。

另一个人笑指着马如龙道："你们看他，不用化装就可以演土地爷啦，哈哈哈哈。"原来说话的人正是曾沧海。

崔际胜有些生气地说："我到处找你们找不到，原来藏在这儿，真不像话!"

马如龙做个鬼脸道："我们想搭个便船去上海呀，省个路费嘛，怎么半路上把我们请出来啦?"

拉贝看着眼前两人的狼狈样，气笑了，故作严肃状地说："你们这两个年轻人啊，真不像话，不买船票就搭顺风船，这还行，这要加倍罚款哪!"

"认罚，我们认罚。"马和曾腆着脸说。

"好啦，有你们二位在，我们就不怕打埋伏的鬼子了。"崔际胜手抚前胸说。

"怎么，有情况?"马如龙机警地问。

"当然有情况，还是大情况。"崔际胜就把菊池要带人袭击轮船的事原原本本地说了一遍。

"菊池?好啊，我正想找他呢，没想到他倒自己送上门来了。"马如龙跃跃欲试地说，"好好好，来得好，管保他们有来无还。"

说着，马如龙弯下身子，从箱子底摸出狙击枪，又拿过狙击背囊，掏出一排达姆弹压进弹仓。

曾沧海也拿出那杆锃亮的狙击步枪，拉栓检查了下弹仓，满意地合上枪机，顶上火。

崔际胜拔出腰间的手枪，对潘序东说："老潘，你保护好拉贝先生。鬼子就要来了，你们躲好，看我们收拾他们。"

轮船继续向前行驶，半个小时后，船过了镇江港。在镇江港，没有停船，崔际胜来到驾驶楼，对船长道："船长先生，请你全速前进。我们得到情报，可能有人要袭击我们这条船，你告诉船员们要严加戒备，提高警惕。"

船长有些吃惊，"啊，有人要袭击轮船，是什么人这么猖獗啊?"

"还有谁，肯定是日本人。"

"那我们怎么办，我们没有武器呀!"船长紧张得脸色煞白，口咽吐沫，几名船员闻声围了过来。

"没事，有我们呢。"崔际胜拍拍胸脯说，"鬼子开枪以后，你们都卧在地板上，不要抬头，听见了吗?"

"听……听见了。"船长点头道，船员们都找地方躲藏了起来。

"嘟嘟，嘟嘟。"江面上传来一阵电喇叭响，只见远远的一条汽艇迎面向轮船驶来，汽艇船头的探照灯射来一道刺目的光柱，罩住了轮船全身。

"停船，快停船，水上执法检查!"汽艇船头有一名日军挥舞着手电筒，高声喊道。

"不要停，加大油门，撞过去!"崔际胜对船长说。

"好嘞。"船长把油门操纵杆推到底，轮船加快了速度，向汽艇撞了过去。

"八格牙鲁，再不停船，我们不客气啦！"汽艇上的日军声嘶力竭地呐喊。

"不理它，冲过去！"崔际胜再次下令。

船长对船员们下令："钱大副，你带几个人去把办公室的保险柜、文件柜锁上，把大门关好，把值钱的东西藏起来，没事的人都回寝室藏好，不要上甲板！"

"是！"大副急忙跑去。

"哒哒哒哒……"汽艇船头的机枪响了，子弹像飞蝗一样飞来，击碎了驾驶室的玻璃。

船上顿时乱了套，船员们像无头苍蝇一样四处乱跑，崔际胜一看不好，跳上甲板，对着船员们大喊："大家镇静点，别乱跑，都卧倒，卧倒！"

日军汽艇绕过轮船，来到侧面，菊池在汽艇上露了面，他手持狙击步枪，对准一名船员扣动了扳机。船员中弹倒地，痛苦地挣扎着。菊池身后有三名狙击手，都用狙击枪向驾驶楼疯狂射击。

"砰砰砰……"驾驶楼里又有几名船员中弹死亡，轮机手胸部中了一弹，倒在地上，两名船员上来为他包扎。

轮船失去了前进的方向，速度渐渐慢了下来，最后停在江心不动了。

船长发现船停了，知道大事不妙，快步向驾驶室奔去。

马如龙来到三楼窗口边，悄悄打开窗户，向外窥望。日军狙击手的火力很猛，轻重武器一起射击，轮船已被打得千疮百孔。

马如龙用狙击镜圈住了一名日军狙击手，凶狠地压下扳机，只听砰地一声，那名狙击手的天灵盖被掀翻了，倒地毙命。

菊池发现了马如龙的窗口，掉过枪口就是一枪，子弹刚好击中窗棂，发出很大的嘶鸣声。

马如龙一缩脖子，避过这一枪。他知道对方肯定是个高手，估计是菊池本人。他悄悄潜行到另一扇窗口，抬头向外窥望。

曾沧海已经瞄准了另一名狙击手，果断地扣动了扳机，子弹击中了对方的前胸，登时毙命。

日军发现三楼的窗口有火光，知道有人在那里，机枪手掉转枪口，对准曾沧海一阵狂扫，"哒哒哒哒……"

头上的玻璃窗全碎了，落了一地玻璃碴子。曾沧海就地一个翻滚，离开了原地，他手一按地，不小心把手扎伤了，伤口不住地往外流血。他不得不停下来，从衣服上撕了块布，把手包扎起来。包好了手，曾沧海换了个窗口，再次瞄准。

崔际胜双手握枪，瞄准了日军的机枪手，一枪打去，机枪顿时哑了火。"嗨，又干掉了一个，痛快！"崔际胜学着美国西部片的样子在枪口吹了口气。

日军汽艇靠近轮船，几名日军顺着绳梯向船上爬来。菊池大喜，跟着也爬上了绳梯。不久，菊池和最后三名狙击手爬上了甲板，趴在甲板上，利用甲板上的物体作掩护向驾驶室和前窗瞄准。

崔际胜一看不好，赶快冲进驾驶室来保护船长。他突然醒悟到船长的重要性，如果没有船长，即使他们最后消灭了日军，也无法把船开到上海。船长这时正在重新启动轮机，轮机发出巨大的轰鸣声。轮船动了一下，开始向后倒退。

"快趴下，敌人上来了。"崔际胜一把按倒船长，两人刚倒地，"啪！啪！啪！"三颗子弹打来，打碎了驾驶室的前窗玻璃。

"好险哪！你没受伤吧？"崔际胜问船长。

"我没事。"船长趴在地上说。

崔际胜发现敌人正在打驾驶室的主意，遂决定撤出去。他爬到船长旁边，对船长说："敌人来了，我们得离开这里。"

"好。"

"你跟紧我。"崔际胜在前面爬，船长跟在后面，两人从后门爬出驾驶室。

菊池带着三名狙击手冲进驾驶室，一进门，看见室内空无一人，菊池对手下道："你们两人守在这里，不要让他们把船开走，小野，你跟我去搜拉贝。"

那名叫小野的狙击手紧跟着菊池，冲出驾驶室。

马如龙和曾沧海隐蔽地接近驾驶室，来到距驾驶室二十多米的一个货柜后面，发现驾驶室里面有两名狙击手。二人互相交换一下眼色，架起了狙击枪，仔细瞄准了正在驾驶台上东张西望的日本兵。

瞄准后，两人不约而同地扣动了扳机，子弹击中了里面的日本兵，只传来一声惨叫。

子弹一出膛，二人就地一个翻滚，离开了原地，这时从后上方打来两颗子弹，正打在二人刚才站立的地方。

马如龙知道这是菊池在打他们。但他还看不见菊池的身影。菊池一定藏在第四层的某个地方。

四楼，菊池带着一名狙击手沿着走廊挨着房间搜索，但都没有拉贝的身影。他们来到走廊尽头的一间房间，这里关着门，他敲了敲门，没有应声。菊池一脚把门踹开，冲了进去，但里面还是没有人。

"拉贝这个老狐狸，他会躲到哪里去呢?"菊池喃喃自语，失望地转身向外走去。

他来到走廊上，正往前走，他突然发现在距他50米远的正下方，有一支枪在瞄着他的上半身，他下意识地站住不动了，心里惊呼道:"不好，我被敌人锁定了!"

他很想一步跳开，然后立马卧倒，但他不敢冒这个险。他知道这个瞄着他的人很可能就是"百分之百先生"马如龙。

他后面的狙击手冲了过来，想把他按倒，但曾沧海的枪响了，狙击手被打得飞了起来，一个狗吃屎栽在菊池前面。

菊池看着手下胸部的一团血迹，一阵悲哀从心头升起，他知道自己的末日就要到了。他决定拼了……

"砰!"一颗达姆弹咆哮着撕裂空气，以雷霆万钧之力钻了过来，他仿佛看见死神洞开了血盆大口扑了上来，一口把他吞噬了。一阵飘血溅肉，菊池的侵略人生划上了完满的句号。

菊池一死，接下来的战斗就容易得多了，很快就结束了，日军狙击手被全部消灭。只剩下那只汽艇在水面乱转圈子，艇上已空无一人。

船长回到驾驶室，启动了轮船的引擎。轮船倒退了几十米后，掉转了船头，打开大灯，继续向着东方驶去。

经过三个小时航行，"万通"号于黎明时分到达上海十六铺码头。

已是早晨7点，码头上的人还不多。但有一个妇女穿着一袭红色的风衣，扎着一个彩色的头巾，向着拉贝飞快地跑来。

拉贝走在前面，后面跟着四个中国人，他们是潘序东、崔际胜、马如龙和曾沧海。

拉贝迎着女人走去，那女人跑了过来，一下扑进拉贝的怀中，二人一阵长吻，紧紧拥抱着不愿分开。

"欢迎你回来……"拉贝妻子哽咽着说。拉贝热泪长流，哀戚满面，后面的四位男子是第一次看见拉贝先生流眼泪。

这时，后面迎上来三位外国人，其中一位上前，递上一束鲜花，他们显然都是拉贝的朋友。

"啊，朋友们，我可见到你们啦。"

尾声

黎明时分，带有浓烈腥味的海风中还夹带丝丝寒意，天边，一轮喷薄而出的红日，将蔚蓝色的天空映衬得格外美丽，给偌大的东方都会镀上了一层金黄色的朝霞。大上海像一卷宏伟的画卷在他的眼底壮阔展开。

站在礼查饭店 24 楼的阳台上，拉贝正极目远眺，同时伸开双臂，做了个深呼吸。

拉贝回头看看仍在酣睡中的妻子，她那安静的、娇嫩的脸庞上还挂着泪珠，他又扭过头，贪婪地俯瞰着大上海那壮丽的市景。

有人在轻声敲门，拉贝拉开门，原来是服务生，他手里拿着一份报纸，还推着一个装满早餐食品的小推车。

"先生，请用早餐。"

"好，我自己来。谢谢。"拉贝接过推车，打开申报的头版。一行黑体大字跃入眼帘："向约翰·拉贝先生致敬。"

拉贝仔细地阅读起来：

当日本的部队在 11 月底以极快的速度向中国首都南京挺进时，在外国人的私人圈子里产生了建立一个安全区的想法，使外国侨民和中国的平民在预期发生的战斗时可以找到一个避难的地方。国际委员会由此诞生了。它把不同国家的公民（其中有九个德国人，还有许多美国人、英国人等）联合了起来。西门子洋行南京办事处代表约翰·拉贝先生在他的全体委员们的信任下，被任命为委员会的主席。

战斗爆发时，安全区已经组织完毕。委员会的成员们本来可以到停泊在扬子江上的轮船上去避难的，这并不困难。可是，拉贝先生和他的委员们放弃了自己到安全地方去的机会，决心将承担的使命进行到底。由于他们不怕自我牺牲的行动，在中国部队撤退和日本人占领南京后那些困难日子里，使数十万人得以免受饥饿和寒冷，在力所能及的情况下保护他们免受可怕的遭遇。

安全委员会的主席承担着最大的工作压力，工作的成绩主要应归功于他。约翰·拉贝先生在南京困难的日子里，证明了自己是一个完美的人，他的献身精神，给"德意志"这三个字和他的祖国带来了荣誉。

……

拉贝随手把报纸一扔，心里说："别再吹我了，我都有些飘飘然了。"

接下来的半个多月，拉贝在上海总商会和西门子上海办事处的安排下，进行了几场活动：招待会、座谈会、介绍会、酒会。为了避免受到日本人可能的追缉，活动都是秘密进行的，他的住处也几经变更。尽管如此，他受到在上海的全体德国同胞的热烈欢迎。

2 月底的一天下午，天上下着冻雨，拉贝接到通知，独自乘黄包车来到太古码头，远远地走过来三个男人，都穿着灰西装，手里提着行李。

原来他们是崔际胜、马如龙和曾沧海。三人一见拉贝，都上前和他拥抱告别。

拉贝望着曾沧海，拍着马如龙的后背，动情地说："马先生，曾先生，你们二位的所作所为，让我见识了什么叫战斗到最后一分钟，最后一个人，最后一颗子弹。中国有你们这样的战士，我相信，中国不会亡国！"

马如龙和曾沧海谦逊地笑笑说："我们不算什么，只是尽了军人的本份。而您拯救了二十多万中国人的生命，这才叫奇迹，这才叫伟大，您的这种国际主义、人道主义的精神让我们感动不已，铭记终生。"

拉贝流着激动的泪水，说："怎么，朋友们，你们要走了吗？"

马如龙指指曾沧海说："我们明天才上船，今天是来送他的。"

曾沧海脸上露出坚毅的神色，"是的，我要返回新四军部队，继续和鬼子战斗。"

拉贝动情地说："曾，我会想你的。"

崔际胜把一个大提包交给曾沧海道："好兄弟，该上船了，一路保重。"

马如龙上前和曾沧海紧紧拥抱，二人盯着对方的脸，目光中满是惜别之情。

马如龙说："老弟，咱俩是不打不相识，这场战斗，我们两杆狙击枪，打出了中国人的国威，打出了中国人的军魂，给了小鬼子最为惨痛的教训。但愿我们两党今后不再打内战，掉转枪口，一致对外，把日本鬼子赶出中国去！"

曾沧海道："老哥，你说得对，我会记住你的话，把子弹都留给小鬼子！"

曾沧海转头望着崔际胜说："老崔，老马肯定要回部队，那你呢？"

"我？嘿嘿，"崔际胜抹了把脸，无比骄傲地说："我这么一大英雄，回去肯定官升一级，坐上处长宝座啦，搞不好还能得一枚三等云麾勋章呢。"

马如龙嘴一撇，鄙薄地一笑道："他呀，升官倒是小事，这回他的战争财可发大发啦，这就叫'大炮一响，黄金万两'嘛。"

听了这话，几人都开心地笑了。

"兄弟们，就此别过。"曾沧海接过提包，毅然转身，走上舰桥。

望着曾沧海远去的背影，三个男人都向他挥手告别，人人眼中都饱含着泪花。

1938年3月16日，拉贝和妻子乘坐孔特·比安卡·马诺号邮轮返回家乡。

抵达香港时，已先期到达那里的潘机长带着他的家人到码头上来迎接他们。

潘机长以令人感动的方式接待了他们三天。德国侨民在香港的德国俱乐部为拉贝举行了招待会，拉贝在会上报告了他的部分经历。

几天后，以法尔肯豪森夫人为首的几乎全体德国人都到船上和拉贝及其妻子告别。

他们乘坐豪华意大利邮轮经过马尼拉和孟买，于 1938 年 4 月 12 日抵达热那亚。

他们于 4 月 15 日到达柏林。

在柏林，拉贝处处都受到英雄般的欢迎。国务秘书、大区党部领导人柏勒授予了拉贝一枚红十字功勋勋章。在斯图加特，拉贝被授予了国外德侨功勋银质奖章。中国政府授予了拉贝蓝白红绶带玉石勋章。

5 月 2 日拉贝在柏林的西门子舒克尔特厂办公大楼电影院大厅作了报告；5 月 6 日在外交政策局，5 月 12 日在远东协会，5 月 19 日在西门子城，5 月 25 日在蒂尔此茨河畔的国防部也分别作了报告。国防部的人其实只是对拍摄的影片感兴趣。

拉贝内心期盼大区党部领导人柏勒能带他去见元首，但这个希望没有实现。拉贝便不假思索地在 6 月 8 日将他的报告寄给了元首。

报告是这样写的：

尊敬的元首：

我在中国的大多数朋友都认为，迄今为止还没有一份完整的有关南京真实情况的报告面呈给您。

在此附上的是我所作报告的文稿，其目的不是为了公开发表，而是为了履行我对身在中国的朋友们许下的诺言，即向您通报南京的中国平民所遭受的苦难。

如果您能让我知晓，此份文稿已面呈给您，我的使命也就此完成。

在此期间，我已被告知，不得再作此类报告以及展示相关的照片。

我将谨遵此项规定，因为我并无意和德国的政策以及德国当局唱反调。

我保证坚定地追随并忠实于您。

约翰·拉贝

1938 年 6 月 8 日

接下来就发生了意料不到的事情，几天后拉贝被盖世太保逮捕了。他本人连同他的六本日记被两名官员用汽车带走。到了位于阿尔布雷希特街的警察总局，拉贝在那里被审问了四个小时，后来他们责成拉贝要保持缄默以后，又恭敬地把他释放了。

从此以后，政府不允许拉贝再作报告，不准他出书，尤其是不许再放映马丁在南京拍摄的有关日本士兵暴行的影片。

他们取走了拉贝的日记和影片。1938年10月拉贝收回了他的日记，影片却被警方扣留了。

与此同时，帝国经济部通知他，说他的报告已被最高层阅过，但德国的外交政策不会改变。

听了这话，拉贝淡然一笑，他觉得自己从今以后再也不怕妖魔鬼怪和跳梁小丑了，再也不用理会甜言蜜语和威逼利诱，可以坦然面对同事、家人和国家，因为他已经完成了自己的历史使命。